KB097627

반란의 멕시코

INSURGENT MEXICO

반란의 멕시코

존 리드 지음
박소현 옮김

오월의봄

"그래서 당신은
무엇을 위해 싸우고 있습니까?"

스스로를 내몰지 않으면 쓸 수 없는 이야기들이 있다. 재능도, 지식도, 상상력도 아닌 몸이 쓰는 글. 안이든, 밖이든, 하늘이든, 바다든, 자신의 현장을 가진 사람만이 쓸 수 있는 문장. 빛 나기보다 어둡고 구차한 곳에서 더 절실하며 말이 넘치기보다 모자란 곳에서 더욱 필요로 하는 글쓰기. 가장 먼저 도착하진 못해도 가장 오래 머무는 사람에게 허락되는 깊이. 그러므로 내게 르포는 장르라기보다 기록하는 자세에 가깝다. 훼손을 감내할수록 도달하는 경지.

이 책은 그 현장에서 왔다. 기록의 임무를 받고 투입되는 사람이 기록할 사건을 선택할 순 없을지 모르지만 사건을 기록하는 위치는 선택할 수 있다. 같은 사건을 기록하더라도 어느 위치에서 기록하느냐에 따라 현장은 무수히 쪼개진다. 사건은 주어지는 것이지만 현장은 스스로 만들어가는 것이다. 멕시코혁명이란 사건의 한가운데서 존 리드가 선택한 현장은 가난한 농민과 노동자들이었다. 평생 빼앗겨온 사람들이었다.

《반란의 멕시코》는 혁명군의 기세가 최고조였던 시기를 포착하고 있으나 책의 주인공은 혁명 지도자도 혁명 그 자체도 아니다. 존 리드가 세밀하게 그려내는 주인공은 땅을 잃고, 한 끼 먹을 음식이 없으며, 살 집과 공부할 학교를 얻기 위해 혁명에 동참한 사람들이다. 제대로 된 무기도 없이 싸우는 그들의 삶과 죽음, 가난과 불평등, 웃음과 눈물, 환대와 나눔, 춤과 노래, 혁명 안에서조차 달라지지 않는 여성들의 현실이다. 미국의 첩자로 오해받기도 하고, 연방군의 총탄을 피해 도망치고, 친구가 된 혁명군 병사들의 죽음을 목격하고, 총알이 머리를 관통한 시신들의 참상을 확인하며, 피투성이 부상병들과 마침내 다다른 전쟁터. 총소리, 신음 소리, 들판을 뒤덮은 시체 냄새 속에서 그들과 걷고 먹고 자는 시간들이 존 리드가 열어간 현장이었다.

그래서 이 책은 '현장에 안달 난' 청년 저널리스트의 성장기로도 읽힌다. 글에서 두드러지는 것은 완숙함보단 펄떡이는 심장이다. 몇 년 지나지 않아 《세계를 뒤흔든 열흘》로 지워지지 않는 이름을 남길 존 리드 르포르타주의 프리퀄이라고 볼 수도 있다.

읽다 보면 알게 된다. 이렇게 쓰려면 어떻게 기록해야 했을지. 르포의 기본은 대단한 통찰력과 문장력이 아니다. 성실하고 꼼꼼한 기록이다. 취재하는 동안 어느 한순간도, 어느 한마디도, 사소한 대화나 행동도, 상대의 표정과 목소리의 변화도, 상황이 펼쳐지는 장소와 풍경도, 보고 듣고 감각하는 모든 것들에 대한 기록을 멈추지 않는 것. 탁월한 르포는 그 사소하고 지난한 기록들이 쌓인 뒤에야 촘촘한 그물로 엮일 수 있다. 수첩과 펜을 손에서 떼지 않는 일. 그 단순한 기본이 르포문학의 고전을 쓸 수 있었던 그의 진짜 실력이라고 나는 믿는다.

존 리드. 짧은 생애를 뜨겁게 살았다. 특정 매체와 좁은 출입처에 묶이지 않고 세계사적 현장을 옮겨 다니며 보고, 쓰고, 참여했다. 총알 날아다니는 사막과 세계대전의 전쟁터, 노동자들의 전쟁 같은 파업과 이념의 지형도를 바꾼 혁명 등 그의 출입처는 전 세계였고 그의 소속 매체는 그 자신이었다. 그의 기록하는 자세와 추구했던 저널리즘과 꿈꿨던 세상은 가난하고, 권력과 거리가 멀고, 차별받는 사람들을 향해 있었다. 그의 이상에 동의하든 하지 않든 그가 혁명군 병사들을 만날 때마다 했던 질문이 책을 읽은 우리 모두의 질문이 되길 기대한다.

"그래서 당신은 무엇을 위해 싸우고 있습니까?"

이문영, 기자·작가

"비야는 살아 있다! 투쟁은 계속된다!"

박정훈[*]

존 리드, 멕시코로 가다

멕시코혁명의 기록자 존 리드는 《세계를 뒤흔든 열흘》로 세계적인 명성을 얻은 르포 기자이자 미국공산당 창당을 주도한 공산주의자로 잘 알려져 있다. 그런 그가 르포 기자로서의 역량을 인정받은 계기는 멕시코혁명 르포인 《반란의 멕시코》 덕분이었고, 그가 제국주의와 자본주의에 맞선 투사로 거듭난 곳이 멕시코혁명의 전장이었다는 것은 제대로 알려져 있지 않다.

---

[*] 전 《한겨레21》 중남미 전문위원. 《역설과 반전의 대륙》 《라틴아메리카는 처음인가요?》(공저) 저자.

존 리드가 처음으로 멕시코 국경에 도착한 것은 1913년 12월 중순 무렵이었다. 그는 뉴욕 잡지 《메트로폴리탄》의 특파원 신분으로 멕시코혁명을 취재하라는 주문을 받았다. 그가 도착하기 전인 1913년 11월에 혁명군 지도자 판초 비야는 연방군을 치와와시에서 몰아냈다. 사막을 횡단하며 패주한 연방군은 미국과 멕시코의 국경도시 오히나가로 피신했다. 멕시코에서 최대 면적을 보유한 치와와주가 곧 혁명군의 수중에 놓일 참이었다. 국경을 맞댄 미국인들의 궁금증은 커졌고, 특파원들이 국경도시로 쇄도했다.

존 리드는 오히나가에서 패주한 연방군 지도자를 인터뷰하면서 멕시코혁명 취재를 개시하고자 했다. 하지만 멕시코는 '그링고gringo'(멕시코에서 미국인을 경멸적으로 부르는 말)에겐 위험한 땅이었다. 연방군 참모는 존 리드가 강을 건너면 "담벼락에 세워놓고 등짝에 총알을 박아주겠다"고 엄포를 놨다. "불구가 되거나 살해될지도 모른다는 생각에 사로잡혔다. 낯선 언어와 사고방식을 가진 이상한 사람들이 사는 이상한 땅이 두려웠다"고 리드는 당시의 심경을 기록했다. 하지만 저널리스트의 천성인 "가공할 만한 호기심"이 두려움을 압도했다. 그는 리오그란데강을 건너 "이상한 사람들의 이상한 땅"으로 성큼 들어섰다.*

---

*   이 문단의 인용은 모두 로버트 A. 로젠스톤, 《존 리드 평전》(정병선 옮김, 아고라, 2007, 227쪽)에서 따왔다.

그때부터 존 리드는 3개월 넘는 기간 동안 멕시코 북부의 사막, 산악, 평원 지대를 누비며, 가난한 사람들로 구성된 군대와 부대꼈다. 그들과 함께 먹고 자고 술과 담배를 나누며 춤을 추고 포옹했다. 빈민의 군대가 전투에서 패배하면 벗들을 한꺼번에 잃기도 하고, 사막의 도망자 신세가 되어 추격당하기도 했다. 판초 비야의 병사들 중에서도 가장 가난한 병사들과 교류한 존 리드는 마침내 "이상한 땅의 이상한 사람들"을 사랑하게 되었다고 고백한다.

리드는 멕시코혁명을 통해 "자신을 재발견"**했다고 썼다. 피비린내 속에서 탄생하는 혁명의 전장을 뛰어다니면서 26세의 풋내기 기자는 세계적인 저널리스트로 성장해갔다. 리드는 착취와 억압에서 벗어나기 위해 혁명전쟁에 뛰어든 가난한 농민과 노동자들과 부대끼면서 공산주의자로 발전해갔다. 그래서 존 리드에게 《반란의 멕시코》는 자신을 새롭게 발견할 기회를 준 '멕시코와 멕시코 민중에게 바치는 헌사'였다.

그 후 존 리드는 대서양을 건넜다. 그는 유럽에서 "상인들의 전쟁"***에 불과했던 제1차 세계대전의 참상을 전했다. 또한 '제국주의 전쟁을 내전으로 바꾸어놓은' 1917년의 혁명 러시아에서 노동자, 병사, 농민 소비에트가 새로운 권력

** 같은 책, 257쪽.
*** 같은 책, 278쪽.

을 창출하는 과정을 목격하게 된다. 그 목격담이 지금까지 수많은 세계인의 마음을 뒤흔든 르포문학의 걸작 《세계를 뒤흔든 열흘》이다. 러시아혁명의 지도자 레닌은 자본가 집안의 장남이고 명문 하버드대학에서 수학한 존 리드를 "하루는 혁명을 위해 하루는 자본주의를 위해" 일할지 모른다며 의심했지만, 리드의 러시아혁명기가 "참으로 흥미롭고, 서두에서 말미까지 단숨에 읽힌다"고 격찬했다.

미국으로 귀환한 리드는 저널리스트에서 혁명가로 변신해 맹활약했다. 1919년엔 미국공산당 창당을 주도했고, 노동계급의 해방을 옹호하는 데 앞장섰다. 33세의 젊은 나이에 병마와 싸우다가 요절했지만, 그의 노력은 뉴딜정책에도 영향을 끼쳐 대공황기 미국 노동자들의 권익 강화로 이어졌다. 1981년 〈우리에게 내일은 없다〉의 워렌 비티는 직접 메가폰을 잡고 영화 한 편을 만들었다. 〈레즈(빨갱이들Reds)〉라는 도발적인 제목을 내건 그 영화는 혁명 러시아에 묻힌 유일한 '미국인 빨갱이' 존 리드에게 경의를 표했고, 미국의 20세기가 존 리드와 같은 공산주의자들에게도 빚을 지고 있음을 보여주었다.

멕시코혁명의 중요성

《반란의 멕시코》가 담고 있는 멕시코혁명은 당시에는

그 세계사적인 의미가 제대로 파악되지 못한 사건이었다. 1917년의 러시아혁명이 갖는 세계적 영향력이 강력한 나머지 그보다 앞선 1910년의 멕시코혁명의 중요성이 가려졌다. 하지만 멕시코혁명은 '제3세계 농업 국가에서 발생한 최초의 사회혁명'이었다. 이 혁명은 20세기 내내 식민지는 물론이고, 독립국이지만 제국주의 열강이 압도적인 영향력을 행사하고 있던 '신식민지' 곳곳에서 발생하게 될 사회적 격동을 미리 보여주는 것이었다.

1910년부터 무려 10여 년 동안 진행된 멕시코혁명의 파란만장은 크게 4막으로 나뉜다. 1막에서 독재체제에 맞선 민중봉기로 민주정부가 수립되지만, 2막에선 민주정부에 맞선 쿠데타가 발생해 대통령이 살해된다. 3막에선 쿠데타 세력과 민중 지도자들이 결전을 치르고 마침내 혁명은 승리로 귀결된다. 하지만 4막에서는 혁명 세력 내부의 권력투쟁으로 민중 지도자들이 비운의 최후를 맞는다. 짜임새가 탁월한 한 편의 고전 희비극과도 같은 멕시코혁명의 드라마는 20세기 세계 곳곳에서 발생한 혁명의 예고편처럼 보인다.

멕시코혁명이 발발한 직접적인 계기는 33년간 전횡을 일삼던 포르피리오 디아스의 약속 파기였다. 독재자 디아스는 "이제 멕시코 민중은 민주주의를 받아들일 준비가 돼 있다"고 발언해놓고도, 프란시스코 마데로가 강력한 경쟁자로 부상하자 그를 구속해버렸다. 이에 마데로는 탈옥을 감행했고, 민중봉기로 독재를 타도하자고 호소했다. 마데로의 호소에 화답한 이들 중에는 북부 산악의 산적 판초 비야, 남부 평원의 농민 에밀리아노 사파타가 있었다. 제1막은 무장투쟁이 승리해 늙은 독재자 포르피리오 디아스가 파리로 도주하면서 마감된다. 그는 도주 직전 "마데로가 호랑이 한 마리를 풀어놓았군"이라고 시니컬한 조롱을 남겼다고 한다.

혁명의 제2막은 1911년 11월 마데로가 멕시코 민중의 압도적인 지지로 대통령에 취임하면서 시작된다. '민주주의의 사도'라고 칭송받는 마데로였지만 막상 집권 이후에는 이렇다 할 정치력을 보여주지 못했다. 그는 언론과 결사의 자유를 보장하고, 의회에 행정부를 견제할 권한을 부여하는 등의 정치 개혁을 추진했다. 하지만 토지 분배를 기다리던 농민들을 실망시켰고, 노동조건 개선을 요구하던 노동자들이 경찰과 시가전을 벌이는데도 속수무책이었다. 군대와 경찰 등 독재체제의 유산을 개혁하지도 못했다.

결국 1913년 2월 마데로 대통령은 자신이 군 총사령관으로 임명한 독재체제의 잔당 빅토리아노 우에르타의 손에 부통령 피노 수아레스와 함께 살해됐다. 디아스가 언급한 '호랑이'가 그 실체를 드러낸 것이다. 마데로의 비극은 자신의 봉기 호소에 응답한 민중의 뜻을 제대로 감지하지 못했기 때문에 발생했다. 그는 혁명의 근본적 원인에 둔감했다.

독재자 디아스 집권기는 멕시코의 상류층 과두들과 외국인 투자자들이 동맹을 맺어 멕시코를 근대국가·산업국가로 변모시키려던 시절이었다. 그 시절은 대지주에겐 '황금

시대'였지만, 농민과 노동자들에게는 '지옥에서 보낸 한철'
이었다. 디아스 정부의 토지 소유권 확립 정책은 농민들에
게 큰 원성을 샀다. 이 정책은 경자유전의 관례로 보유해온
농민 혹은 농민공동체의 토지를 대지주들이 모조리 강탈하
도록 부추겼다. 이 책에도 등장하는 치와와주의 테라사스
가문은 벨기에와 네덜란드를 더한 면적보다도 더 큰 사유지
를 보유했고, 그 땅을 횡단하는 데 기차로 꼬박 하루가 걸릴
정도였다고 한다. 반면 자기 토지를 잃고 농업노동자가 된
농민들은 대지주가 농장 구역 내에 설치한 직영상점의 고리
대금업으로 다시 착취당했다. 농노와 다를 바 없던 이들은
'페온Peón'으로 불렸는데 멕시코혁명의 주역들이자 이 책의
주인공들이기도 하다.

　디아스 정부의 노동운동 탄압도 악명이 높았다. 1906년
6월 국경도시에서 구리 광산 노동자들이 파업을 벌였을 때,
멕시코 정부는 "미국인의 생명과 재산 보호"를 위해 미국 군
대를 파견하라고 요청했고, 멕시코 경찰과 공조하여 파업
노동자들을 유혈 진압했다. 그해 12월 한 방직공장에서 파
업이 발생했을 때는 약 600명의 노동자를 학살하고 이들의
주검을 바다에 유기하는 만행을 저질렀다. 농민과 노동자들
이 혁명군의 주역이 된 이유가 여기에 있다. 대통령 마데로
는 이런 현실을 제대로 파악하지 못했다. 하지만 마데로의
비극적인 죽음이 그를 멕시코혁명의 순교자로 만들어주었
다. 그래서 2차 혁명군이 마데로파Maderista라 불리기도 한다.

이제 혁명은 가장 극적인 사건들이 펼쳐지는 제3막으로 넘어갔다. 마데로가 살해되자마자 코아윌라 주지사 베누스티아노 카란사는 쿠데타 정부를 '찬탈자'라고 비난하고, 헌법에 입각한 정부 수립을 요구하는 '헌정주의 혁명'을 주창했다. 여기서 '헌정군'이라는 용어가 탄생했다.

이 시기에 혁명은 시작부터 내부에 품고 있던 이중적 모습을 드러냈다. 하나는 독재체제를 해체하는 정치 개혁의 비전이었고, 다른 하나는 사회경제혁명으로 도약하고자 하는 열망이었다. 이는 멕시코의 미래를 두고 각축을 벌이는 두 가지 비전이었다. 카란사가 대표하는 정치 개혁 세력은 대체로 강력한 중앙정부가 주도하는 민주적이고 진보적인 민족국가를 건설하고자 했고, 판초 비야와 에밀리아노 사파타 등 사회혁명의 지도자들은 사회정의와 민주주의가 작동하는 지역자치공동체를 추구했다. 그런데 카란사와 같은 보수주의자들에겐 사회혁명의 의지가 없었고, 비야와 사파타에겐 국가권력에 대한 의지와 비전이 없었다.

에밀리아노 사파타는 '토지와 자유'를 내걸고 대농장을 불태운 뒤 농민들에게 토지를 분배했다. 그는 1914~1915년까지 모렐로스주에서 농촌자치공동체를 조직했다. 1912년에 당시 군 총사령관 우에르타에 의해 체포되어 사형선고를 받았던 판초 비야는 대통령 마데로의 도움으로 탈옥에 성공한 뒤 1913년 4월까지 미국 텍사스주 엘패소에 은신했다. 마데로의 사망 소식을 들은 비야는 8명의 부대원을 데리고 리오그란데강을 건너 멕시코로 잠입했다. 그는 곧 치와와 산악지역에서 목장과 농장의 농업노동자들인 페온, 노동자들을 규합해 군대를 조직하고 '북부사단Division del Norte'이라 명명했다. 비야는 그해 11월 마침내 치와와주의 수도 치와와시에서 연방군을 몰아냈다. 멕시코에 귀환한 지 8개월 만의 쾌거였다. 곧 비야는 30만 명의 치와와 주민들을 대상으로 '비범한 정치 실험'에 몰두했다. 비야는 대지주를 타도한 뒤 토지를 분배했고, 고리대금업자들을 몰아냈으며, 치와와 곳곳에 학교를 세웠다.

한편, 패주한 연방군은 텍사스 프레시디오와 마주한 멕시코 국경도시 오히나가로 도피했다. 바로 그즈음, 1913년 12월 말에 미국인 기자 존 리드가 멕시코혁명을 취재하기 위해 급파되었다. 존 리드는 오히나가에 고립된 연방군 대장과 인터뷰하기 위해 리오그란데강을 건넜다. 이 책은 이때부터 2차 혁명의 성사 여부를 결정지은 토레온 전투까지를 다루고 있다. 토레온은 멕시코 북부에서 가장 중요한 전략적 요충지로서 멕시코시티로 가는 길목에 있었다. 그곳에서 '북부사단'의 화력과 연방군의 최정예부대가 결전을 벌였고 비야의 가난한 민중 군대가 2주간의 혈투 끝에 승리를 거뒀다. 즉《반란의 멕시코》는 멕시코혁명의 제3막, 즉 제2차 혁명 중에서 가장 드라마틱한 시기를 다루고 있다. 치와와주에서 연방군을 몰아낸 판초 비야의 '북부사단'이 토레온 전투에서 승리를 거둬 멕시코혁명을 최종 승리로 이끄는 과정을 다루고 있다.

민중의 목소리를 생생히 전달하다

존 리드의 《반란의 멕시코》는 연대기적 구성을 따르지 않고 드라마적 구성을 취하고 있다. 그 방식이 멕시코혁명의 전모를 미국 독자들에게 전달하는 데 효과적이라고 봤기 때문일 것이다. 다만 나는 시간적으로나 공간적으로나 너무 멀리 떨어진 역사적 사건을 접하게 되는 한국 독자들을 고려해 존 리드의 동선을 시간 순으로 적어두고자 한다.

존 리드는 12월 중순 무렵 오히나가에서 패장을 인터뷰한 뒤 12월 25일경 비야 사령부가 있는 치와와시를 방문해 비야를 인터뷰했다. 이때 비야는 리드에게 '들창코'라는 별명을 지어줬고, 리드는 비야를 '멕시코의 로빈 후드'라고 칭했다. 치와와시에서 일주일을 보낸 존 리드는 야전부대에 합류하기 위해 1914년 1월 1일 히메네스에 도착했다. 히메네스는 치와와주 남동쪽 도시로 두랑고주와 인접한 곳에 있다. 그곳에 잠시 머문 뒤 리드는 이틀을 달려 두랑고주의 라스니에베스에 도착했다. 바로 이곳에 '두랑고의 사자' 우르비나 장군의 사령부가 있었다. '북부사단'의 최전방 전초기지인 이곳에서 우르비나 장군은 토레온 공격을 준비하고 있었다.

그곳에서 약 7일간 머문 뒤에 출격하는 우르비나 부대와 함께 라카데나 대농장으로 향했다. 그 대농장에서 2주 동안 리드는 판초 비야의 전사 가운데서도 가장 가난한 멕시코혁명 전사들과 함께 지내며 자신의 일생에서 "가장 만족스런 기간"*을 보냈다. 곧 그곳에서 그는 우정을 나눴던 벗들을 잃고 사막의 도망자 신세가 된다.

1914년 2월 1일경 치와와시로 돌아온 존 리드는 소노라주에 위치한 국경도시 노갈레스를 방문해 베누스티아노 카란사 임시 대통령을 인터뷰했다. 다시 치와와로 돌아온 리드는 중국인 치 리의 술집에서 술을 마시고, 도시 최고의 도박장 엘코스모폴리타에서 포커 게임을 즐기며 비야의 토레온 출격을 기다렸다.

마침내 어느 토요일 아침, 전신선을 절단한 비야가 출전했다는 것을 깨달은 존 리드는 '북부사단'의 기차 부대와 함께 남하했다. 비야 부대가 베르메히요를 파죽지세로 점령하고, 토레온 외곽 약 4킬로미터 지점에 위치한 고메스팔라시오를 공격하는 광경을 지켜봤다. 이때 존 리드는 "벽화 작가"처럼 생생하게 전쟁의 지휘부와 병사, 보병과 포병, 전사와 민간인, 고함치고 농담하고 격려하는 비야를 묘사했다.

리드는 이때 목격한 비야의 전략과 병사들의 전투 장면을 담은 토레온 함락 기사를 작성해 3월 25일에 기고하고

---

* 같은 책, 241쪽.

부상병을 호송하는 병원기차를 타고 치와와시로 귀환한다. 북부사단이 토레온의 연방군을 완전히 몰아낸 것이 4월 3일이었으니까 일주일가량 앞서 함락 소식을 미국 언론에 기고한 셈이다.

존 리드는 대규모 전투에선 서사시적 "벽화 작가"로, 혁명의 영웅들을 묘사할 때는 날카로운 '초상화가'로 변신했으며, 활력과 재기 넘치는 멕시코 민중의 문화를 묘사할 때는 '풍속화가'로서의 면모도 유감없이 보여줬다. 이 책의 마지막 장에는 두랑고산맥의 두 촌락을 방문한 기록이 담겨 있다. 그가 이 장에서 묘사하는 멕시코 민중은 전쟁의 참화에서 잠시 비켜나 있는 이들이다. 자연과 이웃을 벗 삼아 살아가는 이들이 연극을 함께 관람하는 풍경이다. 그렇게 혁명전쟁이 끝난 뒤에 태어날 새로운 멕시코에 대한 염원을 기록해두었다.

비야와 사파타의 최후

멕시코혁명의 제3막은 '찬탈자' 우에르타가 1914년 6월에 망명하고 난 후 그해 10월에 아과스칼리엔테스에서 모든 혁명 정파들이 모여 회의를 가졌을 때 절정에 이르렀다. 이 회의에서 비야는 사파타와 손을 잡고 카란사를 비롯한 지방 상류층 정치가들에 맞섰다. 혁명 이후의 멕시코를 놓고 두 개의 길이 서로 가시적으로 충돌한 것이고, 혁명군 내부의 권력 암투를 예견케 하는 사건이었다. 그해 12월 비야와 사파타는 소치밀코에 모여 회담을 갖고 멕시코시티에 나란히 입성하기로 합의했다. 존 스타인벡이 각본을 쓰고, 엘리아 카잔이 연출한 〈비바 사파타!Viva Zapata〉는 소치밀코 회담을 이렇게 전한다.

"사파타, 이젠 아침에 총소리 대신 닭 우는 소리를 들으며 일어날 거야. 너무 오랫동안 싸웠어. 너무 지쳤어. 오직 한 사람만 믿을 수 있어. 글 읽을 줄 알아?
"(고개를 끄덕이는 사파타) ……"
"그럼 사파타, 자네가 대통령이야."
"비야, 지금 무슨 소리 하나."
"너 말고는 할 사람 없어. 내가 대통령처럼 생겼나? 너 말고는 없어"

둘은 서로 형님 먼저, 아우 먼저 하듯이 대통령을 미루었다. 권력이 자신들의 수중에 있는 것처럼 보이는 그때 멕시코 민중 지도자들은 자신의 농장, 사탕수수밭의 경계를 뛰어넘는 정치적 비전을 갖고 있지 못했다. 혁명의 승리는 민중 지도자의 피땀의 결과였지만, 혁명의 결실은 곧 그들 차지가 되지 못할 것이다. 바로 여기에 비극의 씨앗이 존재했다.

멕시코혁명의 제4막은 1917년 혁명 헌법을 제정하고 혁명 정부가 출범하면서 시작된다. 강력한 중앙집권체제를 지지하며 집권에 성공한 세력은 비야와 사파타를 잠재적인 반란자로 규정했다. 남쪽에서는 에밀리아노 사파타가 땅에 대한 권리와 농민자치공동체를 존중하지 않으면 언제든지 다시 봉기하겠다고 위협하고 있었다. 북쪽에서는 판초 비야가 그토록 원하던 농장에서 한가로운 은퇴 생활을 즐기며 혁명을 이용해 사익을 취하는 정치가들을 공격하고 있었다. 마침내 1919년 에밀리아노 사파타는 배신의 덫에 걸려 살해됐고, 1923년 판초 비야는 자신의 차를 향해 날아든 160발의 탄환에 속수무책으로 암살됐다.

그들과 그들의 동지였던 가난한 멕시코 농민들과 노동자들의 목숨 위에 세워진 멕시코는 이들의 이름을 박제화했다. 멕시코시티의 지하철 노선 중에는 비야의 전설적인 부대 '북부사단' 역이 있는가 하면, 비야와 사파타 등의 이름을 딴 도로들도 셀 수 없을 정도로 많다. 멕시코의 어느 모퉁이 광장의 노점에서도 비야와 사파타의 이미지가 담긴 혁명기의 사진들을 흔히 접할 수 있고, 이들의 이름이 등장하는 노래들과 이야기들, 영화들의 수는 헤아리기조차 힘들다.

지난 1994년엔 시장만능주의에 맞서 원주민 자치를 내걸고 멕시코 남부 치아파스주의 원주민들이 봉기했다. 그들은 자신의 이름을 사파티스타Zapatista(사파타를 따르는 사람들)라고 지었다. 존 리드가 "멕시코혁명의 위인"*이라 부른 사파타에 대한 기억을 간직하고, 그가 남긴 자치의 꿈을 되살리기 위해서였다. 멕시코혁명의 민중 지도자 비야와 사파타의 이름을 참칭하려는 것이 아니라 그들의 정신을 현대 멕시코에 오롯이 되살리고자 일어선 것이다.

2000년 중남미에서 가장 늦게 민주화를 이룬 멕시코는 2012년 구지배 세력의 복귀를 경험하더니 2018년에는 중남미에서 가장 늦게 도착한 좌파 정부를 맞았다. 그렇게 멕시코의 역사는 두 걸음 나아갔다가 다시 한 걸음 뒤로 물러나기를 반복하고 있다. 하지만 역사를 밀고 가는 멕시코 민중의 외침은 언제나 한결같다. "비야는 살아 있다! 투쟁은 계속된다!"

---

* 　같은 책, 247쪽.

일러두기

1. John Reed, *Insurgent Mexico*, New York: International Publishers, 1969를 저본으로 하고, 초판인 John Reed, *Insurgent Mexico*, New York and London: D. Appleton and company, 1914를 참조했다.
2. 각주는 모두 옮긴이가 붙인 것이다. (감수자가 더한 주석은 '-감수자'로 표기했다.)
3. 외래어 표기는 국립국어원 표기법에 따라 표기했다.
4. 단위는 미터법으로 변환하는 것을 원칙으로 했다.

차례

1부. 사막의 전투

2부. 프란시스코 비야

3부. 히메네스와 서부 전초기지

4부. 무장한 민중

5부. 카란사-인상

6부. 멕시코의 밤

하버드대학교
찰스 타운센드 코플랜드 교수님[*] 앞

코피 선생님께

제가 처음 간 해외여행에 대해 별로 쓰고 싶어 하지 않는 것이 이상하다고 하셨던 것을 기억합니다. 하지만 이제 저는 글을 쓰고 싶게 만드는 나라에 가게 됐습니다. 그곳 멕시코에서 받은 인상에 대해 쓰면서, 선생님의 가르침이 없었다면 제가 거기서 본 것을 결코 보지 못했을 것이란 생각을 지울 수 없었습니다.

이미 여러 작가가 선생님께 했던 말을 덧붙일 수밖에 없겠습니다. 선생님의 말을 듣는 것은 가시적인 세상에서 비가시적인 아름다움을 보는 법을 배우는 것이며 선생님의 친구가 되는 것은 지적으로 정직해지고자 노력하는 것입니다. 그러므로 이 책을 선생님께 헌정합니다. 마음에 드는 부분만 취하시고 나머지에 대해서는 저를 용서해주시리라고 믿습니다.

한결같은 잭 드림
뉴욕 1914년 7월 3일

---

[*] Charles Townsend Copeland(1860~1952). 존 리드가 하버드대학교 3학년 때 만난 스승. 애칭 코피. 오랫동안 하버드대학교에서 작문을 가르치며 헬렌 켈러를 비롯한 여러 학생에게 큰 영향을 끼쳤다. 리드는 "내게 자신감을 주고, 열심히 살아가며 가치 없는 일은 하지 말도록 가르쳐준" 세 사람 중 한 명이 코피라고 회상했다.

국경에서

메르카도 장군*이 이끄는 연방군은 치와와를 버리고 처참하게 사막 650킬로미터를 후퇴해 리오그란데강 강가의 오히나가에 석 달째 머물고 있었다.

[미국과 멕시코의 경계를 이루는] 리오그란데강의 미국 쪽 마을인 프레시디오에서 우체국의 평평한 흙 지붕에 올라서면 누렇고 얕은 강가 모래에서 자라는 키 작은 관목이 2킬로미터가량 펼쳐진 것을 볼 수 있다. 그 건너편 헐벗고 험한 산에 둘러싸인 건조한 사막 한가운데 불쑥 튀어나온 나지막한 메사** 너머로 오히나가 시가지가 보였다.

---

* Salvador R. Mercado(1864~1936). 멕시코 연방군 사령관. 1913년 당시 치와와 주지사로 우에르다 정권 편에서 싸웠다.

오히나가의 네모진 잿빛 어도비 흙벽돌집들과 오래된 스페인 교회의 둥근 지붕이 보였다. 나무 한 그루 없는 황량한 땅이다. [이슬람 사원의] 뾰족탑이 있을 법한 풍경이다. 낮이면 다 해진 흰 군복을 입은 연방군들이 여기저기 몰려다니며 참호를 팠다. 판초 비야***가 승리의 헌정군****을 이끌고 온다는 소문이 파다했기 때문이다. 햇빛이 야전포에 반사되면 갑작스레 빛이 번뜩이고, 정체된 대기 사이로 정체를 알 길 없는 짙은 연기가 일직선으로 피어올랐다.

이글대는 용광로 같은 태양이 지고 저녁이 가까워 오면 스카이라인을 따라 야간 초소까지 기병대의 순찰 행렬이 이어졌다. 날이 어두워지면 정체를 알 수 없는 불길이 타올랐다.

오히나가에 주둔 중인 패잔병은 모두 3500명이었다. 본래 만 명이었던 메르카도 장군의 군대와 파스쿠알 오로스코 장군****이 멕시코시티에서 이끌고 온 후원군 5000명 중 살아남은 자들이었다. 3500명 중 소령이 마흔다섯, 대령이 스

** mesa. 스페인어로 '탁자'라는 뜻. 꼭대기는 평평하고 등성이는 비탈인 언덕. 중미 지역에서 흔히 볼 수 있다.

*** Francisco 'Pancho' Villa(1878~1923). 멕시코혁명을 이끈 지도자. 본래 산적이었던 비야는 혁명 지도자 마데로를 만나면서 혁명에 복무하게 됐다. 북부 지역 하층계급의 절대적인 지지를 받았으며 천재적인 지략과 전술로 수많은 전투를 승리로 이끌어 혁명 내내 강력한 영향력을 가졌다. 프란시스코의 애칭인 '판초' 비야로 더 알려져 있다.

**** Constitutionalists. 우에르타가 쿠데타를 일으켜 짓밟은 헌정질서를 회복하기 위해 봉기했다는 의미에서 혁명군을 헌정군이라고 불렀다.

물하나, 장군이 열한 명 있다고 했다.

나는 메르카도 장군을 인터뷰하고 싶었다. 그러나 한 신문 기사가 살라사르 장군*****의 심기를 불편하게 하는 일이 벌어지자 기자들의 오히나가 출입이 전면 금지됐다. 나는 메르카도 장군에게 인터뷰를 요청하는 정중한 편지를 보냈다. 오로스코 장군이 그 편지를 가로채 다음과 같은 답장을 보내왔다.

존경하는 귀하
오히나가에 한 발짝이라도 들여놓으시면 귀하를 벽에
세워놓고 제 손으로 직접 등짝을 쏘는 기쁨을 누릴
것입니다.

하지만 나는 강을 건너 오히나가에 갔다. 운 좋게도 오로스코 장군과 마주치지는 않았다. 내가 오히나가에 입성한 것에 불만인 사람은 없어 보였다. 초소마다 병사들은 흙벽돌담 그늘에서 낮잠을 자고 있었다. 그러던 중 에르난데스라는 예의 바른 장교와 마주쳤고 그에게 메르카도 장군을

***** Pascual Orozco(1882~1915). 멕시코혁명기에 활동한 장군으로 처음에는 마데로의 편에서 혁명을 위해 싸웠지만 이후 마데로 정권에 불만을 품고 '오로스코의 혁명'이라 불리는 반란을 일으켰다. 우에르타가 쿠데타를 일으키자 그를 지지해 혁명군과 프란시스코 비야에 맞섰다.
***** José Inés Salazar(1884~1917). 오로스코 장군의 절친한 친구로 처음에는 마데로의 편에 섰지만 우에르타 정권에 가담해 헌정군에 맞서 싸웠다.

만나고 싶다고 이야기했다.

그는 내 신분을 확인하지도 않고 팔짱을 끼고 나를 노려보더니 버럭 소리를 질렀다.

"나는 오로스코 장군의 참모장이란 말이오. 형씨를 메르카도 장군에게 데려갈 일은 없소!"

나는 아무 말도 하지 않았다. 장교는 잠시 설명했다.

"오로스코 장군은 메르카도 장군을 아주 싫어해요! 오로스코 장군은 메르카도 장군의 병영에 가지 않고 메르카도 장군은 오로스코 장군 병영에는 올 엄두도 못 내죠! 메르카도 장군은 겁쟁이거든요. 티에라블랑카에서 도망치더니 치와와에서도 도망쳤어요!"

"싫어하는 장군이 또 있습니까?" 내가 물었다.

장교는 잠시 말을 멈추고 성난 표정으로 나를 쳐다보더니 곧 씩 웃었다.

"누가 알겠소……?"

나는 결국 메르카도 장군을 만났다. 그 뚱뚱하고 한심하고 걱정 많고 우유부단하고 작달막한 남자는 미국 군대가 강을 건너와 티에라블랑카에서 비야를 도와 이기게 해줬다며 우는 소리를 장황하게 늘어놨다.

숨 막히게 이글대는 태양 아래, 쓰레기와 가축 사료가 여기저기 널린 오히나가의 길거리는 먼지가 뽀얗게 날렸다. 창문 없는 오래된 교회 바깥에는 거대한 스페인 종 세 개가 걸려 있고 향 태우는 연기에 그을린 출입구 사이로 푸르스름한 연기가 빠져나왔다. 거기서 군대를 따라다니는 여자들이 밤낮으로 승리를 빌었다. 오히나가는 다섯 번이나 빼앗겼다가 되찾은 곳이다. 지붕이 남아 있는 집이 거의 없고 벽이란 벽에는 모두 포탄 구멍이 나 있었다. 이 처참하게 구멍이 숭숭 난 방에서 군인들과 근처 시골에서 약탈해온 여자와 말, 닭, 돼지가 함께 살았다. 총은 구석에, 말안장은 먼지속에 쌓여 있었다. 패잔병들은 넝마 차림이었다. 제대로 군복을 갖춰 입은 사람이 거의 없었다. 군인들은 문가의 작은장작불에 쪼그려 앉아 옥수수 가루와 말린 고기를 끓였다. 다들 굶어 죽기 직전이었다.

큰길에는 폭도들이 온다는 두려움에 여드레에 걸쳐 세계에서 가장 황량한 사막을 건너온 병들고 지치고 굶주린 피난민 행렬이 이어졌다. 길가에 있던 군인 백여 명이 피난민을 멈춰 세우고 마음에 드는 물건은 죄다 빼앗았다. 난민들이 강을 건너 미국 영토에 도착하면 이번에는 미국 세관과 이민국 관리를 거쳐 무기를 찾는 국경수비대에게 몸수색을 당해야 했다.

난민들은 쏟아지듯이 강을 건넜다. 말을 타거나 소를 몰고 가는 사람도 있고 마차를 타거나 걷는 사람도 있었다. 조사관은 그다지 점잖지 못한 사람이었다.

"마차에서 모두 내려!" 조사관이 팔에 보퉁이를 낀 멕시코 여인에게 소리 질렀다.

"하지만 세뇨르, 왜 그래야 하나요?" 여인이 물었다.

"안 내리면 마차에서 끌어내리겠다." 조사관은 소리친다.

조사관들은 불필요할 정도로 꼼꼼하고 난폭하게 남녀 모두를 수색했다.

어느 날 강가에 서 있는데 한 여인이 치마가 허벅지까지 말려 올라간 것도 개의치 않고 강을 건너는 것이 보였다. 여인은 풍성한 숄을 둘렀는데 안에 무엇이라도 숨긴 양 앞이 불룩 튀어나와 있었다.

세관원이 소리쳤다. "어이 거기! 숄 안에 뭐가 있나?"

여인은 서서히 앞섶을 끄르더니 침착하게 대답했다.

"저도 모릅니다, 세뇨르. 딸 아니면 아들이겠지요."

작은 마을 프레시디오가 대도시처럼 북적대던 시절이었다. 프레시디오는 강변의 모래밭과 포플러나무를 따라 어도비 흙벽돌집이 열다섯 채쯤 여기저기 흩어져 있는 믿기 어려울 만치 황량한 마을이다. 독일계인 점방 주인 클레인만 노인은 피난민들을 상대로 물건을 팔고 강 건너 연방군에게 물자를 대주면서 하룻밤 새 큰돈을 벌었다. 그는 사춘기에 접어든 어여쁜 세 딸을 두었는데 마을이 붐비기 시작하자 딸들을 모두 가게 위 다락방에 가두어버렸다. 멕시코 호색한 무리와 열정적인 목동들이 멀리 떨어진 곳에서도 딸들이 예쁘다는 소문만 듣고 찾아와 개떼처럼 주변을 어슬렁거렸기 때문이다. 노인은 하루 중 절반은 웃통을 벗고 가게에서 맹렬하게 일하고, 나머지 절반은 벗은 웃통 위로 큰 총을 메고 돌아다니며 구혼자들을 쫓아내느라 바빴다.

밤이고 낮이고 연방군 군인들이 무장하지 않고 강을 건너와 가게나 당구장으로 몰려들었다. 그들 중에는 느낌이 좋지 않고 칙칙하고 불길한 기운이 도는 사람들, 곧 혁명군과 연방군 양쪽의 첩자들이 있었다. 난민 수백 명이 야영하는 수풀 주변에는 온갖 음모가 난무했다. 텍사스주 기마경관, 미군 기병, 미국 기업의 비밀요원들은 내부 첩자에게서 비밀 정보를 빼내려고 갖은 애를 썼다.

하루는 잔뜩 화가 난 맥킨지가 발을 동동 구르며 우체국 주변을 맴돌고 있었다. 아메리카제련및정제회사* 소유의 산타에울라리아 광산에 보낼 중요한 편지가 있는 모양이었다.

"늙다리 메르카도가 자기 지역을 지나가는 편지는 모두 뜯어서 읽어보라고 했다네." 맥킨지는 분에 차서 소리쳤다.

"그래도 편지를 빼돌리진 않겠죠. 안 그런가요?" 내가 물었다.

"물론이지. 하지만 아메리카제련및정제회사가 보낸 편지를 망할 멕시코 놈이 뜯어본다니? 미국 회사가 자기 직원한테 비공개 편지를 보낼 수 없다니 이건 말도 안 되는 일이라고! 이런 일이 벌어져도 [미국 정부가] 개입하지 않는다면

---

* America Smelting and Refining Company(ASARCO). 1891년 설립된 미국계 광산, 제련, 정제 기업으로 1901년 구겐하임 가문에 인수되었다. 1916년 11월 판초 비야가 이 회사 직원들을 공격해 16명이 죽거나 다치면서 미국이 멕시코혁명에 개입하는 계기가 되기도 했다.

앞으로 무슨 일이 일어날지 모르겠네!" 그는 어두운 표정으로 말을 맺었다.

총기와 탄약 회사에서 나온 온갖 종류의 외판원과 밀수업자들이 득시글거렸다. 체구는 작지만 정력적인 초상화 회사 외판원도 있었다. 그는 5달러를 내면 사진을 확대한 크레용 초상화를 그려주는 회사에서 나왔는데, 멕시코인들 사이를 분주히 돌아다니며 그림이 배달되면 돈을 받기로 하고 수없이 주문을 받았다. 그러나 그림이 배달될 리 없었다. 멕시코 사람들을 처음 상대해보는 그는 주문을 수백 건이나 받아 아주 신이 났다. 멕시코 사람들은 당장 돈을 내지 않아도 된다면 초상화건 피아노건 자동차건 바로 주문한다. 부자가 된 기분이 들기 때문이다.

초상화 외판원은 멕시코혁명에 대해 논평을 하기도 했다. 우에르타 장군*은 점잖은 사람임이 분명한데 그 이유는 장군의 어머니 쪽이 버니지아주의 명문가인 캐리 가문과 먼 친척이기 때문이란다!

미국 쪽 강둑은 기병대 특무대가 하루에 두 번씩 순찰했고, 멕시코 쪽 강둑은 말 탄 기병이 꼼꼼하게 순찰했다. 양측 순찰대는 국경을 사이에 두고 가까운 거리에서 서로 바라보았다. 가끔 불안을 이기지 못한 멕시코군이 무차별 사격을

---

* José Victoriano Huerta Márquez(1850~1916). 멕시코의 장군이자 대통령. 1913년 쿠데타를 일으켜 마데로 정부를 전복하고 대통령직에 올라 군부 독재정권을 세운다.

해대면 작은 전투가 벌어지고 양쪽 군인들은 수풀 속으로 뿔뿔이 흩어졌다. 프레시디오에서 약간 북쪽으로 가면 제9 흑인기병대 2개 중대가 주둔하고 있었다. 한 흑인 병사가 강 둑에서 말에게 물을 먹이는데 반대편 강둑에 쪼그려 앉아 있던 멕시코인이 영어로 말을 걸었다.

"어이 검둥이! 자네들 망할 그링고는 언제쯤 국경을 넘어 올 건가?" 멕시코인이 비아냥거리며 소리쳤다.

"어이 고추**! 우리가 국경을 넘는 일은 절대 없을걸. 우린 아주 그냥 국경을 들어 올려서 파나마운하에다 내려놓을 테 니까." 흑인 병사가 대꾸했다.

가끔 부유한 난민이 말안장 밑에 꿰매 단 상당한 양의 금 붙이를 연방군에게 빼앗기지 않고 무사히 강을 건너기도 한 다. 그러나 프레시디오에는 바로 그런 희생양을 기다리는 커다란 고성능 자동차 여섯 대가 있다. 그들은 철로까지 데 려다주는 데 금화 백 달러를 요구한다. 그리고 가는 길에 마 르파*** 남쪽의 적막한 황야 어딘가에 이르면 복면 쓴 괴한 들이 나타나 가진 것을 모두 빼앗아갈 것이 뻔하다. 이런 일 이 벌어지면 프레시디오 카운티의 보안관은 〈황금시대 서 부의 아가씨〉****에서 튀어나온 듯한 작은 얼룩무늬 말을 타 고 나타나 마을 전체를 꾸짖었다. 오웬 위스터*****의 소설이

** Chile. 고추를 많이 먹는 멕시코인을 조롱조로 부른 말.
*** 텍사스주 서부의 도시.

라면 모조리 읽은 그는 서부 보안관이라면 어떤 차림이어야 하는지 아주 잘 알았다. 허리에는 쌍권총, 겨드랑이 아래로 슬렁을 차고, 왼쪽 부츠에는 큰 칼을 꽂고, 말안장에는 커다란 산탄총을 달았다. 보안관은 무시무시한 단어를 써가며 호통을 쳤지만 정작 범죄자를 잡아가는 일은 없었다. 그는 프레시디오 카운티 법이 총기 소지를 금지하도록 로비하는 일과 포커로 하루를 다 보냈다. 하루 일과가 다 끝난 저녁이면 언제나 클레인만 노인의 가게 뒤편에서 벌어지는 조용한 카드 게임에 열중하는 보안관을 볼 수 있었다.

프레시디오는 늘 전쟁과 전쟁에 대한 소문으로 들떠 있었다. 사람들은 치와와에 머물고 있는 헌정군이 곧 육로로 오히나가를 공격할 것을 알고 있었다. 사실 벌써 멕시코 연방군 장군들이 이미 단체로 미국 국경수비대 소령을 찾아와 그런 일이 벌어지면 어떻게 오히나가에서 후퇴할지 의논하기도 했다. 장군들은 폭도들이 공격해오면 남부끄럽지 않을 동안, 그러니까 한두 시간 정도만 저항하다가 강을 건너와도 될지 허락을 받아두려던 것이었다.

**** The Girl of the Golden West. 미국의 극작가 데이비드 벨라스코가 1905년 발표한 연극. 골드러시 시대 캘리포니아의 탄광촌에서 술집을 운영하는 여장부에 관한 이야기로 1910년 푸치니가 이 이야기를 바탕으로 오페라 〈서부의 아가씨〉를 만들기도 했다.

***** Owen Wister(1860~1938). 미국의 작가. 카우보이가 주인공으로 등장해 공동체를 구원하는 영웅이 되는 서부 소설의 원형을 완성해 미국 서부극의 원조로 여겨진다.

40킬로미터 정도 남쪽에 있는 라물라파스에서 혁명군 오백 명이 오히나가에서 산악지대를 통해 나갈 수 있는 유일한 길을 막고 있다는 것도 모두 알고 있었다. 하루는 첩보원 한 명이 멕시코 연방군의 수비선을 뚫고 강을 건너 중요한 소식을 가지고 왔다. 연방군 군악대가 시골을 행진하며 군악 연습을 하다가 헌정군에게 잡혔다는 것이다. 헌정군은 군악대 머리에 총을 겨누며 장터에서 열두 시간 동안 쉬지 않고 연주하게 했다고 했다. "그래서 말입니다." 첩보원은 말을 이었다. "사막의 고단한 삶을 좀 위로해주게 된 것이죠" 오히나가에서 35킬로미터 떨어진 사막 한가운데서 군악대가 홀로 연습하게 된 사정의 내막은 결국 밝혀지지 않았다.

연방군은 오히나가에 한 달가량 더 머물렀고 프레시디오는 번창했다. 그리고 어느 날 비야가 헌정군을 이끌고 사막 언덕 위로 모습을 나타냈다. 연방군은 남부끄럽지 않을 정도, 그러니까 딱 두 시간 동안, 더 정확히는 포열의 선봉에 선 비야가 몸소 총구 앞으로 돌진할 때까지만 버텼다. 완전히 무너진 연방군이 우르르 강을 건너자, 미군들은 이들을 거대한 울타리 속으로 몰아넣었다가 텍사스주 포트블리스의 철조망 친 수용소로 보냈다.

그러나 그때쯤 나는 이미 멕시코 땅 깊숙이 들어와 넝마를 걸친 헌정군 백여 명과 함께 전선을 향해 사막을 건너는 중이었다.

1부. 사막의 전투

1장. 우르비나의 땅

파랄에서 노새 등에 마쿠체*—여기서는 담배가 없으면 마쿠체를 피운다—를 한가득 실은 행상이 오자, 온 마을 사람들이 바깥소식을 들으러 몰려갔다. 여기는 철도에서 사흘을 달려야 닿을 수 있는 두랑고주의 외딴 마을 마히스트랄이다. 누가 마쿠체를 조금 사면 모두 그에게 마쿠체를 빌리고 아이에게 옥수수 껍질을 가져오라고 한다. 이제 모두 행상 주변에 세 줄로 쪼그려 앉아 마쿠체에 불을 붙였다. 마을 전체가 혁명 소식을 들은 지 벌써 여러 주가 지났기 때문이다. 행상은 걱정스런 소문을 잔뜩 전해주었다. 혁명군이 토레온을 포위했는데 연방군이 포위를 풀었다더라. 연방군이 이쪽

---

* macuche. 원주민들이 피우는 야생담배.

으로 오면서 농장을 불태우고 파시피코**들을 학살하고 있다더라. 미군이 국경 리오그란데강을 건넜다더라. 우에르타가 사임했다더라, 우에르타가 직접 연방군을 지휘하러 북쪽으로 오고 있다더라. 파스쿠알 오로스코는 오히나가에서 총에 맞았다더라, 자신의 '콜로라도(붉은 깃발 부대)' 만 명을 이끌고 남쪽으로 향하고 있다더라. 행상은 이 소식들을 풀어 놓으며 갖가지 실감 나는 몸짓을 해댔다. 그가 금갈색의 묵직한 솜브레로***가 머리에서 흘러내릴 정도로 발을 굴러대고 빛바랜 파란 담요를 어깨 위로 내려치거나 상상의 총을 쏘고 상상의 칼을 휘두르면 관중들은 "저런 마!" 혹은 "니기미!" 하고 웅얼거렸다. 그중 가장 흥미로운 얘기는 우르비나 장군****이 이틀 후면 전선으로 떠난다는 것이었다.

다음 날 아침 사나운 인상의 아랍인 안토니오 스웨이페타가 이륜마차로 파랄에 가는 길에 나를 우르비나 장군이 있는 라스니에베스까지 태워주기로 했다. 오후가 되자 우리는 산길을 올라 두랑고 북부의 고산 대평원에 이르렀고 다시 1.5킬로미터가량 누런 대초원의 물결을 따라 급경사를 내려갔다. 초원이 워낙 드넓어서 멀리 풀 뜯는 소들이 작은

** pacifico. 전투에 참여하지 않는 민간인을 가리키는 말.
*** sombrero. 챙이 넓은 멕시코식 모자.
**** Tomás Urbina(1877~1915). 가난한 페온 출신으로 비야가 소도둑이던 시절부터 한패를 이뤄 소를 훔치던 동료다. 비야가 혁명에 가담하자 북부 사단의 장군이 되었다.

점처럼 보이다가, 돌을 던지면 맞힐 수 있을 만큼 가까워 보이는 골진 보랏빛 산 아래서 사라졌다. 아랍인 안토니오는 적개심을 늦추고 자기가 살아온 이야기를 봇물 터지듯 쏟아냈지만 나는 거의 알아듣지 못했다. 그래도 눈치로 파악건대 거의 장사에 관한 이야기였다. 그는 한때 살았던 엘패소가 세상에서 가장 아름다운 도시라고 생각한다고 했다. 하지만 돈벌이는 멕시코가 나았다. 멕시코에 유대인이 거의 없는 이유는 아랍인과의 경쟁에서 버텨내질 못하기 때문이란다.

그날 온종일 우리가 마주친 사람은 한 명뿐이었다. 당나귀에 탄 누더기 노인이었는데 빨강과 검정색 체크무늬 세라피*만 걸치고 아래는 벗은 채 망가진 소총의 개머리판을 끌어안고 있었다. 노인은 침을 뱉으면서 자기가 군인이었다고 했다. 그는 삼 년이나 심사숙고한 후 혁명에 동참해 해방을 위해 싸우기로 결심했다. 그러나 첫 전투에서 생전 처음 대포가 발사되는 소리를 듣자마자 겁에 질려 엘오로에 있는 집으로 향했다. 노인은 고향의 금광 안에 들어가 전쟁이 끝날 때까지 나오지 않을 작정이었다.

우리는 아무 말 없이 길을 달렸다. 안토니오는 간간이 흠잡을 데 없는 표준 스페인어로 노새를 불렀다. 한번은 나에

---

* 멕시코 남자들이 어깨에 걸치는 모포.

게 노새가 "정말 충성스럽다"고 일러주기도 했다. 태양이 붉은 반암으로 된 산마루에 잠깐 걸렸다가 산 아래로 떨어지자 터키석 빛깔 하늘에 펼쳐진 구름이 주홍빛 가루를 머금고 완만하게 구릉진 사막 전체가 발갛게 물들었다가 옅어져 갔다. 광대한 대지 한가운데 불쑥 견고한 요새 같은 거대한 목장이 나타났다. 검은 담장이 둘러쳐진 드넓은 네모꼴 땅에는 모서리마다 감시탑이 있었고, 우리는 쇠 장식이 달린 큰 대문 앞에 섰다. 목장은 헐벗은 작은 언덕 위에 성채처럼 단호하고 험상궂게 서 있었다. 흙벽돌로 만든 울타리 아래로 마른 협곡이었던 곳에는 지면보다 낮은 강이 표면 위로 드러나며 웅덩이를 만들었다가 다시 모래 속으로 사라졌다. 안쪽에서 가는 연기가 석양 속에 일직선으로 피어올랐다. 강에서 대문 쪽으로 물동이를 인 여자들이 아주 작게 보였다. 말 탄 남자 두 명이 울타리 안으로 소떼를 거칠게 몰아넣고 있었다. 이제 푸른 벨벳 같은 서산西山에 핏자국 난 물결무늬 비단 캐노피 같은 창백한 하늘이 걸쳐 있었다. 그러나 우리가 목장 대문에 도착했을 때 하늘에는 이미 쏟아지는 별밖에 보이지 않았다.

안토니오가 돈 헤수스를 불렀다. 목장에서는 언제나 돈 헤수스를 찾는 것이 안전하다. 어디서나 관리인의 이름은 돈 헤수스이기 때문이다. 드디어 돈 헤수스가 나와서 우리를 들여보내주었다. 키가 엄청나게 큰 이 남자는 끼는 바지에 보라색 실크 속셔츠를 입고 은장식이 잔뜩 달린 솜브레로를 쓰고 있었다. 담 안의 집들은 온종일 분주했다. 벽과 문 위에는 말린 고기와 고추 다발, 빨래가 걸려 있었다. 젊은 여자 셋이 머리에 인 물동이의 균형을 맞추면서 시끌벅적한 멕시코 여자 특유의 목소리로 서로 소리를 질러대며 나란히 광장을 지나갔다. 한 집에서는 여자가 쪼그려 앉아 아기를 보았다. 옆집에서는 다른 여자가 무릎을 꿇고 돌판에 옥수수를 가는데 그 일은 끝이 없어 보였다. 남자들은 옥수수 껍질을 태우는 화톳불 주변에서 세라피로 몸을 감싸고 옥수수 잎으로 만 담배를 피우며 여자들이 일하는 것을 지켜보았다. 우리가 마구를 풀자 그들이 모여들었다. "부에나스 노체스." 호기심과 상냥함을 가득 담아 나지막한 목소리로 물었다. 어디서 오는지? 어디로 가는 길인지? 어떤 소식을 알고 있는지? 마데로파가 오히나가를 빼앗았는지? 오로스코가 파시피코를 죽이려 오고 있다는 게 사실인지? 판필로 실베이라를 아는지? 그 사람은 우르비나 장군 밑에 있는 하사관이죠. 저기가 판필로네 집이고 이 사람이랑은 사촌이지요. 아, 전쟁은 끝도 없어요!

안토니오는 노새에게 줄 옥수수를 흥정하러 갔다. "그냥 옥수수 조금이면 됩니다"라며 우는소리를 했다. "돈 헤수스가 따로 돈을 받을 리 없습니다…… 그저 노새 한 마리 먹일 정도만요……!" 나는 어느 집에 들어가 저녁식사를 해줄 수 있는지 물었다. 그 집 여자는 양손을 펼쳐 보였다. "지금은 다들 집에 먹을 게 없어요. 이 집에 먹을 거라곤 물 조금, 콩

하고 토르티야뿐이에요." 우유는요? 없어요. 계란은요? 없어요. 고기는요? 물론 없어요. 커피라도? 당치 않은 소리. 없어요! 이 돈으로 다른 집에서 먹을 걸 살 수 있지 않겠느냐고 조심스레 물어보았다. "누가 알겠어요?" 여자는 몽롱한 표정으로 대답했다. 마침 그때 집으로 돌아온 남편이 손님 대접을 그렇게 하는 법이 어디 있냐며 아내를 호되게 나무랐다. "제 집을 손님 집이라고 생각하십시오." 남자는 환대하며 내게 담배를 빌렸다. 남자가 쪼그려 앉자 안주인이 의자 두 개를 당기며 앉으라고 권했다. 방은 썩 괜찮은 구조였다. 흙바닥에 묵직한 기둥 사이로 흙벽돌이 비쳤다. 벽과 천장에는 회 칠을 해서 맨눈으로 봐도 티 한 점 없이 깨끗했다. 한쪽 구석에는 철제 침대가, 다른 구석에는 내가 가본 여느 멕시코 집처럼 싱거 재봉틀이 놓여 있었다. 다리가 가는 테이블 위로는 과달루페 성모* 엽서가 세워져 있고 촛불이 밝혀져 있었다. 그 위 벽에는 《르 리르》**지에서 잘라낸 점잖지 못한 삽화가 은도금한 액자에 끼워 걸려 있었다. 제일 아끼는 물건인 게 분명했다.

그새 수많은 아저씨들, 사촌들, 대부들이 찾아와 우리에

---

* Our Lady of Guadalupe. 1531년 아즈텍인 디에고의 눈앞에 발현한 성모로 갈색 피부의 원주민 여성의 형상을 하고 있었다고 한다. 성모가 발현한 자리에 성당이 세워졌으며 멕시코인이 가톨릭으로 개종하는 데 중요한 역할을 했다.
** Le Rire. 1894년에 창간해 1950년대까지 발간된 프랑스의 유머 잡지.

게 담배를 빌려달라고 청했다. 남편이 부르자 안주인은 불 붙은 석탄을 가지고 왔다. 모두 담배를 나눠 피웠다. 밤이 깊어갔다. 누가 우리가 먹을 저녁거리를 사러 갈지에 대한 열띤 토론이 벌어졌다. 결국 안주인이 가기로 했다. 잠시 후 안토니오와 나는 부엌에 앉았고 안주인은 구석의 흙벽돌로 만든 조리대 같은 데 앉아 모닥불 위에 음식을 했다. 연기가 위로 치솟더니 문 쪽으로 몰려나갔다. 간간이 돼지나 닭이 집 안으로 들어오거나 양이 토르티야에 달려들었다. 그러자 집주인이 성난 목소리로 한 번에 대여섯 가지 일을 해내지 못한다며 아내를 나무랐다. 그제야 녹초가 된 안주인이 일어나 불쏘시개로 짐승들을 쫓아냈다.

우리가 고추를 곁들인 매콤한 말린 고기와 계란프라이, 토르티야, 콩조림, 블랙커피로 저녁식사를 마칠 때까지 목장 남자들 모두가 집 안팎에서 기다렸다. 특히 교회에 불만이 있는 사람들이 많아 보였다. "사제들이 부끄러운 줄도 모르고 먹을 것도 없을 때 찾아와 십일조를 거둬가요!"라고 우는소리를 했다.

"거기에 우리는 이 지랄맞은 전쟁 때문에 사 분의 일을 정부에 내야 하죠!"

"닥쳐요! 주님께 바치는 거라고요. 주님도 드셔야 할 것 아녜요⋯⋯" 안주인이 새된 목소리로 말했다.

그 말에 남편은 거만한 미소를 지어 보였다. 그는 한때 히메네즈에 살았던지라 목장에서 세상 물정에 밝은 사람으로 통했다.

"주님은 드시지 않아." 그가 단호하게 말했다. "사제들이 제 배만 채우는 거지."

"그런데 왜 교회에 바치나요?" 내가 물었다.

"법이니까요." 몇 사람이 동시에 말했다.

멕시코에서 1857년 그 법이 이미 폐지됐다는 것을 아무도 믿지 않았다!

나는 이번에는 우르비나 장군에 대해 물어보았다. "좋은 사람이지. 의리도 있고." 다른 사람들이 말했다. "용감한 사내지요. 솜브레로가 비를 막아주듯이 총알을 마구 피해 가는 사람이에요." "내 마누라의 첫 남편의 여동생의 사촌이라네." "출세한 강도지." 누군가가 마침내 자랑스럽게 말했다. "몇 년 전만 해도 우르비나도 우리 같은 페온*이었는데 이제는 장군에다 부자가 됐어."

그러나 나는 예전에 만난 성자 같은 얼굴을 한 노인을 떠올렸다. 굶주림으로 비쩍 마른 몸과 맨발은 잊히지 않을 것이다. 노인은 느릿느릿 이렇게 말했다. "혁명은 좋은 거라네. 혁명이 끝나면 굶을 일은 절대, 절대, 절대로 없을 걸세. 우리가 신을 섬기는 한은 말이지. 하지만 혁명이 오래가면 먹을 음식도 입을 옷도 없어질 걸세. 농장 주인은 아시엔다**

---

* peon. 중남미의 농장 농업노동자.
** hacienda. 중남미의 대규모 영지. 이곳에서 주로 목축이나 대규모 농업이 이루어진다.

에서 떠났고 우리한텐 일할 농기구나 가축도 없어. 거기다 군인들이 옥수수를 싹 걷어가고 소까지 끌고 가버리지⋯⋯"

"파시피코들은 왜 싸우지 않나요?"

그는 어깨를 으쓱했다. "지금 헌정군에는 우리까지 필요 없다네. 우리한테 줄 총과 말도 없고. 또 혁명이 이기고 있으니까. 우리가 옥수수를 심지 않으면 헌정군은 무얼 먹겠나? 안 그런가, 세뇨르? 하지만 혁명이 진다면 파시피코란 없어. 우리가 일어나서 칼과 채찍을 들고 싸워야지⋯⋯ 혁명은 지지 않을 거야⋯⋯"

안토니오와 내가 곡물창고 바닥에 담요를 깔고 눕자, 남자들은 노래를 부르기 시작했다. 젊은 남자가 어디서 기타를 구해오더니 두 남자가 귀에 거슬리는 괴상한 멕시코 '이발소'식 창법의 끈적끈적한 목소리로 청승맞은 '슬픈 사랑 이야기'를 불러댔다.

그 목장은 엘카노티요 아시엔다의 수많은 영지 중 하나였다. 다음 날 온종일 달려도 엘카노티요 아시엔다를 벗어나지 못했다. 전체 면적이 8000제곱킬로미터에 달한다고 했다. 아시엔다의 주인은 이 년 전 외국으로 몸을 피했다.

"그럼 지금 이 아시엔다는 누구 거죠?"

"우르비나 장군." 안토니오가 말했다. 이야기인즉슨 그랬고 내가 곧 눈으로 확인한 것도 그러했다. 두랑고주 북부의 큰 아시엔다를 합치면 뉴저지주 전체 면적보다 더 넓었다.

우르비나 장군이 이 아시엔다들을 몰수해 혁명 정부에 바쳤고, 장군의 심복들이 아시엔다를 관리해 수익을 헌정군과 반씩 나눈다고 했다.

우리는 토르티야를 몇 개 집어먹는 동안만 멈춰 섰을 뿐 온종일 계속해서 달렸다. 저물녘이 되자 1.5킬로미터쯤 멀리 산 아래로 엘카노티요라고 새긴 갈색 흙벽돌 담과 작은 집들, 포플러나무 숲속 교회의 오래된 분홍색 탑이 보였다. 흙과 같은 색깔의 어도비 흙벽돌집이 흩어져 있는 라스니에베스 마을이 마치 사막이 묘하게 울쑥불쑥 튀어나온 듯 눈앞에 펼쳐졌다. 강둑에 녹색이라고는 없이 번득이는 강이 건조한 평원과 대조를 이루며 마을 주변을 둥그렇게 휘감으면서 흘렀다. 우리가 흙탕물을 튀기며, 여자들이 무릎 꿇고 빨래하는 여울을 건너자 갑자기 해가 서산으로 넘어가버렸다. 곧바로 물처럼 짙은 황금빛 광선이 대지를 흠뻑 적시자, 땅에서 금빛 안개가 피어오르고 그 안에서 소들은 마치 다리 없이 둥둥 떠다니는 것 같아 보였다.

나는 이 정도의 거리면 적어도 10페소는 내야 하는 것을 잘 알고 있었고 안토니오는 계산에 밝은 아랍인이다. 하지만 내가 돈을 내밀자 그는 나를 얼싸안더니 눈가에 눈물이 그렁그렁해졌…… 신께서 축복할지어다. 선한 아랍인이여! 자네 말이 맞네. 돈벌이엔 멕시코가 나아.

2장. 두랑고의 사자가 사는 집

우르비나 장군의 집 현관에는 탄띠를 네 개나 두른 늙은 페온이 골진 쇠폭탄에 화약을 채워 넣는 섬세한 작업에 열중하고 있었다. 그는 엄지손가락으로 파티오 쪽을 가리켰다. 도시에서라면 한 블록은 될 만큼 널찍한 장군의 집과 목장, 창고 주변에는 돼지, 닭, 반쯤 벌거벗은 아이들이 몰려다녔다. 지붕에는 염소 두 마리와 멋들어진 공작새 세 마리가 수심에 찬 눈빛으로 아래를 내려다보았다. 축음기에서 〈달러 공주〉*의 가락이 흘러나오는 응접실 안팎으로는 암탉들이 열을 지어 활보 중이다. 부엌에서 나온 늙은 여자가 땅바닥에 쓰레기통을 비우자 돼지들이 꽥꽥거리며 달려들었다. 담

---

* Dollar Princess. 당시 유행하던 뮤지컬 제목

장 구석에는 아직 어린 장군의 딸이 탄약통을 물고 앉아 있다. 사내 한 무리가 파티오 가운데 있는 분수 가에 앉거나 대자로 드러누워 있었다. 우르비나 장군은 그 가운데 부서진 고리버들 안락의자에 앉아 길들인 사슴과 까만 절름발이 양에게 토르티야를 먹이는 중이었다. 장군 앞에 무릎을 꿇은 페온이 캔버스 배낭에서 모제르 탄창 수백 개를 쏟아냈다.

장군은 내 설명에 아무 대답도 하지 않았다. 흐느적거리는 손을 내밀었다 금방 뺐지만 일어서지는 않았다. 그는 짙은 마호가니색 피부에 풍채가 좋은 중간 키 남자였다. 광대뼈까지 기른 숱 없는 검은 수염이 얇고 표정 없는 입을 감추지는 못했고, 큰 콧구멍과 작고 반짝이는 장난기 가득한 짐승의 눈을 가졌다. 그 눈이 오 분은 족히 넘도록 나를 빤히 쳐다보았다. 나는 준비한 서류를 내밀었다.

"나는 글을 읽을 줄 몰라." 장군이 갑자기 비서 쪽으로 몸을 움직이면서 말했다. "그러니까 나를 따라 전투에 가고 싶다?" 장군이 투박한 스페인어로 내게 말했다. "총알이 막 날리는데?" 나는 대꾸하지 않았다. "좋아. 하지만 아직 언제 갈지 몰라. 닷새 후면 떠날 걸세. 지금은 식사를 좀 하지!"

"고맙습니다, 장군. 하지만 밥은 먹었습니다."

"가서 먹어. 얼른" 장군이 조용히 다시 말했다.

사람들이 의사선생님이라고 부르는 작고 지저분한 남자가 나를 식당으로 데려갔다. 한때 파랄에 있는 약재상에서 일한 적이 있는 그의 현재 계급은 소령이었다. 그와 내가 한 방을 쓰게 됐다고 했다. 그러나 식당에 도착하기도 전에 누가 그를 불러세웠다. "의사선생님!" 부상자가 도착했다. 머리에 피가 엉겨 붙은 천을 두른 농부가 손에 솜브레로를 들고 있었다. 작달막한 의사선생은 효율적으로 일을 시작했다. 한 아이에게 가위를 가져오라고 하고 다른 아이에게는 우물에서 물을 떠오게 했다. 그리고 칼을 꺼내 바닥에서 주운 막대기를 뾰족하게 깎았다. 부상자를 궤짝에 앉히고 반창고를 떼어내자 5센티미터 정도 피와 먼지가 엉겨 붙은 상처가 드러났다. 의사선생은 상처 주변의 머리카락을 잘라내고 가위 끝을 조심스럽게 상처 안으로 밀어 넣었다. 부상자는 헉하고 숨을 들이마셨지만 꼼짝하지 않았다. 의사선생은 제일 위쪽부터 엉겨 붙은 피를 천천히 잘라내며 신나게 휘파람을 불었다. "그렇지 않나요? 의사로 사는 건 재미있어요." 의사선생이 뿜어져 나오는 피를 자세히 들여다보는 동안 농부는 꼼짝도 하지 않았다. "고결하기도 하죠." 의사선생은 말을 이어갔다. "다른 사람의 고통을 덜어주니까요." 이제 그는 뾰족한 꼬챙이를 상처 안으로 밀어 넣더니 상처 전체를 서서히 처치했다!

"어라! 이 친구 기절했네! 여기 환부를 씻을 동안 이 사람 좀 잡아줘요!" 의사선생이 말했다. 그는 그 말을 하자마자 양동이를 들어 올리더니 부상자의 머리 위에 물을 끼얹었다. 물과 피가 농부의 옷 위로 방울방울 떨어졌다. 원래 있던 반창고로 상처를 감싸면서 의사선생이 말했다. "이 무지

한 페온들에겐 용기라곤 없어요. 지성이 영혼을 만드는 것 아니던가요?"

농부가 정신을 차리자 물어보았다. "혁명군입니까?" 그는 상냥하고 겸허한 미소를 지었다.

"아닙니다. 세뇨르, 전 그저 파시피코입니다. 헌정군이 다스리는 카노티요에 삽니다."

시간이 꽤 지나고 나서 우리는 늦은 저녁식사 자리에 앉았다. 그 자리에는 여러 사람이 있었다. 제일 먼저, 솔직하고 호감 가는 성격의 스물여섯 살 청년 파블로 세아녜스 중령은 삼 년간 전장을 돌며 다섯 번이나 총에 맞았다고 했다. 입을 열면 군인들이 자주 쓰는 각종 욕설이 튀어나오고 발음이 좀 부정확했는데, 턱뼈에 총알이 박힌 데다 칼을 맞아 혀가 거의 둘로 잘렸기 때문이었다. 그는 전투에선 악마 같고 전투가 끝나면 도살자가 됐다. 처음 토레온을 차지한 후 파블로와 피에로 소령, 보룬다 대위 셋이 비무장 포로 팔십 명을 하나씩 권총으로 쏘아 죽였는데 나중에는 방아쇠를 당기는 손가락이 아플 정도였다고 했다.

"이보게! 미국에서 최면술을 배우기 제일 좋은 데가 어딘가?…… 이 지긋지긋한 전쟁만 끝나면 난 최면술 공부를 하러 가려고 해." 이렇게 말하며 보레가 중위에게 최면을 걸기 시작했다. 보레가 중위의 별명은 '시에라의 사자'였다. 무엇이든 과장해서 으스대는 버릇 때문에 조롱조로 붙은 별명이다. 중위는 권총을 뽑아 들며 외쳤다. "나는 악마랑은 상대

안 해." 다들 배꼽을 잡고 웃어댔다.

반백의 거구에 딱 붙는 바지를 입은 페르난도 대위는 스물한 차례나 전투에 참여한 베테랑이다. 내 어설픈 스페인어에 제일 신이 나서 내가 입을 열 때마다 천장의 벽돌이 떨어져라 요란하게 웃어 젖혔다. 두랑고주 바깥으로 나가본 적 없는 이 사내는 멕시코와 미국 사이에 큰 바다가 있고 나머지 세상은 온통 바다라고 우겨댔다. 부드럽고 동그란 얼굴의 롱히노스 구에레카는 웃을 때마다 썩은 이빨을 잔뜩 드러내 보였다. 용감무쌍하기로 부대 전체에 명성이 자자한 그는 이제 겨우 스물한 살이었지만 계급은 벌써 대위였다. 그는 나를 붙잡고 어젯밤 부하가 자기를 죽이려고 했다고 했다…… 그 옆에는 두랑고주 전체에서 야생마를 제일 잘 타는 파트리시오와 언제나 서서 싸우는 키가 2미터가 넘는 인디오 피덴시오가 있었다. 마지막으로 우르비나 장군이 마치 중세 이탈리아 공작이라도 된 양 자기를 재미있게 하라고 데려온 작은 꼽추 라파엘 살라르소가 있었다.

엔칠라다로 마지막 식도를 불태우고 토르티야로 마지막 콩조림을 떠먹고 나자—포크와 스푼 같은 건 없었다—자리에 있던 사람 모두 한가득 물을 마시더니 입을 헹구고 바닥에 뱉었다. 파티오 쪽으로 나가 살짝 비틀거리며 자기 방에서 나오는 우르비나 장군이 보였다. 손에 권총을 든 그는 잠시 다른 방문 앞 불빛 아래 서 있다가 문을 꽝 닫고 안으로 들어갔다.

의사선생이 방으로 돌아왔을 때 나는 이미 침대에 누웠다. 다른 침대에는 '시에라의 사자'와 그의 정부가 요란하게 코를 골며 자고 있었다.

의사선생이 입을 열었다. "그러니까 문제가 좀 있어요. 장군이 류머티즘 때문에 두 달 동안 걷질 못했어요…… 가끔 심하게 아파서 아과르디엔테*로 고통을 달래지요…… 오늘은 자기 어머니를 쏘려고 했어요…… 장군은 어머니를 정말 사랑하거든요."

의사선생은 거울에 비친 자기를 슬쩍 보더니 콧수염을 비비 꼬았다. "이 혁명은 말입니다. 잊지 마세요. 이 혁명은 부자들에 맞선 빈자들의 싸움입니다. 나도 혁명 전엔 정말 가난했는데 지금은 부자가 됐어요." 그는 잠시 무언가를 곰곰이 생각하더니 옷을 벗기 시작했다. 지저분한 속옷 차림의 의사선생은 영어로 이렇게 말했다. "나는 이가 많아요ı have mooch lices." 그는 뿌듯한 표정으로 미소를 지어 보였다……

나는 새벽에 일어나 라스니에베스 주변을 둘러보았다. 이 마을은 우르비나 장군이 완전히 소유하고 있었다. 사람, 집, 동물, 불멸의 영혼까지도 그의 것이었다. 라스니에베스에서는 우르비나 장군만이 가장 높은 곳에서 낮은 데까지 사법권을 휘둘렀다. 마을의 유일한 창고도 장군의 집에 있다. 역시 장군의 집에 있는 마을의 유일한 매점에서 담배를

---

* aquardiente. 사탕수수로 만든 멕시코의 증류주.

샀다. 그날의 당번 점원은 '시에라의 사자'였다. 우르비나 장군은 파티오에서 정부와 이야기 중이었다. 정부는 귀족 같은 아름다운 용모에 실톱 같은 목소리를 가진 여자였다. 장군은 나를 보자 다가와 악수를 하며 자기 사진을 좀 찍어달라고 했다. 나는 그게 바로 내가 하려던 일이라고 대답하고 전선으로 곧 떠날 수 있는지 물었다. "열흘 후에 갈 거라네." 나는 불안해지기 시작했다.

"환대해주셔서 감사합니다. 장군. 하지만 저는 토레온으로 진격하는 걸 볼 수 있는 곳에 있어야 합니다. 괜찮다면 치와와로 돌아가서 곧 남쪽으로 내려갈 비야 장군에게 합류해야겠습니다." 우르비나는 표정이 달라지지는 않았지만 나에게 쏘아붙였다. "여기가 마음에 들지 않는단 말인가? 기자 양반은 지금 내 집에 있어! 담배가 필요해? 아과르디엔테, 소톨* 아니면 코냑을 줄까? 밤에 침대를 데워줄 여자가 필요한가? 원하는 거라면 뭐든 줄 수 있어! 총이 필요해? 말? 돈을 줄까?" 그는 주머니에서 은화를 한 움큼 꺼내더니 내 발밑으로 던졌다.

"멕시코에 온 후로 이 집에서처럼 편안하고 만족스럽게 지낸 적이 없습니다."

그다음 나는 우르비나 장군의 사진을 찍었다. 칼을 들고

---

* sotol. 멕시코 북부의 치와와, 사카테스, 두랑고 지역에 자생하는 용설란인 소톨로 만든 증류주.-감수자

또 들지 않고 걷는 우르비나 장군, 세 종류의 각기 다른 말에 탄 우르비나 장군, 독사진과 가족사진, 세 자녀와 함께한 사진, 말에 탄 사진과 타지 않은 사진을 찍은 후, 어머니와 정부, 가족 전체를 찍었다. 칼과 권총을 들고 찍고, 장군의 아이가 "토마스 우르비나 R. 장군"이라고 쓴 플래카드를 들고 찍었다. 찍고 또 찍었다.

3장. 출정하는 장군

아침식사를 마치고 자포자기한 상태로 라스니에베스 마을의 하루를 시작하려는데, 장군이 갑자기 마음을 바꿔먹었다. 방에서 나오더니 출정 명령을 내린 것이다. 오 분 만에 온 집 안이 난장판이 되었다. 장교들은 세라피를 챙기고, 마구간 지기와 기병들은 말안장을 얹고, 페온들이 양팔 한가득 소총을 들고 여기저기 돌아다녔다. 파트리시오는 대드우드 스테이지*와 똑같이 생긴 큰 마차에 노새 다섯 마리를 달아맸다. 연락병이 카노티요에 머물고 있는 헌정군을 부르러 갔다. 라파엘리토는 장군의 짐—타자기 한 대, 군복 세 벌,

---

* Deadwood Stage. 와이오밍주 주도인 샤이엔을 오가던 말 여섯 마리가 끄는 역마차.

장군의 이름이 새겨진 낙인, 45리터 들이 소톨 한 병, 칼 네 자루, 칼 한 자루에는 우애공제회** 상징이 새겨져 있었다— 을 마차에 실었다.

그리고 여기 헌정군이 몇 킬로미터나 되는 길을 따라 거친 흙먼지를 날리며 왔다. 선두에 선 까맣고 땅딸막한 남자는 멕시코 국기로 온몸을 휘감고, 한때 어느 대농장주의 자랑이었을 2킬로그램이 넘는 변색된 금장식이 달린 헐렁한 솜브레로를 썼다. 그 뒤에 엉덩이까지 올라오는 부츠를 신은 마누엘 파레데스가 동전 크기만 한 은제 버클을 차고 칼등으로 말을 치고 있었다. 이시드로 아마야는 말의 눈앞에서 모자를 펄럭거려 말을 날뛰게 했다. 호세 발리엔테는 터키석으로 장식된 휘황찬란한 은제 박차를 가했다. 헤수스 마시야는 목에 번쩍이는 구리 사슬을 걸었고, 훌리안 레예스는 솜브레로 앞에 알록달록한 성모자상을 꽂아두었다. 뒤쪽의 안토니오 구스만은 뒤엉켜 버둥거리는 말 여섯 마리를 밧줄로 잡으려고 애쓰는 중이다. 말총으로 만든 밧줄 고리가 먼지 속에 날아올랐다. 인디언처럼 함성을 지르고 권총을 철컥거리며 30미터 밖까지 전력으로 질주해온 헌정군은 말의 입에 피가 날 정도로 거칠게 고삐를 잡아당겼다. 사람과 말과 먼지가 뒤섞여 알아보기 힘들었다.

** Knights of Pythias. 1864년 워싱턴에 설립된 공제조합. 미국 의회에서 최초로 승인받은 공제조합이다.

처음으로 헌정군을 본 순간이었다. 백 명쯤 되는 헌정군은 각양각색의 알록달록한 누더기를 걸치고 있었다. 멜빵바지를 입은 사람도 있었고, 차로 재킷*을 입은 사람도 있었고 한두 명은 꽉 끼는 목동 바지를 입었다. 구두를 신은 사람은 몇 안 되고 소가죽 샌들을 신은 사람이 대부분인데 그나마도 없는 이들은 맨발이었다. 사바스 구티에레스는 말 타기 편하도록 뒤판을 길게 튼 낡은 프록코트를 입었다. 소총은 말안장에 걸고, 가슴에는 탄띠를 네다섯 개씩 두르고, 펄럭이는 솜브레로를 쓰고, 밝은 색깔 세라피를 뒤에 묶고 박차 소리가 요란하게 말을 달렸다. 이것이 바로 헌정군의 군복이었다.

장군은 어머니와 함께 있었다. 문밖에는 장군의 정부가 아이 셋을 데리고 쪼그려 앉아 흐느껴 울고 있었다. 기다린 지 한 시간 가까이 됐을 때 장군이 문을 박차고 나왔다. 그는 가족들을 힐끗 쳐다보기만 하더니 잿빛 군마에 올라 길을 향해 맹렬하게 달려나갔다. 후안 산체스가 금 간 나팔을 힘껏 불자 헌정군과 선봉에 선 장군이 카노티요 대로를 점령했다.

한편 파트리시오와 나는 마차 짐칸에 다이너마이트 세 통과 폭탄 한 통을 실었다. 나는 마부석의 파트리시오 옆에서 일어섰다. 페온들이 노새들에게 길을 터주자 파트리시오

---

* charro. 카우보이들이 입는 화려한 재킷.

가 기다란 채찍을 휘둘렀다. 질주, 우리는 질풍처럼 마을을 벗어나 시속 30킬로미터로 가파른 강둑을 달렸다. 헌정군은 반대편의 지름길로 달렸다. 우리는 멈추지 않고 카노티요를 지나쳤다.

"이랴! 노새들아! 니미 잡놈의 자식들아!"

파트리시오가 채찍질을 하며 외쳤다. 카미노 레알**은 울 퉁불퉁한 길의 연속이었다. 협곡을 지날 때마다 다이너마이 트가 요란한 소리를 내며 내려앉았다. 갑자기 밧줄이 끊어 지면서 다이너마이트 한 상자가 마차 밖으로 튀어나가 돌 위에 떨어졌다. 하지만 시원한 아침이라 별 탈 없이 다시 실 어 올릴 수 있었다……

거의 100미터마다 하나꼴로 죽은 이를 기리는 나무 십 자가가 꽂힌 작은 돌무더기를 지나쳤다. 그리고 가끔 길가 한가운데 하얀 회칠을 한 높은 십자가가 서 있었는데, 사막 의 작은 목장에 악령이 오지 못하도록 막기 위한 것이다. 노 새 등과 마차의 양옆으로 반짝이는 떡갈나무 가지가 스쳐 지나갔다. 검상잎유카와 커다란 선인장이 사막의 파수꾼처 럼 우리를 내려다보았다. 우리가 전장으로 가는 것을 아는 양 거대한 멕시코 독수리떼가 늘 머리 위를 맴돌았다.

** Camino Real. 스페인어로 '왕도王道'라는 뜻. 멕시코시티에서 두랑고, 치 와와를 거쳐 미국의 엘패소, 산타페까지 2560킬로미터에 달하는 역사적 인 길이다. 식민지 시절 스페인 침략자들과 선교사들이 내륙 무역과 선교 에 활용했다.

오후 늦게 왼편으로 4000제곱킬로미터가 넘는 토레온의 카냐스 아시엔다를 둘러싼 돌담이 보였다. 돌담은 사막과 산 한가운데를 지나 50킬로미터 가까이 만리장성처럼 이어졌다. 곧 아시엔다가 나타났다. 헌정군은 아시엔다의 저택 주변에 짐을 풀었다. 우르비나 장군의 상태가 갑자기 악화돼 일주일은 누워 있어야 한다는 소식이 들려왔다.

멋들어진 전랑이 있는 궁궐 같은 단층 저택은 사막 언덕 하나를 통째로 차지하고 있었다. 저택 현관에서 보면 25킬로미터가량 노랗게 물결치는 평원과 그 너머로 헐벗은 산이 끝없이 펼쳐져 있었다. 뒤편에는 기다란 울타리와 마구간이 보였는데 헌정군이 벌써 거기에 모닥불을 피워 노란 연기 기둥이 수없이 피어올랐다. 그 아래로는 백 채가 넘는 페온들의 집이 넓게 펼쳐지며 열린 광장을 만들었다. 아이들과 동물들은 함께 뛰어놀고 여자들은 무릎을 꿇고 옥수수를 맷돌로 가는 영원할 것 같은 노동 중이었다. 목동 한 무리가 사막에서 천천히 집으로 돌아오고, 1.5킬로미터나 떨어진 강에서 물을 길어 머리에 이고 가는 검은 숄을 두른 여자들의 행렬이 이어졌다…… 이 광대한 아시엔다에서 페온들이 살아가는 방식이 얼마나 자연에 가까운지 상상하기란 쉬운 일이 아니다. 그들이 사는 집은 발 딛고 있는 흙을 햇빛에 말린 벽돌로 만든 것이다. 직접 기른 옥수수를 먹고, 말라가는 강까지 걸어가 힘들게 이고 온 물을 마신다. 양털로 자아낸 실로 만든 옷을 입고, 새로 잡은 말의 가죽으로 샌들을 만들어

신는다. 동물은 그들의 영원한 동반자이자 식구다. 날이 어두워지면 밤이고 해가 뜨면 낮이다. 남녀가 사랑에 빠지면 형식적인 교제 같은 것 없이 바로 관계가 시작되고 지겨워지면 간단히 헤어진다. 결혼은 돈이 많이 들 뿐 아니라 (사제에게 6페소나 내야 한다) 쓸데없는 과시로 여겨진다. 하지만 이런 관계는 지나가다 만난 사이 이상의 법적 구속력은 없다. 물론 질투는 칼부림을 부르는 문젯거리다.

우리는 저택의 휑한 홀에서 저녁을 먹었다. 천장은 5미터가 넘게 높고 웅장한 구조의 벽에는 싸구려 미국 벽지를 발라놓았다. 거대한 마호가니 찬장이 한쪽 벽을 차지하고 있었지만 포크도 나이프도 없었다. 한 번도 불을 지피지 않은 작은 벽난로가 있지만 밤낮으로 죽음 같은 냉기가 깔린 방이었다. 옆방에는 묵직하고 얼룩덜룩한 직물 걸개가 걸려 있지만 콘크리트 바닥에는 깔개 하나 없었다. 이 집에는 수도관이나 배수관이 전혀 없어서 물이 필요하면 우물이나 강으로 가야 했다. 그리고 유일한 조명은 촛불이다! 물론 주인은 해외로 피신한 지 오래였지만, 전성기에도 아시엔다 생활은 중세의 성에서처럼 화려하나 불편했을 것이 분명했다.

아시엔다 안에 있는 교회의 사제가 저녁식사를 주관했다. 신부 앞에는 최고급 요리가 차려지고 남은 음식은 그가 좋아하는 사람에게 넘겨지기도 했다. 우리는 소톨과 아구아미엘*을 마셨지만 신부는 어디서 빼앗아온 아니젯**을 혼자 병째 마셨다. 아니젯에 불콰해진 우리의 신부님은 고해성사의 미덕을 예찬하며 젊은 여자들에 관한 이야기를 늘어놓았다. 신부는 자신이 중세적인 초야권을 가지고 있다는 사실을 일깨워주기도 했다. "여기 여자들은 말이야. 핫하하. 아주 정열적이란 말이지……"

다들 예의를 지키고는 있었지만 이 말에 웃는 사람은 별로 없었다. 식당에서 나오자 호세 발리엔테는 몸을 부들부들 떨며 간신히 말을 이었다. "저 더러운……! 내 누이……! 혁명은 저 사제 놈들한테 해줄 말이 있을 것이야." 나중에 고위 장교 두 명이, 아직 잘 알려지지 않았지만 헌정군에게 사제들을 멕시코에서 추방할 계획이 있다고 넌지시 일러주었다. 그리고 비야는 사제를 증오하는 것으로 유명했다.

아침에 밖으로 나가보니 파트리시오는 마차를 준비하고 부대원들은 안장을 올리고 있었다. 우르비나 장군과 함께 남게 된 의사선생이 내 친구 후안 바예호에게 다가갔다.

"참 예쁜 말이네. 총도 참 좋은 거고. 나한테 자네 총이랑 말 좀 빌려주게."

"하지만 전 이 말과 총밖에 없는데요." 후안이 대답했다.

"난 자네 상관이야." 의사선생이 받아쳤다. 그리고 그날 이후로 의사선생에게 빌려준 말과 총을 다시는 보지 못했다.

---

* aguamiel. 용설란 마게이에서 추출한 액. 이것을 발효시켜 풀케라는 발효주를 만든다.-감수자
** anisette. 아니스 열매로 만든 달콤한 리큐어.

나는 통증 때문에 병상에 누워 십오 분에 한 번씩 어머니에게 전화를 걸어 우는소리를 하는 장군에게 작별 인사를 했다. "즐거운 여행이 되길 비네. 진실을 쓰도록 하게. 파블로에게 자네 얘기를 해두지."

4장. 행진하는 헌정군

나는 다시 라파엘리토와 파블로 세아녜스, 그리고 그의 정부와 함께 마차 안으로 들어갔다. 파블로의 정부는 이상한 여자였다. 젊고 가냘프고 예쁜데 파블로를 뺀 다른 사람에게는 마치 가시나 돌덩이처럼 굴었다. 이 여자가 웃거나 상냥하게 말하는 것을 본 적이 없다. 어떤 때는 표독스럽게 어떤 때는 짐승을 보듯 무심하게 우리를 대했다. 하지만 파블로를 대할 때는 마치 아기를 어르듯 했다. 파블로가 정부의 무릎을 베고 마차 좌석에 누우면 여자는 새끼를 품은 암호랑이처럼 파블로의 머리를 가슴에 꼭 끌어안았다.

파트리시오가 상자에서 기타를 꺼내자 라파엘이 합세해 둘은 찢어지는 목소리로 사랑 노래를 불러댔다. 멕시코 사람이라면 누구나 이런 노래를 수백 곡씩은 안다. 이런 노래는 책에 있는 게 아니라 보통 즉흥적으로 만들어져 입에서 입으로 전해진다. 정말 좋은 노래도 있고, 괴상한 노래도 있으며, 프랑스 유행가처럼 풍자적인 노래도 있다. 파트리시오가 부른 노래의 가사는 이렇다.

나는 추방되어 세상을 떠돌았네
정권이 나를 추방했지
사랑을 잊을 수 없어서
그해 말에 돌아왔지
다시 돌아오지 않을
작정으로 떠났지만
여인의 사랑만이
나를 돌아오게 했다네.

이번엔 〈밤의 자식〉이다.

나는 밤의 자식
목적 없이 어둠 속을 떠도네
아름다운 달과 달빛이
내 슬픔의 동반자라네.

그대를 떠나 길을 떠날 거야
우는 데도 지쳐버렸지

나는 해안을 따라

항해, 항해할 거야

우리가 헤어질 때면 보게 되겠지

네가 다른 사람을 사랑하는 꼴은 못 봐

그러면 네 얼굴을 망가뜨려놓을 거야

그리고 서로 치고받겠지.

나는 미국인이 될 거야

신과 함께 가, 안토니아

친구들에게 작별 인사를 해

미국인들은 나를 받아주고

술집을 열게 해줄 거야

강의 반대편에서!

엘센트로 아시엔다가 우리가 점심을 먹을 곳이었다. 거기서 피덴시오는 나에게 말을 주며 오후 동안 타보라고 했다.

헌정군은 이미 저만치 앞서가고 있었다. 선두에 멕시코 깃발을 앞세운 행렬이 검은 메스키트 숲속으로 800미터쯤 이어졌다. 산맥은 지평선 너머 어딘가로 사라졌고 우리는 멕시코의 이글대는 파란 하늘과 맞닿은 사막 한가운데 있었다. 마차 밖으로 나와보니 전에 느껴본 적 없는 거대한 고요와 평온이 나를 에워싸는 듯했다. 사막을 앞에 두고 객관적이기란 거의 불가능한 일이다. 그저 사막 속에 빠져들어 사막의 일부가 되는 수밖에 없다. 나는 전속력으로 말을 달려서 헌정군을 따라잡았다.

"오, 미스터!" 부대원들이 외쳤다. "미스터가 말을 타고 오셨구먼! 어때? 우리랑 같이 싸울 건가요?"

대열의 앞에 있던 페르난도 대위가 몸을 돌려 소리쳤다. "이리 오게, 미스터!" 거구의 대위는 기분 좋은 미소를 지었다. "나랑 같이 달리지." 그는 내 등 뒤에서 박수를 치며 외쳤다. "자, 마셔." 반쯤 남은 소톨 병을 내밀었다. "다 마셔. 자네가 사나이라는 걸 보여줘." "너무 많은데요." 나는 웃었다. "마셔라! 마셔라!" 나는 술병을 비웠다. 웃음과 박수가 섞인 함성이 들려왔다. 페르난도 대위는 몸을 숙여 내 손을 꽉 쥐었다. "잘했네, 동지." 그는 신이 나서 목소리를 높였다. 주변에 모여 있던 부대원들도 재미있어하며 신이 났다. 나는 그들과 함께 싸울 것인가? 나는 어디서 왔는가? 그리고 무얼 하고 있나? 부대원 대부분은 기자가 무엇인지도 몰랐고, 어떤 사람은 내가 그링고인 데다 디아스*파니까 총으로 쏘아 버려야 한다고 했다.

그러나 나머지 부대원들은 그 의견에 전적으로 반대했다. 디아스파가 그 많은 소톨을 단숨에 마실 수 있을 리가 없

---

* Porfirio Díaz(1830~1915). 멕시코의 군인이자 정치가. 1876년부터 1911년까지 25년간 대통령으로 재임하며 철권 통치를 했다. 그의 독재에 맞서 1차 멕시코혁명이 일어났다.

다는 것이었다. 이시드로 아마요가 나서서 자신이 1차 혁명에 참여했을 때도 기자가 있어서 전쟁통신원이라고 불렀다고 했다. 내가 멕시코를 좋아했던가? 나는 이렇게 말했다. "나는 멕시코를 좋아합니다. 소톨, 아과르디엔테, 메스칼,* 테킬라,** 풀케*** 그리고 다른 멕시코 관습도 좋아합니다!" 부대원들이 소리를 지르며 웃어댔다.

페르난도 대위가 몸을 숙여 내 팔을 쳤다. "이제 자네는 인민과 함께야. 혁명이 승리하면 우리는 부자들의 정부가 아니라 인민의 정부를 세울 거야. 우리는 인민의 땅을 달리고 있어. 이 땅은 부자들의 것이었지만 이제는 나와 동지들의 것이야."

"대위님은 계속 군대에 계실 겁니까?" 내가 물었다.

그의 대답은 예상 밖이었다. "혁명이 승리하면 군대는 없어질 거야. 인민들은 군대라면 지긋지긋해하지. 디아스 정권은 군대를 동원해 인민을 약탈했어."

"하지만 만약 미국이 쳐들어오면요?"

이 질문에 사방이 시끌벅적해졌다. "우리가 미국인들보다 용감해. 망할 그링고들은 후아레스 아래로는 내려오지 못할걸. 두고 보라고. 그런 일이 벌어지면 놈들을 당장 국경 너머로 내쫓고 다음 날엔 워싱턴을 불바다로 만들 거야!"

---

* 　용설란 마게이로 만든 증류주.-감수자
** 　용설란 아가베로 만든 증류주.-감수자
*** 용설란 마게이 수액으로 만든 발효주.-감수자

"아니야." 페르난도가 말했다. "미국이 더 부자고 군대도 더 커. 하지만 인민들이 우리를 지킬 걸세. 군대는 필요 없어. 인민들이 자기 집과 여자들을 지키기 위해 싸울 걸세."

"다들 무엇을 위해 싸웁니까?" 내가 물었다. 기수인 후안 산체스가 의아하다는 듯이 나를 바라봤다. "왜냐. 싸우는 게 좋아서지. 광산에서 일하지 않아도 되니까!"

마누엘 파레데스가 대답했다. "우리는 프란시스코 마데로****를 대통령으로 복권시키기 위해 싸운다네." 이 예사롭지 않은 문장은 혁명 프로그램에 적혀 있는 것이다. 어디서나 헌정군은 마데로의 군대로 알려져 있다. 마누엘이 말을 이었다. "마데로를 본 적 있어. 언제나 웃는 사람이었지. 언제나."

"맞아." 다른 사람이 맞장구쳤다. "마데로는 문제가 생기거나 싸움이 나서 누가 자기를 감옥에 넣으려고 하면 이렇게 말했어. 그 사람과 몇 분만 이야기하게 해주게. 내가 설득할 수 있을 걸세."

**** Francisco I. Madero(1873~1913) 멕시코의 정치인. 1911년부터 1913년 암살당할 때까지 33대 멕시코 대통령이었다. 부유한 대농장주 집안에서 태어나 파리와 버클리에서 교육받았다. 귀국 후 정치에 입문해 포르피리오 디아스 대통령의 독재에 반대하는 움직임을 이끈다. 1911년 디아스를 몰아내고 선거를 통해 대통령에 당선되지만, 자유주의적 입장에 서서 지주계급과 타협하고 농민 반란군의 해체를 요구해 급진주의자와 반목한다. 1913년 우에르타가 이끄는 쿠데타 세력에 마데로가 암살되자 2차 멕시코혁명이 시작되었다.

"마데로는 춤추는 걸 좋아했어." 한 인디오가 말했다. "마데로가 밤새도록 춤추고 그다음 날 또 그다음 날까지 춤추는 걸 여러 번 봤어. 옛날에 마데로는 큰 아시엔다로 연설하러 오곤 했어. 페온들은 처음에 연설을 시작할 때는 싫어하다가 연설이 끝날 때면 감동해서 울었지……"

언제나처럼 누군가가 청승맞고 불규칙한 가락을 뽑아내기 시작했다.

일천구백 년 하고도 십 년
마데로는 감금됐네
이월 하고도 십팔일에
국회의사당에 갇혔네.

나흘 동안
의원회의실에 갇혔지
대통령직을 포기하지
않았기 때문에.

블랑켓*과 펠릭스 디아스**가

---

* Aureliano Blanquet(1849~1919). 멕시코의 장군. 마데로에 맞선 쿠데타를 이끌었다.

** Félix Díaz(1868~1945). 멕시코의 정치인, 장군. 포르피리오 디아스 대통령의 조카이기도 하다. 마데로에 맞선 쿠데타를 일으키는 데 앞장섰다.

마데로를 순교자로 만들었지
증오를 먹고 사는
교수형 집행자들.

마데로가 기절할 때까지
짓밟았다네……
그를 물러나게 만들려고
잔인하게 가지고 놀았네.

다음엔 뜨겁게 달군 쇠로
잔인하게 살을 태웠지
그가 의식을 잃어야만
끔찍한 불길이 사그라들었지.

하지만 그건 모두 헛된 짓
차라리 죽음을 택한
마데로의 놀라운 용기
그는 위대한 영혼!

이것이 마데로의 마지막
인디오와 모든 가난한 사람들의
공화국을 세우려던
우리의 구원자.

놈들은 시신을 끌고 나와
그가 공격을 받아 죽었다고 했네
무슨 개소린가!
후안무치한 거짓말!

오 레쿰베리 거리여
네 생기발랄함은 영원히 끝났다
그 길을 거쳐 마데로가
의사당으로 갔으니.

이월 하고도 이십이일은
인디오 공화국에서 영원히 기억되리
주님과 과달루페의 성모가
그를 용서하셨다

안녕 아름다운 멕시코
우리 지도자가 죽은 곳
안녕 국회의사당
그가 산송장이 되어버린 곳.

세뇨르, 세상에 영원한 것도
인생에 진정한 것도 없다네
돈 프란시스코 I. 마데로에게

벌어진 일을 보게나.

그가 노래를 반 정도 부르자 부대원 전체가 허밍으로 따라 불렀고 노래가 끝나자 침묵이 이어졌다.

"우리는 자유를 위해서 싸워." 이시드로 아마요가 말했다.

"자네가 말하는 자유란 뭔가?"

"내가 하고 싶은 것을 할 수 있는 게 자유지."

"그럼 다른 사람의 자유를 침해할 수도 있잖아?"

그는 베니토 후아레스*의 말을 인용해 반격했다.

"평화는 다른 사람의 권리를 존중하는 거라고!"

그 말을 반박할 도리가 없었다. 이 맨발의 메스티소가 일러준 자유의 개념이 놀라웠다. 내가 하고 싶은 것을 하는 것이야말로 자유에 대한 유일하게 올바른 정의가 아닐까. 미국인들은 이 말을 예로 들며 멕시코인들이 비이성적이라고 주장한다. 하지만 내 생각에는 자유에 대한 멕시코인들의 정의가 미국인들의 정의인 법정이 원하는 것을 할 수 있는 권리보다 훨씬 훌륭하다. 멕시코에서는 학교에 다니는 아이면 누구나 평화의 정의를 알고 또 그 의미도 꽤 잘 이해하고 있는 듯했다. 하지만 미국인들은 멕시코인들이 평화를 원치

---

* Benito Juárez(1806~1872). 멕시코의 정치인. 1858년부터 1872년까지 멕시코의 대통령으로 재임했다. 프랑스의 멕시코 점령에 저항하고 멕시코 제2제정을 무너뜨리고 공화국을 세웠다.

않는다고 한다. 그 말은 거짓일 뿐 아니라 바보 같은 소리다. 미국인들에게 헌정군이 겪은 고난을 겪어보게 하고 평화를 원하는지 아닌지 한번 물어보자. 인민들은 전쟁에 지쳤다.

그러나 공정하려면 여기서 우리의 후안 산체스가 한 말도 빼놓지 말아야겠다.

"지금 미국에는 전쟁이 있나?" 후안 산체스가 물었다.

"아니." 나는 슬렁슬렁 대답했다.

"전쟁이 아예 없다고?" 그는 잠깐 생각에 잠겼다. "그럼 대체 뭘 하면서 시간을 보내지?"

바로 그때 누가 덤불에 숨은 코요테 한 마리를 발견하자 곧이어 헌정군 전체가 함성을 지르며 코요테를 쫓았다. 부대 전체가 사막에 흩어져 까불대자 석양이 탄띠와 박차에 반사돼 반짝거리고 밝은 세라피 자락이 휘날렸다. 그들 너머로는 건조한 사막의 경사진 언덕이 다소곳이 솟아 있고 저 멀리 연보라색 산들이 열기 속에 날뛰는 말처럼 삐죽삐죽 솟아올라 있었다. 전설이 맞는다면 여기가 바로 금에 눈이 먼 스페인인들이 총칼로 무장하고 금과 은을 찾아 지나간 곳이다. 언덕 위에 올라서자 라밈브레라 아시엔다가 보이기 시작했다. 아시엔다를 포위하듯이 둘러싼 경사진 산 아래 서 있기에 충분할 만큼 탄탄한 집들이 담장 안에 있고 제일 높은 곳에 장엄하게 저택이 서 있었다.

이 년 전 오로스코의 부하인 체체 캄포스 장군이 약탈하고 불 지른 저택 앞에 마차가 섰다. 커다란 모닥불이 지펴지고 동지 열 명이 양을 잡았다. 그들은 붉게 타오르는 불길 속에서 꽥꽥거리며 몸부림치는 양을 붙잡고 씨름했다. 양피가 샘물처럼 흘러내려 불빛 아래 인광 물질처럼 번득였다.

나는 장교들과 함께 관리인 돈 헤수스의 집에서 저녁을 먹었다. 돈 헤수스는 내가 태어나서 본 가장 아름다운 남자였다. 180센티미터가 훌쩍 넘는 키에 호리호리한 몸매와 하얀 살결을 지닌 그는 순수한 스페인계 혈통인 듯했다. 식당의 한쪽 구석에는 빨간색, 흰색, 녹색으로 수놓은 "멕시코 만세!"라고 쓴 걸개가 걸려 있었다. 똑같은 걸개가 하나 더 있었는데 거기에는 "헤수스 만세!"라고 쓰여 있었다.

저녁식사가 끝나고 불 가에 서서 오늘 밤은 어디서 자야 할지 궁금해하는데 페르난도 대위가 팔로 나를 툭 쳤다.

"동지들과 함께 자겠나?"

우리는 사막의 초롱초롱한 별빛 아래 큰 광장을 지나 돌로 지은 창고까지 걸어갔다. 창고 안에는 벽에 걸린 촛불 몇 개가 구석에 쌓인 소총들과 바닥에 놓인 안장, 담요 안에 들어가 안장을 베고 누운 동지들을 밝히고 있었다. 몇몇은 아직 자지 않고 담배를 피우며 이야기하는 중이었다. 한쪽 구석에는 세라피로 몸을 감싼 세 명이 카드놀이를 하고 있었다. 대여섯 명은 기타를 치며 노래를 불렀다. 〈파스쿠알 오로스코〉라는 노래인데 이렇게 시작한다.

파스쿠알 오로스코는 변절했네

테라사스* 나리가 꼬드겼다지
오로스코에게 수백만을 주고
정부를 뒤엎으라고 했다네.

오로스코는 믿었지
그래서 전장으로 나섰지
하지만 헌정군의 대포가
재앙일 줄이야.

그대 창가에 포르피리오 디아스가 오면
식은 토르티야를 적선해주게나
그대 창가에 우에르타 장군이 오면
면상에 침을 뱉고 문을 닫아버리게.

그대 창가에 이네스 살라사르가 오면
놈이 못 훔치게 짐을 잘 지키게
그대 창가에 마클로비오 에레라**가 오면
식탁보를 깔고 저녁을 차려주게.

---

* Luis Terrazas(1829~1923). 치와와주 출신의 정치인이자 대농장주. 치와와 주지사를 여러 차례 역임하는 등 치와와주 역사에서 중요한 인물이다. 혁명 기간에는 비야와 반목 관계에 있었다.
** Maclovio Herrena(1879~1915). 우에르타의 쿠데타에 제일 먼저 반기를 든 장군 중 한 명이다.

깨어 있던 부대원들은 처음에는 나를 알아보지 못했지만 곧 카드놀이를 하던 사람이 외쳤다. "미스터, 이리로 오게!" 그 소리에 사람들이 깼다. "그래 맞아. 사나이들과 함께 자는 게 좋지. 여기로 오지, 친구. 여기 내 안장이 있다네. 매끈하고 좋아서 반듯하게 잘 수 있지."

"좋은 밤 되게, 동지. 아침에 보세." 그들이 말했다.

곧 누군가가 문을 닫았다. 방 안은 연기와 사람들이 내뱉는 냄새로 가득 찼다. 코 고는 소리가 요란하게 울려 퍼지는 가운데 그나마 남아 있던 적막마저 노랫소리에 완전히 덮여버렸다. 짐작건대 노래는 새벽까지 계속됐다. 동지들 사이에 벼룩이 들끓었다……

그러나 즐거운 마음으로 나는 콘크리트 바닥에 깔린 담요 위에 누웠다. 그리고 그날 밤 나는 멕시코에 온 이래로 제일 편안하게 잤던 것 같다.

새벽이 밝아오자 우리는 일찍 일어나 메마른 사막의 험한 언덕이 따뜻해지기를 기다리며 안장 위에 올라앉았다. 모질게 추웠다. 모두들 눈 바로 아래까지 세라피로 똘똘 감싸고 커다란 솜브레로까지 써서 형형색색의 버섯 같아 보였다. 떠오르는 햇살이 얼굴에 쏟아지자 세라피는 원래 색깔보다 더 선명하게 빛났다. 이시드로 아마요는 진청색에 노란 소용돌이무늬, 후안 산체스는 벽돌색, 페르난도 대위는 녹색과 선홍색이 섞인 세라피를 걸쳤다. 그들 앞으로 햇빛이 반사돼 보라색과 검은색 잔상이 지그재그 모양을 그리며 지나갔다.

마차가 멈춰 서기에 쳐다보니 파트리시오가 손짓을 했다. 노새 두 마리가 지난 이틀간의 피로 때문에 비틀거리며 주저앉아버린 것이다. 부대원들이 흩어져 노새를 찾아 나서더니 얼마 지나지 않아 마구를 본 적도 없는 단단하고 아름다운 노새 두 마리를 몰고 왔다. 노새들은 마차 냄새를 맡아보더니 곧 자유를 되찾으려고 필사적으로 몸부림쳤다. 이제 헌정군은 즉각 생업으로 돌아가 목동이 되었다. 볼 만한 광경이 벌어졌다. 고리 모양으로 묶은 밧줄과 뱀같이 생긴 고리가 여기저기 날아다니고, 작은 말들은 날뛰는 노새들 때문에 바짝 긴장했다. 노새들은 귀신같았다. 채찍을 부서뜨리고 두 번이나 말과 기수를 넘어뜨렸다. 구원병으로 파블로가 왔다. 그는 사바스의 말에 오르더니 박차를 가해 말을 몰고 노새 한 마리를 쫓았다. 파블로는 삼 분 만에 노새 다리에 밧줄을 감아 넘어뜨리고 꽁꽁 묶어버렸다. 금방 다른 한 마리도 똑같이 해치웠다. 스물여섯 살밖에 안 된 파블로가 중령인 것은 다 그럴 만해서였던 것이다. 싸움뿐 아니라 말타기도 밧줄 던지기도 총 쏘기도 나무 쪼개기도 춤도 부하들보다 월등하게 나았다.

다리가 묶인 노새들은 마차로 끌려와 미친 듯이 저항했지만 결국 마구에 채워졌다. 준비가 다 되자 파트리시오는 마부석에 앉아 채찍을 잡고 외쳤다. "이랴! 더럽게 말 안 들

는 놈의 종자들!" 이제 노새들이 몸을 숙이고 달리기 시작하
자 큰 마차는 특급기차처럼 협곡에 들어섰다. 마차는 금방
흙먼지만 남기고 사라졌다가 한참 후에 다시 나타나 몇 킬
로미터나 떨어진 높은 언덕으로 올라갔다.

판치토는 열한 살인데 벌써 헌정군에 들어왔다. 그에게
소총은 너무 무겁고 말을 타려면 어른들이 올려줘야 했다.
열네 살짜리 베테랑 빅토리아노가 판치토의 대부였다. 그
외에도 열일곱 살이 안 된 헌정군이 일곱이나 더 있다. 헌정
군 중에는 탄띠 두 개를 매고 다니는 뚱한 표정의 인디오 여
자도 있다. 그 여자는 여성용 안장에 올라 사내들과 함께 말
을 타고 막사에서 잤다.

"왜 싸우지요?" 내가 물었다.

여자는 사나운 훌리오 레예스 쪽으로 머리를 기울였다.

"저이가 싸우니까요." 여자가 대답했다. "좋은 나무 아래
선 사람은 좋은 그늘에서 쉰다."

"좋은 수탉은 어떤 닭장에 있어도 운다." 이시드로가 덧
붙였다.

"앵무새는 온통 녹색이다." 누군가가 끼어들었다.

"얼굴을 봐도 마음을 이해할 수는 없다." 호세가 감상에
젖어 말했다.

정오에는 밧줄로 수소를 묶고 멱을 땄다. 불을 피울 시간
도 없어서 고기를 잘라내 날것으로 먹었다.

"이봐, 미스터. 미군들도 날고기를 먹나?" 호세가 소리쳤다.

그런 일은 없을 것 같다고 대답해줬다.

"날고기는 우리 사나이들에게 좋아. 싸울 때는 날고기밖에 먹을 시간이 없거든. 우리를 용감하게 만들어주지."

오후 늦게 우리는 마차를 따라잡고 전속력으로 마른 협곡으로 내려갔다가 올라가 라사르카 아시엔다 옆에 있는 넓은 운동장을 지났다. 라밈브레라 아시엔다와 달리 라사르카의 대저택은 평지에 있었다. 페온의 집들이 양옆으로 길게 늘어서 있고 저택 앞으로는 덤불진 황량한 사막이 30킬로미터 넘게 펼쳐져 있었다.

체체 캄포스는 라사르카도 그냥 지나치지 않았다. 라사르카 저택의 폐허가 시커멓게 입을 벌리고 있었다.

5장. 라사르카의 잠 못 드는 밤

그날 밤도 물론 부대원들과 함께 숙소에서 잤다. 그리고 여
기서 한 가지 사실을 말하고 싶다. 내 미국 친구들은 멕시코
인들이란 근본적으로 정직하지 않은 사람들이라 첫날부터
옷을 도둑맞을 거라고 경고했었다. 이제 나는 벌써 두 주째
헌정군 부대에서 한때 무법자였던 자들과 함께 지내는 중이
다. 규율도 없고 교육도 받아본 적 없는 사람들이다. 거기다
개중에는 미국인이라면 질색하는 사람도 많다. 헌정군은 지
난 6주 동안 돈 한 푼 받지 못했고 개중에는 너무 가난해서
남들에게 자랑할 샌들이나 세라피조차 없는 사람도 있었다.
그런데 나는 좋은 옷을 걸친 데다 무장도 하지 않은 이방인
이 아닌가. 나는 잘 때면 150페소가 든 주머니를 눈에 잘 띄
게 머리맡에 두고 잤다. 하지만 지금까지 아무것도 잃어버

리지 않았다. 이뿐만 아니라 그들은 내가 먹은 음식값조차 내지 못하게 했다. 부대 전체에 현금을 가진 사람이 거의 없고 담배는 말할 것도 없이 귀했지만 동지들은 내가 피울 담배를 계속 대주었다. 다들 내가 돈을 내는 것은 말도 안 되는 일이자 헌정군에 대한 모욕이라고 했다.

내가 돈을 치러도 되는 게 있다면 춤출 때 악단에게 주는 돈이다. 그날 밤 후안 산체스 옆에 담요를 덮고 누운 지 한참 지났는데 어디선가 음악 소리와 춤추는 함성이 들려왔다. 자정이 다 된 것이 분명한 시간에 누군가가 문을 열고 소리쳤다. "여보시오 미스터! 춤추러 와요! 일어나! 빨리요!"

"너무 졸려요." 내가 대답했다. 그는 좀 더 실랑이를 벌이다가 돌아갔지만 십 분도 안 돼 다시 돌아왔다. "페르난도 대위님이 당장 오라고 명령했습니다! 갑시다!" 이제 자던 사람들이 다 깼다. "춤추러 가요, 미스터!" 다들 소리를 질러댔다. 후안 산체스가 일어나 앉더니 신발을 찾아 신었다. "이제 나 갑니다!" 그가 말했다. "미스터가 춤추러 갑니다. 대위님의 명령이야! 빨리요, 미스터!"

"모두들 가면 나도 가겠어요"라고 내가 대꾸하자 다들 함성을 치더니 곧 낄낄거리며 옷을 주섬주섬 입었다.

스무 명이 다 함께 그 집에 당도했다. 페온 한 무리가 문을 막고 있다가 우리를 들여보냈다. "미스터, 미스터가 춤춥니다!" 다들 아우성쳤다.

페르난도 대위는 나를 얼싸안으며 소리쳤다. "여기 우리 동지 미스터가 왔네! 춤을 추지! 이제 호타*를 출 참이야!"

"하지만 전 호타를 출 줄 모르는데요!"

얼굴이 발갛게 된 파트리시오가 헐떡이며 나를 잡아끌었다. "별거 아니야! 내 라사르카 최고의 미녀를 소개해주지!"

어쩔 도리가 없었다. 창문에는 구경하는 얼굴이 다닥다닥 붙어 있었고 문가에는 들어오려는 사람이 백 명은 몰려 있었다. 그 집은 그냥 평범한 페온의 집이었다. 벽은 회칠을 했고 바닥은 고르지 않은 흙바닥이었다. 곡을 연주하는 사람들 근처에 촛불 두 개가 켜져 있었다. 이제 음악은 〈치와와의 다리〉였다. 모두 미소를 지으며 조용해졌다. 나는 파트너 여자의 팔을 끼고 여기 식대로 춤이 시작되기 전 행진을 하며 실내를 돌았다. 잠시 힘겹게 왈츠를 추는데 갑자기 모두 소리쳤다. "오라Ora! 오라! 지금이야!"

"이제 뭘 해야 하는 거죠?"

"돌아라! 돌아라! 여자를 놔줘!"

"하지만 어떻게 하는지 몰라요!"

"저 바보, 춤도 출 줄 모르는구먼." 누군가가 깔깔거렸다.

다른 사람들은 나를 놀리는 노래를 부르기 시작했다.

그링고는 모두 바보들이지

---

* jota. 빠르고 경쾌한 스페인 전통 춤으로 4분의 3박자, 8분의 3박자로 이루어진다. 짝이 서로 마주 보며 추는 춤으로 일련의 도약과 회전이 특징이며 일반적으로 캐스터네츠로 소리를 더한다.-감수자

소노라에도 가본 적 없어

10레알Diez Reales이라고 하고 싶을 땐

1달러 25센트Dollar an' a quarta라고 하지……

그러나 파트리시오가 무대 한복판으로 튀어나오고 사바스가 따라 나왔다. 둘은 한쪽 벽에 앉아 있던 여자를 한 명씩 끌고 나왔다. 나는 내 파트너를 자리로 돌려보냈고, 파트리시오와 사바스는 '돌기' 시작했다. 처음에는 왈츠 스텝을 밟다가 남자가 손가락을 튀겨 소리를 내고 한 팔을 들어 얼굴을 가리고 빙빙 돌며 여자에게서 멀어지는 동안 여자는 한 손을 허리에 대고 남자를 따라 춤췄다. 서로 가까워졌다 멀어졌다 하며 상대 주위를 돌았다. 여자들은 움직임이 둔하고 서툴렀고 인디오 얼굴에 몸은 땅딸막하고 옥수수를 갈고 빨래하느라 어깨는 구부정했다. 남자들 중에는 무거운 부츠를 신은 사람도 있고 맨발인 사람도 있었다. 상당수는 권총과 탄띠를 멨고 몇몇은 어깨에 소총 띠를 메고 있었다.

춤이 시작되기 전에는 언제나 요란한 행진이 있다. 그리고 커플이 방을 두 바퀴 돌면서 춤을 추고 나면 다시 행진했다. 호타 말고 왈츠와 마주르카도 췄다. 여자들은 바닥만 보면서 절대 입을 열지 않아서 사람을 아주 난처하게 했다. 거기다가 이 흙바닥은 울퉁불퉁 크고 작은 협곡이 수없이 많아서 세상 어디에도 없는 종류의 고문에 시달려야 했다. "춤춰요 미스터! 딴짓 말고 춤춰! 계속해요! 멈추면 안 돼요!"라는 소리에 몇 시간이나 춤을 춘 것 같았다.

나중에 다시 호타가 시작됐는데 여기서 좀 심각한 일이 벌어질 뻔했다. 이번에는 다른 여자와 성공적으로 호타를 출 수 있었다. 그 후 처음 파트너였던 여자에게 다시 춤을 추자고 청했더니 마구 화를 냈다.

"댁이 남들 앞에서 나를 망신 줬잖아요. 호타는 못 춘다고 해놓고선!" 여자가 말했다. 여자와 함께 방 안을 행진하는데 여자가 자기 친구들에게 말했다. "도밍고! 후안! 이리 와서 이 그링고한테서 나를 좀 구해줘! 아무 짓도 못 하게 말이야."

남자 대여섯 명이 무대로 나오자 다른 사람들은 지켜보기만 했다. 난처한 순간이었다. 바로 이때 사람 좋은 페르난도 대위가 권총을 들고 나서서 말했다. "이 미국인은 내 친구다! 돌아가서 자기 일들이나 해!"

말들이 워낙 지쳐 있어서 라사르카에서 하루 더 쉬기로 했다. 저택 뒤편의 버려진 정원에는 잿빛 포플러나무, 무화과나무, 포도나무, 거대한 선인장이 가득했다. 정원의 삼면은 흙벽돌담이 높이 둘러쳐졌는데 그중 한 면으로 오래된 교회의 하얀 첨탑과 푸른 하늘이 보였다. 담이 없는 한 면은 누런 물이 채워진 저수지로 열려 있었다. 저수지 너머에는 서부의 사막, 끝도 없는 황갈색 황무지가 펼쳐졌다. 나는 부대원 마린과 무화과나무 아래 누워 독수리가 날개를 펴고 우리 위를 맴도는 광경을 지켜보고 있었다. 하지만 갑자기 빠르고 요란한 음악이 울려 퍼지면서 이 고요한 평화는 깨져버렸다.

파블로가, 작년 체체 캄포스의 방화를 용케 피한 교회에서 피아놀라*를 찾아낸 것이다. 피아놀라가 연주할 수 있는 음악은 〈즐거운 과부의 왈츠〉 하나뿐이었다. 우리는 다 무너져가는 파티오로 피아놀라를 옮겨왔다. 온종일 돌아가며 피아놀라를 연주했다. 라파엘리토가 일러주길 〈즐거운 과부〉는 멕시코인이 작곡한 멕시코 최고의 인기곡이라고 했다.

피아놀라를 찾아냈으니 그날 밤 다시 춤판이 벌어지게 됐다. 이번에는 저택의 현관에서다. 기둥마다 촛불이 밝혀지자 희미한 불빛이 무너진 벽과 불타고 그을린 현관, 대들보까지 마구 타고 올라간 야생 포도나무를 비췄다. 파티오는 담요를 뒤집어쓰고 놀러 온 남자들로 북적거렸다. 페온들은 예전에는 감히 들어오지도 못하던 저택에 와 있는 것이 약간 불편한 듯 보이기도 했다. 악단이 연주를 마치자마자 피아놀라가 바톤을 이어받아서 휴식도 없이 춤이 계속됐다. 소톨 한 통이 더해지자 상황은 더 복잡해졌다. 밤이 깊어갈수록 모인 사람들은 활기를 더했다. 파블로보다 나이가 많은 사바스가 파블로의 정부를 끌고 나왔다. 나도 따라갔다. 곧바로 파블로가 권총 끝으로 자기 여자의 머리를 치

---

*   pianola. 자동 연주 피아노.

더니 다른 남자와 춤추면 둘 다 쏘아버리겠다고 했다. 사바스는 잠시 앉아서 생각을 하다가 일어서더니 하프 연주자에게 음정이 틀렸다고 심통을 부리다가 총을 쏘았다. 그리고 무대 한가운데서 꼬꾸라져 잠들어버렸다. 다른 동지가 그의 무기를 빼앗았다.

미스터에 대한 관심은 곧 다른 데로 향했다. 나는 성모자상을 꽂은 솜브레로를 쓴 훌리안 레예스 옆에 앉았다. 그는 소톨에 완전히 취해서 미친 사람처럼 눈을 번뜩였다.

그는 갑자기 나를 향해 돌아앉더니 말했다.

"자네는 우리랑 같이 싸울 건가?"

"아니. 나는 기자야. 기자는 싸우지 못하게 돼 있어."

"거짓말. 싸우는 게 무서운 거지. 신께 맹세코 우리는 정의를 위해 싸운다."

"나도 알아. 하지만 내 일은 싸우는 게 아니야."

"우리한테 기자는 필요 없어. 책에 쓰인 글 따윈 필요 없어. 우리는 소총과 살육을 원한다. 싸우다 죽으면 성자가 되는 거야! 겁쟁이! 우에르타파 같으니라고!……"

"그만해둬!" 누가 소리쳤다. 나는 내 앞에 서 있는 롱히노스 구레에카를 올려다보았다. "훌리안 레예스, 너는 아무것도 몰라. 이 동지는 자기 나라 사람들에게 혁명의 진실을 알리려고 바다를 건너고 땅을 건너 수천 킬로미터를 달려왔다고. 이 동지는 무기도 없이 전장에 나가. 너보다 훨씬 용감하다고. 너한테는 소총이 있잖아. 미스터 그만 괴롭히고 꺼져버려!"

구레에카는 훌리안이 앉았던 자리에 앉았더니 꾸밈없는 따뜻한 미소를 지으며 내 손을 잡았다.

"우리는 동지지?"

"우리는 한 담요에서 같이 자고 언제나 함께할 거야. 라카데나에 가면 자네를 우리 집에 데려갈 거야. 아버지는 자네를 내 형제로 삼으실 거고…… 스페인 놈들이 버리고 간 금광을 보여주지. 전 세계에서 제일 금이 많이 묻힌 데야…… 함께 거기서 금을 캐자…… 같이 부자가 되는 거야……"

그리고 그날부터 마지막 순간까지 언제나 롱히노스 구레에카와 나는 함께였다.

그나저나 춤판은 커져만 갔다. 악단과 피아놀라가 휴식 시간도 없이 번갈아 음악을 연주했다. 이제 모두 다 취해버렸다. 파블로는 무방비 상태의 포로들을 죽인 끔찍한 이야기를 늘어놨다. 간간이 모욕적인 언사가 튀어나오면 사방에서 소총 방아쇠를 딸각거리는 소리가 났다. 지쳐버린 불쌍한 여자들이 집으로 돌아가기 시작하자 애처로운 외침이 터져 나왔다. "가지 마! 가지 말라고! 멈춰! 돌아와서 춤추자! 돌아와!" 김이 샌 행렬은 멈춰서 뿔뿔이 흩어졌다. 새벽 네시, 누가 여기에 우에르타파 그링고 스파이가 있다고 떠들어대기 시작하자 나는 자러 가기로 했다. 하지만 춤판은 아침 일곱 시까지 이어졌다……

6장. "누구냐?"

새벽에 총소리와 요란한 나팔 소리에 잠을 깼다. 후안 산체스가 기상나팔을 불며 숙소 앞에 서 있었다. 어떤 것이 기상신호인지 몰라서 아는 나팔 가락은 죄다 불렀던 것이다.

파트리시오가 아침식사용으로 소를 잡았다. 소가 큰 소리를 내며 사막으로 돌진하자 파트리시오가 탄 말이 전속력으로 따라붙었다. 나머지 부대원들은 세라피로 온몸을 감아 눈만 내놓고는 어깨에 소총을 메고 무릎을 꿇고 앉았다. 빵! 고요한 대기 사이로 총소리가 요란하게 울려 퍼졌다. 달리던 소가 옆으로 기우뚱하더니 소의 비명이 우리에게도 희미하게 들려왔다. 빵! 소가 고꾸라지더니 허공에 헛발질을 해 댔다. 파트리시오가 탄 조랑말이 거칠게 뛰어오르자 세라피가 깃발처럼 펄럭였다. 바로 그때 동쪽에서 거대한 태양이

통째로 솟아오르면서 망망대해 같은 메마른 평원에 선명한 빛을 쏟아냈다……

파블로가 저택에서 나오더니 정부의 어깨에 기대섰다. "내가 많이 아플 것 같아." 그리고 그 말에 걸맞게 앓는 소리를 냈다. "후안 리드*가 내 말을 탈 걸세."

파블로가 마차에 올라 힘없이 기타를 꺼내더니 노래를 부르기 시작했다.

나는 초록 용설란 아래 남겨졌지
내 사랑은 날 버리고 다른 놈과 가버렸다네
종달새 노랫소리에 잠을 깼지
오, 엄청난 숙취야 그런데 바텐더는 내 말을 안 믿어!

오 신이여, 이 아픔을 가져가소서
죽을 것같이 아프다네
풀케와 위스키의 성모께서 나를 구원하실 거야
오 엄청난 숙취! 마실 게 없다네……

라사르카에서 우리 부대가 주둔하게 될 라카데나 아시엔다까지는 100킬로미터가 넘었다. 우리는 먹지도 마시지도 않고 하루 만에 그 길을 달렸다. 마차는 순식간에 우리를

---

* Juan Reed. 존을 스페인어식으로 부른 이름.

추월해 멀리 사라졌다. 메마른 땅은 곧 선인장과 유카의 호전적이고 가시 돋친 식생으로 바뀌었다. 우리는 석회 먼지를 뽀얗게 뒤집어쓰고 가시에 긁히며 빽빽한 덤불 사이로 난 길을 달렸다. 가끔 탁 트인 공간이 나타나면 사막 구릉 정상까지 올라가는 똑바른 길을 볼 수 있었다. 하지만 목적지는 아직 멀었다. 바람 한 점 불지 않았다. 수직으로 뜬 태양이 성난 듯이 내리쬐 어질어질했다. 어젯밤 취하도록 마셨던 부대원 대부분이 몸에 탈이 나기 시작했다. 입술이 마르고 갈라지더니 검푸르해졌다. 불평하는 사람은 없었지만 여느 날처럼 쾌활하게 농담을 하거나 까불대는 사람도 없었다. 호세 발리엔테가 유카 가지를 씹는 법을 알려주었지만 별 도움이 되지 않았다.

몇 시간이나 달렸을까, 피덴시오가 앞쪽을 가리키며 쉰 목소리로 말했다. "크리스티아노다!" 지금은 그저 사람이라는 뜻으로 쓰이는 이 크리스티아노라는 말은 헤아릴 수 없을 만큼 오래전부터 인디오 사이에서 전해온다. 누군가를 그렇게 부를 때는 콰테모진**과 똑같이 생긴 사람일 공산이 크기 때문에 나는 호기심에 가득 찼다. 의문의 크리스티아노는 당나귀를 몰고 가는 아주 늙은 인디오였다. 없어, 그는 물은 없다고 했다. 하지만 사바스는 말에서 내려 노인의 짐

** Guatemozin(1495?~1525). 고대 아즈텍 왕국의 마지막 지도자 콰우테목 Cuauhtémoc을 일컬음. 1520년 권좌에 올랐으며 코르테스가 이끈 스페인 원정군에 맞서 끝까지 싸웠지만 패배해 처형당했다.

을 바닥으로 낚아챘다.

"아! 좋았어! 여기 뭐가 있다!"라고 외치며 니스 칠한 용설란같이 생긴 소톨 한 뿌리를 들어 올리더니 정신없이 즙을 빨았다. 우리는 아티초크*를 가르듯 소톨을 잘라서 나눠 마셨다. 다들 금세 기분이 훨씬 나아졌다.

저녁이 다 되어 사막의 어깨를 돌자 산토도밍고 아시엔다의 샘을 둘러싼 거대한 잿빛 포플러나무들이 눈앞에 나타났다. 목동들이 밧줄로 말을 끌어당기자 울타리 안에서 화염에 싸인 도시에서 솟아오르는 연기 같은 갈색 먼지기둥이 솟아올랐다. 일 년 전 체체 캄포스가 불태운 저택이 홀로 외롭게 서 있었다. 샘 주변 포플러나무 아래에 행상 열두어 명이 모닥불 가에 앉아서 당나귀에게 옥수수를 먹이고 있었다. 샘에서부터 어도비 흙벽돌집 사이로 멕시코 북부의 상징인 물을 길어가는 여자들의 끝없는 행렬이 이어졌다.

"물이다!" 우리는 신이 나서 소리 지르며 전속력으로 언덕 아래로 달렸다. 마차를 끌던 말들은 이미 파트리시오와 함께 샘에 있었다. 부대원 전체가 안장에서 뛰어내려 배를 깔고 엎드렸다. 사람과 말이 구분 없이 머리를 박고 마시고 또 마시고…… 처음 느껴보는 황홀한 기분이었다.

"담배 있는 사람?" 누가 소리쳤다. 우리는 등을 대고 누워 담배를 피우며 이 축복받은 순간을 즐겼다. 쾌활한 음악 소

---

*   꽃봉오리를 먹는 국화과 여러해살이 식물.

리가 들려 일어나 앉았다. 눈앞에 세상에서 가장 기이한 행렬이 지나가고 있었다. 제일 앞에는 넝마를 걸친 페온이 꽃 달린 나뭇가지를 들고 갔다. 그 뒤로는 다른 사람이 파란색, 분홍색, 은색 줄무늬가 그려진 관처럼 생긴 작은 상자를 머리에 이고 갔다. 그 뒤로 남자 네 명이 따라가는데 알록달록한 색깔로 된 차양 같은 것을 들었다. 그 아래로 차양에 상반신이 다 가려진 여자가 걷고 있었다. 그 위로는 맨발에 작은 갈색 손을 가슴에 모은 소녀의 시신이 있었다. 머리에는 종이꽃 화관을 씌웠고 몸 전체를 종이꽃으로 휘감았다. 행렬의 마지막에는 한 남자가 하프로 인기 있는 왈츠곡 〈두랑고의 추억〉을 연주하며 따라갔다. 장례 행렬은 핸드볼이 한창인 운동장을 지나 작은 공동묘지를 향해 천천히 유쾌하게 움직였다. 훌리안 레예스가 성난 목소리로 말했다. "저건 망자에 대한 모독이야!"

해가 서산으로 넘어갈 때 사막은 발갛게 빛난다. 우리는 바닷속 왕국 같은 고요하고 황홀한 땅을 달렸다. 사방에 선 커다란 선인장이 바닷속 산호초처럼 형형색색으로 변했다. 우리 뒤로 마차 한 대가 엘리야의 전차처럼 황혼의 빛과 함께 서쪽으로 달렸다…… 동쪽으로는 이미 어두워져 별이 뜨기 시작한 하늘 아래, 헌정군의 전진기지 라카데나 뒤로 골진 산들이 보였다. 사랑하는 땅, 싸워서 지켜야 할 땅, 멕시코였다. 갑자기 노래하기 좋아하는 이들이 끝도 없이 긴 노래 〈투우〉를 부르기 시작했다. 노래 속에서 소는 연방군 장군들이고 투우사는 헌정군 장군들이다. 용감하게 싸우기 위해 자신의 삶과 안락한 일상을 버린 이 명랑하고 사랑스럽고 겸허한 사나이들을 보며, 나는 비야가 첫 난민기차로 치와와를 떠나는 외국인들에게 했던 짧은 연설을 떠올릴 수밖에 없었다.

"여러분이 고국에 전할 멕시코의 마지막 소식은 이것입니다. 이제 멕시코에는 궁궐은 없을 겁니다. 가난한 이들의 토르티야는 부자들의 빵보다 낫습니다. 자아!!⋯⋯"

높은 산 사이로 난 돌투성이 길을 가던 마차가 주저앉은 것은 밤 열한 시가 넘어서였다. 담요를 꺼내려고 멈춰 섰다가 다시 말을 몰기 시작했더니 동지들은 이미 꼬불꼬불한 길 사이로 사라진 후였다. 라카데나가 멀지 않다는 것을 알았다. 이제부터는 떡갈나무 덤불에서 언제든 보초가 튀어나올 수 있었다. 대부분이 마른 강바닥인 험한 산 사이로 꼬불꼬불 이어지는 가파른 길을 따라 1.5킬로미터 정도 내려갔다. 칠흑같이 캄캄한 데다 모질게 추운 밤이었다. 마침내 산길에서 벗어나 드넓은 평지가 펼쳐지고 반대편으로 어마어마하게 넓은 라카데나 아시엔다와 헌정군이 보초를 선 길이 희미하게 보였다. 그 길 너머로 15킬로미터 정도 더 가면 연방군 이백 명이 지키는 마피미가 나온다. 하지만 아시엔다는 아직도 사막 언덕 속에 숨어 있었다.

깊은 협곡 반대편에 희미하게 하얀 건물이 보이기까지

별 제지 없이 갈 수 있었다. 여전히 보초는 없었다. "이상한데." 나는 혼자 중얼거렸다. "제대로 보초를 서지 않고 있군." 협곡으로 내려갔다가 반대편으로 올라갔다. 저택의 큰 방에서 불빛과 음악이 흘러나왔다. 들여다보니 지칠 줄 모르는 사바스와 이시드로 아마요, 호세 발리엔테가 호타를 추며 돌고 있었다. 춤이라니! 바로 그때 총을 든 남자가 어슬렁어슬렁 불 켜진 문가로 나왔다.

"누구냐?" 그가 슬렁슬렁 외쳤다.

"마데로!" 나도 소리쳤다.

"그가 살아 있기를!" 보초는 그렇게 대꾸하더니 다시 춤판으로 돌아갔다⋯⋯

7장. 혁명의 전초기지

헌정군의 서부 전진기지인 라카데나에는 총 백오십 명이 주둔했다. 우리의 임무는 요충지인 라카데나 관문을 지키는 것이지만, 숙소는 관문에서 15킬로미터나 떨어진 아시엔다에 있었다. 관문은 작은 고원 위에 있고, 그 한쪽은 깊은 협곡이었다. 바닥이 드러난 강이 100미터쯤 보이다 사라지고 넓은 협곡 위아래로 눈에 보이는 곳은 모두 바짝 마른 강바닥, 빽빽한 떡갈나무, 선인장, 에스파다뿐인 가장 지독한 종류의 사막이었다. 관문 정동쪽에는 거인의 구깃구깃한 침대보처럼 어마어마하게 높은 산맥이 하늘을 절반쯤 가리면서 남북으로 뻗어 있었다. 그 사이를 채우려는 듯 사막이 펼쳐져 있고 그 너머로는 티 없이 파란 멕시코의 하늘뿐이었다. 관문에서 바라보면 스페인인들이 거인의 평원이라고 부

른 80킬로미터에 달하는 드넓고 메마른 평원에 작은 산들
이 흩어져 있다. 22킬로미터쯤 멀리 낮은 잿빛 집들이 모여
있는 곳이 적들의 주둔지 마피미다. 그곳에는 그 유명한 아
르구메도 대령이 이끄는 콜로라도, 곧 비정규 연방군 천이
백 명이 있다. 콜로라도가 없었다면 오로스코의 혁명*은 불
가능했다. 부대 깃발이 붉기도 하지만 그들의 손도 피로 물
들어 붉기 때문에 콜로라도라고 불렸다. 콜로라도는 멕시코
북부를 휩쓸며 방화와 약탈을 일삼았다. 치와와에서는 불쌍
한 페온의 발바닥을 잘라내고 죽을 때까지 사막을 걷게 했
다. 놈들이 휩쓸고 간 후 사천 명이 살던 도시에 다섯 명만
살아남은 적도 있다고 한다. 토레온 함락 후 비야는 콜로라
도에게는 자비를 베풀지 않았다. 무조건 총살이었다.

라카데나에 도착한 첫날 콜로라도 열두 명이 정찰을 나
왔다. 관문을 지키던 헌정군 스물다섯 명이 콜로라도 한 놈
을 잡았다. 먼저 놈을 말에서 내리게 한 후 총을 빼앗고 옷
과 신발도 벗게 했다. 그다음 놈이 떡갈나무와 선인장 사이
로 100미터쯤 벌거벗고 뛰어다니게 한 후 사냥하듯 총을 쏘
아댔다. 후안 산체스가 소리를 지르며 명중시켜 콜로라도의

---

*   마데로파였던 오로스코 장군이 마데로 대통령의 처사에 불만을 품고
    1912년 3월 일으킨 반란. 마데로는 우에르타 장군을 보내 이 반란을 진압
    하게 했다. 우에르타 군에게 크게 진 오로스코는 미국 로스앤젤레스로 망
    명을 떠났다. 이후 우에르타가 정권을 찬탈하자 오로스코는 연방군 사령
    관으로 우에르타 정권에 동참했다.

총을 차지하게 됐다. 후안 산체스는 그 총을 내게 선물로 주었다. 시체는 온종일 사막을 맴도는 게으른 멕시코 독수리의 밥으로 버려두고 왔다.

이 모든 일이 벌어질 동안 나는 내 친구 롱히노스 구에레카 대위, 포병 후안 바예호와 대령의 마차를 빌려 롱히노스의 집, 먼지 날리는 브루키야의 작은 목장에 가던 중이었다. 목장은 북쪽으로 사막 22킬로미터를 지나, 작고 하얀 언덕에서 불가사의한 샘물이 솟아나는 곳에 있었다. 구에레카 노인은 백발에 샌들 차림인 페온이었다. 그는 큰 아시엔다에서 농노로 태어났지만 뼈 빠지게 일해 멕시코에서는 흔치 않은 자작농이 되었다. 그는 자식을 열 두었는데 딸들은 피부가 검고 아들들은 뉴잉글랜드 농장의 일꾼처럼 생겼다. 딸 하나는 먼저 저세상으로 보냈다고 했다.

구에레카 가족은 자부심 넘치고 야심 찬 데다 따뜻한 사람들이었다. 롱히노스가 이렇게 말했다. "여기는 제가 사랑하는 친구이자 형제인 후안 리드입니다." 롱히노스의 아버지와 어머니는 멕시코식으로 나를 얼싸안고 등을 두들기며 애정을 표시했다.

"우리 가족은 혁명에 빚진 게 없어." 롱히노스가 자랑스럽게 말했다. "다른 사람들은 돈이며 말이며 마차를 빼앗았지. 군대의 우두머리들은 큰 아시엔다 재산으로 부자가 되기도 했지만 우린 가진 걸 모두 헌정군에 바치고 받은 것이라곤 내 계급뿐이야……"

하지만 그의 아버지는 서운한 게 좀 있는 모양이었다. 말총으로 만든 밧줄을 잡고 그는 이렇게 말했다. "삼 년 전에는 이런 채찍이 네 개 있었는데 이제 하나밖에 안 남았어. 하나는 콜로라도가 또 하나는 우르비나 쪽 사람이 가져가고 호세 브라보가 또 하나를 가져갔지…… 다 똑같은 놈들이 아닌가?" 그러나 그렇게만 생각하지는 않았다. 노인은 막내아들이 부대에서 제일 용감한 장교인 것을 무척이나 자랑스러워했다.

우리는 기다란 어도비 벽돌 방에 앉아 맛 좋은 치즈와 토르티야, 염소젖으로 만든 생버터를 먹었다. 귀가 어두운 어머니가 큰 소리로 차린 게 없어 미안하다고 했다. 군인 아들은 토레온에서 벌어진 아흐레 동안의 전투 모험담을 늘어놓았다.

"완전히 가까이 가서 열기와 화약 가루 때문에 얼굴이 따가울 정도였어요. 총을 쏘기엔 너무 가까워서……" 바로 그때 개들이 한꺼번에 짖기 시작했다. 자리에서 벌떡 일어났다. 그 시절 라카데나에서는 무슨 일이 일어날지 몰랐기 때문이다. 말에 탄 작은 소년이 콜로라도가 관문으로 들어가고 있다고 소리치고 갔다.

롱히노스는 재빨리 노새를 마차에 맸다. 온 가족이 부랴부랴 매달려 오 분 만에 준비를 마치자 롱히노스는 한쪽 무릎을 꿇고 아버지의 손에 키스했다. 우리는 길로 나섰다. "죽으면 안 된다! 죽으면 안 돼! 죽지 마!" 어머니의 울먹이는 소리가 들려왔다.

우리는 옥수숫대를 가득 실은 데다 여자들과 아이들 가족 전체, 철제 트렁크 두 개, 철제 침대까지 위에 얹은 마차 한 대를 지나쳤다. 그 집 남자는 당나귀를 타고 있었다. 그렇다. 콜로라도가 오고 있다. 수천 명이 관문으로 쏟아져 오는 중이었다. 지난번에 콜로라도가 왔을 때는 놈들이 그 집 딸을 죽였다고 했다. 이 계곡에서는 지난 삼 년 내내 전쟁이 계속됐지만 그는 불평하지 않았다. 조국을 위한 것이기 때문이다. 이제 가족은 미국으로 갈 것이다. 후안 바예호가 노새 등에 세차게 채찍질을 하는 바람에 이야기를 더 듣지 못했다. 좀 더 가자 평소와 다름없이 차분하게 염소를 모는 맨발 노인이 지나갔다. 노인은 콜로라도 소식을 들었을까? 콜로라도에 대한 소문이야 있었지. 정말로 관문으로 오고 있을까요? 그 수는 얼마나 되나요?

"내가 대체 어떻게 알겠나, 세뇨르!"

우리는 비틀대는 노새에게 소리를 질러대서, 사막 여기저기 흩어져 평소보다 탄약을 훨씬 많이 쓰고야 승리한 부대를 만날 수 있었다. 부대원들은 큰 솜브레로와 화려한 세라피를 휘날리며, 지나쳐 온 칙칙한 메스키트보다 약간 더 높은 말 등에 올라 경내로 돌아오는 중이었다. 그들의 소총 위로 저물녘 마지막 햇살이 떨어졌다.

그날 밤 전령이 도착해 우르비나 장군은 아직 병석에 있으며 파블로 세아녜스를 데려오라고 했다는 소식을 전했다.

그래서 돌아가는 마차에는 파블로의 정부와 라파엘, 꼽추, 피덴시오, 파트리시오가 탔다. 파블로가 내게 말했다. "후안 리드, 우리랑 같이 가고 싶으면 내 옆에 앉아서 가면 돼." 파트리시오와 라파엘도 같이 가자고 했다. 하지만 전선을 향해 이렇게 멀리 왔는데 여기서 돌아가고 싶지 않았다. 그리고 다음 날, 함께 사막을 건너오면서 너무나 친해진 부대의 친구들과 동지들은 대부분 하랄리토스로 옮기라는 명령을 받았다. 후안 바예호와 롱히노스 구에레카만 남았다.

새로 라카데나 수비병으로 온 사람들은 뭔가 달랐다. 오직 신만이 그들이 대체 어디서 왔는지 아시겠지만 라카데나는 군대가 말 그대로 굶는 곳이었다. 그들은 내가 그동안 봐온 중에서도 제일 지독하게 가난한 페온이라 절반 정도는 세라피도 없었다. 쉰 명 정도는 신참이라고 부르는 화약 냄새도 맡아보지 못한 사람들이고, 또 다른 쉰 명은 살라사르 소령이란 지독하게 무능한 늙은이의 부하들이며, 나머지 쉰 명은 각각 실탄 열 발과 낡은 카빈 소총으로 무장했다. 우리의 지휘관인 페트로닐로 에르난데스 대령은 마데로가 암살될 때까지 육 년간 연방군 소령이었던 사람이다. 어깨가 삐딱하고 체구가 작은 중령은 용감하고 좋은 사람이었지만, 정규군 출신의 관료적인 측면 때문에 이런 종류의 군대와는 맞지 않아 보였다. 아침마다 중령은 그날의 명령을 정해서 수비대에 전달하고 보초와 당번 장교를 정했다. 하지만 아무도 신경 쓰지 않았다. 이 부대에 있는 장교들은 규율을 세우고 명령을 내리는 것에 아무 관심이 없었다. 장교가 장교인 이유는 용감하기 때문이고 장교의 할 일은 남보다 앞장서서 싸우는 것이다. 그게 다였다. 부대원들은 봉건 영주를 모시듯이 자신들의 직속 장군만 바라봤다. 그들은 자신이 장군의 사람이라고 했고, 다른 장군 휘하의 장교가 하는 말은 귀담아듣지 않았다. 페트로닐로 대령은 우르비나의 사람이었다. 하지만 라카데나 수비대의 삼 분의 이 정도는 아리에타의 사람들이었다. 서쪽과 북쪽에 보초가 없었던 것은 그 때문이었다. 남쪽으로 향하는 길 16킬로미터는 알베르토 레돈도 중령이 지키기 때문에 안전할 줄만 알았다. 사실 그랬다. 스물다섯 명이 지키고 있는 데다 관문은 튼튼하니까⋯⋯

8장. 다섯 소총수

라카데나의 저택도 물론 일 년 전 체체 캄포스의 약탈을 피하지 못했다. 파티오에는 장교들의 말이 잔뜩 있었다. 우리는 그 주변 방의 타일 깔린 바닥에서 잤다. 한때 호사스러웠을 주인의 방 벽에는 안장이며 채찍, 총, 칼을 걸어둘 말뚝이 여기저기 박혀 있고 구석에는 지저분한 담요가 던져져 있었다. 그날 밤에는 방 한복판에 피운 옥수수 속대 모닥불에 둘러앉아 아폴리나리오와 한때 콜로라도였던 열네 살짜리 힐토마스가 해주는 지난 삼 년간의 피비린내 나는 이야기를 들었다.

아폴리나리오가 먼저 시작했다. "두랑고를 점령했을 때 나는 보룬다 대위의 사람이었지. 사람들은 보룬다 대위를 백정이라고 불러. 왜냐면 포로들을 다 쏘아 죽이거든. 헌데 우르비나가 두랑고를 차지했을 땐 포로가 별로 없었어. 그러니까 피에 굶주린 보룬다는 온 술집을 다 돌았어. 아무나 무장하지 않은 사람한테 연방군이냐고 물어. 그 사람은 '아닙니다. 세뇨르' 그러겠지. 그러면 보룬다는 '사실대로 말하지 않았으니 넌 죽어 마땅하다!'라고 소리를 치면서 방아쇠를 당겨. 빵!"

우리는 이 이야기에 깔깔대며 웃었다.

이번에는 힐 토마스가 나섰다. "그 이야기 들으니까 오로스코(망할 놈의!)의 혁명에서 로하스와 싸운 일이 생각나요. 늙은 디아스 군 장교가 우리 쪽으로 넘어왔는데 오로스코가 콜로라도(짐승들!)들을 훈련시키라고 했어요. 우리 부대에는 웃긴 사람이 한 명 있었죠. 아 진짜 재밌는 양반이었어요. 총기 다루는 법을 도저히 배울 수 없을 만큼 멍청한 척했던 거예요. 그랬더니 이 늙다리 장교(지옥에서 튀겨질 놈!)가 그 사람 혼자 남아서 훈련을 받게 했어요.

'어깨 총!' 그 양반은 잘해냈어요.

'받들어 총!' 완벽했죠.

'세워 총!' 이번엔 어떻게 하는지 모르는 척했더니 꼰대가 와서 총을 붙잡았어요.

'이렇게!'라고 하면서 꼰대가 총을 잡아당겼어요.

'아! 이렇게 말이야!' 하면서 이번엔 총검을 자기 가슴에 정확히 향하게 한 거죠……"

다음으로 회계 담당 페르난도 실베이라가 사제들에 관

한 몇 가지 일화를 이야기했다. 페르난도가 해준 이야기들은 13세기의 투렌에서나 일어날 법한 것들이었다. 프랑스혁명 전 영주가 여자 소작인에게 가지고 있던 봉건적 권리와 다를 바가 없었다. 페르난도는 교회에서 자랐기 때문에 누구보다 사정을 잘 알았다. 모닥불 가에는 아래로는 지독하게 가난한 페온부터 위로는 대위인 롱히노스 구에레카까지 스무 명 남짓이 앉아 있었다. 모두 한때는 독실한 가톨릭교도였지만 지금은 종교를 가진 사람이 아무도 없었다. 삼 년간의 전쟁은 멕시코인에게 많은 것을 가르쳐주었다. 또 다른 포르피리오 디아스가 나타날 일은 없으며, 오로스코의 혁명도 없을 것이며, 멕시코 가톨릭교회는 이제 다시는 신을 대변하지 못할 것이다.

이번엔 자신이 스페인의 영웅 힐 블라스의 후손이라고 진지하게 말했던, 올해 스물두 살의 후안 산티야네스 준위가 사람들이 질색하는 옛날 노래를 불러댔다.

나는 스페인 포병대의
올리베로스 백작……

후안 산티아네스는 자랑스럽게 총상 흉터 네 곳을 보여주었다. 후안은 자기 총으로 비무장 포로를 몇 명 죽이면서 언젠가 위대한 마타도르가 되겠다고 결심했다고 한다. 그는 자기가 부대에서 제일 용감하고 가장 세다며 으스댔다. 하지만 후안이 재미있다고 하는 이야기는 남의 주머니 안 달 걀 깨기처럼 김빠지기 일쑤였다. 나이에 비해 철이 안 들었 지만 미워할 수 없는 녀석이었다.

롱히노스 구에레카를 빼고 제일 친했던 친구는 루이스 마르티네스 준위였다. 그레코*가 그린 스페인 귀족 청년의 초상화에서 막 튀어나온 것같이 생긴 그를 사람들은 가추 핀―멕시코인들이 스페인인을 경멸적으로 부르는 말―이 라고 불렀다. 루이스는 섬세하고 명랑하며 고결하고 순수한 영혼이었다. 이제 겨우 스무 살인 그는 아직 한 번도 전투에 참여하지 못했다. 턱 주변에는 수염이 거뭇거뭇했다. 루이 스는 슬며시 웃으며 수염을 가리켰다. "이카노르하고 토레 온을 되찾기 전까진 면도하지 않기로 했어……"

루이스와 나는 원래 다른 방에서 잤다. 하지만 모닥불이 꺼지고 다른 동지들이 코를 고는 밤이 오면, 하루는 내 방에 서 다음 날은 루이스의 방에서 우리는 담요를 깔고 앉아 세 상과 여자친구 이야기, 전쟁이 끝나면 무엇을 할지에 대해 이야기했다. 전쟁이 끝나면 루이스는 나를 만나러 미국에 오겠다고 했다. 그리고 함께 두랑고시티로 가서 루이스네 가족을 만나는 것이다. 루이스는 아기 사진을 보여주며 자 기가 벌써 삼촌이라고 자랑했다. "총알이 날아다니기 시작 하면 어쩔 거야?" 내가 물었다.

---

* El Greco(1541~1614). 그리스 태생의 스페인 종교화가.

"누가 알겠어? 도망치지 않을까?" 루이스가 웃으며 대답했다.

밤이 깊었다. 문가의 보초도 잠든 지 벌써 오래였다. "가지 마. 조금만 더 있다 가." 루이스가 내 옷깃을 잡으며 말했다.

롱히노스, 후안 산티야네스, 실베이라, 루이스, 후안 바예호와 나는 연못이 있다는 소문을 듣고 목욕을 하러 협곡 위로 올라갔다. 거기는 빽빽한 메스키트와 선인장에 둘러싸인, 뜨거운 흰 모래만 가득한 마른 강바닥이었다. 1킬로미터마다 숨었던 강이 잠깐 나타났다가는 치직대는 하얀 석회 언저리에서 사라졌다.

먼저 말을 씻기는 웅덩이가 나타났다. 부대원들과 불쌍한 작은 말들이 잔뜩 모여 있었다. 한두 명은 가장자리에 앉아서 호리병박으로 말에게 물을 끼얹었다. 위편에선 여자들이 무릎을 꿇고 바윗돌에 대고 해도 해도 끝이 없는 빨래를 하는 중이었다. 그 너머 아시엔다로 가는 지름길에는 까만 숄을 두르고 물동이를 이고 가는 여자들의 행렬이 끊이지 않았다. 더 위쪽으로 가보니 기다란 하늘색이나 흰색 면을 두른 여자들이 목욕을 하고 갈색 피부의 아이들은 벌거벗고 얕은 데서 물장난을 쳤다. 그리고 제일 끝에는 갈색 피부의 남자가 솜브레로를 쓰고 세라피를 어깨에 걸쳤으나 벌거벗은 채 바위에 앉아 옥수수 잎담배를 피우고 있었다. 코요테 한 마리가 나다니자 우리는 가파른 사막으로 기어올라가 소총을 조준했다. 코요테가 간다! 전력을 다해 수풀로 뛰어들어 총을 쏘고 소리를 질렀지만, 코요테는 사라졌다. 그러고도 한참 더 지나서야 신비의 연못을 찾아냈다. 커다란 바위가 깊숙이 닳고 닳아 만들어진 시원한 연못 바닥에는 녹색 물풀이 자라고 있었다.

돌아와보니 브루키야에서 새 말이 도착해 있어서 롱히노스는 아주 신이 났다. 아버지가 선봉에 설 때 타라고 길러준 네 살 난 쥐색 종마였다.

"겁나면 내가 먼저 타볼게. 나는 난폭한 말을 길들이는 걸 아주 좋아하거든!" 후안 산티야네스가 급하게 달려나가며 말했다.

잔잔한 대기 위로 누런 흙먼지가 솟아올라 울타리 안을 가득 채웠다. 그 먼지 사이로 어렴풋이 뛰어다니는 말들의 대혼돈이 비쳤다. 말굽 소리가 둔탁한 천둥소리처럼 울렸다. 사람들은 잘 보이지 않고, 힘을 준 다리와 흔들리는 팔, 얼굴을 가린 수건과 넓게 펼친 밧줄 고리가 허공에 올라 빙빙 도는 모습만 보였다. 롱히노스의 큰 쥐색 종마가 목에 고리를 건 채로 내달려 밧줄이 팽팽해졌다.

결국 종마가 요란하게 울부짖으며 꼬꾸라지자 목동은 말 엉덩이 주변으로 밧줄을 꼬았다. 말은 거의 바닥에 쓰러질 만큼 발길질을 해댔다. 다른 올가미로 뒷다리마저 감아버리자 말은 주저앉았다. 목동들이 말 위에 안장을 얹고 고삐를 매달았다.

"타볼래, 후안 리드?" 롱히노스가 씩 웃었다.

"아니, 너부터 타. 네 말이잖아." 후안(나)은 점잔을 빼며 대답했다.

하지만 다른 후안, 후안 바예호가 벌써 말 위에 올라타 밧줄을 풀라며 소리치고 있었다. 꽥꽥거리는 요란한 소리와 함께 쥐색 종마가 몸부림을 쳐대자 땅이 울렸다.

우리는 아시엔다의 오래된 부엌에서 짐 상자 주변에 의자를 놓고 밥을 먹었다. 여러 대에 걸쳐 밥하는 연기에 그을린 부엌 천장은 매끈한 갈색이었다. 어도비 흙벽돌로 만든 풍로, 오븐, 벽난로가 차지한 부엌의 한쪽 벽에선 나이 든 여자 네다섯 명이 몸을 굽혀 냄비를 젓거나 토르티야를 구웠다. 방 안의 유일한 빛인 음식 하는 불이 여자들 위로 기묘하게 깜빡거리며 검은 벽을 밝혔다. 연기가 검은 벽 쪽으로 몰려갔다가 천장 위로 올라가 빙빙 돌다 마지막에는 창문으로 빠져나갔다. 식탁에는 페트로닐로 대령과 대령의 정부가 앉았다. 정부는 농민 출신에 얽은 자국이 있지만 묘하게 아름다운 여자로 언제나 웃는 얼굴이었다. 거기에는 토마스, 루이스 마르티네스, 레돈도 대령, 살라사르 소령, 니카노르와 내가 있었다. 페트로닐로 대령의 정부는 식탁에 앉아 있는 게 불편해 보였다. 멕시코 농민 여성들은 식사 때면 하녀처럼 시중을 들기 때문이다. 하지만 페트로닐로 대령은 언제나 깍듯하게 숙녀 대접을 했다.

레돈도는 나를 잡고 결혼할 여자에 대해 이야기하며 사진을 보여주었다. 여자는 심지어 지금 웨딩드레스를 찾으러 치와와로 가는 중이라고 했다. "우리가 토레온만 되찾으면 말이지." 레돈도가 말했다.

"이봐, 세뇨르!" 살라사르가 내 팔을 치며 말했다. "내가 자네의 정체를 알아냈어. 자네는 멕시코에서 큰 사업을 하는 미국 기업가의 첩자야. 미국 기업의 첩자인 거지. 여기 와서 우리 부대가 어떻게 움직이는지 알아낸 후에 미국 기업에 몰래 소식을 보내지. 안 그런가?"

"하지만 여기서 어떻게 소식을 몰래 보내나요? 전보를 치려면 말 타고 나흘은 가야 하는데."

"아, 알고 있네." 살라사르는 비열한 미소를 지으며 떨리는 손가락으로 나를 가리켰다. "난 많은 걸 알고 있지. 내 머릿속에 많은 게 있어." 그는 이제 벌떡 일어섰다. 심한 통풍으로 고생하던 살라사르 소령은 모직 붕대로 다리를 둘둘 감고 있어서 꼭 타말레*처럼 보였다. "나는 사업에 관해서 모르는 게 없어. 젊을 때 많이 공부해뒀지. 이 미국 기업들은 멕시코로 쳐들어와 멕시코 인민을 수탈한다고."

"소령, 뭔가 잘못 알았군. 이 세뇨르는 내 친구이자 손님이라네." 페트로닐로 대령이 끼어들었다.

---

* 옥수수 가루 반죽에 소를 넣고 옥수수 껍질로 싸서 찌거나 삶은 멕시코 음식.

"내 말을 좀 들어봐요. 대령." 살라사르가 버럭 화를 내며 말했다. "이 세뇨르는 첩자예요. 미국 놈들은 모두 디아스파 아니면 우에르타파입니다. 늦기 전에 내 경고를 들어요. 내 머릿속엔 든 게 많아요. 나는 똑똑한 사람입니다. 이 그링고를 끌어내서 쏴버리자고요. 안 그러면 후회할 일이 생길 거예요."

다른 사람들이 모두 아우성치기 시작했다. 하지만 갑자기 들려온 다른 소리—총소리가 한 방, 또 한 방 나자 아우성은 멈췄다.

부대원 한 명이 달려왔다. "하극상입니다. 명령을 듣지 않습니다."

"누가 명령을 안 듣는다는 거지?" 페트로닐로가 말했다.

"살라사르의 사람들입니다."

"나쁜 놈들." 달려가는 동안 니카노르가 설명해주었다. "그놈들은 우리가 토레온을 점령했을 때 생포한 콜로라도들이야. 우리 편에 들어온다고 해서 안 죽였던 거지. 오늘 밤 놈들한테 관문을 지키라고 했는데!"

이 시점에서 살라사르가 끼어들었다. "나는 그만 자도록 하겠네."

부대원들이 머무는 라카데나 페온의 집들은 성곽 도시처럼 큰 광장을 둘러싸고 있으며 문이 두 개다. 우리는 한쪽 문으로 가서 밖으로 나오려는 여자들과 페온들을 제치고 안으로 들어갔다. 안쪽에는 문가에 희미한 불빛이 있고 밖에는 서너 군데 작은 모닥불이 있었다. 겁에 질린 말들은 구석에 몰려 있었다. 놈들은 소총을 들고 숙소 안팎을 요란하게 뛰어다녔다. 공터 한가운데는 쉰 명쯤 되는 사람들이 반격이라도 할 듯 거의 무장을 하고 있었다.

"입구를 지켜! 내 명령 없이는 아무도 나가지 못하게 해." 대령이 외쳤다. 부대원들이 문을 막기 시작했다. 페트로닐로 대령은 광장 한가운데로 홀로 걸어나갔다.

"무슨 일이지, 동지들?" 차분하게 물었다.

"저놈들이 우리를 다 죽이려고 했습니다!" 어둠 속에서 누군가가 소리쳤다. "도망치려고 했습니다! 우리를 배신하고 콜로라도에게 가려고 했습니다!"

"거짓말입니다!" 중앙 쪽에 있던 사람들이 소리쳤다. "우리는 페트로닐로 대령님의 사람이 아닙니다. 우리 대장은 마누엘 아리에타입니다!"

갑자기 롱히노스 구에레카가 무장도 하지 않고 씩씩거리며 번개처럼 놈들에게 달려가더니 소총을 빼앗아 멀찍이 던져버렸다. 반란군은 잠시 롱히노스에게 달려들듯 했지만 저항하지 않았다.

"모두 무장해제하고 가둬버려!" 페트로닐로 대령이 명령했다.

부대원들은 반란군을 큰 방에 가두고 무장한 보초를 세웠다. 얼마 지나지 않아 자정이 되자 그들이 웃기는 노래를 부르는 소리가 들렸다.

이 사건으로 페트로닐로 대령에게 남은 병력은 실질적으로 백 명으로 줄었다. 늘어난 것은 등에 상처 난 말 몇 마리와 실탄 이천 발 정도였다. 살라사르 소령은 아침에 자기 부하들을 모두 총살하는 게 좋겠다고 말하고는 떠나버렸다. 자기 부하들을 없애는 편이 낫다고 여긴 것이다. 후안 산티야네스도 총살하자는 의견이었다. 그러나 페트로닐로 대령은 그들을 우르비나 장군에게 보내 재판을 받게 하기로 했다.

9장. 마지막 밤

라카데나에서 지낸 나날은 다채로웠다. 강에 얼음이 덮이는 추운 새벽이면 부대원 한 명이 밧줄 끝에 소를 매달고 광장으로 달려왔다. 그러면 솜브레로를 쓰고 세라피로 눈 아래까지 감싼 부대원 오륙십 명이 어설픈 투우를 벌여 다른 동지들을 즐겁게 했다. 다들 담요를 흔들면서 투우장에 어울리는 함성을 질러댔다. 누군가 성난 소의 꼬리를 비틀면, 다른 성질 급한 사람이 칼등으로 소를 쳤다. 투우용 창 대신 단검으로 어깨를 찌르면 소가 날뛰면서 뜨거운 피가 튀었다. 마침내 소가 쓰러지면 자비의 칼이 소머리를 뎅겅 잘랐다. 모두 우르르 달려들어 몸통을 자르고 쪼개 날고기 덩이를 자기 숙소로 가져갔다. 잠시 후면 관문 너머로 순식간에 태양이 하얗게 타오르며 떠올라 얼굴과 손이 따가웠고, 피 웅덩이와 빛바랜 세라피 무늬, 저 멀리 암갈색 사막은 더 생생해졌다……

페트로닐로 중령은 작전 중 마차 여러 대를 압수했다. 우리 다섯은 그 마차를 빌려 여기저기 놀러 다녔다. 한번은 산페드로델가요에 닭싸움을 보러 갔는데 볼 만한 구경거리였다. 롱히노스 구에레카와 함께 스페인 놈들이 버리고 간 금광에 간 적도 있다. 하지만 가는 길이 브루키야 목장 쪽이 아니라 그날은 나무 그늘에 앉아 먹은 치즈가 다였다.

오후 늦게 관문 수비병들이 초소로 향해 가자 그들의 소총과 탄띠 위에 오후의 햇살이 부드럽게 떨어졌다. 어두워진 지 한참 지나자 교대조가 어둠 속에서 쩔그렁거리며 나타났다.

그날 밤 산토도밍고에서 만났던 행상 네 명이 라카데나에 도착했다. 당나귀 네 마리에 헌정군에게 팔 마쿠체를 가득 싣고 왔다.

"미스터였군요!" 행상들이 피운 모닥불 가까이에 가자 그들이 외쳤다. "어때요, 미스터? 어떻게 지냈어요? 콜로라도가 무섭지도 않아요?"

"장사는 어떻습니까?" 그들이 건네는 마쿠체 한 무더기를 받으면서 물어보았다.

행상들은 내 말에 큰 소리로 웃었다.

"장사! 장사라면 그냥 산토도밍고에 있는 게 훨씬 나아요. 이 부대 돈을 탈탈 털어 모아도 담배 한 개비도 못 살 텐데요!"

행상 한 명이 〈프란시스코 비야를 위한 아침 노래〉라는 특이한 노래를 부르기 시작했다. 한 사람이 한 구절을 부르면 다음 사람이 또 한 구절을 부르는 식으로 각각 위대한 장군의 행적을 기리는 서사를 만들어갔다. 행상들과 삼십 분 정도 있으며 세라피를 느슨하게 걸치고 앉은 그들의 검고 순박한 얼굴에 불빛이 발갛게 비치는 것을 지켜보았다. 한 사람이 노래하는 동안 다른 사람들은 바닥을 내려다보며 가사를 지었다.

여기 프란시스코 비야가 왔다.
대장들과 장교들과 함께
연방군 노새 놈들에게
안장을 얹으러

지금 바로 콜로라도 네놈들은
싸울 준비나 해라.
비야와 그의 병사들이
네놈들의 가죽을 벗길 테니.

오늘 네놈들의 조련사가 도착했네.
게릴라 판초 비야가

너희들을 토레온에서 몰아내고
너희들의 가죽을 벗겨주리라!

돈을 움켜쥔 부자들은
벌써 채찍질을 당했지,
우르비나와 마클로비오 에레라의
병사들이 벌인 일이라네.

작은 비둘기여 날아가
대초원 위로 날아가
비야가 왔다고 알려라.
놈들을 영원히 몰아내러 왔다고.

야심은 파멸을 이끌고
정의는 승리할 거야,
비야가 탐욕스런 자들을 벌주러
토레온에 왔으니까.

독수리야 날아라
비야가 정복하러 왔으니
월계관은 비야에게,

비야의 장교들 만세

모기 자식들 이제
비야가 토레온에 오면
네놈들의 자만도 끝이다.
비야는 올 수 있으니까!

비야와 비야 부대 만세!
에레라와 그의 부하들도 만세!
사악한 놈들아, 용감한 자가
무엇을 해내는지 보아라.

이제 나는 작별을 고하네
카스티야의 장미 옆
여기가 대장군 비야에게 바치는
내 노래의 끝!

잠시 후 나는 자리를 빠져나왔다. 행상들은 내가 자리를 뜨는지도 몰랐을 것이다. 그들은 그렇게 불 가에서 세 시간도 넘게 노래를 불렀다.

숙소에서는 다른 판이 벌어져 있었다. 방 안은 모닥불에서 나는 연기로 가득했다. 뿌연 연기 속에서 헌정군 삼사십 명이 찍 소리도 내지 않고 모여 있었다. 실베이라가 두랑고 주지사가 발행한, 대규모 아시엔다의 토지를 가난한 사람들에게 나눠준다는 선언문을 읽었다.

1910년 우리 주 인민들이 무장봉기를 하게 만든 가장 중요한 불만 요인은 개인 토지가 절대적으로 부족하다는 것이었다. 또한 두랑고주의 토지를 독점한 아시엔다에서 페온으로 일하는 것 말고는 농민계급에게는 현재의 생계를 유지할 수단, 미래를 위한 어떠한 희망도 없다. 국부가 창출되는 핵심 분야는 농업이며, 농민 대부분이 토지 생산을 통해 사적 이윤을 얻지 못한다면 농업의 진정한 발전이란 없다.

마지막으로 한때 농민들이 소유했던 공유지가 특히 디아스 독재정권 시기 대거 인접한 아시엔다로 편입되면서 농촌 마을은 깊은 시름에 잠겼다. 이로 인해 두랑고주 거주자들은 경제적, 정치적, 사회적으로 예속되어 국민에서 노예로 강등되었다. 농민들이 사는 아시엔다는 사유지이기 때문에 정부는 교육을 통해서 인민의 도덕 수준을 끌어올릴 수도 없었다.

위 사항을 고려하여 두랑고 주정부는 주 내 도시와 마을 거주자들이 농지의 주인이 되어야 할 공공의 필요성이 있다고 선언하는바……

회계 담당인 실베이라가 토지를 신청하는 방법 등 이어지는 조항들을 힘겹게 읽어나가는 동안 모두 쥐 죽은 듯 조용했다.

"이게 바로 멕시코혁명이지." 마르티네스가 말했다.

"이게 바로 비야가 치와와에서 한 일이죠. 훌륭해요. 이제 모두 땅을 가질 수 있게 됐네요." 내가 말했다.

희희낙락하는 분위기가 됐다. 그때 지저분한 노란 콧수염을 한 키 작은 대머리 남자가 일어나 앉더니 말했다.

"우리는 아니지. 우리 군인들은 아니야. 혁명이 끝나면 군인은 필요 없어질 거야. 파시피코가 땅을 얻게 되겠지. 싸우지 않은 사람들 말이야. 그리고 다음 세대는……" 그는 잠깐 말을 멈추더니 찢어진 소매를 불 쪽으로 펼쳤다. "나는 학교 선생이었어. 그래서 공화국과 마찬가지로 혁명도 배은망덕하단 걸 잘 알아. 나는 삼 년째 싸우고 있네. 1910년 1차 혁명이 끝나고 나서 위대한 지도자 마데로는 혁명군을 모두 멕시코시티로 초대했어. 먹여주고 입혀주고 투우도 보여줬지. 하지만 고향에 돌아가보니 탐욕스런 자들이 권좌에 올라 있더군."

"전쟁이 끝나고 보니 가진 건 45페소뿐이더군." 한 사람이 말했다.

"그래도 운이 좋구먼." 전직 학교 선생이 말을 이어갔다. "굶주리고 고생한 일반 병사들은 혁명으로 덕을 보는 사람들이 아니야. 장교들, 그래 장교들 중에는 조국의 피로 살을 찌운 자들이 있지. 하지만 우린 아냐."

"그럼 대체 뭘 위해서 싸우는 건가요?" 내가 소리쳤다.

"나한텐 아들이 둘 있어. 그 애들은 땅을 받을 거야. 그리고 그 애들한테 자식이 생기겠지. 그 애들은 먹을 게 없어 고

생하진 않겠지……" 작은 남자는 미소 지었다. "과달라하라*
에는 이런 속담이 있어. 11야드짜리 옷을 입지 마라.** 구세
주로 나서려다가는 십자가에 못 박힐지어다."

"나는 아들 같은 건 없어요." 열네 살짜리 힐 토마스의 말
에 함성과 웃음이 터져 나왔다. "나는 죽은 연방군한데 소총
을 서른세 자루 뺏고 백만장자가 가진 좋은 말을 갖고 싶어
서 싸워요."

나는 마데로의 사진이 박힌 단추가 달린 외투를 입은 병
사에게 그게 누구냐고 장난 삼아 물어보았다.

"누가 알겠어요, 세뇨르? 우리 대장은 이 사람이 위대한
성인이었다고 하더군요. 나는 싸우는 게 일하는 것만큼 힘
들지 않아서 싸웁니다."

"급료는 얼마나 자주 받아요?"

"정확히 아홉 달 전에 3페소 받은 게 다요." 학교 선생이
말하자 모두 고개를 끄덕였다. "진짜 자원병은 우리야. 비야
의 부하들은 프로들이고."

루이스 마르티네스가 기타를 가져와 아름다운 사랑 노래
를 불렀다. 어느 밤에 창녀가 유곽에서 만든 노래라고 했다.

그 잊지 못할 밤의 마지막 기억은 어둠 속에서 롱히노스

---

*　멕시코 할리스코주의 주도.

**　중세에 소년을 입양할 때 하는 의식의 일환으로 큰 옷을 입은 것에서 비
　롯된 속담이다. 오늘날에는 잘 모르거나 자기 소관이 아닌 문제, 혹은 어
　떤 이익도 볼 수 없는 일에 개입하는 것을 가리킨다.-감수자

구에레카가 옆에 드러눕더니 한 말이다.

"내일 스페인 놈들이 버리고 간 금광에 데리고 갈게. 서쪽 산자락에 숨어 있어. 금광의 위치를 아는 건 인디오들이랑 나밖에 없어. 인디오들은 가끔 거기 가서 칼로 금덩이를 캐오거든. 우린 부자가 될 거야……"

10장. 콜로라도의 기습

다음 날 아침 해가 뜨기도 전이었다. 옷을 챙겨 입은 페르난도 실베이라가 방 안으로 들어와 콜로라도가 오고 있으니 일어나라고 조용히 말했다. 후안 바예호가 웃으면서 물었다. "몇 명이나?"

"한 천 명쯤." 페르난도는 차분하게 말하더니 탄띠를 꼼꼼하게 점검했다.

평소와 달리 파티오는 말안장을 올리는 사람들로 북적거렸다. 옷을 반쯤 입다 말고 문가에 서 있는 페트로닐로 대령에게 정부가 칼을 채워주었다. 후안 산티야네스는 허둥지둥 바지를 끌어올렸다. 소총에 탄창을 끼워 넣는 철컥거리는 소리가 계속 들려왔다. 이리저리 뛰어다니며 아무나 붙잡고 무슨 일이냐고 묻는 병사들도 있었다.

콜로라도가 온다는 말을 진심으로 믿는 사람은 없어 보였다. 파티오 위로 쾌청한 하늘을 보니 오늘도 푹푹 찔 모양이었다. 수탉들이 몰려들었다. 젖을 짜던 소가 큰 소리로 울었다. 나는 배가 고팠다.

"얼마나 가까이 왔대?" 내가 물었다.

"가까이."

"관문 초소 보초들은 뭐 했대?"

"잤대." 페르난도가 탄띠를 메면서 대답했다.

파블로 아리올라가 발에 채운 박차를 절그렁거리며 어기적어기적 걸어왔다.

"놈들이 한 열두 명 정도 먼저 왔었나봐. 우리 보초들은 그저 매일 나오는 정찰인 줄 알았던 거지. 그래서 놈들을 쫓아내고 아침을 먹으려는데 곧바로 아르구메도가 이끄는 콜로라도 수백 명이 몰려오더라는군."

"하지만 스물다섯 명이면 나머지 헌정군이 그쪽으로 갈 때까지 길을 막을 수도 있지 않았나……"

"놈들은 벌써 관문을 지났어." 파블로가 안장을 어깨에 짊어지며 말했다. 파블로는 밖으로 나갔다.

"저 죽일 놈의 ×××!" 후안 산티야네스는 소총의 약실을 돌리면서 욕설을 해댔다. "내가 놈들을 다 족칠 때까지 기다려."

"이제 미스터가 그렇게 보고 싶어 하던 총알 날리는 광경을 보게 되었네. 어떻소이까, 미스터? 겁나요?"

어쩐 일인지 실감이 나지 않았다. 나는 혼잣말을 했다. "넌 진짜 운 좋은 거야, 인마. 진짜 전투를 보게 됐잖아. 이제 굉장한 기사를 쓸 수 있게 됐어." 카메라에 필름을 넣고 급하게 집 앞으로 나갔다.

막상 그곳에는 별로 볼 게 없었다. 눈이 멀 정도로 따가운 햇살이 관문을 비췄다. 동쪽으로 수십 킬로미터 펼쳐진 짙은 사막에는 아침 햇살 말고는 아무것도 없었다. 아무 움직임도 없었다. 아무 소리도 들리지 않았다. 그러나 저 어딘가에는 몇 안 되는 동지들이 콜로라도 대부대를 막기 위해 안간힘을 쓰고 있었다.

페온들의 집 지붕 위로 가느다란 연기가 잔잔한 대기 중으로 피어올랐다. 너무 조용해서 옥수수를 가는 맷돌 소리와 여자들이 저택 근처로 일하러 가면서 부르는 노랫소리까지 또렷하게 들릴 정도였다. 양들이 울타리 밖으로 내보내 달라고 울어댔다. 저 멀리 산토도밍고로 가는 길에는 행상 네 사람이 당나귀를 앞세우고 느릿느릿 걷는 모습이 사막 한가운데서 알록달록 도드라져 보였다. 페온들이 모여 동쪽을 바라보며 손가락으로 가리켰다. 부대의 숙소인 커다란 울타리 입구 주변에는 병사 몇 명이 말고삐를 잡고 있었다. 그게 다였다.

가끔 무장한 남자 두셋이 한꺼번에 저택에서 뛰어나와 소총을 들고 말을 달려 관문 쪽으로 갔다. 그들이 사막의 굴곡을 따라 올라갔다 내려가며 점점 작아지는 모습을 눈으로 따라갈 수 있었다. 하지만 그들이 마지막 언덕을 오를 때까지만이었다. 새하얀 흙먼지에 햇빛이 반사되자 눈이 부셔 더는 볼 수가 없었다.

누가 내 말을 타고 가버렸고 후안 바예호는 원래 말이 없다. 후안은 내 옆에 서서 총알도 없는 빈총을 쏘는 시늉을 해댔다.

"저기 좀 봐!" 후안이 갑자기 소리쳤다. 관문 옆에 있는 산의 서면은 아직 응달이었다. 산기슭을 따라 남북으로 걸쳐 모래 먼지구름이 작고 가늘게 일어나고 있었다. 먼지구름은 아주 서서히 길게 늘어났다. 처음에는 양 끝에 하나뿐이던 적군이 둘로 늘어나더니 점점 아래쪽으로, 스타킹 올이 나가듯 얇은 유리에 금이 가듯 거침없는 속도로 가까워졌다. 적들이 측면에서 우리를 공격하기 위해 펼쳐 선 것이다!

아직도 한두 명씩 부대원들이 저택에서 나와 말을 달려 나갔다. 파블로 아리올라가 지나가고 니카노르는 환하게 손을 흔들며 지나갔다. 롱히노스 구에레카는 자신의 쥐색 명마에 날듯이 뛰어올랐다. 하지만 절반의 성공이었다. 쥐색 종마는 고개를 숙이고 광장을 가로지르면서 네 번이나 껑충 껑충 뛰어올랐다.

"금광엔 내일 가자." 롱히노스가 어깨너머로 소리쳤다. "오늘은 바빠서…… 진짜 부자…… 버려진 광산이……" 하지만 거리가 너무 멀어 그의 말은 토막토막 끊겨 들렸다. 마르티네스가 웃으면서 죽기는 무섭다고 소리치며 롱히노스를 따라갔다. 그리고 다른 이들. 서른 명 정도가 갔다. 대부분 자동차용 보호안경을 쓰고 있었던 기억이 난다. 페트로닐로 대령은 말 위에 앉아 쌍안경을 보고 있었다. 나는 다시 언월도처럼 휜, 햇빛에 빛나는 흙먼지 구름 띠를 바라보았다.

토마스가 말을 달리며 지나갔고 힐 토마스가 그 뒤를 바짝 따랐다. 그런데 누군가가 오고 있었다. 달리는 말이 언덕 위에서 이쪽으로 달려오는데 말 탄 사람은 빛나는 먼지 속에 윤곽만 보였다. 말은 엄청난 속도로 이어지는 언덕을 오르내렸다…… 그가 우리가 서 있는 작은 언덕까지 왔을 때 나는 공포를 보았다. 얼굴에서 부채꼴 모양의 폭포처럼 피가 쏟아져 흘렀다. 연성 재질의 총알에 맞아 입 아래쪽이 거의 날아간 상태였다. 그는 대령 앞에서 고삐를 잡고 온 힘을 다해 무언가를 말하려고 했지만 그 망가진 입으로 하는 말은 도저히 알아들을 수 없었다. 그의 뺨에 눈물이 흘러내렸다. 그는 쉰 목소리로 울다가 말을 달려 산토도밍고 쪽으로 도망가버렸다. 이번에는 관문 경비병들도 전속력으로 달려오고 있었다. 두세 명은 멈추지도 않고 아시엔다를 지나가버렸다. 다른 이들은 대령 앞에서 흥분해서 소리쳤다. "탄약과 실탄을 더 줘요!"

대령은 시선을 돌렸다. "탄약과 실탄은 없다!" 사람들은 화가 나서 욕설을 하며 총을 바닥에 던져버렸다.

"관문에 스물다섯 명이 더 있어!" 대령이 소리쳤다.

몇 분 지나지 않아 헌정군 절반 정도가 숙소에서 나와 동

쪽으로 달려갔다. 이제 먼지구름 띠의 가까운 쪽 끝은 땅의
굴곡에 가려 보이지 않았다.

"대령님, 왜 병사들을 다 내보내지 않는 거죠?" 나는 외쳤
다.

"왜냐하면 젊은 친구, 지금은 콜로라도 부대 전체가 협곡
으로 내려갔기 때문이네. 자네는 거기서 잘 안 보이겠지만
난 보여."

페트로닐로 대령이 말을 마치기가 무섭게 한 부대원이
저택 모퉁이를 돌아오며 자신이 온 어깨너머 남쪽을 가리키
며 외쳤다.

"놈들이 저쪽에서도 오고 있어요. 천 명도 넘어요! 다른
길로요! 레돈도 쪽엔 겨우 다섯 명이 있었어요! 콜로라도 놈
들이 동지들을 생포해서 레돈도가 알아채기 전에 계곡에 처
넣었어요."

"하느님 맙소사!" 페트로닐로 대령이 중얼거렸다.

우리는 남쪽을 돌아보았다. 암갈색 사막 언덕 위로 성서
에나 나올 법한 연기 기둥 같은 어마어마한 하얀 먼지가 햇
살 속에서 빛나고 있었다.

"나머지는 저쪽으로 가서 놈들을 막아!" 마지막 스물다
섯 명이 안장을 올리고 남쪽으로 향했다.

그런데 갑자기 성벽 광장의 큰 문에서 말을 타거나 타지
않은 이들이 총도 없이 쏟아져 나왔다. 무장해제된 살라사
르의 사람들이었다! 그들은 허둥지둥 이리저리 뛰어다니며

소리쳤다. "총을 주십시오! 우리 탄약은 어디 있는 거요?"

"너희 총은 숙소에 있다! 하지만 탄약은 콜로라도를 죽이는 데 가 있어!" 대령이 대답했다.

거센 함성이 들려왔다. "우리 무기를 다 가져갔어! 우리를 죽이려고 해!"

"우리는 어떻게 싸우라고요? 총 없이 어떻게 싸웁니까?" 한 사람이 대령의 면전에 대고 소리를 질렀다.

"동지들, 이럴 게 아니라 나가서 놈들을, 맨손으로 놈들의 목을 조르세, 동지들!" 누가 소리쳤다. 다섯 명은 말에 박차를 채우고 무기도 없이 희망도 없이 관문 쪽으로 달려갔다. 대단한 사람들이었다!

"우리는 다 죽을 거야!" 다른 사람이 말했다. "가자!" 나머지 마흔다섯 명은 산토도밍고로 가는 길로 빠르게 달려갔다.

남쪽을 막으라는 명령을 받은 스물다섯 명은 몇백 미터쯤 달려가다가 멈춰 섰다. 무엇을 해야 할지 몰라 보였다. 무기가 없는 쉰 명가량이 산으로 도망치는 모습이 보였다.

"동지들이 도망친다! 동지들이 도망쳐!"

잠시 날카로운 외침 소리가 오갔다. 헌정군은 점점 가까워지는 먼지구름 띠를 보았다. 그리고 그 먼지를 내고 있는 무자비한 악당들을 생각했다. 그들은 잠시 머뭇거리다가 정신없이 산으로 향하는 덤불로 도망치기 시작했다.

불현듯 총소리가 간간이 들려왔다는 것을 알아차렸다.

총소리는 아주 멀어서 타자기 치는 소리처럼 들렸다. 총소리가 우리의 주의를 끄는 동안 소리는 점점 커졌다.

이제 전선 쪽에서 북소리가 끊이지 않고 계속 들려왔다.

페트로닐로 대령은 약간 창백해 보였다. 아폴리나리오를 불러 마차에 노새를 매라고 했다.

"무슨 일이 생기면 최악의 상황이 벌어지는 거야." 대위는 후안 바예호에게 대수롭지 않은 양 말했다. "내 여자를 찾아서 자네랑 리드가 마차로 같이 가게. 빨리, 페르난도, 후안!" 실베이라와 후안 산티야네스는 말을 달려 대위와 함께 관문 쪽으로 사라졌다.

이제 사방에서 개미떼처럼 몰려드는 놈들을 볼 수 있었다. 사막에도 놈들이 바글바글했다. 요란스런 인디언 함성이 들렸다. 우리 머리 위로 총알 하나가 지나가더니 하나 더 날아들었다. 다음에는 우리를 제대로 겨냥한 총알 하나가, 그다음에는 한 무더기가 날아들었다. 쿵! 진흙이 깨지고 총알이 진흙벽돌 벽에 박혔다. 겁에 질린 페온들과 여자들이 이 집 저 집으로 도망쳤다. 한 병사가 화약과 살육과 공포로 시커멓게 된 얼굴로 모든 게 끝났다고 소리치며 말을 타고 지나갔다⋯⋯

아폴리나리오는 마구를 채운 노새를 재촉해 마차에 걸기 시작했다. 그는 손을 덜덜 떨면서 봇줄을 떨어뜨렸다. 곧 주워 들었지만 다시 떨어뜨렸다. 이제는 온몸을 벌벌 떨더니 갑자기 마구를 땅바닥에 던지고 도망쳐버렸다. 나는 후안 바예호와 그쪽으로 달려갔다. 바로 그때 어딘가에서 날아온 총알이 노새 엉덩이를 스쳐 지나갔다. 이미 겁에 질려 있던 노새들이 거칠게 날뛰더니 총소리와 함께 뚝하고 마차 연결대가 부러졌다. 노새들은 북쪽 사막을 향해 미친 듯이 달려갔다.

그리고 궤멸이었다. 헌정군은 겁에 질린 말을 채찍질하며 정신없이 달려왔다. 그들은 피와 땀으로 범벅이 되어 멈추지도 않고 말도 없이 우리를 지나쳐갔다. 토마스와 파블로 아리올라가 지나가고 꼬맹이 힐 토마스가 나타났는데 비틀거리던 그의 말이 우리 앞에서 쓰러졌다. 온 사방에서 총알이 날아왔다.

"정신 차려, 미스터! 가자." 후안 바예호가 말했다. 우리는 달리기 시작했다. 협곡 반대편 경사진 둑으로 올라가면서 뒤를 봤다. 빨강과 검정 체크무늬 세라피를 걸친 힐 토마스가 내 뒤를 바짝 따라오고 있었다. 등을 돌려 총을 쏘는 페트로닐로 대령이 보였다. 그 옆엔 후안 산티야네스가 있었다. 제일 앞쪽에 말목 위로 몸을 바짝 낮춘 페르난도 실베이라가 달려갔다. 말 달리는 소리, 총소리, 고함치는 소리가 아시엔다 주변을 빙 둘러쌌다. 그리고 사방에서 콜로라도가 바글바글 몰려들었다.

11장. 도망가는 미스터

후안 바예호는 한 손에 끈질기게 소총을 들고 벌써 저 앞에 가고 있었다. 내가 높은 도로에서 벗어나라고 소리치자 그는 뒤도 안 보고 내 말대로 했다. 그 길은 사막을 가로질러 산으로 향하는 쭉 뻗은 길이었다. 이곳의 사막은 당구대처럼 매끈해서 멀리서도 움직임이 또렷하게 보였다. 카메라가 다리 사이에서 걸리적거렸다. 던져버렸다. 외투가 엄청나게 무겁게 느껴졌다. 벗어던져버렸다. 동지들이 필사적으로 산토도밍고로 향하는 길로 달려가는 것이 보였다. 그들 앞으로 콜로라도 기병대가 남쪽에서 나타나 허를 찔렀다. 다시 총성이 울리고 쫓는 자와 쫓기는 자들은 작은 언덕의 모퉁이로 사라졌다. 다행히도 그들이 사라진 길은 산토도밍고로 가는 길에서 갈라진 반대편 길이었다.

나는 달리고 또 달리고 더는 뛸 수 없을 때까지 달렸다. 그리고 몇 발짝 걷다가 다시 달렸다. 숨을 쉬는 게 아니라 흐 느껴 울고 있었다. 다리에 쥐가 났다. 이제 수풀과 덤불이 잔 뜩 있고 서쪽 산맥의 기슭이 멀지 않았다. 그러나 문제는 뒤 에서 이 길 전체가 빤히 보인다는 것이다. 후안 바예호는 벌 써 팔백 미터 정도 앞에 있는 산기슭에 다다랐다. 그가 낮은 언덕을 기어올라가는 게 보였다. 그때 갑자기 무장한 남자 세 명이 후안의 뒤편에 나타나더니 소리를 질러댔다. 후안 은 주변을 둘러보더니 소총을 멀리 덤불 속으로 던져버리고 도망쳤다. 남자들은 후안을 향해 총을 쏘다가 소총을 찾으 려고 사격을 멈췄다. 후안은 꼭대기 쪽으로 사라졌고 남자 들도 따라갔다.

나는 또 달렸다. 몇 시쯤 되었는지 궁금했다. 그렇게 무섭 지는 않았다. 여전히 모든 게 비현실적으로 느껴져 리처드 하딩 데이비스*의 책 속에 있는 기분이었다. 여기서 빠져나 가지 못한다면 내 할 일을 제대로 못 할 것 같았다. 계속 이 렇게 생각했다. "이건 굉장한 경험이야. 뭔가 쓸 게 생겼어."

그때 뒤쪽에서 함성과 말굽 소리가 들려왔다. 백 미터쯤 뒤에 꼬마 힐 토마스가 세라피 자락을 날리며 달리고 있었 다. 그리고 백 미터쯤 더 뒤에는 탄띠를 메고 소총을 든 시꺼

---

* Richard Harding Davis(1864~1916). 미국 최초의 종군기자로 미국·스 페인전쟁, 2차 보어전쟁, 1차 세계대전을 보도했다.

먼 남자 두 명이 힐 토마스를 쫓고 있었다. 그들은 총을 쏘아 댔다. 힐 토마스는 파랗게 질린 채로 꼬마 인디오의 억지 표정을 지어 보이더니 계속 달렸다. 남자들은 다시 총을 쐈다. 총알 하나가 내 머리 위로 스-쳐-갔-다. 힐 토마스는 비틀거리며 멈춰 서 진로를 바꾸더니 갑자기 수풀 속으로 몸을 던졌다. 남자들도 따라갔다. 앞장선 말의 말굽이 힐 토마스를 찍어 누르는 것이 보였다. 콜로라도들은 말을 홱 멈춰 세우고 힐 토마스를 쏘고 또 쏘았다……

나는 수풀 속을 달려 작은 언덕 위로 올라갔다가 메스키트 뿌리에 걸려 모래 경사로 미끄러져 작은 협곡에 떨어졌다. 빽빽한 메스키트가 협곡을 가려주었다. 내가 일어서기도 전에 콜로라도 놈들이 언덕 아래로 달려들었다. "저기 놈이 있다!" 그들이 소리치며 내가 있던 데서 채 삼 미터도 안 떨어진 협곡을 건너 사막으로 질주해갔다. 갑자기 긴장이 풀리면서 잠이 쏟아졌다.

오래 자지는 못했다. 깨어나보니 태양은 여전히 그 자리에 있었고 서편 산토도밍고 쪽에서 간간이 총성이 들려왔다. 뒤얽힌 수풀 사이로 뜨거운 하늘을 올려다보았다. 커다란 독수리 한 마리가 내가 죽었는지 살았는지 궁금해하며 바로 위에서 빙빙 돌고 있었다. 스무 발짝도 안 되는 거리에 맨발의 인디오가 소총을 들고 꼼짝 않고 말 위에 있었다. 그는 독수리를 올려다보더니 사막을 샅샅이 살폈다. 나는 미동

1부. 사막의 전투

도 하지 않고 누워 있었다. 그가 적인지 아군인지 알 길이 없었다. 잠시 후 그는 언덕을 넘어 북쪽으로 천천히 사라졌다.

삼십 분 정도 기다리다가 협곡에서 기어나왔다. 아시엔다 쪽에서는 아직도 총소리가 들려왔다. 나중에야 그 총소리가 죽은 동지들을 확인 사살하는 소리였다는 것을 알게 됐다. 그 광경을 보지는 못했다. 내가 달리던 작은 계곡은 대략 동서로 뻗어 있다. 나는 서쪽 산맥을 향해 달렸다. 하지만 아직 여기는 너무 위험했다. 나는 몸을 낮추고 뒤를 보지 않으며 언덕 위로 뛰어올라갔다. 그 언덕 너머로 언덕이 계속 이어졌다. 언덕을 넘고 또 넘고 몸을 가려주는 계곡을 걸어 산악지대를 벗어나지 않고 계속해서 북서쪽으로 갔다. 곧 아무 소리도 들리지 않았다. 이글이글 타오르는 태양 아래 긴 산마루의 황량한 땅은 열기로 아지랑이가 일렁였다. 키 높은 수풀에 옷이 찢기고 얼굴에 생채기가 났다. 발밑에는 선인장, 용설란, 에스파다가 있어서 길게 얽힌 가시가 부츠를 뚫고 들어와 걸을 때마다 피가 났다. 거친 식물 아래로는 모래와 들쭉날쭉한 돌이었다. 정말 힘겨운 길이었다. 깜짝 놀랄 정도로 사람의 형상과 닮은 유카가 스카이라인 전체에 꼼짝 않고 서 있었다. 높은 언덕 위 덤불 속에 서서 뒤편을 바라보았다. 벌써 한참 와버려서 아시엔다는 사막에 난 하얀 얼룩처럼 보였다. 가느다란 먼지구름 띠가 아시엔다에서 관문 쪽으로 향하고 있었다. 콜로라도들이 죽은 전우의 시제를 마피미로 옮기는 중이었다.

그때 갑자기 심장이 쿵쾅거리기 시작했다. 한 남자가 조용히 계곡 위로 올라오고 있었다. 녹색 세라피를 걸치고 머리에는 피 묻은 손수건만 두르고 있었다. 맨다리는 에스파다에 긁혀 피투성이였다. 나를 본 그는 황급히 멈춰 서더니 내게 손짓했다. 나는 그가 있는 데로 내려갔다. 그는 아무 말 없이 나를 계곡 아래로 데려갔다. 백 미터쯤 내려가더니 멈춰 서서 한쪽을 가리켰다. 죽은 말이 뻣뻣하게 굳은 다리를 허공으로 향한 채 쓰러져 있었다. 그 옆에는 칼에 배가 갈린 남자가 있었다. 탄띠가 꽉 차 있는 것으로 봐서 콜로라도인 것이 분명했다. 녹색 세라피를 쓴 남자는 아직도 피가 묻은 무시무시한 단검을 꺼내 들더니 무릎을 꿇고 에스파다 사이를 파기 시작했다. 나는 돌을 날랐다. 우리는 메스키트 가지를 잘라 십자가를 만들고 시체를 묻었다.

"어디로 가십니까, 동지?" 내가 물었다.

"산맥 쪽으로 갑니다. 동지는?"

나는 구에레카 가족의 목장이 있는 북쪽을 가리켰다.

"펠라요가 그쪽에 있어요. 45킬로미터 정도 가면 됩니다."

"펠라요가 뭐지요?"

"아시엔다요. 제 생각엔 거기에 동지들이 일부 있을 것 같습니다."

우리는 작별 인사를 하고 헤어졌다.

네 시간 동안 언덕을 넘고 매서운 에스파다 사이에서 비틀거리고 마른 강바닥의 경사진 면으로 미끄러지면서 계속 걸었다. 물이라고는 없었다. 오늘 아침부터 아무것도 먹지도 마시지도 못한 상태다. 지독하게 더웠다.

열한 시쯤 산비탈을 넘어서니 멀리 브루키야 목장이 작은 회색 얼룩처럼 보였다. 카미노레알을 지나자 탁 트인 사막이었다. 1.5킬로미터쯤 되는 거리에서 말 탄 남자가 오는 것이 보였다. 나를 본 듯 그가 멈춰 서더니 내 쪽을 한참 쳐다보았다. 나는 꼼짝 않고 서 있었다. 곧 그는 점점 작아지더니 먼지만 남기고 사라졌다. 그 후 몇 킬로미터를 걷는 동안 생명체라고는 보이지 않았다. 나는 몸을 숙이고 먼지가 없는 길가를 따라 달렸다. 이제 서쪽으로 3킬로미터 정도 더 가면 브루키야 목장이 있다. 목장은 시냇물을 따라 늘어선 포플러나무 사이에 숨어 있다. 멀리 목장 옆 작은 언덕에 붉은 점이 보였다. 가까이 가서 보니 그 점은 동쪽을 바라보고 있는 구에레카의 아버지였다. 노인은 나를 보더니 뛰어내려와 손을 꽉 쥐었다.

"무슨 일인가? 무슨 일인가? 콜로라도가 라카데나를 공격한 게 사실인가?"

나는 무슨 일이 일어났는지 짤막하게 말했다.

"롱히노스는? 롱히노스는 못 봤나?" 노인은 내 팔을 비틀며 물었다.

"못 봤습니다. 동지들은 모두 산토도밍고로 퇴각했습니다."

"여기 있으면 안 된다네." 노인은 몸을 떨며 말했다.

"물 좀 주세요. 말하기도 힘들 정도로 목이 말라요."

"그래, 그래. 물 마셔야지. 저기 개울이 있네. 콜로라도가 여기서 자네를 발견하면 큰일 나네." 노인은 비통한 표정으로 평생토록 힘들게 일궈낸 작은 목장을 둘러보았다. "놈들이 우리를 박살 내버릴 걸세."

바로 그때 롱히노스의 늙은 어머니가 문가에 나타났다.

"이리 오게. 후안 리드. 우리 아들은 어디에 있나? 왜 같이 안 왔어? 죽은 건가? 사실대로 말하게!"

"아, 제 생각엔 다들 무사히 도망갔을 겁니다."

"자네 뭘 좀 먹었나? 아침은 먹었어?"

"어젯밤 이후로 물 한 방울 못 먹었습니다. 라카데나에서부터 계속 걸어왔어요."

"불쌍한 것! 불쌍한 것!" 어머니는 나를 얼싸안으며 흐느꼈다. "일단 앉아. 내가 먹을 걸 좀 내오지."

구에레카 노인은 불안감 때문에 입술을 깨물었다. 하지만 결국 측은지심이 불안을 이겼다.

"내 집에서 편히 쉬게." 그가 중얼거렸다. "하지만 서둘러야 해! 누가 보면 큰일 나네! 나는 언덕 위에 올라가서 먼지가 나는지 보겠네!"

나는 물을 몇 리터 들이켜고 계란프라이 네 개와 치즈를 먹었다. 노인이 돌아와 안절부절못하며 서성거렸다.

"애들을 모두 하랄그란데로 보냈지. 오늘 아침에 소식을 들었어. 온 계곡 사람들이 다 산으로 피신했네. 준비됐나?"

"여기 있어." 어머니가 붙잡았다. "우리가 숨겨줄 테니 롱 히노스가 올 때까지 여기 있게."

노인이 버럭 소리를 질렀다. "당신 미쳤어? 여기서 발견 되면 안 된다니까! 자네 준비됐나? 그럼 가세!"

나는 절룩거리면서 불 지른 옥수수밭 사이를 걸었다. "이 길을 따라가게. 저 들판과 수풀 사이로 가. 가다 보면 펠라요 로 가는 큰길이 나와. 조심해서 가게!" 노인이 말했다. 우리 는 악수를 했다. 잠시 후 너덜거리는 샌들을 신고 느릿느릿 언덕을 올라가는 노인이 보였다.

내 키만큼 큰 메스키트가 무성한 큰 계곡을 건넜다. 도중 에 두 번 말 탄 사람과 마주쳤다. 아마도 파시피코겠지만 나 는 신중하게 행동하기로 했다. 계곡 너머로 10킬로미터쯤 되어 보이는 계곡이 또 있었다. 온 사방이 헐벗은 산이고 저 멀리 흐릿하게 신기루처럼 형형색색의 언덕이 보였다. 네 시간을 더 걸어 산과 계곡을 벗어나자 다리는 뻣뻣하고 발 은 상처투성이에 허리도 아프고 머리는 빙빙 돌았다. 마침 내 펠라요 아시엔다의 포플러나무와 낮은 어도비 벽돌담이 보이기 시작했다.

페온들이 몰려와서 내 이야기를 들었다.

"저런 저런," 페온들이 웅얼거렸다. "하지만 라카데나에 서 여기까지 그 먼 길을 하루 만에 걸어왔다고요! 가엾어라! 피곤하겠어요! 여기 와서 뭘 좀 먹어요. 오늘 밤은 여기서 쉬고요."

"우리 집에서 주무시죠." 대장장이 펠리페가 말했다. "그런데 콜로라도가 이쪽으로 안 오는 게 확실한가요? 저번엔 놈들이 왔거든요." (그는 아시엔다 저택의 그을린 벽을 가리켰다.) "콜로라도에 가담하지 않겠다는 파시피코 네 명을 죽였지요." 그는 내 팔을 잡아끌었다. "친구, 일단 가서 요기를 하지요."

"씻을 데가 있으면 먼저 좀 씻고 싶은데요."

내 말에 페온들은 미소 지으며 아시엔다 뒤쪽의 버들가지가 드리워진 작은 개울로 나를 데려갔다. 개울가 둑은 더할 나위 없이 푸르렀다. 높은 벽에서 물이 세차게 솟아나왔다. 벽 위로는 커다란 포플러나무의 혹 달린 가지가 솟아 있었다. 작은 문으로 들어서자 페온들은 나를 남겨두고 갔다.

안쪽 바닥은 경사가 꽤 심했고 땅의 형태를 따라 빛바랜 분홍색 담이 세워져 있었다. 그 가운데는 수정처럼 맑은 물이 가득한 연못이 있었다. 바닥에는 하얀 모래가 깔렸다. 연못 한쪽 끝 바닥에 난 구멍에서 물이 솟아나고 있었다. 표면에서 약하게 김이 올라오고 있었다. 더운물이었다.

이미 다른 사람이 있었다. 정수리 한가운데를 둥글게 민 남자가 몸을 목까지 물에 담그고 있었다.

"세뇨르, 가톨릭 신자이십니까?"

"아니요."

"주님, 감사합니다. 우리 가톨릭교도들은 관용이 없게 마련입니다. 멕시코인이십니까?"

"아닙니다. 세뇨르."

"좋습니다." 그는 슬픈 미소를 지으며 말했다. "저는 사제이고 스페인인입니다. 그런데 이 아름다운 땅에서 아무도 저를 원치 않는다는 것을 깨닫게 되었습니다. 세뇨르. 주님은 선하십니다. 하지만 멕시코에서보단 스페인에서 더 선하시죠……"

나는 투명하게 맑고 뜨거운 물속으로 천천히 들어갔다. 몸이 부르르 떨리며 통증과 쓰라림, 피로가 한꺼번에 사라졌다. 육신이 사라지고 영혼만 남은 기분이었다. 잿빛 포플러나무 가지 아래 그 기적 같은 연못의 따뜻한 물속을 떠다니며 우리는 철학에 대해 토론했다. 이글거리던 하늘이 서서히 식어가고 따갑던 햇살은 조금씩 분홍색 담 위쪽으로 올라갔다.

펠리페는 나에게 자기 집 자기 침대에서 자라고 했다. 철제 프레임에 얼기설기 목재 갈빗살을 댄 침대였다. 그 위에 누더기 담요가 깔려 있었다. 그리고 입은 옷을 덮으면 된다. 펠리페와 아내, 큰아들과 딸, 아직 어린 두 아이 모두 침대를 내게 내주고 바닥에 누웠다. 방 안에는 병자도 두 명—몸이 붉은 반점으로 뒤덮인 말도 잘 못하는 노인과 편도선이 심하게 부은 아이가 있었다. 가끔 백 살은 먹은 것 같은 할머니가 들어와 환자들을 보살폈다. 치료법은 단순했다. 노인에게는 촛불로 데운 쇳조각을 환부에 갖다 대고, 아이에게는 옥수수와 라드를 갠 반죽을 팔꿈치에 살살 문지르면서 큰 소리로 기도했다. 이 치료는 일정한 간격을 두고 밤새도록 계속되었다. 치료 사이사이에 잠이 깬 아이들이 다시 재워 달라고 칭얼거렸다…… 문은 저녁 일찍 닫혔고 이 집에는 창문이 없었다.

이렇게 손님을 대접하는 것은 펠리페에게는 정말 큰 희생이었다. 특히 음식이 그러해서 그는 양철 트렁크의 자물쇠를 열고 숭배할 정도로 소중히 여기는 소중한 설탕과 커피까지 내주었다. 펠리페는 다른 페온처럼 찢어지게 가난한 형편인데도 가진 것을 아끼지 않고 손님 대접을 했다. 자기 침대를 내준 것 역시 가장 큰 대접이었다. 아침에 내가 돈을 주려 하자 그는 들은 척도 하지 않았다.

"이 집은 세뇨르의 집입니다. 손님은 곧 주님이시지요."

내가 담배를 좀 사다 달라고 부탁하자 그제야 돈을 받았다. 그 돈은 가야 할 곳에 갈 것이다. 멕시코인은 하기로 한 일을 제대로 마치는 법이 없기 때문이다. 펠리페는 기꺼이 무책임해졌다.

아침 여섯 시에 프로일란 멘다레스라는 이름의 늙은 페온이 모는 이륜마차를 타고 산토도밍고로 길을 떠났다. 우리는 큰길을 피해 언덕으로 난 작은 길을 따라 덜컹거리며 달렸다. 한 시간쯤 지나자 불길한 생각이 들었다.

"동지들이 산토도밍고도 버려서 콜로라도가 거기 있으면 어떻게 하죠?"

"뭐라고요?" 프로일란은 노새를 향해 혀를 차며 중얼거렸다.

"만약에 놈들이 거기 있으면 우린 어떻게 하죠?"

프로일란이 잠시 생각에 잠겼다. "우에르타 대통령의 사촌이라고 하지요 뭐." 그는 정색하며 이렇게 말했다. 그는 세월과 노동으로 망가진 얼굴과 손을 가진 맨발의 페온이고, 나는 기진맥진한 그링고가 아닌가.

우리는 몇 시간을 터벅터벅 달렸다. 어딘가에서 무장한 남자가 수풀에서 나오더니 우리를 불렀다. 그는 갈증 때문에 입술이 터지고 가죽처럼 바짝 말랐다. 다리가 에스파다에 긁힌 자국으로 엉망이었다. 그는 산으로 도망가 밤새 산속을 헤맸다. 우리는 가진 물과 음식을 모두 그에게 주었고 그는 펠라요 쪽으로 갔다.

정오가 지나고 한참 후에 마차가 마지막 사막 언덕에 오르자 길게 펼쳐진 산토도밍고 아시엔다가 보였다. 오아시스 주변의 야자수 같은 포플러나무도 보였다. 아시엔다 쪽으로 내려가는데 가슴이 쿵쾅거렸다. 넓은 운동장에서 페온들이 핸드볼을 하고 있었다. 위쪽의 샘에서부터 물동이를 나르는 행렬이 길게 이어졌다. 나무 사이로 가는 연기가 피어오르는 모닥불이 타고 있었다.

우리는 장작을 나르는 늙은 페온과 마주쳤다. "아니요. 콜로라도는 여기에 안 왔어요. 마데로파? 왔어요. 어젯밤에 마데로파가 한 백 명쯤 왔지. 그런데 죽은 사람들을 묻으러 새벽에 도로 라카데나로 갔다오."

포플러나무 아래 모닥불 가에서 요란한 함성이 들려왔다. "미스터! 미스터가 왔군요! 어때요, 동지? 어떻게 피했어요?" 나의 오랜 친구 행상들이었다. 그들은 내 주변으로 몰려와 악수를 하고 얼싸안고 질문을 해댔다.

"아, 아주 큰일 날 뻔 했어요! 빌어먹을, 하지만 운이 좋았죠. 롱히노스 구에레카가 죽었느냐고요? 네, 하지만 죽기 전에 콜로라도를 여섯 놈이나 쏘았죠. 마르티네스도 니카노르도 레돈도도 죽었어요."

토할 것 같았다. 그런 작은 전투에서 그렇게 많은 목숨이 허무하게 사그라졌다고 생각하니 구역질이 났다. 빌리테, 잘생긴 마르티네스, 내가 그토록 사랑했던 롱히노스 구에레카, 약혼녀가 웨딩드레스를 사러 치와와로 가고 있을 레돈도, 명랑한 니카노르. 레돈도는 측면에 있다가 혼자 뒤떨어진 모양이었다. 그래서 혼자 라카데나로 달려갔다가 콜로라도 삼백 명에게 붙들렸다. 놈들은 레돈도를 말 그대로 산산조각 내버렸다. 롱히노스와 마르티네스, 니카노르와 다른 다섯 명은 아시엔다 동쪽을 맡았는데 실탄이 다 떨어질 때까지 지원군이 오지 않았고 결국 적들에게 둘러싸였다. 그들은 모두 죽었고, 대위의 정부는 끌려갔다.

"하지만 이런 일들을 모두 겪고도 살아남은 사람도 있다오." 한 행상이 말했다. "그는 실탄이 다 떨어질 때까지 싸우다가 칼을 들고 적들과 맞서 빠져나왔어요."

나는 주변을 둘러보았다. 입을 벌린 채 감탄하는 페온들에게 둘러싸여 팔을 흔들며 무용담을 늘어놓는 사람은 아폴리나리오였다! 그는 나를 보자 도망자를 대하듯 차갑게 고개를 까딱하더니 다시 이야기에 열중했다.

남은 오후 동안 프로일란과 나는 페온들과 핸드볼을 했다. 나른하고 평화로운 오후였다. 부드러운 바람이 큰 나무의 높은 가지를 흔들고, 산토도밍고 아시엔다의 뒤쪽 언덕 뒤에서 늦은 오후의 해가 나무 꼭대기를 따뜻하게 비췄다.

이상한 일몰이었다. 오후의 막바지에 하늘은 옅은 구름으로 뒤덮였다. 처음에는 분홍빛이던 구름이 주홍빛으로 변했다가 갑자기 창공 전체가 짙은 핏빛으로 물들었다.

키가 2미터가 넘는 인디오가 형편없이 취해서 손에 바이올린을 들고 운동장 주변 마당 안팎을 돌아다녔다. 바이올린을 턱에 대고 마구 켜대면서 이리저리 비틀거렸다. 그러더니 무장한 난쟁이가 페온들 앞에 나타나 춤을 추기 시작했다. 인디오와 난쟁이 주변으로 사람들이 몰려들어 희희낙락하며 떠들어댔다.

바로 그때 핏빛 하늘을 뒤로하고 동쪽 언덕을 넘어 비탄에 빠진 패배자들이 나타났다. 말에 탄 사람도 있고, 걷는 사람도 있고, 부상을 당한 이도 성한 이도 있었다. 모두 녹초가 되어 낙심한 채로 휘청대며 산토도밍고로 내려오고 있었다……

12장. 엘리사베타

그렇게 핏빛 하늘을 등지고 지친 패잔병들이 언덕을 내려오고 있었다. 일부는 말을 탔는데 말들은 지쳐 머리를 늘어뜨렸다. 가끔 한 말에 두 명이 타기도 했다. 나머지는 이마와 팔에 피 묻은 붕대를 감고 걸었다. 탄띠는 비었고 총도 없다. 손과 얼굴은 땀과 먼지로 얼룩지고 아직도 화약 자국이 남아 있었다. 언덕 너머 라카데나까지 바싹 마른 사막 33킬로미터를 비틀거리며 온 것이다. 여자들까지 합쳐 오십 명 정도였지만—나머지는 황량한 산과 사막의 습곡으로 흩어졌다—대열이 1킬로미터 넘게 흩어져 있어서 모두 도착하기까지 꽤 시간이 걸렸다.

페트로닐로 대령이 제일 먼저 도착했다. 찌푸린 얼굴로 팔짱을 낀 그의 말고삐는 비틀거리는 말목에 헐겁게 걸려 있었다. 바로 뒤이어 후안 산티야네스가 도착했다. 창백하고 퀭한 게 하룻밤 새 몇 년은 늙은 것 같았다. 페르난도 실베이라는 말 위에 앉아 느릿느릿 왔다. 얕은 개울을 건너던 그들이 눈을 들었다가 나를 보았다. 페트로닐로 대령은 힘없이 손을 흔들었다. 페르난도가 소리쳤다. "미스터가 어떻게 거기 있어? 어떻게 빠져나왔나? 우린 총에 맞은 줄로만 알았네."

"염소들이랑 경주를 했지." 내 대답에 후안이 웃었다. "죽을까봐 겁나서? 응?"

말들은 개울에 고개를 처박고 맹렬하게 물을 마셨다. 하지만 후안은 인정사정없이 박차를 가해 개울을 건너왔고 우리는 서로 얼싸안았다. 하지만 페트로닐로 대령은 꿈꾸는 사람처럼 개울가에서 내리더니 부츠보다 더 높은 물을 건너 내가 있는 데로 왔다.

그는 울고 있었다. 표정은 그대로였지만 뺨 위로 굵은 눈물이 소리 없이 흘러내렸다.

"콜로라도 놈들이 아내를 끌고 갔다네!" 후안이 내 귀에 대고 속삭였다.

대령이 안됐다는 생각이 들었다.

"끔찍한 일이에요, 대령님, 용감한 동지들을 잃어서 책임감에 빠지셨겠죠. 하지만 그건 대령님 잘못이 아니에요."

"그게 아니야." 그는 눈물 사이로 사막에서 내려오는 불쌍한 부대원들을 바라보며 천천히 대답했다.

"저도 이번 싸움에서 친구들을 많이 잃었어요. 하지만 친구들은 모두 조국을 위해 싸우면서 영예롭게 죽었습니다."

"동지들 때문에 우는 게 아니네." 그는 손을 한데 비틀면서 말했다. "오늘 나는 소중한 것을 모두 잃었어. 놈들은 내 여자를 끌고 가고 위임장과 서류며 돈까지 몽땅 가져갔어. 하지만 작년에 마피니에서 사온 새 금상감 은제 박차를 생각하니 특히 가슴이 쓰라려 오네!"

이제 페온들이 집에서 나와 안타까워하며 패잔병들을 따뜻하게 맞아주었다. 병사들의 목을 끌어안고 부상자를 돕고 수줍게 어깨를 치면서 그들이 '용감'했다고 말해주었다. 형편없이 가난한 그들이지만 음식과 말먹이를 내오고 잠자리를 내주며 회복할 때까지 산토도밍고에 머물라고 했다. 우두머리 염소 지기인 돈 페드로는 내게 방과 침대를 내주고 자기는 식구들과 부엌에서 잤다. 나한테 돈이 있을 거라고는 기대도 안 했을 것이니 아무 대가도 바라지 않고 한 일이었다. 그뿐만 아니라 온 마을이 지친 패잔병들에게 방을 내주었다.

페르난도와 후안과 나는 샘 가 나무 아래 야영하는 행상들에서 마쿠체를 얻었다. 일주일째 물건을 팔지 못해 거의 굶는 지경이면서도 그들은 마쿠체를 듬뿍듬뿍 건넸다. 우리는 팔베개를 하고 누워 언덕에서 내려오는 나머지 패잔병 무리를 바라보며 어제 전투에 대해 이야기했다.

페르난도가 입을 열었다. "롱히노스 구에레카가 죽은 거

알지? 난 히노를 봤어. 히노가 처음 탄 쥐색 종마는 채찍과 안장을 겁내더라고. 하지만 총알이 날아다니고 여기저기서 총성이 나는 전장에서는 꼼짝도 하지 않더라. 명마였던 게야…… 조상이 전사였던 게 분명해. 히노 주변에 실탄이 다 떨어질 때까지 싸운 영웅 네다섯이 더 있었네. 앞쪽뿐 아니라 양쪽에서 놈들이 몰려들 때까지 싸웠어. 히노는 자기 말 옆에 서 있었어. 갑자기 총알이 날아와 말이 맞았거든. 히노는 한숨을 쉬더니 내려섰지. 다른 사람들은 제정신이 아닌 상태로 총을 쏘면서 소리쳤어. '우리가 졌어. 도망칠 수 있을 때 가자!' 하지만 히노는 연기 나는 소총을 흔들면서 말했지. '안 돼. 동지들이 피할 수 있게 시간을 벌자고!' 얼마 지나지 않아 놈들이 히노를 완전히 둘러쌌어. 그 후로 오늘 아침에 히노를 묻을 때까지 다시 보지 못했지…… 거긴 악마의 지옥 같았다네. 소총이 너무 뜨거워서 총열에 손을 댈 수도 없었어. 놈들이 총을 쏘면 빙그르르 안개가 뿜어나오면서 모든 게 신기루처럼 보였어……"

후안이 나섰다. "후퇴가 시작되자마자 관문 쪽으로 달려갔는데 곧 아무 소용없다는 걸 알았지. 콜로라도 놈들은 파도가 덮치듯이 한 줌밖에 안 되는 우리 편을 덮치더라고. 마르티네스는 바로 앞에 있었어. 녀석은 총 한 번 쏴보지도 못했네. 이게 첫 전투였는데. 놈들이 달리는 녀석을 맞혔지…… 자네, 녀석이랑 그렇게 친했는데 말이야. 둘이 밤마다 그렇게 다정하게 이야기하면서 잠들기도 아쉬워했잖아……"

이제 해가 넘어가자 키 큰 나무들의 헐벗은 꼭대기가 머리 위 깊은 돔에 켜진 별빛 속에 가만히 서 있는 듯했다. 행상들이 모닥불을 지피며 낮은 목소리로 이런저런 소문을 갑론을박하는 소리가 들렸다. 페온들의 움막마다 너울거리는 촛불이 열린 문을 밝혔다. 저 위편 강으로는 검은 옷을 입고 물동이를 인 여자들의 행렬이 조용히 이어졌다. 여자들은 돌맷돌로 저녁식사용 옥수수를 갈았다. 개들이 짖었다. 말이 강을 건너면서 나는 말발굽 소리가 요란했다. 페드로의 집 앞 기다란 바위에서는 헌정군들이 담배를 피우며 발을 구르고 소리를 질러가며 또 전투 이야기를 하고 있었다. "내가 총열을 잡고 놈의 능글거리는 얼굴을 박살 냈지. 이렇게 말이야." 누군가가 몸짓을 해가며 이야기하는 중이었다. 페온들은 주변에 둘러앉아 숨도 쉬지 않고 들었다…… 아직도 송장 같은 패잔병들의 행렬이 비틀거리며 강을 건너고 있었다.

아직 그렇게 어둡지 않았다. 아직 행방불명인 동지들을 찾을 수 있을지도 모른다는 막연한 기대를 품고 그들을 살피러 강둑으로 내려갔다. 그리고 바로 거기서 엘리사베타를 처음 만났다.

별로 기억할 만한 것이 없는 여자였다. 그때 엘리사베타가 눈에 띈 것은 필시 그 딱한 무리에서 몇 되지 않은 여자였기 때문이다. 스물다섯 살쯤 된 갈색 피부의 인디오 여자로 고된 노동으로 단련된 땅딸막한 체격이었다. 예쁘장한 얼굴에 양 갈래로 땋은 머리를 어깨 위로 드리웠고 웃을 때면 큼직한 이가 빛났다. 그가 공격 당시에 라카데나에서 일하던 여자 페온인지 헌정군을 따라다니는 여자인지는 잘 모르겠다.

지금 엘리사베타는 펠릭스 로메로 대위 뒤에 매달려 무심한 표정으로 말 위에 앉아 있다. 그렇게 30킬로미터가 넘는 길을 왔을 것이다. 펠리스 대위는 말 한마디 건네거나 뒤돌아보는 일 없이 말을 몰았다. 총을 들고 있다가 팔이 아프면 가끔 뒤쪽으로 총을 넘기며 무심하게 말했다. "여기! 이거 받아!" 헌정군이 죽은 동지들을 묻으러 카데나에 갔을 때 엘리사베타는 정신없이 아시엔다를 헤매고 있었다고 한다. 여자가 필요했던 펠릭스 대위가 따라오라고 하자, 이 땅의 다른 여자들과 마찬가지로 엘리사베타도 별 주저 없이 따라나섰다.

펠릭스 대위가 말에게 물을 먹였다. 엘리사베타도 멈춰서 무릎을 꿇고 시냇물에 얼굴을 들이댔다.

"가자! 어서!" 펠릭스 대위가 명령하자 엘리사베타는 아무 말 없이 냇물을 헤쳐 건넜다. 순서대로 강둑을 건너 가까운 강둑으로 올라가 대위는 말에서 내렸고, 여자가 들고 있던 소총을 받아들더니 말했다. "저녁 차려놔!" 그러고는 다른 병사들이 앉아 있는 집 쪽으로 어슬렁거리며 왔다.

엘리사베타는 무릎을 꿇고 잔가지를 모으기 시작했다. 곧 작은 모닥불이 만들어졌다. 여느 멕시코 여자들처럼 징징대는 목소리로 남자아이를 불러 세웠다. "얘야! 우리 남편

먹게 물하고 옥수수 좀 가져다주렴." 그리고 바닥에 무릎을 대더니 타오르는 불길 위로 길고 곧은 검은 머리칼을 늘어뜨렸다. 바래 가는 하늘색의 거친 옷감으로 된 블라우스 같은 것을 입었는데 가슴께에는 말라붙은 핏자국이 있었다.

"굉장한 싸움이었죠, 세뇨리타!" 내가 말을 걸었다.

그가 미소를 짓자 치아가 빛났지만 표정에는 알 수 없게 공허한 데가 있었다. 인디오들의 얼굴은 마치 가면 같다. 하지만 가면 아래는 형편없이 지친 데다 어느 정도 히스테릭한 상태인 것을 알 수 있었다. 하지만 그는 차분하게 대답했다.

"굉장했지요. 세뇨르가 콜로라도가 총을 쏘며 쫓아가는데 몇 킬로미터나 달렸다는 그 그링고인가요?" 그러더니 웃어댔다. 웃다가 웃는 게 아픈 듯이 숨을 골랐다.

남자아이가 휘청거리며 물동이와 옥수수자루 한 무더기를 엘리사베타의 발아래에 놓고 갔다. 그는 여민 숄을 풀더니 멕시코 여자들이 가지고 다니는 작고 무거운 돌멩이를 꺼내 기계적으로 옥수수 껍질을 벗기기 시작했다.

"라카데나에서 본 기억이 없네요. 거기 오래 있었나요?" 내가 물었다.

"너무 오래요." 그는 고개도 안 들고 짧게 대답했다. 그러더니 갑자기 "이 전쟁은 여자들이 견디기 너무 힘드네요"라고 말하며 흐느꼈다.

펠릭스 대위가 담배를 물고 어둠 속에서 불쑥 나타났다.

"내 저녁은 다 됐나?" 대위가 호통쳤다.

"금방 돼요. 금방." 여자가 대답하자 대위는 다시 사라졌다.

"이봐요, 세뇨르. 댁이 누구건 간에 들어봐요!" 엘리사베타가 나를 올려다보며 재빨리 말했다. "내가 사랑한 남자가 어제 전투에서 죽었어요. 이제 저 사람이 내 남자죠. 하지만 주님과 성인들께 맹세컨대 오늘 밤엔 저 남자랑 못 자요. 세뇨르랑 같이 있게 해주세요!"

그 목소리에 교태 따윈 없었다. 이 머뭇대는 아이 같은 영혼은 자신이 도저히 감당할 수 없는 상황에 부닥치자 본능적으로 빠져나갈 구멍을 찾아낸 것이다. 연인이 차가운 땅에 묻히자마자 새 남자를 받아들이는 것이 왜 그토록 견디기 어려운지 엘리사베타 자신은 아는지 모르겠다. 그에게 나는 아무것도 아니고 나에게도 그는 아무것도 아니었다. 문제는 그게 다였다.

나는 알았다고 대답하고, 우리는 대위의 옥수수를 돌 위에 던져둔 채 불 가를 떠났다. 얼마 가지 않아 어둠 속에서 대위가 나타났다.

"내 저녁은!" 대위가 참지 못하고 말했다. 그의 목소리가 달라졌다. "어딜 가는 거야?"

"이 세뇨르랑 가요. 세뇨르랑 있을 거예요." 엘리사베타가 불안하게 대답했다.

"너……" 대위가 화를 꾹꾹 누르며 말했다. "너는 내 여자야. 이봐요, 세뇨르. 이 여자는 내 여자라고요!"

"맞아요. 당신 여자가 맞아요. 저랑 이 여자는 아무 상관 없어요. 하지만 무척 지친 데다 몸도 안 좋으니 오늘 밤은 제 침대에서 재워주려고 합니다."

"세뇨르, 이러면 곤란해요." 대위가 격앙된 목소리로 고함을 질렀다. "세뇨르가 우리 부대의 손님이고 대령의 친구긴 하지만 이 여잔 내 여자고 나는 이 여자랑 잘 거야."

"아! 나중에요, 세뇨르!" 엘리사베타가 울부짖으며, 내 팔을 잡고 끌어당겼다.

우리는 악몽 같은 전투와 죽음을 겪었다. 우리 모두가. 모두가 어느 정도 얼떨떨하고 흥분된 상태였을 것이다. 나도 그랬다는 것을 잘 안다.

이때 페온과 부대원들이 우리 주변으로 몰려들었고 우리가 가던 길을 계속 가자 대위는 몰려든 사람들에게 자신의 억울함을 털어놓았다. 목소리 톤이 높아졌다.

"대령에게 말할 거요! 대령에게 말할 거라고!" 대위는 우리를 외면하고 지나쳐 우물거리는 얼굴로 대령의 숙소로 향했다.

"여보세요, 대령님! 이 그링고가 내 여자를 뺏어갔어요. 이런 막돼먹은 경우가 어디 있습니까!"

"글쎄, 두 사람이 같이 가겠다는데 우리가 뭘 어떻게 하겠나, 안 그래?" 대령이 차분하게 대답했다.

소문은 삽시간에 온 마을에 퍼졌다. 동네 꼬마들이 신이 나서 우리 뒤를 졸졸 따라다니면서 시골 결혼식에서 나올 만한 야유를 해댔다. 결혼식에나 어울릴 법한 따뜻한 말을 건네며 미소 짓는 헌정군과 부상자들이 앉아 있는 바위를 지났다. 절대로 상스럽거나 외설스런 말과 표정이 아니었다. 정이 듬뿍 담긴 솔직한 축복이었다. 모두 진심으로 기뻐해주었다.

페드로의 집에 들어서니 집 안에는 촛불을 여러 개 켜두었다. 페드로의 아내와 딸들은 흙바닥을 쓸고 또 쓴 뒤 물까지 뿌려놓았다. 침대에는 새 침대보를 깔았고 성모 제단에는 골풀 양초를 켜두었다. 문 위에는 여러 해 성탄전야를 장식하느라 빛바랜 종이 꽃줄을 걸어두었다. 겨울이라 생화를 구할 수 없었기 때문일 게다.

페드로는 환하게 미소 지었다. 우리가 누구건 어떤 관계이건 상관없이 그는 똑같았을 것이다. 총각과 처녀가 함께 있다면 그에겐 혼례나 마찬가지였다.

"좋은 밤 되시게나." 그는 조용히 말하고 문을 닫았다. 알뜰한 엘리사베타는 방을 돌며 촛불을 다 끄고 하나만 남겨두었다.

그리고 밖에서는 악단이 악기 소리를 조율하는 소리가 들렸다. 누가 우리를 위해 세레나데를 연주하도록 마을 악단을 부른 것이다. 악단은 밤늦게까지 우리 문 바로 앞에서 음악을 연주했다. 옆집에서는 의자와 탁자를 움직이는 소리가 들렸다. 내가 잠들기 직전 마을 사람들은 옆집에서 춤을 추기 시작했다. 이왕 악단을 부른 김에 춤도 추는 것이다.

조금도 부끄러운 기색 없이 엘리사베타는 내 옆에 누웠다. 그의 손이 내 손에 닿았다. 그는 온기를 얻으려는 듯 내 몸을 파고들더니 속삭였다. "그럼 내일 아침에 봐요." 그러고는 잠들었다. 나도 달콤하고 평화로운 잠에 빠져들었다.

아침에 일어나보니 그는 사라졌다. 나는 문을 열고 밖을 내다보았다. 눈부신 아침이었다. 테두리에 빛을 머금은 거대한 구름, 바람 부는 하늘 그리고 황동빛으로 눈부신 사막, 세상은 짙은 청색과 금빛으로 물들었다. 그을리고 헐벗은 나무 아래 행상들의 아침 모닥불이 바람에 수직으로 타올랐다. 바람에 접힌 천을 두른 검은 옷의 여자들이 머리에 붉은 물동이를 이고 일렬로 강을 향해 공터를 지나갔다. 수탉이 울고 염소들이 시끄러운 소리를 냈다. 말 백여 마리를 물가로 몰고 가자 먼지 속에 발굽 소리가 요란했다.

엘리사베타는 집 한쪽 구석의 작은 불 가에 앉아 대위에게 아침으로 줄 토르티야를 치고 있었다. 내가 가까이 가자 미소 지으며 상냥하게 잘 잤는지 물었다. 이제는 꽤나 흡족해 보였다. 일하면서 흥얼거리는 노랫소리를 들으니 알 수 있었다.

그때 대위가 퉁명스럽게 다가오더니 나를 향해 가볍게 고개를 끄덕였다.

"이젠 다 됐겠지." 대위는 투덜거리며 여자가 주는 토르티야를 받아들었다. "겨우 이거 차리는 데 오래도 걸리네. 젠장! 커피는 왜 없는 거야?" 대위는 토르티야를 우적우적 씹으며 다른 쪽으로 갔다. "준비해. 한 시간 안에 북쪽으로 떠날 거야." 그가 뒤돌아보며 말했다. "엘리사베타도 같이 가나요?" 나는 궁금해하며 물어보았다. 여자는 눈을 휘둥그렇게 뜨며 나를 쳐다봤다.

"당연히 가죠. 당연히요. 이제 저이가 내 남자니까요." 그는 애틋한 표정으로 대위를 쳐다보았다. 더 이상 반감은 없었다.

"대위님은 내 남자예요. 잘생긴 데다 전날 전투에서 보니 용감하기도 해요."

엘리사베타는 이제 죽은 연인을 완전히 떠나보낸 것이다.

2부. 프란시스코 비야

1장. 메달을 받는 비야

토레온 진격 2주 전 비야가 아직 치와와시에 있을 때였다. 비야 부대의 포병대원들이 비야가 전장에서 보여준 영웅적 행적을 기려 그에게 금메달을 주기로 했다.

수여식이 열리는 치와와 주지사궁 강당은 번쩍이는 샹들리에, 현란한 미국산 벽지, 묵직한 진홍색 커튼으로 꾸며진 곳이다. 진홍색 벨벳으로 된 차양 아래 연단에는 사자 발 모양의 팔걸이가 달린 주지사 전용 금박 의자가 놓여 있다.

검정 벨벳과 금술로 장식한 세련된 파란 군복을 입은 포병대 장교들은 번쩍이는 새 칼을 차고 금실로 짠 모자를 겨드랑이에 끼고 강당 한편에 꼿꼿하게 서 있었다. 강당의 입구부터 복도, 아래쪽 계단을 거쳐 주지사궁의 호화로운 정원을 가로질러 길거리로 난 대문 밖까지 어깨총을 한 병사

2부. 프란시스코 비야

들이 두 줄로 도열했다. 연대 악단은 군중 속에 파묻혀 있었다. 주지사궁 앞 아르마스광장에는 치와와시 시민들이 수천 명이나 몰려들었다.

"온다!" "비야 장군이 온다!" "비야 만세!" "마데로 만세!" "가난한 이들의 친구, 비야!"

관중 뒤쪽에서 함성이 시작되어 불길처럼 번져 최고조로 높아지더니 모자 수천 개가 하늘 위로 솟아올랐다. 악대가 마당에서 멕시코 국가를 연주하기 시작하자 비야가 걸어 들어왔다.

비야는 단추가 여러 개 떨어진 낡은 카키색 군복을 입고 있었다. 면도한 지 한참 됐고 모자도 없이 머리칼은 형편없이 헝클어진 채였다. 그는 바지 주머니에 손을 넣고 약간 안짱걸음으로 성큼성큼 걸었다. 병사들이 빽빽하게 도열한 가운데로 걸어들어올 때 살짝 겸연쩍어하는 것 같았지만 곧 대열 여기저기 동지들에게 미소를 지으며 고개를 끄덕여 보였다. 제복을 갖춰 입은 차오 주지사와 테라사스주 국무장관이 계단에서부터 비야를 따라갔다. 비야가 강당으로 들어서자 발코니에 있던 사람이 신호를 보냈다. 악대와 아르마스광장의 군중은 한층 소리를 높였고 강당 안의 장교들은 일사불란하게 경례했다.

나폴레옹의 등장에 비견할 만한 장면이었다!

비야는 수염을 잡아당기면서 무척 불편한 듯 잠시 머뭇거렸지만, 결국엔 의자로 가서 팔걸이를 흔들며 보더니 자

리에 앉았다. 그의 오른쪽에는 주지사가, 왼쪽에는 주 국무
장관이 섰다.

　바우체 알칼데 씨가 앞으로 나와 오른손을 들더니, 키케
로가 카탈리나를 몰아세우던* 바로 그 자세로 발언을 시작
했다. 그는 온갖 미사여구를 써가며 전장에서 비야의 용맹
성을 보여주는 여섯 사례를 자세히 설명했다. 이번엔 포병
대장이 나왔다. "부대는 비야 장군님을 흠모합니다. 장군님
이 이끄는 곳이라면 어디든 따라갈 것입니다. 멕시코 어디
든 가고 싶으신 곳으로 가십시오." 다음에는 장교 세 명이 멕
시코식 웅변에서 필수 요소인 과장되고 현란한 말투로 발언
했다. 장교들은 비야가 "가난한 이들의 친구"이자 "천하무적
장군" "용기와 애국심을 불어넣어주는 분"이며 "인디오 공화
국의 희망"이라고 했다. 그동안 비야는 의자에 구부정하게
앉아 입을 벌리고 작고 기민한 눈으로 강당 전체를 둘러보
았다. 하품을 한두 번 하긴 했지만 교회에 간 어린아이마냥
이 모든 일이 대체 무엇인지 신기해하며 내심으론 흐뭇해하
는 것 같아 보이기도 했다. 물론 비야는 이 행사가 온당한 것
임을 잘 알고 이런 관습적인 행사에 약간은 허영심을 느꼈
을지도 모른다. 하지만 결국 그에겐 이 모두가 지루한 의식
일 뿐이었다.

---

* 　로마의 정치인 키케로가 카탈리나를 탄핵하고 재판 없이 처형한 사건을
　일컫는다.

마지막으로 작은 메달이 담긴 작은 종이상자를 든 세르빈 대령이 인상적인 몸짓으로 걸어나왔다. 그때 곁에 서 있던 차오 주지사가 비야를 쿡 찔렀다. 장교들은 미친 듯이 손뼉을 치고 바깥의 군중들은 환호성을 지르고 마당의 악대는 승리의 행진곡을 연주했다.

비야는 새 장난감을 받는 아이처럼 양손을 벌려 상자를 받았다. 받자마자 냉큼 상자를 열어 안에 든 것을 확인했다. 광장에 있던 군중까지 모두가 기대에 차 쥐 죽은 듯 조용했다. 비야는 머리를 긁적이며 메달을 바라보다가 분명하게 말했다. "이건 여러분들이 말한 그 대단한 영웅한테 주기엔 너무 작은 물건이지 않나요!" 그 말에 팽팽했던 긴장이 풀리면서 요란한 고함과 웃음소리가 터져 나왔다.

다들 비야가 의례적인 수락 연설을 시작하길 기다렸다. 그러나 비야는 강당 안에 있는 세련된 차림새의 교육받은 장교들, 페온인 비야를 위해 기꺼이 목숨을 바치겠다는 그들을 둘러보았다. 그다음에는 문밖에 선 허름한 차림새의 병사들, 사랑하는 동지 비야에게 시선을 고정하고 복도를 가득 메운 병사들에게서 눈을 떼지 못했다. 비야는 혁명이 무엇을 뜻하는지 깨달았을 것이다.

그는 집중할 때면 늘 그렇듯이 얼굴을 찌푸리며 앞에 있는 탁자에 몸을 기울이더니 들릴락 말락 한 낮은 목소리로 말했다. "할 말은 없습니다. 할 말이라면 저는 언제나 여러분과 함께라는 것뿐입니다." 비야는 차오 주지사를 쿡 찌르더

니 요란하게 침을 뱉으며 자리에 앉았다. 이어서 차오 주지
사가 의례적인 연설을 시작했다.

2장. 산적의 등장

비야는 무려 이십이 년 동안 무법자로 살았다. 치와와 거리에서 우유를 배달하던 열여섯 살 때 정부 관리를 죽이고 산으로 도망쳐야만 했다. 그 관리가 비야의 누이를 범했다는 이야기가 있지만 이와 상관없이 관리의 오만방자함에 화가나서 죽여버렸을 수도 있다. 비야가 지은 죄가 그뿐이었다면 사람의 목숨값이 헐한 멕시코에서 그렇게 오랫동안 무법자로 살지 않았을 수도 있다. 하지만 그는 도망 다니면서 부유한 대농장주들의 소를 훔치는 용서받지 못할 범죄를 저질렀다. 그래서 그때부터 마데로의 혁명이 일어날 때까지 멕시코 정부는 비야의 목에 현상금을 걸었다.

비야는 무지한 페온의 자식이었다. 학교라고는 가본 적이 없었다. 문명의 복잡성이란 개념에 철저하게 무지했지만 일단 문명 세계로 돌아오자, 남다른 민첩함을 타고난 이 어른다운 사내는 야만인 같은 순진무구함과 단순함으로 20세기와 대면했다.

비야가 산적으로 살았던 시절의 행적을 정확히 추적하기란 거의 불가능하다. 지역 신문과 정부 보고서에 그가 저지른 불법행위에 관한 기록이 있지만 그 자료들은 편견에 가득 차 있을 뿐 아니라, 산적 비야가 너무 유명해지자 멕시코 북부의 기차강도, 노상강도, 살인자들이 모두 비야의 이름을 대며 활동했기 때문이다. 그러나 페온들 사이에는 비야에 관한 유명한 전설이 만들어졌다. 그의 공적을 기리는 민요와 시가는 수도 없이 많다. 양치기들이 밤이면 모닥불가에서 아버지에게 배운 그 노래를 반복해 부르며 즉흥적으로 곡을 지어 붙이는 것을 들을 수 있다. 예를 들면 알라모스 아시엔다의 페온들이 비참하게 살아가는 이야기를 들은 비야가 사람을 모아 아시엔다 저택으로 가 물건을 훔쳐서 페온들에게 나눠준 일에 관한 노래가 있다. 비야는 테라사스의 영지에서 훔친 소떼 수천 마리를 몰고 국경을 넘어가기도 했다. 금광에 나타나 금괴를 싹 쓸어가기도 했다. 옥수수가 필요하면 부잣집의 곡물 창고를 털었다. 비야는 철도와 큰길에서 멀리 떨어진 마을에서 거의 공개적으로 부하들을 모아 산적단을 조직했다. 지금 혁명군에 있는 많은 병사들이 과거 비야의 부하였거나 [역시 산적 출신인] 우르비나의 부하였다. 비야의 활동 무대는 거의 남부 치와와와 북부 두랑고였지만 점차 동쪽으론 코아우일라에서 서쪽으론 시날로아까지 넓어졌다.

비야의 무모하고 영웅적인 용기는 셀 수 없이 많은 시가의 주제가 되었다. 예를 들어 어떤 시가는 비야의 부하였던 레사가 포로로 잡힌 뒤 돈에 팔려 비야를 배신한 일을 노래한다. 부하가 배신했다는 소식을 들은 비야는 레사를 해치우러 치와와에 간다고 소문을 퍼트린다. 그리고 어느 대낮에 치와와시에 나타나 시장에서 아이스크림을 사 들고—그 노래는 이 부분을 특히 강조한다—말을 달리며 레사를 찾아 나선다. 마침내 파세오 볼리바르 거리의 일요일 인파 속에 애인과 함께 있는 레사를 발견하고 그를 쏘고 유유히 사라졌다. 기근이 들면 비야는 훔친 곡식으로 자신의 영향이 미치는 전 지역을 먹여 살렸고, 포르피리오 디아스의 포악한 토지법으로 땅을 빼앗긴 마을을 통째로 보살폈다. 비야는 멕시코 북부 전역에서 가난한 이들의 벗으로 유명해졌다. 그는 멕시코의 루빈 후드였다.

그렇게 살면서 비야는 아무도 믿어서는 안 된다는 것을 배웠다. 그는 종종 믿을 만한 부하 한 명만 데리고 비밀리에 전국 방방곡곡을 누볐는데 그런 때도 외딴곳에서 야영을 하다가 부하를 버려두고 사라졌다. 모닥불만 남겨두고 밤새 말을 달려 부하를 따돌린 것이다. 비야는 그렇게 전투의 기술을 배웠다. 지금도 전장에서는 밤에 숙영지로 돌아오면 말고삐를 졸병에게 던져주고, 세라피를 어깨에 두르고 홀로 산으로 간다. 당최 잠을 자지 않는 사람 같았다. 깊은 밤이면 비야는 초소에 불쑥 나타나 보초들이 제대로 감시를 하고 있는지 확인했다. 그리고 아침이 되면 정반대 쪽에서 숙영지로 돌아왔다. 가장 신임하는 부하조차도 정작 움직이기 직전까지는 비야의 계획이 무엇인지 몰랐다.

1910년 마데로가 봉기했을 때도 비야는 아직 무법자였다. 비야의 적들이 주장하는 대로 손을 씻을 기회가 오자 그가 재빨리 낚아챈 것일 수도 있지만, 비야 자신은 페온의 혁명이란 생각에 매료된 것 같았다. 어쨌거나 마데로와 혁명군이 무장봉기한 지 석 달 후, 갑자기 엘패소에 나타나 자기 자신과 부하들, 아는 지식과 재산 전부를 마데로의 명령에 걸었다. 그가 스무 해 동안 강도질로 모았을 것이라는 엄청난 재산은 닳아빠진 은화 363페소가 다였다. 마데로의 군대에서 대위가 된 비야는 마데로와 함께 멕시코시티에 가서 루랄레스* 명예장군이 되었다. 그는 우에르타 군에 배치되어 '오로스코의 혁명'을 진압하러 북부로 갈 때 동참했다. 파랄 주둔군을 이끌고 전투에 나선 그는 절대적인 수적 열세에도 불구하고 결정적인 싸움에서 오로스코 군을 대파했다.

우에르타는 비야를 선봉에 세워 그와 마데로파 군대에게 위험하고 힘든 일을 떠맡기고, 연방군은 포병대의 보호

---

* Rurales. 베니토 후아레스 대통령이 1861년 창설한 농촌 지역 경찰.

아래 편히 쉬도록 했다. 히메네스에서 우에르타는 갑자기 비야를 명령 불복종으로 군법 재판에 소환했다. 우에르타는 파랄에서 비야가 명령을 무시했다고 주장했지만 비야는 그런 명령을 받은 적이 없다고 했다. 십오 분 만에 끝난 군법회의는, 미래에 우에르타의 가장 강력한 정적이 되는 비야에게 총살형을 선고했다.

우에르타의 부하였던 알폰소 마데로는 처형에 동의했지만, 마데로 대통령은 전장에서 내려진 사형 결정을 번복하고 비야를 멕시코시티에 있는 교도소에 가뒀다. 그 고난의 시간 동안에도 비야는 한 번도 마데로에 대한 충성심을 버리지 않았는데 멕시코 역사에서는 흔치 않은 일이다. 오래전부터 비야는 글을 배우고 싶어 했던 차라 후회나 정치적 음모에 시간을 낭비하지 않고 감옥에서 온 힘을 다해 읽고 쓰기를 배웠다. 기초라고는 아예 없는 까막눈이었던 그는 극빈층이 쓰는 투박한 스페인어 펠라도Pelado를 쓰고 언어의 기초나 철학에 대해서는 아무것도 몰랐다. 그는 매번 왜냐고 물었기 때문에 언어의 기초와 철학부터 배우기 시작했다. 아홉 달이 지나자 알아보기 좋을 정도로 글을 쓰고 신문을 읽을 수 있게 되었다. 읽거나 말할 때 어린아이처럼 단어를 곱씹어 말하는 비야의 모습을 지켜보는 것은 재미있는 일이었다. 결국 마데로 정부는 비야가 탈옥하도록 방조했다. 비야의 벗들이 재조사를 요구했기 때문에 우에르타의 면을 세워주기 위해서였거나 무죄를 확신했지만 대놓고 비야를 풀어줄 수는 없었기 때문일 것이다.

탈옥 후 이번 혁명이 시작되기까지 비야는 텍사스의 엘패소에 피해 있었다. 그리고 1913년 4월 부하 네 명과 예비용 말 네 필을 이끌고 설탕과 커피 1킬로그램과 소금 500그램을 챙겨 멕시코를 정복하기 위해 엘패소를 떠났다.

그 일과 관련한 일화가 있다. 비야에게는 말을 살 만한 돈이 없었고 그의 동료들도 마찬가지였다. 그래서 부하 두 명을 말 빌리는 집에 보내 일주일 동안 매일 말을 빌렸다. 말을 타고 나서는 매번 꼼꼼하게 셈을 치렀다. 비야와 동료들이 말 여덟 마리를 빌려달라고 하자 말 주인은 이들을 철석같이 믿고 말을 내주었다. 여섯 달이 지난 후 승리한 비야가 부하 사천 명을 이끌고 시우다드후아레스로 돌아와 처음 한 공식 업무는 말 주인에게 사람을 보내 말값을 두 배로 쳐준 것이었다.

산안드레스 주변의 산간 지역에서 지원병을 모집하자 비야의 인기가 하늘을 찌를 듯해 한 달 만에 삼천 명이 모여들었다. 두 달 후 비야는 치와와주 전역에 있는 연방군을 치와와시로 몰아넣었다. 여섯 달 후에는 남쪽으로는 토레온을 점령했고 일곱 달 반 후에는 북쪽으로는 시우다드후아레스를 차지했다. 메르카도의 연방군이 치와와에서 도망치자 멕시코 북부는 거의 헌정군의 손에 들어왔다.

3장. 정치에 뛰어든 페온

치와와를 점령한 비야는 자신을 치와와주 군정지사로 임명하고 자신의 머리로 30만 명을 통치하는 정부를 운영하는 특별한 실험을 시작했다. 이 실험이 예사롭지 않은 이유는 비야가 행정에 대해서는 아무것도 모르는 사람이기 때문이다.

비야가 성공할 수 있었던 것은 교육받은 똑똑한 참모들 덕이라고 하는 사람들이 많다. 하지만 사실은 비야 혼자 거의 모든 것을 해냈다. 참모들은 비야의 집요한 질문에 대답하고 비야가 시키는 일을 하는 데 대부분의 시간을 썼을 뿐이다. 나는 가끔 아침 일찍 주지사궁으로 가서 집무실에서 비야를 기다렸다. 여덟 시쯤이면 주 내무장관 실베스트레 테라사스, 재무장관 세바스티안 바르가스, 주 감사원장 마누엘 차오가 정신없이 각종 보고서와 제안서, 발표한 칙령에 관한 서류들을 싸 들고 온다. 비야는 여덟 시 반쯤 도착해 의자에 앉아 서류를 크게 읽도록 시킨다. 내용을 들으면서 비야는 쉴 새 없이 의견을 말하고 새로운 제안을 하거나 틀린 내용을 바로잡는다. 가끔은 손가락을 앞뒤로 흔들며 말한다. "좋지 않아." 참모들이 서류 읽기를 마치면 비야는 곧바로 치와와주의 입법, 재정, 사법 심지어 교육 정책을 구상하기 시작한다. 마음에 들지 않는 부분이 나오면 바로 물었다. "그게 왜 그렇게 되는 건가?" 상세한 설명을 듣고 나서는 다시 묻는다. "왜 그렇지?" 비야는 정부가 만드는 대부분의 법령과 절차가 말도 안 되게 불필요하고 복잡하다고 생각했다. 예를 들어 참모들이 혁명 비용을 마련하기 위해 30~40퍼센트 이율로 주정부 채권을 발행하자고 하자 이렇게 말했다. "왜 주정부가 인민에게 돈을 빌렸으면 그 대가를 지불해야 하는지는 알겠다만, 서너 배나 돌려주는 것이 어떻게 공정하다는 것이지?" 그는 왜 부자들은 넓은 땅을 가지고 가난한 사람들은 가질 수 없는지도 이해하지 못했다. 무엇이건 비야에게 설명하려면 철학자가 되어야 했다. 그러나 그의 참모들은 단지 실무진일 뿐이었다.

치와와시에 재정 문제가 발생했다. 비야는 어느 날 갑자기 돈이 전혀 유통되지 않고 있다는 사실을 알아차렸다. 아무도 물건을 살 돈이 없기 때문에 고기와 야채를 생산하는 농민들은 도시 시장에 오기를 거부했다. 실상은 돈 있는 사람들이 은화와 멕시코은행권을 땅에 파묻어버렸기 때문에 벌어진 일이었다. 상업 중심지도 아닌 치와와에서 몇 안 되는 공장마저 문을 닫자 돈의 씨가 말라버렸다. 갑자기 병충해라도 돈 것처럼 식료품 생산이 마비되고 도시 사람들은 굶기 시작했다. 비야의 참모들이 이 상황을 해결하려고 여러 치밀한 계획을 짜는 것을 들었던 기억이 난다. 비야가 이렇게 말했다. "돈만 있으면 되는 일이라면 돈을 좀 찍어보지 그래?" 그리하여 비야 정부는 주지사궁 지하에서 인쇄기를 돌려 두꺼운 종이에 200만 페소를 찍어냈다. 지폐에는 주정부 관리들의 서명 스탬프가 찍히고 비야의 이름이 한가운데 큼직하게 인쇄되었다. 나중에 엘패소에 흘러들어간 위조지폐에는 관리들의 이름이 스탬프가 아니라 서명으로 되어 있다는 점이 달랐다.

이 화폐는 다른 무엇도 아닌 비야의 이름으로 보증하는 것이었다. 화폐를 발행한 가장 큰 목적은 주 안에서 소상거래가 살아나 서민들이 먹을 것을 구할 수 있게 하려는 것이었다. 발행과 거의 동시에 엘패소 은행은 이 화폐를 18~19센트에 사들이기 시작했는데 비야의 이름을 믿었기 때문이다.

물론 비야는 자신이 발행한 화폐를 유통시키는 적법한 방법을 전혀 몰랐다. 먼저 군대 월급을 비야 화폐로 지급했다. 크리스마스 때는 치와와 빈민들을 모아놓고 한 사람에 15달러어치씩 나눠주었다. 그 후 포고령을 내려 주 전체에서 비야 화폐를 액면가대로 받도록 했다. 다음 토요일이 되자 치와와시와 근처 시장들은 물건을 사고파는 사람들로 북적거렸다.

비야는 또 다른 포고령을 내려 쇠고기 가격은 파운드 (450그램)당 7센트, 우유는 쿼트(1.14리터)당 5센트, 빵은 한 덩이에 4센트로 가격을 고정했다. 이제 치와와에는 굶는 사람이 없어졌다. 그러나 비야가 치와와에 입성한 후 처음으로 가게 문을 다시 연 큰 상점 주인들은 진열대에 두 종류의 가격표를 내걸었다. 멕시코 은화나 멕시코 은행권용 가격과 '비야 화폐'용 가격을 다르게 책정한 것이다. 비야는 이번에 '비야 화폐'를 차별하는 자는 60일간 징역에 처한다는 포고령을 내려 이런 일을 막아버렸다.

하지만 여전히 은화와 은행권은 땅속에서 나오지 않았고 비야는 무기와 군대 보급품을 살 돈이 필요했다. 그래서 이번엔 2월 10일 이후 모든 멕시코 은화와 은행권은 위조지폐로 간주한다고 선언하고 그전에 주 재무부에서 액면가대로 바꿔가도록 했다. 그러나 부자들의 돈은 여전히 나오지 않았다. 금융업자 대부분은 이 조치가 그저 엄포일 뿐이라고 생각해 그냥 돈을 가지고 있었던 것이다. 그러나 하! 2월 10일 아침 치와와시 거리에는 지금부터 모든 멕시코 은화와 은행권은 위조지폐로 간주되며, 재무부에서도 비야 화폐로 교환할 수 없고, 은화와 은행권을 유통하는 자는 60일간 징역에 처한다는 포고문이 붙었다. 자본가들뿐 아니라 산간 마을의 약삭빠른 구두쇠들까지 요란한 아우성이 들려왔다.

이 포고령이 발표된 후 2주일쯤 지난 어느 날 나는 비야와 점심을 먹고 있었다. 비야가 마누엘 가메로스*에게 압류해 자신의 공식 거처로 사용하는 집에서였다. 시에라 타라우마라 산맥의 한 마을에서 샌들을 신은 세 페온이 마지막 포고령에 항의하러 왔다.

"하지만 장군, 저희는 오늘까지 이 포고령을 듣지 못했습니다. 저희 마을에서는 은화와 은행권을 사용해왔고요. 저희는 '비야 화폐'를 보지도 못했고……"

"돈이 꽤 많으시겠소." 비야가 중간에 끼어들었다.

"예, 장군."

"삼천 아니 사천 아니 오천쯤 되겠죠?"

"그보다 많습니다. 장군."

"이보세요." 비야는 사나운 표정으로 눈살을 찌푸렸다. "비야 화폐의 견본은 발행한 지 이십사 시간 내로 그 마을에 갔습니다. 당신들은 내 정부가 망하기만 기다린 거요. 벽난로 아래에 구덩이를 파고 은화와 은행권을 묻었겠지. 치와와 거리마다 붙은 벽보를 보고 내가 내린 첫 번째 포고령도 알았지만 그냥 무시했어요. 위조지폐 포고령도 떨어지자마자 알았어요. 언제나 돈을 바꿀 기회가 있을 거라고 생각한 겁니다. 이제야 겁이 나니까 마을에서 제일 돈이 많은 당신

---

* Manuel Gameros. 디아스파 지배층의 일원. 그가 1910년 치와와에 지은 가메로스 별장Quinta Gameros은 혁명 기간 비야와 카란사의 거처로 쓰이는 등 역사적인 건물이 되었다.

들 셋이서 노새를 타고 여기까지 온 거 아니요? 당신들 돈은 모두 위조지폐요. 딱한 양반들!"

"당치 않습니다!" 제일 나이 많은 사람이 땀을 줄줄 흘리며 말했다.

"하지만 장군님, 그러면 저희는 파산입니다. 맹세코 저희는 몰랐습니다. 알았다면 당연히 그렇게 했을 겁니다. 마을에 먹을 게 하나도 없습니다."

비야는 잠시 눈을 감고 생각했다.

"그렇다면 기회를 한 번 더 주겠소. 당신들을 위해서가 아니라 아무것도 못 사게 된 마을의 가난한 사람들을 위해서요. 다음 주 수요일 정오까지 동전 하나 남기지 말고 재무부로 가져오시오. 그럼 어떻게 할 수 있을지 알아보지요."

진땀을 흘리며 모자를 들고 밖에서 기다리던 금융업자들에게도 이 소식이 퍼져나갔다. 다음 주 수요일 재무부에는 문밖으로 빠져나가기 어려울 정도로 많은 사람들이 몰려들었다.

비야는 특히 학교 짓기에 열성적이었다. 그는 인민을 위한 토지와 학교가 문명의 모든 문제를 해결해줄 것이라고 믿었다. 학교야말로 비야가 집착한 대상이었다. 그는 자주 이렇게 말했다. "오늘 아침에 이러저러한 길을 지나오는데 놀고 있는 애들이 아주 많더군. 거기에 학교를 하나 지었으면 하는데." 치와와 인구는 4만 명이 되지 않았다. 그런데 비야는 각기 다른 시기에 50개가 넘는 학교를 세웠다. 비야의 꿈은 아들을 미국 학교에 보내는 것이었지만, 2월 학기가 시작할 때가 되자 그 꿈을 버려야 했다. 비야가 가진 돈으로는 한 학기 학비도 낼 수 없었기 때문이다.

비야는 치와와 주정부를 접수하자마자 헌정군 군인들을 전력 발전소와 전차국, 전화국, 수도국, 테라사스 제분소에서 일하도록 했다. 몰수한 큰 아시엔다에도 군인들을 보내 운영하도록 했다. 도축장에도 군인들을 보내 테라사스의 소고기를 사람들에게 팔았다. 병사 천 명은 도시 구석구석에 민간 경찰로 배치하고, 물건을 훔치거나 군인에게 술을 팔면 사형에 처한다고 선포했다. 술에 취한 군인은 총살에 처해졌다. 그는 군인들을 시켜 맥주 공장까지 돌려보려고 했지만, 맥아 전문 제조업자를 찾을 수 없어 꿈을 이루지 못했다. 비야는 이렇게 말했다. "평화가 오면 군인들은 노동을 해야 해. 할 일이 없는 군인은 전쟁을 벌일 생각만 하거든."

그는 혁명의 적들을 다루는 일에도 아주 단순하고 효과적으로 처리했다. 비야가 주지사궁에 입성한 지 두 시간 만에 외국 영사들이 찾아왔다. 그들은 외국인들의 요청으로 경찰 활동을 하러 간 연방군 200명을 보호해줄 수 있는지 물었다. 비야는 그 질문에 대답하지 않고 불쑥 말했다. "누가 스페인 영사요?" 영국 부영사인 스코벨이 대답했다. "제가 스페인 대리영사도 맡고 있습니다." 비야가 손뼉을 쳤다. "좋았어! 스페인인들에게 짐을 싸라고 하시오. 닷새 후부터 치와와주 영토 안에 있는 스페인인은 모두 가까운 벽으로 끌려가 총살될 겁니다."

영사들은 경악했다. 스코벨은 큰 소리로 저항했지만 비야는 단칼에 끊었다.

"이건 내가 갑자기 결정한 게 아니오. 1910년부터 생각해온 겁니다. 스페인인들은 떠나야 합니다."

미국 영사인 레처가 말했다. "장군님, 장군님의 동기에 이의를 제기하진 않습니다만 스페인인들을 추방하는 것은 중대한 실수가 아닌가 합니다. 미국 정부는 그런 야만적인 수단을 쓰는 진영과 우호적인 관계를 맺는 것을 심각하게 재고할 겁니다."

"영사 나으리, 우리 멕시코인은 말입니다. 스페인인을 300년이나 겪었어요. 놈들은 콩키스타도르* 이래로 변한 게 없습니다. 인디오 왕국을 멸망시키고 인민들을 노예로 만들었지요. 우리는 스페인인들한테 우리랑 피를 섞어달라고 한 적이 없어요. 우리는 두 번이나 스페인인들을 멕시코에서 몰아냈다가 다시 멕시코 국민과 같은 권리를 주고 돌아오게 해줬어요. 그런데 놈들은 그 권리를 이용해 땅을 약탈하고 인민들을 노예로 만들고 혁명을 방해하려고 무기를 사들였어요. 놈들은 포르피리오 디아스 편에 서서 징글징글하게

---

* '정복자'라는 뜻으로, 신대륙 발견 후 중남미를 침략한 16세기 스페인인을 이르는 말.

정치에 관여했지요. 우에르타를 대통령궁에 앉힐 계획을 짠 것도 스페인 놈들입니다. 마데로가 암살당하자 전국에서 스페인인들이 축하 파티를 벌였어요. 놈들은 우리에게 세계에서 가장 거대한 미신까지 떠안겼죠. 가톨릭 말입니다. 그것만으로도 죽어 마땅해요. 이만하면 그동안 우리는 스페인인들에게 무척 관대했다고 생각합니다."

이제 스코벨 영사는 닷새는 너무 짧아서 그 기간에 주 안에 있는 모든 스페인인에게 그 소식을 전할 수 없다고 주장했다. 그러자 비야는 기한을 열흘로 늘려주었다.

비야는 인민을 억압하고 혁명에 반기를 든 멕시코 부유층을 주에서 추방하고 그들의 방대한 재산을 압류했다. 간단한 서류 하나로 테라사스 가문의 6만 9000제곱킬로미터에 달하는 영지와 셀 수 없이 많은 사업체, 크릴 가문의 드넓은 토지와 별장으로 쓰던 호화찬란한 저택을 헌정 정부의 재산으로 만들었다. 망명한 테라사스 가문이 오로스코의 혁명에 돈을 댄 것을 기억한 비야는 루이스 테라사스 2세를 자기 집에 인질로 잡아두었다. 각별히 미움받던 정적 일부는 교도소에서 즉각 처형됐다. 혁명군에게는 인민을 억압하고 강탈한 자들의 이름과 죄상, 재산 내역을 기록해둔 살생부가 있다. 비야는 정치에 개입해온 독일인, 영국인, 미국인을 건드리는 것을 겁내지 않았다. 멕시코시티에 헌정 정부가 세워지는 날 그 살생부가 공개될 것이다. 그날이 오면 비야는 멕시코 인민을 수탈해온 가톨릭교회의 죄상도 낱낱이 밝힐 것이다.

비야는 미네로 은행의 비축 자산인 금화 50만 달러가 치와와 어딘가에 숨겨져 있다는 것을 알고 있었다. 그 은행의 총재는 바로 루이스 테라사스 2세였다. 그가 끝까지 어디에 금화를 감췄는지 불지 않자, 어느 날 밤 비야와 군인들은 그를 끌어내 사막 한복판에 있는 나무에 목매달았다. 죽기 직전에 목줄에서 풀려나 간신히 목숨을 건진 테라사스 2세는 비야를 테라사스 철공소의 오래된 대장간으로 데려갔다. 거기에 미네로 은행의 비축금이 묻혀 있었다. 비야는 딱할 정도로 온몸을 덜덜 떠는 테라사스 2세를 감옥으로 보낸 후, 엘패소에 있는 그의 아비에게 몸값 50만 달러를 내면 아들을 풀어주겠다고 전했다.

4장. 인간적 면모

비야는 아내가 둘이었다. 첫째 아내는 그가 무법자로 산 세월을 함께한 참을성 많고 수더분한 여자로 엘패소에 살고, 둘째 아내는 고양이처럼 생긴 날씬하고 젊은 여자로 치와와의 집에 산다. 후에 비야 주변에 몰려든 교양 있고 보수적인 멕시코인들은 이 사실을 숨기려고 전전긍긍했지만 비야는 전혀 개의치 않았다. 페온이 아내를 여럿 거느리는 것은 흔한 일일뿐더러 관습이기도 했다.

비야가 여자를 강간했다는 이야기는 수도 없이 많았다. 나는 그 이야기들이 사실인지 물어본 적이 있다. 그는 콧수염을 잡아당기며 뜻 모를 표정으로 한참 나를 쳐다보았다. "그런 이야기를 부정할 생각은 없소이다. 내가 강도란 얘기도 들었을 거요. 하지만 말해보시오. 나한테 강간당했다는 여자의 남편이나 아버지 아니면 형제를 만나본 적 있소?" 비야는 잠시 머뭇거렸다. "하다못해 목격자라도 말이오."

비야가 새로운 사상을 알아가는 모습을 지켜보는 것은 경이로웠다. 그가 현대 문명의 문제점과 혼란, 그 조정에 대해 완전히 무지하다는 점을 잊지 말자. 내가 사회주의에 대해 어떻게 생각하는지 묻자 그는 이렇게 말했다. "사회주의라. 그게 물건이요? 책에서만 본 건데 나는 책을 별로 안 봐서 말이지." 한번은 새 공화국에서는 여성에게도 참정권이 주어지는지 물어보았다. 비야는 단추를 끄른 채로 침대에 늘어져 있다가 "왜? 그건 안 되지"라고 말하며 벌떡 일어나 나를 쳐다봤다. "투표라니 무슨 소리를 하는 거요? 정부를 선출하고 법을 만든다고?" 나는 그게 옳다고 생각하며 미국 여성들은 이미 투표를 하고 있다고 대답했다. "글쎄." 그가 머리를 긁적이며 말했다. "미국에서 그렇게 한다고 해서 여기서도 그렇게 해야 한다는 법은 없지 않나." 하지만 여성 참정권이란 발상 자체에는 흥미가 생긴 모양이었다. 내 쪽을 봤다가 다른 데를 봤다 하면서 곰곰이 생각을 곱씹어보았다. "자네 말이 맞을지도 모르겠지만 한 번도 생각해본 적이 없는 일이야. 나한테 여자란 보호하고 사랑해줘야 하는 존재일 뿐이니까. 여자들은 결단력이라고는 없는 데다 뭐가 옳고 그른지도 몰라. 그저 우유부단할 따름이지. 왜냐고?" 비야는 말을 이어갔다. "여자들은 배신자를 처형하지도 못

할걸."

"그건 모를 일입니다. 장군. 여자가 남자보다 더 잔인하고 강인할 때도 있으니까요." 내가 말했다.

비야는 나를 빤히 바라보며 수염을 잡아당겼다. 그러더니 슬그머니 미소를 지었다. 점심상을 차리고 있던 자기 아내 쪽으로 서서히 시선을 돌렸다. "여보, 여기 와서 들어봐. 어젯밤에 철로를 폭파시키려고 강을 건너던 배신자 세 놈이 잡혔어. 놈들을 어떻게 하면 좋을까? 총살할까 말까?"

당황한 아내는 비야의 손을 잡고 키스했다. "아, 전 그런 건 몰라요. 당신이 알아서 하세요."

"아니야. 이번 일은 당신 판단에 맡기겠어. 놈들은 후아레스와 치와와 사이에 있는 전신을 끊으려고 했어. 배신자 연방군들이지. 놈들을 어떻게 할까? 총살할까 말까?" 비야가 물었다.

"음, 그렇다면 총살하세요." 비야 부인이 말했다.

비야는 싱긋 웃으며 말했다. "자네 말에 일리가 있네." 그렇게 말하더니 그 후로 며칠 동안 식모와 침실 하녀에게 누가 멕시코 대통령이 되면 좋겠냐고 물어보고 다녔다.

비야는 투우라면 빠지는 법이 없었고 오후 네 시면 어김없이 닭싸움을 보러 갔다. 자기 닭을 싸움에 내놓는 비야는 어린애처럼 신나 보였다. 저녁이면 도박판에서 파로*를 벌

---

* faro. 카드놀이의 일종.

였다. 가끔은 오전 느지막이 투우사 루이스 레온에게 심부름꾼을 보내고 도살장에 전화해서 사나운 소가 있는지 물어보기도 했다. 도살장엔 그런 소가 있게 마련이고 그러면 우리는 모두 말을 타고 1.6킬로미터쯤 달려 벽돌벽 울타리를 친 큰 투우장으로 갔다. 카우보이 스무 명이 소떼 중 한 마리를 골라 묶은 후 날카로운 뿔을 잘라냈다. 그러면 루이스 레온과 비야 그리고 투우사의 빨간 망토를 걸치고 싶은 사람이면 누구나 투우장으로 내려섰다. 루이스 레온은 전문가답게 조심스럽게 움직였고, 소처럼 고집 세고 어설픈 비야는 발은 천천히 옮겼지만 상체와 팔은 짐승처럼 날래게 움직였다. 비야는 성나 발버둥 치는 짐승에게 바로 다가가 기분 나쁘게 상관을 쳐댔다. 그러면 그로부터 삼십 분간 생전 보지 못한 굉장한 스포츠가 벌어진다. 가끔 끝을 자른 소뿔이 비야의 엉덩이에 걸리기라도 하면 소는 거칠게 비야를 밀쳐냈다. 그러면 비야는 돌아서서 소머리를 잡고 얼굴에 땀을 뻘뻘 흘리며 소와 씨름했다. 동지들 대여섯 명이 소꼬리를 잡아끌어 소를 물러나게 할 때까지 씨름은 계속됐다.

비야는 술도 마시지 않고 담배도 피우지 않지만, 멕시코의 어떤 새신랑보다도 춤을 잘 췄다. 토레온으로 진격하라는 명령을 내린 후 비야는 옛 친구의 신랑들러리를 서러 카마르고에 들렀다. 쉬지도 않고 월요일 밤, 화요일 내내, 화요일 밤까지 춤을 추다가 수요일 아침에야 완전히 늘어져서 눈이 빨개져 전선에 도착했다.

5장. 아브라함 곤살레스의 장례식

허례허식을 싫어하는 비야인지라 공식 행사에 모습을 나타
내면 그 존재가 더욱 돋보였다. 그에게는 엄청나게 몰려든
군중의 강렬한 감정을 잡아내는 절대적인 카리스마가 있다.

아브라함 곤살레스*가 바침바 캐년에서 연방군에게 살
해당한 지 꼭 일 년이 되어가던 2월, 비야는 치와와에서 성
대한 장례식을 치를 계획을 명령했다. 아침 일찍 장교와 외
국 영사와 사절단을 가득 실은 기차 두 대가 치와와를 출발
해, 살해당한 주지사가 얼기설기 만든 나무 십자가 아래 묻
혀 있는 사막으로 갈 계획이었다. 비야는 철도 감독관 피에

---

*   Abraham González(1864~1913). 마데로파의 주요 지도자로 혁명 초기
    치와와 주지사를 역임했다. 혁명 이전부터 비야와 알고 지내며 그의 정치
    적 후견인 역할을 했다.

로 소령에게 기차를 준비해놓으라고 일러뒀지만 피에로는 술에 취해 까맣게 잊어버렸다. 다음 날 아침 비야와 부하들이 기차역에 가보니 후아레스행 정기기차가 막 출발했고 다른 기차는 보이지 않았다. 비야는 몸소 출발한 기관차에 올라타 기관사에게 다시 역으로 돌아가라고 했다. 그리고 기차 안을 일일이 돌면서 승객을 내리게 한 후 바침바로 행선지를 변경했다. 피에로는 바로 끌려와 철도 감독관직에서 해임됐고 후임으로 칼사도가 임명됐다. 칼사도에게 즉시 치와와로 와서 비야가 돌아오기 전까지 철도 업무를 완벽하게 파악해놓으라고 지시한 후, 장례식 일행은 길을 떠났다. 바침바에서 비야는 눈물로 뺨을 적시며 아무 말 없이 묘지 옆에 서 있었다. 곤살레스는 그의 소중한 친구였다. 치와와역에는 만 명의 군중이 더위와 먼지를 견디며 장례기차를 기다리고 있었다. 좁은 길 전체가 흐느꼈다. 비야는 영구차 옆에서 걸으며 군인들의 장례 행렬을 이끌고 있었다. 자동차가 기다리고 있었지만 그는 화를 내며 차를 타지 않고 바닥을 내려다보며 먼지 속에서 꼿꼿하게 서 있었다.

그날 밤에는 영웅 극장에서 멕시코 사람들이 벨라다라고 부르는 밤샘 추모의식이 열렸다. 대극장은 슬픔에 젖은 페온들과 여자들로 가득 찼다. 특등석에는 성장盛裝한 장교들이 자리를 잡았고, 그들을 말굽 모양으로 둘러싼 뒤편 발코니석에는 허름한 차림새의 가난한 이들이 앉았다. 벨라다는 완벽하게 멕시코적인 관습이다. 먼저 연설, 피아노 반주에 맞춘 '암송' 후에 다시 연설, 공립학교 인디오 소녀들의 꽥꽥거리는 애국적인 노래 합창, 다시 연설, 어느 정부 관리 아내의 〈일트로바토레〉* 중 소프라노 아리아 열창, 다시 또 연설 이렇게 행사는 적어도 다섯 시간 동안 이어진다. 주요 인사의 장례식이나 국경일, 대통령의 기념일, 그리고 사실 별로 중요하지 않은 날에도 어김없이 벨라다가 열렸다. 무엇이든 기념할 만한 일을 기리는 멕시코적인 관습이다. 비야는 왼쪽 무대 옆 특별관람석에 앉아 작은 종을 울리며 행사 진행을 관장했다. 무대는 검정 깃발과 엄청난 양의 조화며, 마데로와 피뇨 수아레스와 아브라함 곤살레스를 그린 흉측한 크레용 초상화며, 빨간색, 흰색, 녹색 전구로 장식되어 있어 눈이 부시도록 끔찍했다. 이 모든 것의 한편에 놓인 작고 수수한 검은 나무 상자에 아브라함 곤살레스의 시신이 담겨 있다.

질서정연하지만 진 빠지는 벨라다는 두 시간 가까이 더 진행됐다. 지역 연사들이 무대공포증에 떨면서 관례적인 장광 괴설을 늘어놓고, 여자아이들은 자기 발을 밟는 바람에 토스티의 〈안녕〉을 망쳐버렸다. 비야는 나무로 짠 관에 눈을 고정하고 말 한마디 없이 꼼짝도 않고 있었다. 적당한 시간이 지나면 기계적으로 벨을 눌렀지만 시간이 어느 정도 지

---

* 베르디의 오페라.

나고 나자 더는 견딜 수 없어졌다. 비야가 벌떡 일어섰을 때, 무대에서는 뚱뚱한 멕시코인이 한창 그랜드피아노로 헨델의 〈라르고〉를 연주하던 중이었다. 비야는 특별관람석 난간을 발로 밟고 무대로 올라서더니 무릎을 꿇고 관을 감싸 안았다. 헨델의 〈라르고〉는 멋었다. 놀란 관객들은 아무 말도 하지 못했다. 비야는 어머니가 아기를 안듯 검은 상자를 조심스럽게 감싸 안고 아무에게도 눈을 맞추지 않으며 무대를 내려와 복도에 섰다. 극장의 관객들도 무의식적으로 일어섰다. 그리고 비야가 회전문을 지나자 모두 조용히 그를 뒤따랐다. 비야는 대기 중인 군인들 사이를 성큼성큼 뚫고 주지사궁의 어두운 마당을 지나, 강당에 마련된 꽃으로 장식된 영전 위에 손수 관을 올려놓았다. 그리고 장군 네 명이 번갈아가며 두 시간씩 영전을 지키도록 했다. 영전과 주변을 둘러싼 꽃을 비추는 희미한 촛불을 제외하면 깜깜한 암흑이었다. 입구에는 조용히 숨만 들이마시는 사람들로 바글바글했다. 비야는 허리에서 칼을 끌러 구석으로 던져버렸다. 쨍하는 소리가 났다. 그리고 탁자에서 소총을 집어 들더니 제일 먼저 영전을 지키기 시작했다.

6장. 비야와 카란사

비야를 모르는 사람들은 그가 대통령직을 탐내지 않는다는 사실을 믿지 않을 것이다. 겨우 삼 년 만에 완벽한 무명에서 멕시코에서 제일 중요한 인물로 떠오른 그가 아닌가. 하지만 그의 단순명료한 성격에는 그편이 어울렸다. 이 문제에 관해 비야에게 물으면 그는 언제나처럼 분명하게 대답했다. 그는 자신이 멕시코 대통령이 될 수 있는지 혹은 될 수 없는지에 관해 둘러대지 않는다. "나는 전사이지 정치인이 아니에요. 나는 대통령이 될 만큼 배우지도 못했어요. 이 년 전에야 읽고 쓰는 법을 배웠지요. 학교도 다녀본 적 없는 내가 어떻게 외국 대사들이나 의회의 잘나신 신사분들과 얘기라도 하겠습니까? 무식쟁이가 대통령이 된다면 멕시코에도 좋지 않을 겁니다. 내가 하지 않을 일 한 가지 그리고 내가 앉을 곳이 아닌 자리가 있어요. 우리 대장(카란사*)이 시킨다고 해도 따를 수 없는 명령이 있다면 그건 대통령이나 주지사가 되라고 하는 겁니다." 신문사에서 자꾸 확인해달라는 바람에 나는 이 질문을 대여섯 번이나 해야 했다. 마지막에 그는 결국 심하게 화를 냈다. "내가 이미 여러 번 말하지 않았소? 내가 멕시코 대통령이 되는 일은 없을 거라고. 신문들은 나랑 우리 대장 사이를 이간질하려는 거요? 이 질문에 마지막으로 대답하겠소. 나한테 이걸 또 물어보는 기자가 있으면 볼기짝을 때려서 국경으로 내쫓아버릴 거요." 그 후 며칠 동안 비야는 멕시코 대통령이 되려고 하느냐고 계속 물어보던 차티토(들창코) 녀석에 대해 우스개를 섞어가며 불평을 늘어놓았다. 그래도 이 일이 재미있었던 모양이다. 내가 그를 만나러 갈 때마다 이야기가 끝날 때쯤이면 물었다. "그건 그렇고 오늘은 내가 대통령이 되고 싶은지 물어보지 않을 건가요?"

비야는 카란사를 늘 '대장'이라고 불렀고 '혁명의 최고지도자'가 내리는 명령이라면 아무리 사소한 것이라도 복종했다. 그의 카란사에 대한 충성심은 절대적이었다. 그는 카란사를 혁명의 완전한 이상이 체현된 존재로 여기는 듯했다.

---

* Venustiano Carranza(1859~1920) 멕시코혁명의 지도자. 마데로가 살해당한 후 혁명의 '최고지도자'이자 대통령으로 혁명을 이끌었다. 자세한 내용은 이 책의 5부 참조.

비야의 고문들이 카란사는 근본적으로 귀족이며 개혁파일 뿐이고 인민들은 개혁 그 이상을 위해 싸우고 있다는 점을 알리려고 애썼지만 허사였다.

과달루페 강령**에서 드러나듯이 카란사의 정치적 입장은, 마데로의 산루이스포토시 강령***에 대한 모호한 지지를 제외하면, 토지 문제에 관한 어떤 약속도 회피하고 있다. 또한 카란사는 임시 대통령이 될 때까지 인민에게 토지를 급진적으로 분배하는 어떤 안도 지지하지 않고 아주 조심스럽게 움직일 것이 분명했다. 그사이 그는 토지뿐 아니라 북부에서 벌어지는 혁명에 관한 다른 모든 문제를 비야에게 맡겨놓은 것처럼 보였다. 그러나 스스로 페온 출신이며 그들에게 깊이 공감하는 비야는 의식적인 판단이 아니라 가슴으로, 토지 문제야말로 진정한 혁명의 원인임을 잘 알기에 성격대로 신속하고 직접적으로 행동했다. 치와와 주정부의 각종 문제를 해결하자마자 비야는 차오를 임시 주시자로 임명하고, 치와와주의 모든 성인 남성에게 토지를 63.5에이커(약 25만 제곱미터)씩 나눠주고 앞으로 십 년간 그 땅은 어떤 이유로도 타인에게 양도할 수 없다는 포고령을 내렸다. 두랑고

** Plan de Guadalupe. 1913년 3월 26일 카란사가 자신이 불법적인 우에르타 정권을 타도할 헌정군의 '최고지도자'임을 선언하고 반역자들을 후아레스법으로 처단하겠다고 밝힌 강령.

*** Plan de San Luis Potosi. 1910년 10월 5일 텍사스주의 샌안토니오에서 마데로가 발표한 강령. 그해 6월의 대통령 선거 무효와 토지 개혁을 요구했다.

주에서도 같은 일이 벌어졌고 연방군을 몰아낸 다른 주에서
도 비야는 같은 정책을 펼쳤다.

7장. 전쟁법

비야는 군사전략이라고는 배운 적이 없기 때문에 전장에서도 완벽하게 독창적인 방식으로 전투를 치러야 했다. 비야의 병법은 놀라울 만치 나폴레옹의 병법과 닮았다. 비밀작전, 신속한 이동, 지역과 병력의 성격에 따라 달라지는 작전, 일반 사병과의 친밀한 관계, 적에게 퍼진 절대 이길 수 없는 부대라는 명성, 비야 자신에게 따라다니는 불사신이라는 소문 등이 비야의 특징이다. 그는 유럽식 표준 전술이나 군율은 전혀 몰랐다. 멕시코 연방군의 문제점 중 하나는 장교들이 전통적인 군사 이론에 빠져 있다는 것이다. 멕시코 군대는 정신적으로 아직 18세기 후반에 머물러 있었다. 비야는 무엇보다 틀에 매이지 않은 독자적인 게릴라 전사다. 불필요한 형식주의는 일을 그르칠 뿐이다. 비야 부대가 전투에

나서면 경례나 장교에 대한 존중, 발사 무기의 경로에 대한 삼각함수 계산, 기병, 보병, 포병 또는 다른 어떤 역할이 맡는 기능, 상관만이 아는 비밀에 대한 절대복종 같은 것에 구애받지 않았다. 마치 나폴레옹이 이탈리아 원정 때 끌고 간 공화주의 넝마 부대를 연상시킨다. 비야가 그런 사항에 대해 잘 모르기 때문일 수도 있다. 하지만 그는 게릴라 병사들은 전장에서 무턱대고 소대 단위로 움직일 수 없다는 것을, 자신의 자유의지에 따라 개별적으로 싸우는 병사들이 참호 속에서 집중 사격하는 소대나 장교의 칼에 떠밀려온 자들보다 용감하다는 것을 잘 알았다. 또한 전투가 가장 치열할 때 곧 폭탄과 소총을 든 용맹한 병사들의 넝마 부대가 총알이 날아다니는 거리로 몰려들 때 비야는 일반 병사들과 함께 전장에 있었다.

멕시코 군대는 그때도 늘 수백 명에 달하는 군인의 아내들과 아이들을 데리고 이동했다. 여자들이 따라다니지 않아 신속하게 움직일 수 있는 기병대를 처음으로 생각해낸 것은 비야였다. 그 시절까지 멕시코 군대는 기지를 버리는 일이 없었다. 기지는 언제나 철로와 보급기차에서 멀지 않은 곳에 있었다. 그러나 고메스팔라시오에서 비야는 기차를 버리고 부대 전체를 신속하게 전선으로 끌고 가서 적을 혼비백산하게 했다. 그는 멕시코에서 최초로, 상대의 사기를 최대로 꺾는 전술인 야간기습을 감행하기도 했다. 지난 9월 토레온 함락 이후 비야는 자신의 전 부대를 멕시코시티에서 온 오르스코의 선발대 앞으로 집결시켜 닷새 동안 치와와를 공격했지만, 뜻을 이루지 못했다. 그러던 어느 날 아침 눈을 뜬 연방군 장군은 충격에 빠졌다. 밤새 도시로 숨어든 비야가 테라사스에서 화물기차를 붙잡아 부대 전체를 수비가 허술한 시우다드후아레스로 보냈다는 것이다. 허를 찔린 것이다! 심지어 부대 전체를 태우기에 기차가 부족하자 매복해서 시우다드후아레스의 연방군 지휘관인 카스트로 장군이 보낸 기차를 탈취했다. 비야는 기차에 있던 연방군 대령의 이름을 사칭해 카스트로 장군에게 이렇게 전보를 쳤다. "목테수마에서 기관차 고장. 새 기관차와 기차 5량 지원 바람." 카스트로 장군은 아무 의심 없이 바로 기차를 보내주었다. 비야는 다시 전보를 쳤다. "여기와 치와와 사이 전신 두절. 폭도 다수가 남쪽에서 접근 중. 어떻게 할지 회신 요망." 카스트로 장군은 답신했다. "즉시 귀환." 비야는 그 '명령'대로 시우다드후아레스로 가면서 가는 길에 있는 모든 역에서 응원의 전보를 보냈다. 카스트로 장군은 비야가 도착하기 한 시간 전에야 그가 오는 것을 알아차리고 수비대에는 알리지도 않고 도망쳐버렸다. 그래서 외곽에서 몇 명이 죽은 것을 빼면 비야는 총 한 방 쏘지 않고 시우다드후아레스를 얻었다. 국경에서 워낙 가까운 곳인지라, 거의 무기라고는 없던 비야 부대에 충분한 무기와 탄환을 밀수해올 수 있었다. 그리고 일주일 후 비야 부대는 연방군을 추격해 티에라블랑카에서 전멸시켜버렸다.

어느 날 미국의 포트블리스 지휘관 휴 L. 스콧* 장군이 비야에게 헤이그만국평화회의에서 채택된 전쟁법이 실린 책자를 보내왔다. 비야는 그 책자를 몇 시간이나 들여다보며 엄청난 관심을 보였다. "헤이그만국평화회의가 뭔가? 멕시코 대표도 거기 갔었나? 전쟁을 하는 데 규칙을 만든다는 게 좀 웃기는데. 전쟁은 게임이 아니잖아? 문명화된 전쟁과 그렇지 않은 전쟁이 뭐가 다른 거지? 자네랑 내가 술집에서 싸움을 하는데 주머니에서 책을 꺼내 규칙을 읽고 그러진 않잖아? 이 책에 보면 납총알을 쓰면 안 된다고 하는데 난 왜 그런지 모르겠어. 납총알이 어떻단 말인지."

그 후로도 꽤 오랫동안 장교들에게 질문을 퍼부어댔다. "군대가 적의 도시에 쳐들어갔다면 여자와 어린애들은 어떻게 해야 하는 건가?"

내가 보기에 전쟁법은 비야의 기존 방식에 아무런 영향을 미치지 않았다. 그는 콜로라도는 어디서건 잡히면 처형했다. 콜로라도는 혁명군과 마찬가지로 페온 출신인데 악인이 아니라면 페온이 혁명에 반대할 리가 없기 때문이라는 것이었다. 연방군 장교도 잡히면 죽였는데 이유인즉슨 장교는 배운 사람이니 사태를 더 잘 파악했어야 하기 때문이라고 했다. 그러나 연방군 병사는 풀어줬는데 그들은 대개 징

---

* Hugh L. Scott(1853~1934). 미국의 군인. 웨스트포인트 사관학교 교장과 7대 육군참모총장(1914~1917)을 역임했다.

병되어 자신이 조국을 위해 싸웠다고 생각하기 때문이었다. 비야는 멋대로 포로를 죽인 적이 없다. 함부로 포로를 죽인 자는 누구나 즉각 처형했다. 피에로만 빼고.

벤턴**을 죽인 피에로는 부대 전체에서 '도살자'로 유명했다. 빼어나게 잘생긴 외모에, 아마도 전 혁명군에서 최고로 말을 잘 타고 잘 싸우는 전사일 것이다. 피에 굶주린 피에로는 권총으로 포로 백 명을 쏘아 죽인 적도 있는데 총을 재장전할 때를 빼면 쉬지도 않았다고 한다. 그는 순전히 재미로 사람을 죽였다. 내가 치와와에 머무는 2주 동안에도 그는 무고한 민간인 열다섯 명을 잔인하게 죽였다. 피에로와 비야의 관계는 뭔가 묘한 데가 있었다. 피에로는 비야의 가장 가까운 친구였다. 비야는 그를 친아들처럼 사랑하고 항상 용서해주었다.

하지만 전쟁법에 대해 들어본 적도 없는 비야는 어떤 멕시코 군대에도 없는 야전병원기차를 끌고 다녔다. 내부에 에나멜을 칠한 유개화차 40량짜리 야전병원기차에는 수술대와 최신 수술도구, 의사와 간호부 60명이 있었다. 전투 중에는 매일 정기기차가 중상자들을 전선에서 파랄, 히메네스, 치와와에 있는 기지 병원으로 실어 날랐다. 비야는 연방

** 치와와의 대농장주 영국인 윌리엄 벤턴을 말한다. 벤턴은 비야가 치와와에 입성한 후 대농장주의 토지를 포함한 토지 개혁을 단행하자 비야에게 항의하다가 피에로의 총에 맞아 죽었다. 이 사건이 영국과 미국 정부가 개입할 빌미가 되자 카란사와 비야의 관계가 악화됐다.

군 부상자도 자기 부대원처럼 보살피도록 했다. 또 두랑고 시와 토레온 주변 농촌의 굶주리는 사람들에게 줄 밀가루 2000자루와 커피, 옥수수, 설탕, 담배를 실은 기차가 언제나 보급기차보다 먼저 출발했다.

일반 병사들은 비야의 용맹함과 거칠고 직설적인 유머를 좋아했다. 기차로 움직일 때면 그가 늘 이용하는 작고 빨간 승무원실의 침대에 구부정하게 앉은 비야가 바닥과 의자, 탁자에 죽 앉은 스무 명쯤 되는 사람들과 농담을 하며 낄낄대는 모습을 자주 보았다. 부대가 기차에 타거나 내릴 때면 비야는 칼라도 없는 낡은 셔츠 바람으로 가축 칸에서 손수 노새와 말을 태우거나 끌어내렸다. 그러다 갑자기 목이 마르면 지나가는 병사의 물통을 빼앗아 마셔버리고, 물통임자가 볼멘소리라도 하면 판초 비야가 그러는데 저기 강으로 가서 물통을 채우면 된다고 말했다.

2부. 프란시스코 비야

8장. 판초 비야의 꿈

"멕시코 대통령이 되기에는 배운 게 없는" 무식한 전사, 비야를 움직이게 만드는 열정과 꿈이 무엇인지는 흥미로운 주제가 아닐지도 모르겠다. 그는 이렇게 말한 적이 있다. "새 공화국이 세워지고 나면 멕시코엔 군대가 없을 거요. 군대는 독재의 가장 큰 버팀목이지. 군대가 없다면 독재자도 없을 거요."

　"우리는 군대를 해산시키고 군인들은 일하도록 할 거요. 공화국 전체에 혁명 참전 용사들로 구성된 집단 거주지를 만드는 거지. 나라에서 농사지을 땅을 주고 큰 회사를 만들어서 일자리를 주는 겁니다. 정직하게 일하는 게 싸우는 것보다 중요하고 정직하게 일하는 것만이 훌륭한 국민을 만드니까 일주일에 삼 일은 열심히 일하는 거요. 그리고 나머지 삼 일은 군사훈련을 받고 다른 인민들에게 싸우는 법을 가르치는 거야. 그러면 조국이 침략당해도 멕시코시티에서 전화만 돌리면 되겠죠. 반나절도 안 돼서 멕시코인 모두가 무장하고 봉기해서 집과 아이들을 지킬 테니까요."

"내 꿈은 그런 참전 용사들의 집단 거주지에서 오랫동안 같이 고생한 사랑하는 동지들과 함께 사는 겁니다. 거기에 정부가 가죽 공장을 만들어주면 좋은 안장과 고삐를 만들 수 있을 거요. 왜냐면 난 그런 걸 잘 만들거든. 나머지 시간에는 내 밭에서 옥수수를 키우고 가축을 기르면서 일할 거요. 그거면 돼요. 멕시코를 살기 좋은 곳으로 만드는 것."

3부. 히메네스와 서부 전초기지

1장. 도냐 루이사의 호텔

나는 치와와를 출발해 에스칼론 전진기지 근처까지 가는 기차를 타고 남쪽으로 내려갔다. 말과 병사들로 가득한 화물차 다섯 량에 연결된, 시끄러운 파시피코 이백 명가량이 탄 객차에 간신히 올라탔다. 객차는 섬뜩한 기운이 가득했다. 창문은 박살 났고, 거울과 전등은 깨진 데다, 좌석의 천은 찢어졌고, 총탄 구멍이 여기저기 있었다. 출발 시간은 정해진 게 아니었고 언제 기차가 도착하는지 아는 사람도 없다. 철로는 막 복구되었다. 원래 철교가 있던 지점에 이르자 기차는 협곡으로 가파르게 내려갔다가 휘고 갈라져서 곧 망가질 것만 같은 새로 놓인 철둑으로 올라섰다. 철로 가에는 철두철미한 오로스코가 작년에 기관차와 쇠사슬을 동원해 휘어놓은 레일이 온종일 보였다. 카스티요의 강도들이 오후에 다이너마이트로 기차를 폭파시킬 것이라는 소문까지 돌았다……

커다란 밀짚 솜브레로를 쓰고 근사하게 바랜 세라피를 걸친 페온들, 소가죽 샌들에 파란색 작업복 차림인 인디오들, 머리에 검정 숄을 두른 네모진 얼굴의 여인들, 악을 쓰며 울어대는 아기들이 좌석과 복도, 플랫폼을 가득 메운 채 노래하고, 먹고, 침 뱉고, 수다를 떨었다. 가끔 빛바랜 금색 글씨로 '차장'이란 글씨가 새겨진 모자를 쓴 남루한 사내가 잔뜩 취해서 친구를 얼싸안고 비틀거리며 차표를 보여달라고 했다. 미국 달러를 약간 내밀며 내 소개를 했더니 차장이 말했다. "선생님, 오늘 이후부터는 멕시코 어디에서든지 기차를 무료로 마음껏 이용하실 수 있습니다. 후안 알고메로가 성심성의껏 모시겠습니다." 기차 뒤편에서 군복을 말끔하게 차려입고 칼을 찬 장교를 만났다. 조국에 목숨을 바치려고 전선으로 간다는데 짐은 야생 종달새가 잔뜩 든 나무 새장 네 개가 다였다. 더 뒤쪽에는 꿈틀대며 꼬꼬댁거리는 게 담긴 하얀 자루를 든 두 남자가 복도를 가로질러 앉아 있었다. 기차가 출발하자마자 자루에서 커다란 수탉 두 마리가 튀어나오더니 복도를 돌아다니며 빵 부스러기와 담배꽁초를 쪼아댔다. 닭 임자인 두 남자가 곧 큰 소리로 외쳤다. "세뇨르, 닭싸움입니다! 이 잘생기고 용맹한 수탉에 5페소를 거세요. 5페소요. 세뇨르!" 남자들이 우르르 좌석에서 일어나 객차 한가운데로 몰려갔다. 판돈 5페소가 없는 사람은 아무도 없어 보였다. 십 분 후 두 남자가 복도 가운데 무릎을 꿇고 수탉을 던졌다. 기차가 덜커덩거리며 이쪽저쪽으로 기울었다가 또 도랑에 처박혔다 반대편 둑으로 낑낑대며 기어올라가는 가운데 복도에는 깃털과 번쩍이는 칼이 굴러다녔다. 그와중에 외다리 청년이 일어서더니 쇠피리로 〈휘파람 부는 루푸스〉를 불렀다. 누군가가 가죽 병에 테킬라를 담아와서 모두 돌아가며 한 모금씩 들이켰다. 객차 뒤편에서 "자, 모두 춤춥시다! 이리 와서 춤춰요!" 하는 소리가 나더니 순식간에 다섯 쌍—물론 모두 남자지만—이 달려나와 미친 듯이 투스텝을 밟았다. 다른 이들의 도움을 받아 간신히 자리에 앉은 눈먼 노인은 떨리는 소리로 대장군 마클로비오 에레라의 영웅적 행적에 관한 긴 노래를 불렀다. 승객들은 숨죽이며 노래를 듣다가 그의 솜브레로에 동전을 던졌다. 병사들이 탄 앞쪽 유개화차에서는 가끔 노랫소리와 함께 메스키트 사이를 달리는 코요테를 쏘는 총소리가 들려왔다. 그러면 이쪽 객차에 탄 사람들도 모두 창문으로 우르르 몰려가 권총을 뽑아 들고 총알을 날렸다.

기차가 오후 내내 느릿느릿 남쪽으로 달리는 동안, 서쪽에서 비쳐드는 햇살이 승객들의 얼굴에 걸린 채 붉게 타올랐다. 기차는 거의 한 시간에 한 번꼴로 역에 섰다. 삼 년째 계속되는 혁명의 와중에 총격과 포격으로 폐허가 된 역에 들어서면 담배며, 잣, 병 우유, 고구마, 옥수수 잎에 싼 타말레를 파는 행상들이 기차를 에워쌌다. 거기 쪼그리고 앉아 옥수수 잎으로 만 담배를 피우면 행상들은 끝도 없는 사랑 이야기를 해주었다.

히메네스역에 도착한 것은 늦은 밤이었다. 마중 인파를 어깨로 밀치며 사탕 좌판에 세워놓은 타오르는 횃불 사이를 지나, 술 취한 군인들이 짙게 화장한 여자들의 손을 잡고 돌아다니는 거리로 나왔다. 도냐 루이사의 에스타시온 호텔로 갔지만 호텔 문은 잠겨 있었다. 문과 한쪽에 난 작은 창문을 두드려대자 믿을 수 없을 만치 늙은 할머니가 백발을 멋대로 틀어 올린 머리를 내밀었다. 눈을 가늘게 뜨고 철제 안경 사이로 나를 보더니 말했다. "음, 자네는 괜찮아 보이는구먼!" 빗장을 여는 요란한 소리가 들리더니 문이 열렸다. 허리에 엄청나게 많은 열쇠를 찬 그 노인이 바로 도냐 루이사였다. 노인은 몸집이 커다란 중국 남자의 귀를 붙잡고 유창한 스페인어로 욕설을 섞어가며 말했다.

"이 원숭이야! 손님이 따뜻한 케이크가 없다고 하면 그게 무슨 소리인지 못 알아들어? 왜 케이크를 안 만든 거야? 네 물건 챙겨서 꺼져버려!" 마지막으로 귀를 비틀면서 비명을 지르는 동양인을 놔주었다. "이 빌어먹을 야만인." 노인은 이제 영어로 말하기 시작했다. "추접스런 거지들! 동전 한 닢어치 쌀값도 못하는 더러운 중국 놈의 입은 안 거둬." 그러더니 사과하듯이 고개를 끄덕이며 문 쪽에 있는 나를 쳐다봤다. "오늘은 망할 놈의 술 취한 장군이 하도 많아서 문을 잠갔다오. 그런 멕시코 놈은 안 받아!"

도냐 루이사는 여든이 넘은 작고 땅딸막한 체구의 미국인으로 인자한 뉴잉글랜드 할머니처럼 생겼다. 멕시코에 산지 벌써 45년째로 남편이 죽고 나서도 30년 넘게 혼자 이 역전 호텔을 운영해왔다. 노인에게 전쟁과 평화는 아무 차이가 없었다. 호텔 문 위에는 미국 국기가 휘날렸다. 파스쿠알 오로스코가 히메네스를 점령했을 때 그의 부하들이 술에 취해 행패를 부리며 시내를 돌아다녔다. 오로스코도 술에 취해 장교 두 명과 여자들을 데리고 에스타시온 호텔에 왔다고 한다. 도냐 루이사는 홀로 호텔 입구를 가로막고 서서 오로스코의 얼굴에 주먹을 들이댔다. "파스쿠알 오로스코! 보기 흉한 네 친구들을 데리고 여기서 꺼져버려. 우리 호텔은 점잖은 곳이야!" 오로스코는 맥없이 발길을 돌렸다……

2장. 새벽의 결투

나는 엉망진창으로 망가진 시내로 가는 길을 따라 1.5킬로미터쯤 걸었다. 반쯤 취한 병사들이 가득 탄 노새가 끄는 전차가 지나갔다. 무릎에 여자를 앉힌 장교들을 잔뜩 실은 서리형 마차도 굴러갔다. 먼지 쌓이고 헐벗은 포플러나무 아래 창문마다 아가씨와 담요를 둘러쓴 신사가 있었다. 불빛이라곤 없었다. 밤공기는 차고 건조했지만 무언가 이국적인 정취가 가득했다. 기타 튕기는 소리, 멀리서 간간이 들려오는 웃음, 낮은 목소리, 함성이 어둠을 채웠다. 가끔 걸어가는 군인이나 솜브레로에 세라피를 걸치고 말을 탄 사람이 조용히 나타났다 사라지곤 했다. 아마도 근무 교대하러 가는 초병일 게다.

인근에 민가 한 채 없는 투우장 근처의 한적한 길가에 이르렀을 때, 속력을 내며 달려오는 자동차가 보였다. 동시에 반대편에서는 말이 달려오더니 둘은 바로 내 앞에서 맞닥뜨렸다. 자동차 헤드라이트가 말에 탄 카우보이모자를 쓴 젊은 장교를 비췄다. 자동차가 굉음을 내며 멈춰 서더니 안에서 고함 소리가 들렸다. "멈춰!"

"넌 누구냐?" 말 탄 남자가 물었다.

"나야. 구스만!" 남자가 자동차에서 내려 헤드라이트 불빛 안으로 들어왔다. 허리에 칼을 찬 풍채 좋은 멕시코인이었다.

"어떻게 지내십니까, 대위님?" 장교는 말에서 내렸다. 두 사람은 얼싸안더니 서로 등을 툭툭 쳤다.

"아주 좋아. 자네는? 어디 가는 길인가?"

"마리아를 만나려고요."

대위가 크게 웃었다. "그러지 말아. 나도 마리아한테 가는 길이거든. 만약에 거기서 자네를 만났으면 가만두지 않았을 거야."

"하지만 저도 마찬가지입니다. 저도 대위님만큼 총을 빨리 뽑거든요, 세뇨르."

대위가 부드럽게 말했다. "그렇다면 보다시피 우리 둘 다 마리아한테 갈 순 없지!"

"지당하십니다!"

"이봐!" 대위가 운전수에게 말했다. "차를 돌려서 인도 쪽으로 라이트를 비춰…… 그래, 그럼 이제부터 우리는 등을 대고 서른 발짝씩 걸은 후에 자네가 셋을 셀 때까지 기다리는 거야. 먼저 상대방의 모자를 날리는 사람이 이기는 걸세……"

두 사람은 커다란 소총을 꺼내 들고 불빛 속에서 잠시 총을 장전했다.

"준비!" 말에 탔던 사내가 외쳤다.

"빨리하게, 사랑 앞에 주저할 수 없는 일이지." 대위가 말했다.

등을 돌린 두 사람은 벌써 발걸음을 옮기기 시작했다.

"하나!" 운전수가 외쳤다.

"둘!"

오락가락하는 희미한 불빛 속에서 뚱보 대위가 번개처럼 몸을 돌려 팔을 뻗자 요란한 총성이 깊은 밤의 한가운데를 서서히 관통했다. 아직 몸도 돌리지 못한 사내의 카우보이모자가 3미터쯤 뒤로 날아갔다. 말 탄 사내가 급히 몸을 돌려봤지만 뚱보 대위는 벌써 차에 오르는 중이었다.

"좋았어! 내가 이겼네. 그럼 내일 보세, 친구." 뚱보 대위는 신이 나서 말했다. 자동차는 속력을 내면서 멀리 사라졌다. 말 탄 사내는 모자가 날아간 쪽으로 천천히 걸어가더니 모자를 집어 들고 물끄러미 쳐다보았다. 잠시 생각에 잠기더니 곧 흥겹게 말 위에 올랐다. 그도 가버렸다. 나는 훨씬 전에 이미 그곳을 떠났다.

광장에서는 연대 악단이 '오로스코의 혁명'이 일어나는

계기가 된 노래 〈약속어음〉을 연주하고 있었다. 대통령이 된 마데로가 자기 가문에 전쟁 배상금으로 75만 달러를 지불했다는 내용으로 원곡을 개사한 이 노래는 멕시코 전체에 들불처럼 퍼져나가 경찰과 군대가 무력으로 노래를 금지하기에 이르렀다. 지금도 혁명의 세가 센 지역에서는 금지곡이어서 이 노래를 부르다 총에 맞아 죽은 사람이 있다는 얘기도 들렸지만, 그 시절 히메네스는 모든 것에서 자유로웠다. 이뿐만 아니라 멕시코인은 프랑스인과 달리 상징에 관해 절대적으로 무신경하다. 정치적으로 완전히 반대 성향인 두 편이 같은 깃발을 사용하고, 동네마다 시장에는 여전히 포르피리오 디아스의 동상이 서 있다. 야전 장교식당에서 늙은 독재자 디아스의 초상이 찍힌 잔으로 술을 마신 적도 있고, 진중에는 연방군 군복을 입은 사람이 지천이었다.

〈약속어음〉의 선율은 흥겹게 흐르고, 사람들은 흥에 취해 수백 개의 전구 불빛 아래 두 줄로 서서 돌고 또 돌았다. 바깥쪽 줄에는 대부분이 군인인 남자들이 네 그룹으로 나눠서 돌았다. 안쪽 줄에는 여자들이 손을 잡고 반대 방향으로 돌았다. 남녀가 지나가면서 색종이 조각을 한 움큼씩 뿌려댔다. 서로 말을 하지도 멈춰 서지도 않지만 남자는 마음에 드는 여자가 지나가면 손에 쪽지를 쥐여주고 여자도 남자가 마음에 들면 미소로 답한다. 그렇게 두 사람은 따로 만나 여자가 남자에게 주소를 알려준다. 결국 두 남녀는 어두운 밤 여자의 창문에서 밤새 속삭이는 연인이 된다. 쪽지를 쥐여주는 것은 굉장히 까다로운 일이다. 남자들은 모두 총을 가졌고, 자기 여자는 온 신경을 써서 지킨다. 임자 있는 여자에게 쪽지를 전하다가는 죽을 수도 있다. 빽빽하게 밀집한 군중은 음악에 맞춰 신나게 움직였다…… 광장 뒤에는 바로 이들에게 약탈당한 지 2주도 채 안 된 마르코스 루섹 상점의 폐허가, 다른 한편에는 오래된 분홍빛 성당이 연못과 큰 나무 사이에 솟아 있다. 성당 문 위에는 금속과 유리로 된 반짝이는 글씨로 "산토 크리스토 데 부르고스"라고 새겨져 있었다.

바로 거기 광장 옆에서 벤치에 몰려 앉은 미국인 다섯 명과 마주쳤다. 쫄바지에 연방군 군복을 입은 마른 소년 외에 나머지는 낡아빠진 넝마 차림이었다. 신발 사이로 발가락이 비어져 나왔고 흔적만 남은 양말에 수염이 덥수룩했다. 한 소년은 찢어진 담요로 만든 팔걸이 붕대로 팔을 감싸고 있었다. 그들은 기꺼이 내 자리를 만들어주고 내 주위로 몰려들어 이 망할 놈의 멕시코 놈들 사이에서 동포 미국인을 만나니 얼마나 좋은지 모르겠다며 소리쳐댔다.

"여기서 무엇들 하는 거요?" 내가 물었다.

"우린 용병이에요." 팔을 다친 소년이 말했다.

"아니-!" 다른 사람이 끼어들었다.

"그러니깐 이렇게 된 거예요." 군인다워 보이는 청년이 이야기를 시작했다.

"우린 사라고사 여단을 따라다니며 싸웠어요. 오히나가

전투며 다른 전투에도 모조리요. 그런데 비야가 부대 안에 있는 미국인은 모두 내보내 국경으로 보내버리라고 명령했다는 거예요. 기가 막힐 노릇 아닌가요?"

"어젯밤에 놈들이 우리를 명예 제대시키고 부대에서 쫓아냈어요." 빨간 머리의 외다리 남자가 말했다.

"이제 잘 데도 없고 먹을 것도 없게 된 거죠." 소령이라고 불리는 회색 눈의 소년이 입을 열었다.

"그 양반한테 구걸하려고 하지 마!" 군인다워 보이는 청년이 화를 내며 말을 막았다. "아침에 각각 멕시코 놈 쉰 명씩 잡을 거잖아?"

우리는 가까운 레스토랑으로 자리를 옮겼고 나는 그들에게 이제 어떻게 할 생각인지 물었다.

"난 미국으로 돌아갈 거야." 그때까지 아무 말 없던 잘생긴 아일랜드계 남자가 입을 열었다. "샌프란시스코로 돌아가서 다시 트럭이나 몰아야지 뭐. 끔찍한 멕시코 놈들이랑 끔찍한 음식, 끔찍한 싸움에 질려버렸어."

"나는 미국 군대에서 두 번이나 명예 제대를 했어요." 군인 청년이 자랑스럽게 말했다. "스페인 전쟁 때 복무했었죠. 이 중에서 진짜 군인은 나밖에 없어요." 나머지는 그 말을 비웃으며 입을 삐죽거리며 욕을 해댔다. "국경을 넘으면 나는 재입대할 생각이에요."

"난 아녜요." 외다리 남자가 말했다. "나는 살인사건 용의자로 수배 중이에요. 하지만 맹세코 내가 한 일이 아니에요. 난 함정에 빠진 거예요. 하지만 미국에서 가난한 사람에게는 기회가 없더군요. 나에게 무슨 혐의를 뒤집어씌우거나 '부랑자'라고 잡아들이죠. 그렇지만 난 괜찮아요." 그는 진지하게 말을 이어갔다. "나는 성실한 사람이에요. 일자리가 없을 뿐이죠."

'소령'이 작은 얼굴과 매정한 눈을 들었다. "나는 위스콘신의 소년원에서 도망쳐 나왔어요. 경찰이 엘패소에서 나를 잡으려고 기다리지 않을까 싶어요. 언제나 한번 총으로 사람을 죽여보고 싶었는데 오히나가에서 드디어 해봤어요. 하지만 아직 성에 안 차요. 사람들 말로는 멕시코 국적 신청 서류에 서명만 하면 여기 있어도 된다고 해요. 그래서 내일 아침에 서명하려고요."

"무슨 짓을 하려는 거야?" 다른 사람들이 소리쳤다. "그건 영 꺼림칙한 일이야. 만약에 미국이 여기 개입하게 되면 미국인을 향해서 총을 쏴야 한다고. 나라면 멕시코 놈이 되지는 않을 거야."

"그건 간단한 문제지." '소령'이 말했다. "미국으로 돌아갈 때면 멕시코 국적은 그냥 여기 버려두면 돼. 조지아에 돌아가서 아동노동 공장을 차릴 만큼 돈을 모을 때까지 난 여기 있을 거야."

다른 소년이 갑자기 눈물을 쏟았다. "오히나가에서 팔에 관통상까지 입었는데 돈 한 푼도 안 주고 쫓아내다니요. 나는 이제 일도 못 해요. 엘패소에 가면 경찰은 나를 붙잡을 테고 그럼 아빠한테 편지를 써서 나를 캘리포니아로 데려가달라고 해야 해요. 작년에 집을 나왔거든요." 사연이 그러했다.

"이봐, 소령. 비야가 부대에서 미국인을 모두 내보내겠다고 했다면 여기 있지 않는 편이 좋을 거요. 미국이 개입하면 멕시코 국적을 얻는 게 별 도움이 안 될 거고."

"아마 잭 말이 맞을 거예요." '소령'은 곰곰이 생각해보더니 내 말에 동의했다. "잔소리 그만해요, 잭! 난 갤버스턴*으로 가서 남미로 가는 배를 타겠어요. 페루에서도 혁명이 시작됐대요."

군인 청년은 서른 살쯤 됐고 아일랜드계 청년은 스물다섯, 나머지 셋은 열여섯에서 열아홉 살 사이였다.

"헌데 이 동네엔 뭘 하러 온 거요?" 내가 물었다.

"신나게 놀아보려고!" 군인 청년과 아일랜드계 청년이 씩 웃으며 대답했다. 세 소년은 배고픔과 고난에 찌든 얼굴에 간절한 표정을 지으며 나를 바라보았다.

"약탈!" 소년들은 동시에 외쳤다. 나는 그들의 다 해진 옷차림과 광장 주변을 행진하는 자원병 넝마 부대를 번갈아 바라보았다. 석 달 동안 한 푼도 받지 못한 병사들은 웃음과 흥겨움으로 폭력의 충동을 누르고 있었다. 나는 곧 이 열정적인 나라에 어울리지 않는 매정한 부적응자들과 헤어졌다. 그들은 자신들이 싸우는 이유를 경멸하고, 멕시코인의

---

* 미국 텍사스주 멕시코만 연안의 항구도시.

억누를 수 없는 홍을 비웃었다. 나는 일어나면서 물었다. "그건 그렇고 자네들은 어디 소속이었나? 자네들을 뭐라고 부르지?"

빨간 머리 소년이 대답했다. "외인군단!"

이쯤에서 나는 자기 나라에서는 부랑자였을 법한 용병을 여기서 여럿 봤다는 얘기를 해야겠다. 한 명만이 예외였는데 그는 야전포의 폭발력을 연구하는 너무 학구적인 과학자였다.

마침내 호텔에 돌아와보니 이미 한밤중이었다. 도냐 루이사가 내 방을 정돈하러 올라갔고 나는 바에 잠시 들렀다. 장교인 것이 분명한 군인 두셋이 술을 마시고 있었는데 한 명은 이미 많이 취해 보였다. 취한 남자는 곰보 얼굴에 까만 콧수염 흔적이 있었다. 벌써 눈에 초점이 풀렸다. 하지만 나를 보자 짧고 홍겨운 노래를 불러주었다.

내겐 대리석 손잡이가 달린
권총이 있지
기차를 타고 오는
그링고는 몽땅 쏴 죽일 거야

이 자리를 피해야겠다는 생각이 들었다. 취한 멕시코인은 무슨 짓을 저지를지 모르기 때문이다. 그는 배배 꼬여 있었다.

호텔에 돌아가보니 도냐 루이사가 아직 내 방에 있었다. 노인은 입술에 손가락을 갖다 대고 문을 닫더니 치마 속에서 작년에 나온 《새터데이 이브닝 포스트》를 꺼내주었다. 잡지는 처참한 상태였다. "당신한테 주려고 이걸 금고에서 꺼내왔다오." 노인이 말했다. "이 망할 잡지가 이 집에서 제일 값진 물건이라오. 광산으로 가는 미국인들은 15달러를 내고 이걸 보지. 여기선 지난 일 년 동안 미국 잡지라고는 보질 못했다오."

3장. 손목시계가 구한 목숨

그 후 내가 한 일이라곤 이미 다 읽은 그 소중한 잡지를 읽고 또 읽는 것뿐이었다. 남폿불을 켠 후 옷을 벗고 침대에 누웠다. 바로 그때 복도에서 불규칙한 발걸음 소리가 들리더니 내 방문이 홱 열렸다. 문가에 아까 바에서 술을 마시던 곰보 장교가 서 있었다. 그는 한 손에 커다란 권총을 들었다. 그는 잠시 기분 나쁜 표정으로 나를 쳐다보더니 방 안으로 들어와 문을 꽝 닫았다.

"나는 안토니오 몬토야 중위다. 이 호텔에 그링고가 있다는 말을 듣고 너를 죽이러 왔다." 그가 말했다.

"앉으시죠." 나는 정중하게 말했다. 그는 완전히 취해 있었지만 모자를 벗고 예의 바르게 고개를 숙인 후 의자에 앉았다. 그러더니 코트 안에서 권총 한 자루를 더 꺼내 두 자루 모두 탁자 위에 올려놓았다. 권총은 장전되어 있었다.

"담배 피우시겠소?" 내가 담뱃갑을 내밀자 그는 한 개비를 뽑아 흔들며 감사 표시를 하더니 남폿불에 불을 붙였다. 그리고 권총 두 자루를 집어 들고 내 쪽을 겨냥했다. 그는 손가락으로 방아쇠를 서서히 당기다가 관두었다. 나로서는 그냥 기다리는 수밖에 없었다.

그는 총을 내려놓으며 말했다. "문제는 말이야. 어느 총으로 쏠지 정하는 거야."

"실례지만 말이죠." 나는 덜덜 떨면서 말했다. "권총이 둘 다 좀 오래돼 보이네요. 콜트 45구경은 1895년 모델이고, 스미스앤드웨슨은 이 정도 거리에선 장난감에 불과하죠."

"맞아." 그는 좀 처량한 표정으로 권총들을 바라보며 대답했다. "그 생각을 했다면 새 자동권총을 가져왔겠지. 미안하네, 세뇨르." 다시 한숨을 쉬더니 조용히 기쁜 표정으로 총열을 내 가슴께로 겨눴다. "하지만 상황이 이러니 최선을 다해야겠지." 나는 방 밖으로 뛰쳐나가 몸을 숨기고 소리를 지를 준비를 했다. 그런데 갑자기 그가 탁자 위에 놓인 2달러짜리 손목시계를 쳐다보았다.

"저게 뭔가?" 그가 물었다.

"시계예요!" 나는 열심히 시계를 손목에 차는 모습을 보여주었다. 부지불식간에 서서히 그의 총구가 아래로 향했다. 그는 어린아이가 새 자동 장난감이 움직이는 것을 보는 것처럼 입을 벌리고 정신없이 시계를 쳐다보았다.

"아!" 그가 탄성을 내뱉었다. "멋있어! 정말 예뻐!"

"가지세요." 나는 시계를 풀어 그에게 내밀었다. 그는 시계와 나를 번갈아 쳐다보았다. 갑작스런 횡재에 신이 난 얼굴이 환해졌다. 나는 그가 내민 팔에 시계를 차주었다. 그는 털이 난 손목에 찬 시계를 조심스럽고 소중하게 만졌다. 그리고 일어서더니 나를 향해 환하게 웃어 보였다. 권총이 바닥에 떨어졌지만 신경 쓰지 않았다. 안토니오 몬토야 중위는 나를 얼싸안고 감격해서 외쳤다.

"아, 동지!"

다음 날 우리는 발리엔테 아디아나의 가게에서 만나 사이좋게 뒷방에서 아과르디엔테를 마셨다. 헌정군의 내 친구 몬토야 중위는 혁명의 고충을 털어놓았다. 마클로비오 에레라의 연대는 3주째 히메네스에 머물며 토레온 진격 명령을 기다리고 있었다.

"오늘 아침에 우리 첩자들이 사카테카스의 연방군 지휘관이 토레온의 벨라스코 장군한테 보내는 전보를 빼돌렸어. 사카테카스 지휘관은 사카테카스가 방어하기보다는 공격하기 쉬운 지역이라고 판단된다고 한 모양이야. 그래서 헌정군이 공격해오면 일단 사카테카스를 버리고 나중에 되찾을 계획이라네."

"안토니오." 나는 그의 말을 끊었다. "난 내일 사막을 지나는 먼 길을 떠날 참이네. 마히스트랄로 가려고 해. 같이 갈

젊은이가 필요한데 알아봐줄 수 있을까? 급료는 일주일에 3
달러씩 줄 생각이야.”

　“거 좋군.” 몬토야 중위가 외쳤다. “자네와 함께라면 내가
어디든 함께 갈 걸세, 친구!”

　“하지만 자네는 군대에 있잖아. 어떻게 연대에서 나오려
고?”

　“그건 문제없어. 대령한테는 아무 말도 하지 않으면 돼.
나 같은 건 필요 없어. 왜냐고? 여긴 나 말고도 오천 명이나
더 있는걸.”

4장. 멕시코의 상징

잿빛 집과 먼지 덮인 나무가 아직 꽁꽁 얼어붙은 이른 새벽, 우리는 노새 등에 채찍질을 하며 히메네스의 울퉁불퉁한 길을 내달려 시골로 접어들었다. 바로 눈 밑까지 세라피로 가린 병사 몇몇이 초롱불 옆에서 꾸벅꾸벅 졸았다. 시궁창에 쓰러져 자는 술 취한 장교도 보였다.

우리는 부러진 장대를 철사로 이어놓은 낡고 작은 이륜마차를 몰고 갔다. 마구는 오래된 쇠, 생가죽, 밧줄로 만든 것이었다. 안토니오와 나는 좌석에 나란히 앉았고, 우리 발밑에서 졸고 있는 심각하고 어두운 분위기의 소년은 프리미티보 아길라르다. 대문을 여닫고, 마구가 망가지면 고치고, (노상에 강도가 들끓는다는 소문에) 밤에는 마차와 노새를 지키는 일을 맡기려고 프리미티보를 고용했다.

이제 비옥한 대평원이 펼쳐졌다. 그 사이사이로 잎사귀 하나 없는 커다란 잿빛 포플러나무가 드리워진 관개수로가 있었다. 용광로처럼 새하얗게 이글거리는 태양이 머리 위를 비추고 넓게 펼쳐진 메마른 들판에서는 가느다란 안개가 피어올랐다. 우리를 둘러싼 하얀 먼지구름이 계속 따라다녔다. 우리는 산페드로 아시엔다의 교회 옆에 멈춰 늙은 페온에게서 옥수수 한 자루와 노새를 먹일 짚을 샀다. 한참 더 가다 보니 길가에서 좀 떨어진 푸른 버드나무 숲속에 분홍색 회칠을 한 아름답고 나지막한 건물이 나타났다. "저거 말이야?" 안토니오가 반문했다. "별거 아니라 밀 방앗간이야." 우리는 다른 아시엔다에서 페온 집의 회칠한 흙바닥 방에서 점심을 먹었다. 이름이 기억나지 않는 그 아시엔다는 루이스 테라사스의 소유였다가 지금은 헌정 정부가 몰수한 곳이었다. 그날 밤은 반경 1.6킬로미터에 집 한 채 없는 관개수로 옆 그러니까 강도들의 구역 한가운데서 야영했다.

후추를 뿌려 잘게 썬 고기, 토르티야, 콩, 블랙커피로 저녁을 먹고, 안토니오와 나는 프리미티보에게 안토니오의 권총을 들고 모닥불 가를 지키다가 무슨 소리가 들리면 우리를 바로 깨우라고 했다. 무슨 일이 있어도 잠들면 안 되고 혹시 잠들면 죽여버린다고 했다. "네, 세뇨르." 소년은 꽤 심각하게 대답하고 눈을 크게 뜨면서 권총을 잡았다. 안토니오와 나는 모닥불 가에서 담요를 덮고 누웠다.

안토니오의 코 고는 소리에 깨서 시계를 보니 삼십 분밖에 지나지 않은 것을 보면 나도 잠들었던 게 분명하다. 프리미티보가 망을 보던 자리에서 요란하게 코 고는 소리가 들려왔다. 안토니오가 그쪽으로 걸어갔다.

"프리미티보!"

아무 대답이 없었다.

"프리미티보, 이 바보 같은 놈!"

우리의 보초 프리미티보는 잠든 채로 움찔하더니 잠꼬대를 하며 몸을 뒤척였다.

"프리미티보!"

안토니오가 소리를 지르며 프리미티보를 발로 찼다. 하지만 여전히 아무 반응이 없었다. 안토니오가 이번엔 뒤로 물러섰다가 세게 걷어차자 프리미티보의 몸이 공중으로 몇 센티미터쯤 떠올랐다. 깜짝 놀라면서 깬 프리미티보는 벌떡 일어나더니 권총을 휘두르며 외쳤다.

"어떤 놈이냐?"

다음 날은 저지대를 지나갔다. 모래 평야가 끝없이 펼쳐지고 검은 메스키트로 뒤덮인 여기저기에 이따금 선인장이 보이는 사막으로 들어섰다. 길가에 불길해 보이는 작은 나무 십자가들이 보이기 시작했다. 시골 사람들이 누가 사고로 죽은 자리에 세워둔 것이다.

지평선 부근에는 메마른 보라색 산들이 우리를 에워쌌다. 오른편에는 바싹 마른 큰 계곡 건너에 희고 푸르고 잿빛

인 아시엔다가 성곽 도시처럼 서 있었다. 한 시간쯤 지나자 너무 넓어서 길을 잃어버릴 요새 같은 거대한 목장이 보이기 시작했다. 지면과 가까운 곳에는 아직 빛이 남아 있는데 하늘 꼭대기에는 순식간에 어둠이 몰려들었다. 날이 저물고 돔 같은 밤하늘에서 별들이 폭죽처럼 빛났다. 마차가 달리는 동안 안토니오와 프리미티보는 괴상하고 끔찍한 멕시코식 화음으로 〈희망〉을 불렀는데 내겐 팽팽한 바이올린 줄을 문질러대는 소음처럼 들렸다. 날이 쌀쌀해졌다. 가도 가도 빌어먹을 땅, 죽음의 대지뿐이었다. 마지막으로 인가를 만난 지 벌써 몇 시간이 지났다.

안토니오는 근처 어딘가에 물이 나오는 곳을 알고 있다고 했다. 하지만 달도 없이 캄캄한 한밤중이 되어가는데 우리가 따라가던 길은 갑자기 빽빽한 메스키트 덤불 앞에서 끊겼다. 어딘가에서 카미노레알을 벗어나버린 것이다. 이미 늦었고 노새는 지쳤다. 근처에 물이라고는 보이지 않으니 '물 없는 야영'을 하는 수밖에 없었다.

마차에서 노새를 풀어주고 먹이를 준 후 모닥불을 피우고 나자, 빽빽한 덤불 속에서 누가 살금살금 걸어오는 발걸음 소리가 들렸다. 한참 움직이더니 잠잠해졌다. 관목 모닥불이 화르르 소리를 내며 3미터쯤 높이 타올랐다. 그 너머로는 칠흑 같은 어둠뿐이었다.

프리미티보는 마차의 짐칸으로 물러섰다. 안토니오는 권총을 꺼내고 우리는 모닥불 근처에서 가만히 서 있었다. 발걸음 소리가 다시 났다.

"누구냐?" 안토니오가 말했다. 수풀 속에서 발을 끄는 소리가 작게 들리더니 누가 말했다.

"너희는 어느 편이냐?" 머뭇대는 목소리였다.

"마데로파!" 안토니오가 말했다. "통과!"

"파시피코도 괜찮습니까?" 보이지 않는 목소리가 물었다.

"맹세합니다." 내가 소리쳤다. "이쪽으로 와서 얼굴을 보여주시오."

금세 두 희미한 형상이 거의 아무 소리도 내지 않고 모닥불 빛의 가장자리에서 나타났다. 그들이 더 가까이 오자 찢어진 담요로 꽁꽁 싸맨 두 페온이 보였다. 한 사람은 허리가 굽고 주름이 가득한 노인이었다. 그는 손으로 만든 샌들을 신고 누덕누덕 기운 바지로 쪼그라든 다리를 감싸고 있었다. 다른 한 사람은 키가 아주 큰 맨발의 젊은이였다. 너무나 티 없이 순수해서 거의 백치처럼 보이는 얼굴이었다. 사람 좋고 햇볕처럼 따뜻한 데다 애들처럼 호기심에 찬 두 사람이 손을 잡고 앞으로 나섰다.

우리는 먼저 악수를 하고 멕시코식 예법대로 인사를 나눴다.

"좋은 밤입니다. 친구. 안녕하십니까?"

"아주 좋습니다. 감사합니다. 지내시기 괜찮으신지요?"

"예, 잘 지냅니다. 가족들도 모두 무고하신지요?"

"예, 감사합니다. 그쪽 가족들도?"

"네, 감사합니다. 이 고장에서 어려움은 없으신지요?"

"없습니다. 그쪽은 어렵지 않으십니까?"

"아닙니다. 앉으세요."

"감사합니다. 하지만 서 있는 게 편합니다."

"앉으세요. 앉으세요."

"정말 감사합니다. 잠시만 실례하겠습니다."

그들은 웃으면서 다시 덤불 속으로 사라졌다. 잠시 후 그들은 땔감으로 쓸 마른 메스키트를 양팔 가득 안고 나타났다.

젊은 남자가 말했다. "아, 제가 정말 아끼던 형제가 토레온에서 벌어진 십일 일간의 전투에서 죽었어요. 멕시코에서 수천 명이 죽었지만 아직 수천 명이 더 죽을 겁니다. 한 나라에서 삼 년이나 계속되는 전쟁은 너무 길어요. 너무 길죠!" 노인이 중얼거렸다. "당치 않아!" 머리를 흔들었다. "언젠가는······"

노인은 떨리는 목소리로 말을 이어갔다. "북쪽의 미국이 우리나라를 탐내서 그링고 군인들이 우리 염소를 다 가져갈 거라는 말이 있어요······"

"그건 거짓말이에요." 젊은이가 받아쳤다. "우리 걸 빼앗으려는 건 미국 부자들이에요. 멕시코 부자들이 우리 걸 탐내는 것과 마찬가지죠. 부자가 가난한 사람들을 등쳐먹으려는 건 전 세계 어디에서나 똑같아요."

노인은 몸을 떨면서 좀 더 모닥불 가까이로 쇠약한 몸을 옮겼다. 그리고 차분하게 말했다. "그렇게 많이 가진 부자들이 왜 그렇게 더 갖고 싶어 하는지 늘 궁금했다오. 가진 것 없는 가난뱅이들은 바라는 게 정말 별것 없는데 말이요. 염소 몇 마리면 되는데……"

노인은 빙그레 웃으며 귀족처럼 우아하게 턱을 들어 올렸다. "나는 이 작은 고장 밖을 나가본 적이 없다오. 히메네스에도 가본 적이 없으니까요. 그래도 동서남북 사방에 기름진 땅이 많다는 건 압니다. 하지만 이곳이 내 고향이고 나는 이 땅을 사랑해요. 할아버지, 아버지, 내가 살아온 세월 동안 부자들은 옥수수를 모아서 주먹 안에 꼭 쥐고 있어요. 피를 흘려야만 그 주먹을 우리 형제들에게 펼 겁니다."

모닥불이 사그라졌다. 불침번 프리미티보는 자기 자리에서 잠들었다. 안토니오는 입가에 희미하게 미소를 지으면서 타다 남은 불잉걸을 물끄러미 바라보았다. 그의 눈동자가 별처럼 빛났다.

"아하!" 그는 갑작스레 미래를 예견하듯 말했다. "우리가 멕시코시티에 입성할 때면 엄청난 무도회가 벌어질 거야! 그럼 난 완전히 취해버릴 테야!"

4부. 무장한 민중

1장. "토레온으로!"

예르모는 끝없는 모래사막 말고는 아무것도 없는 곳이다. 볼품없는 메스키트와 키 작은 선인장이 드문드문 난 사막이, 서쪽으로는 삐죽삐죽한 황갈색 산맥까지 동쪽으로는 지평선 너머까지 펼쳐졌다. 시내에는 지저분한 횟물이 든 낡아빠진 물탱크, 이 년 전 오로스코 군의 대포에 박살 난 기차역, 선로전환기뿐이었다. 지난 65킬로미터 구간 동안 물이라고는 구경도 하지 못했다. 짐승을 먹일 풀조차 없었다. 건조한 바람이 황사를 일으키는 석 달간의 봄은 참혹했다.

사막 한복판의 단선 철로를 따라 기차 열 대가 길게 늘어서, 밤에는 불기둥이 낮에는 시꺼먼 연기 기둥이 뒤편 북쪽 시야 너머까지 이어졌다. 그 주위 덤불에서 구천 명가량이 야영 중이다. 다들 사기 옆 메스키트에 말을 묶고, 세라피와 말리는 중인 시뻘건 고기도 메스키트에 걸어두었다. 지금은 기차 50량에서 말과 노새를 끌어내리는 중이다. 땀과 먼지를 뒤집어쓴 넝마 차림의 병사가 발굽 소리 요란한 가축 칸으로 돌진하더니 말 등 위로 날아올라 함성을 지르며 박차를 가했다. 그러자 겁먹은 짐승들의 요란한 발굽 소리가 들려오고, 갑자기 말 한 마리가 열린 문을 향해 주로 뒤쪽으로 거친 발길질을 해댔다. 기차에서 말과 노새가 한꺼번에 쏟아져 나왔다. 벌어진 콧구멍 사이로 바깥 공기가 들어오자 짐승들은 거친 숨을 내쉬며 겁에 질려 도망쳤다. 목동으로 변신한 병사들이 둘러서서 지켜보다가 자욱한 먼지 사이로 큰 올가미를 던지면 짐승들은 빙글빙글 돌며 날뛰다가 공황 상태에 빠졌다. 장교와 당번병, 장군과 부하, 밧줄을 든 병사가 이 말도 못 할 혼돈 속에서 자기 말을 찾아 이리저리 달렸다. 날뛰던 노새들은 탄약통에 묶였다. 마지막 기차로 도착한 기병대원은 자기 연대를 찾으려고 여기저기 기웃거렸다. 저 앞에 있는 사람들이 토끼를 쏘았다. 유개화차와 무개화차 지붕에서 먹고 자는 솔다데라*와 반쯤 벌거벗은 아이들이 아래를 내려다보며 무턱대고 아무에게나 후안 모녜로스나 헤수스 에르난데스, 그 이름이 무엇이건 자기 남편을 본 적이 있는지 소리치며 물었다⋯⋯ 한 남자가 소총을 질

---

* 멕시코혁명 당시 혁명군과 함께 움직이던 여성들을 가리키는 말. 그중 일부는 실제 군인이 되어 전투에 참여하기도 했다.-감수자

질 끌며 이틀 동안 쫄쫄 굶었는데 토르티야를 만들다 사라진 여편네가 다른 연대 놈과 도망친 게 분명하다고 소리쳐댔다…… 기차 지붕에 있던 여자들이 "당치 않은 소리!"라며 어깨를 으쓱해 보이고는 그에게 사흘쯤 된 토르티야를 던져주더니 과달루페 성모님의 사랑으로 담배 한 개비를 빌려달라고 했다. 시끄럽고 지저분한 사람들이 기관차에 몰려들어 물을 달라고 고함을 쳐대자 기관사가 권총을 뽑아 들고 쫓아냈다. 급수기차 12량 주변에는 사람과 짐승이 뒤엉켜 쉴 틈 없는 작은 물꼭지를 차지하려고 법석이었다. 그 위로 길이가 12킬로미터는 될 무시무시한 먼지구름이 기관차의 시커먼 연기와 함께 잔잔하고 뜨거운 대기 속으로 피어올라, 80킬로미터가량 떨어진 마피미 쪽 산에 있는 연방군 초소에 궁금증과 공포를 안겨주었다.

비야는 치와와를 떠나 토레온으로 내려가면서 북쪽으로 올라가는 전신을 차단하고 후아레스행 기차 운행을 중단시켰다. 또 자기가 미국으로 간다고 소문을 내놓고 이 사실을 발설하는 자는 사형에 처한다고 으름장을 놓았다. 연방군을 기습할 셈이었는데 그 작전은 아주 잘 들어맞았다. 아무도 심지어 비야의 직속 부하들조차 비야가 언제 치와와를 떠날지 몰랐다. 헌정군은 치와와에 너무 오래 있어서 2주는 더 있을 줄만 알았다. 그런데 토요일 아침에 일어나보니 전신과 철도는 끊기고 곤살레스-오르테가 여단을 실은 기차 세 대는 이미 떠나버린 후였다. 사라고사 여단은 다음 날, 비야 부대는 그다음 날 아침에 출발했다. 신속한 이동이야말로 비야의 특기다. 비야는 그다음 날 헌정군 전체가 예르모에 집결하도록 했다. 하지만 연방군은 비야가 치와와를 떠난 줄도 모르고 있었다.

폐허가 된 기차역에 연결된 야전용 휴대 전신기 주변으로 사람들이 몰려 있었다. 안쪽에서는 전신기가 작동 중이었다. 병사와 장교 구분 없이 다들 창문과 문에 다닥다닥 붙어 있었다. 가끔씩 전신수가 뭐라고 큰 소리로 외치면 요란한 웃음소리가 울려 퍼졌다. 뜻하지 않게 마피미와 토레온을 연결하는 연방군 전신에 연결된 모양이었다.

"들어보게나!" 전신수가 외쳤다. "마피미에 있는 콜로라도 아르구메도 소령이 토레온의 벨라스코 장군에게 전보를 보냈다네. 북쪽에서 커다란 먼지구름과 연기가 보이는데 반란군이 에스칼론에서 남쪽으로 움직이는 것 같다고."

밤이 오자 하늘에는 구름이 끼고 거센 바람이 불면서 먼지가 휘날렸다. 기차는 수 킬로미터 넘게 늘어섰고 화물차 위에는 솔다데라들이 피운 모닥불이 타올랐다. 하지만 멀리 사막 저편에서 보면 짙게 피어오르는 먼지에 가려 수없이 늘어선 모닥불은 그저 작은 불빛처럼 보였다. 폭풍이 연방군 척후병의 눈에서 우리의 존재를 완벽하게 가려주었다. "신마저 프란시스코 비야의 편이라니!" 레이바 소령의 말이었다. 우리는 우람한 체격에 젊고 무표정한 얼굴의 막시모 가르시아 장군과 형보다 더 큰 몸집에 일굴이 붉은 그의 동생 보니토 가르시아, 몸가짐이 세련된 마누엘 아코스타 소령과 함께 개조한 유개화차에서 저녁을 먹었다. 가르시아 형제는 에스칼론의 전진기지에 오래 머물러왔다. 가르시아 형제—그중 한 명이 혁명군의 우상 호세 가르시아로 사 년 전 전투에서 전사했다—는 어마어마한 땅을 소유한 부유한 대농장주였다. 그들은 마데로와 함께 봉기했다…… 가르시아가 위스키 한 병을 가져오더니 자기는 더 좋은 위스키를 위해 싸운다며 혁명에 관해서는 논하지 않겠다고 한 것이 기억난다! 이 글을 쓰던 중에 그가 사크라멘토 전투에서 총에 맞아 전사했다는 소식을 들었다.

우리 바로 앞 칸 무개화차의 병사들은 모래폭풍 속에 모닥불 가에서 여자 무릎 위에 머리를 대고 누워 〈라쿠카라차(바퀴벌레)〉란 노래를 불렀다. 〈라쿠카라차〉는 헌정군이 메르카도와 오로스코에게서 후아레스와 치와와를 빼앗으면 무엇을 할지에 대해 풍자하는 수백 연의 노래다.

바람을 뚫고 음울하게 속삭이는 소리와 가끔 보초들이 가성으로 낄낄대며 묻는 소리가 들렸다. "누구냐?" 그러면 대답. "치아파스!" "어디 소속이냐?" "차오!"…… 밤새도록 기관차 열 대가 간격을 두고 앞뒤로 오가면서 요란한 기적 소리를 냈다.

2장. 예르모의 군대

다음 날 새벽 토르비오 오르테가 장군*이 아침을 먹으러 기차에 왔다. 짙은 피부에 날렵한 체구인 장군은 "사나이 중의 사나이"로 불렸다. 그는 멕시코에서 누구보다도 우직하고 사심 없는 군인이다. 포로를 죽이는 일도 몇 푼 안 되는 월급 말고는 단 한 푼 더 받은 일도 없다. 비야는 자기 휘하의 어떤 장군보다 더 그를 존중하고 신뢰했다. 오르테가는 가난한 목동 출신이다. 그는 팔꿈치를 탁자에 올리고 앉아 식사는 까맣게 잊고 큰 눈을 빛내면서 부드럽지만 삐뚜름한 미소를 지으며 자신이 싸우는 이유를 말했다.

---

* Torbio Ortega(1861~1914?6?). 1910년 독재자 디아스에 맞선 1차 반란에 참여했던 장군.

"나는 배운 게 없는 사람입니다. 하지만 누구에게나 맨주먹으로 싸우는 것이 최후의 수단이란 걸 잘 압니다, 에? 더 이상 참을 수 없을 정도로 상황이 나빠졌단 뜻이죠. 우리가 형제들을 죽인다면 거기서 뭔가가 나오겠지요, 에? 미국에 있는 당신들은 우리, 우리 멕시코인들이 무엇을 봐왔는지 모릅니다! 우리는 삼십오 년 동안 우리 인민, 순진하고 가난한 인민들이 빼앗기는 것을 봤습니다. 에? 우리는 지배층과 포르피리오의 군대가 우리 형제와 아버지를 쏘아 죽이는 것을, 정의가 그들을 구원하지 못하는 것을 봐왔습니다. 손바닥만 한 땅을 빼앗기고 모두가 노예로 팔려가는 것을 봤습니다, 에? 우리는 살 집과 공부할 학교를 원합니다. 놈들은 우리를 비웃었습니다. 우리가 바라는 것은 간섭받지 않고 살고 일하며 우리나라를 좋은 나라로 만드는 것입니다. 우리는 정말 속는 것은 지긋지긋해요……"

빠르게 흘러가는 구름 낀 하늘 아래 소용돌이치는 먼지 속에서 말 탄 병사들이 길게 늘어선 것이 희미하게 보였다. 장교들은 앞에 서서 탄띠와 소총을 꼼꼼하게 들여다보는 중이었다.

한 지휘관이 병사에게 말했다. "제로니모, 병기차로 가서 탄약통을 채워 와. 바보 같으니. 코요테 잡는 데 실탄을 다 써버렸잖아!"

제일 먼저 전선으로 향하는 기병대가 사막을 가로질러 서쪽 산을 향해 줄지어 가고 있었다. 천 명 정도가 열 줄로 바큇살처럼 펼쳐 늘어섰다. 다들 박차를 울리며 적백녹색의 멕시코 국기를 펄럭이고 어깨에 희미하게 빛나는 탄띠를 메고 소총은 안장에 매달고 묵직하고 높다란 솜브레로와 알록달록한 담요를 걸쳤다.

각 중대 뒤로는 그릇과 조리도구를 이고 진 여자 여남은 명과 옥수수자루를 실은 노새가 터벅터벅 따라 걸었다. 여자들은 기차를 지나치면서 기차에 있는 아는 사람들에게 소리를 질렀다.

"조금만 더 가면 캘리포니아!"* 누가 소리쳤다.

"오! 저기 콜로라도가 있다!" 다른 사람이 되받아쳤다. "오로스코의 반란 때 살라사르 편에 있었던 게 분명해. 살라사르가 취했을 때 말고는 '조금만 더 가면 캘리포니아!'라고 말하는 사람을 본 적이 없어!"

처음 소리친 사람은 당황한 것 같았다. "음, 그랬을지도 모르지." 그는 인정했다. "하지만 내가 옛 동지들을 쏴버릴 때까지 기다려. 내가 진정한 마데로파인지 아닌지 보여주지!"

뒤에 있던 작은 인디오가 소리쳤다. "네가 진정한 마데로파인 걸 알아, 루이시토. 토레온을 점령하면 비야가 너한테 변절할지 머리통에 주먹을 날려줄지 아니면 총알을 박아 넣어줄지 고르게 해줄 거야." 그들은 낄낄대고 노래를 부르며

---

* 오로스코 휘하의 살라사르가 자주 외치던 구호로 캘리포니아에서 가까운 북부 전체를 장악하겠다는 호언.-감수자

북서쪽으로 점점 작아지더니 마침내 먼지 속으로 사라졌다.

비야는 주머니에 손을 넣고 기차에 기대 서 있었다. 낡은 챙 모자에 칼라 없는 지저분한 셔츠와 닳아빠져 번들거리는 겉옷을 입었다. 비야 앞에 펼쳐진 먼지 날리는 들판에 마법처럼 한꺼번에 병사와 말이 나타났다. 째지는 쇠나팔 소리가 들리는 가운데 안장을 올리고 고삐를 매는 일대 혼란이 벌어졌다. 사라고사 여단이 야영지를 떠나려고 준비하는 중이었다. 사라고사의 측면 공격부대 이천 명은 틀라후알리오와 사크라멘토를 공격하기 위해 남동쪽으로 달려가기로 되어 있다. 비야는 이제 막 예르모에 도착한 것 같았다. 월요일 밤에 동지의 결혼식에 참석하러 카마르고에 들렀다고 했다. 얼굴에는 피로가 가득했다.

"굉장했어!" 비야는 웃으면서 말했다. "월요일 저녁부터 시작해서 밤새도록 추고 그다음 날 낮 내내 밤까지 또 췄지! 굉장했지! 거기에 귀여운 여자들! 카르마고랑 로살리아 여자들이 멕시코에서 제일 예뻐! 진이 다 빠졌네! 전투 스무 번 치르는 것보다 더 힘들었어……"

이어 비야는 전속력으로 말을 달려온 장교의 보고를 들었다. 비야가 별 고민 없이 간단히 지시를 내리자 장교는 되돌아갔다. 이어 철도 담당관인 칼사도에게 어떤 순서로 기차가 남쪽으로 가는지 물었다. 보급 담당 장군인 우로에게는 군용기차에서 보급할 물품을 알려주었다. 전신 담당인 세뇨르 무뇨스에게는 일주일 전 우르비나 부대에게 포위되었다가 라카데나 근처의 산악지대에서 죽은 연방군 지휘관 이름을 알려주고, 연방군 전신을 가로채서 토레온의 발라스코 장군에게 코네호스에게 이 지휘관이 명령을 요청하는 것처럼 전신을 보내라고 했다…… 비야는 모든 것을 알고 명령하는 것 같았다.

우리는 유제니오 아기레 베타비데스 장군과 함께 점심 식사를 했다. 사라고사 여단에 속한 이 작달막한 사팔뜨기 장군은 명문가 출신으로 1차 혁명 당시 마데로파에 가담했다. 살해당한 대통령의 동생인 라울 마데로도 그 자리에 있었다. 여단의 이인자인 그는 미국에서 대학을 나와서인지 꼭 월스트리트의 증권사 직원 같아 보였다. 코넬대학 출신인 게라 대령과 노트르담대학 축구팀의 전설적인 풀백이자 오르테가 장군의 조카인 레이바 소령도 함께했다.

출정 준비를 마친 포병대가 탄약차는 열고 노새는 가운데 몰아두고 큰 원형으로 서 있다. 포병 지휘관인 세르빈 대령은 1.5미터밖에 안 되는 우스꽝스럽게 작은 붉은 말 위에 앉았다. 그는 손을 흔들고 소리를 지르며 카란사의 육군장관 앙헬레스 장군*에게 인사했다. 장군은 대머리에 키가 크고 마른 체격에 갈색 스웨터를 입고 어깨엔 멕시코 전쟁지도를 매달고 작은 당나귀를 탔다. 짙은 먼지구름 속에서 병

---

* Felipe Ángeles(1868-1919). 멕시코 육군사관학교 출신의 군인으로 1차 혁명 당시에는 프랑스 파리에 있었다. 귀국 후 카란사의 육군장관으로 임명됐지만 파벌 싸움에서 밀려나 비야 휘하에서 참모 역할을 했다.

사들은 땀 흘리며 일했다. 미국인 포병 다섯은 대포 그늘에서 쪼그리고 앉아 담배를 피우는 중이었다. 그들은 나를 보더니 소리쳐댔다.

"뭐라고 좀 해봐! 우리가 대체 왜 이 난장판에 있는 거지? 어젯밤 이후론 아무것도 못 먹었어. 열두 시간이나 일했는데 말이야. 우리 사진 좀 찍어줘, 응?"

취사병과 밥을 하던 런던 출신의 작은 병사가 아는 체하며 고개를 끄덕였다. 캐나다 출신의 트레스톤 대위는 통역병에게 소리를 질러대며 부하들에게 기관총에 관한 명령을 내린다. 뚱뚱한 이탈리아 용병 마리넬리 대위는 지루해하는 멕시코 장교들에게 프랑스어, 스페인어, 이탈리아어가 뒤죽박죽 섞여 알아들을 수 없는 말을 늘어놓았다. 피에로가 말이 피거품을 물도록 거칠게 박차를 가하며 지나갔다. 포로들을 총으로 쏴 죽이고 별 이유도 없이 부하들에게 총질을 해대서 그를 '도살자'라고들 불렀다.

오후 늦게 사라고사 여단이 사막을 건너 남동쪽으로 출병했고 다시 밤이 왔다.

어둠 속에서 끊임없이 바람이 불었고 점점 바람은 차가워졌다. 밤하늘을 올려다보니 늘 별이 초롱초롱하던 하늘이 구름에 뒤덮여 어두웠다. 모닥불의 불티 수천 개가 요란한 먼지 소용돌이를 타고 남쪽으로 줄줄이 날아갔다. 기관차 화실에 쌓인 석탄이 갑작스레 벌겋게 달아올랐다. 처음에는 멀리서 들리는 대포 소리인 줄로만 알았다. 그러나 갑자기 한순간에 이쪽 지평선에서 저쪽 지평선까지 하늘이 번쩍하고 갈라지더니 요란하게 천둥이 쳤다. 그리고 비가 쏟아붓기 시작했다. 부대의 웅얼거리던 소리가 일시에 멎었다. 모닥불이 모두 한꺼번에 꺼져버렸다. 그러더니 평야에 있는 군인들이 성깔을 부리거나 낄낄대거나 쩔쩔매는 고함 소리가 들려왔다. 여자들은 생전 처음 들어보는 끔찍한 비명을 질러댔다. 이 두 가지 소리는 한 일 분 만에 사라졌다. 남자들은 세라피를 뒤집어쓰고 덤불에서 비를 피하고, 수백 명의 여자와 아이들은 무개화차와 기차 지붕 위에서 인디오의 극기심으로 말없이 차가운 비를 맞으며 새벽이 오기를 기다렸다. 앞쪽 마클로비오 에레라의 기차에서는 술에 취한 왁자지껄한 웃음과 기타에 맞춰 노래하는 소리가 들려왔다.

세상의 모든 나팔 부는 소리와 함께 날이 밝았다. 객차 문으로 보니 무장한 병사들이 안장을 올리고 말을 타느라 사막이 분주했다. 뜨거운 태양이 서쪽 산을 비추며 맑은 하늘에서 타올랐다. 잠시 땅에서 수증기가 피어올랐지만 곧 먼지 날리는 마른 땅으로 돌아갔다. 비 온 흔적조차 없었다. 기차 위로는 아침밥을 짓는 화톳불이 수백 개 피어오르고 여자들은 수다를 떨며 햇빛에 넌 옷을 뒤집었다. 벌거벗은 아이들은 춤을 추고 엄마들은 햇빛에 널었던 아이 옷을 걷었다. 병사들은 신나서 진군이 시작된다며 서로 소리를 질렀다. 저 왼쪽의 몇몇은 기쁨에 차서 공포를 쏘았다. 밤사이에 긴 기차 여섯 대가 더 왔고 기관차들은 모두 기적을 울렸

다. 기차 첫 칸에 타려고 앞쪽으로 가다가 트리니다드 로드
리게스*의 칸을 지나는데 째지는 여자 목소리가 들렸다. "이
봐! 들어와서 아침 먹고 가지 그래." 로드리게스 형제가 전선
으로 데려온 유명한 시우다드후아레스 여자인 베아트리스
와 카르멘이었다. 나는 안으로 들어가 열두 명쯤 앉아 있던
식탁에 끼었다. 거기에는 야전병원기차 칸의 의사들과 프랑
스인 포병대 대위, 각급 멕시코 장교들이 있었다. 다른 객차
와 마찬가지로 평범한 유개화차였다. 다 깨진 창문에 부엌
의 중국인 요리사가 안이 보이지 않도록 친 칸막이, 그 옆으
로는 침상이 여럿 놓여 있었다. 아침식사로 고추를 곁들인
고기, 프리홀레스,** 차가운 밀가루 토르티야, 모노폴 샴페인
여섯 병이 나왔다. 카르멘이 살결이 어둡고 먹고 마시는 데
만 정신을 쏟아 약간 맹해 보인다면, 버스터 브라운***을 연
상시키는 베아트리스의 새하얀 얼굴과 빨간 단발머리는 왠
지 모를 악의에 찬 조소를 뿜어냈다. 베아트리스는 멕시코
출신이지만 흠잡을 데 없이 영어를 잘했다. 식탁에서 일어
서더니 이리저리 돌면서 춤추며 남자들의 머리칼을 잡아당
겼다. "안녕, 망할 그링고." 베아트리스가 나를 보며 웃으며

---

*   Trinidad Rodriguez(1882~1914). 치와와 출신의 장군. 형제들을 이끌고
      비야의 북부사단에 가담해 거의 모든 주요 전투에 참여했다.
**   으깬 콩 요리.
*** Buster Brown. 1902년 리처드 펠턴 아우트콜트가 발표한 만화의 주인공
      으로 20세기 초 미국에서 인기 있는 캐릭터였다.

말했다. "여기서 대체 뭘 하는 거야? 조심하지 않으면 총알에 맞을걸!"

벌써 좀 취한 젊은 멕시코 사내가 베아트리스에게 화를 냈다. "그놈이랑 얘기하지 마! 알아듣겠어? 네가 그링고한테 아침 먹으라고 한 걸 트리니다드 로드리게스가 알면 가만두지 않을걸!"

베아트리체는 고개를 젖히면서 소리쳤다. "너 트리니다드가 뭐라는지 들었어? 후아레스에서 한 번 같이 잤다고 내가 자기 거나 된 줄 아나 보네! 세상에!" 그는 멈추지 않았다. "기차 타고 다니면서 차표도 안 사는 게 웃기지 않아?"

"이봐요, 베아트리스." 내가 입을 열었다. "여기서는 입조심해야 하는 거 아녜요? 두들겨 맞기라도 하면 어쩌려고 그래요?"

"누구? 나 말이야? 연방군에 친구 만드는 데 별로 오래 안 걸릴 듯싶은데. 내가 붙임성이 좀 좋거든!" 베아트리스가 대꾸했다.

"저 여자 뭐라는 거야? 너 뭐라고 했어?" 다른 사람들이 스페인어로 물었다.

베아트리스는 건방지기 짝이 없는 말투로 우리가 방금 나눈 말을 스페인어로 옮겨주었다. 통역이 끝나자마자 엄청난 소란이 벌어졌고 나는 슬그머니 자리를 떴다……

3장. 첫 희생

급수기차가 제일 먼저 출발했다. 나는 기관차의 배장기* 위에 올라탔는데, 그곳엔 이미 오래전부터 여자 둘과 아이 다섯이 보금자리를 차려놓았다. 여자들은 철판 아래다 메스키트 가지로 작은 불을 피우고 토르티야를 구웠다. 머리 위 증기기관 맞은편에는 줄에 걸린 빨래가 펄럭거렸다……

따사로운 태양과 커다란 흰 구름이 번갈아 나타나는 근사한 날씨였다. 군대는 벌써 기차 양옆으로 한 줄씩 두 줄로 남쪽으로 진군하는 중이었다. 끝이 보이지 않을 정도로 길게 두 줄로 행진하는 군대 위로는 거대한 먼지구름이 떠 있었다. 대열에서 벗어난 기병 몇몇이 커다란 멕시코 국기를

---

* 기관차 앞에 달린, 선로의 장애물을 치울 수 있게 만든 뾰족한 철제.

들고 여기저기 흩어져 말을 타고 따라갔다. 천천히 움직이는 기차 사이로 기관차가 규칙적으로 뿜는 시커먼 연기 기둥은 점점 작아지더니 북쪽 지평선 위로 흐릿한 연기만 보였다.

물을 마시러 승무원실에 갔더니 차장은 침상에 누워 성경을 읽는 중이었다. 그는 성경 읽기에 완전히 빠져들어서 내가 온 줄도 몰랐다. 좀 지나서 나를 보더니 신이 나서 소리쳤다. "이봐요, 삼손이라는 완전 멋진 사나이와 데릴라라는 여자 이야기를 읽었거든요. 그 여자가 우리 사나이한테 한 요사스런 짓을 보니 아무래도 스페인 여자인 것 같아. 여편네가 멋진 혁명가이자 마데로파인 삼손을 펠론으로 만들어버렸어!"

펠론은 본래 '빡빡머리'란 뜻이지만 연방군을 일컫는 속어이기도 하다. 연방군에는 교도소 죄수 출신이 많기 때문이다.

기차는 전날 밤 야전 전신 교환수를 데리고 코네호스로 떠났던 선발대와 마주쳤다. 이번 작전의 첫 희생자가 발생했다. 동쪽으로 난 큰 산등성이 바로 전에, 베르메히요에서 북쪽을 정찰하던 콜로라도 몇이 기습공격을 해온 것이다. 전신병도 소식을 가지고 왔다. 다시 전신을 가로채 죽은 연방군 대위의 이름을 대고 토레온의 연방군 지휘관에게 북쪽에서 엄청난 수의 폭도가 오고 있는데 어떻게 해야 할지 명령을 달라고 요청했다. 벨라스코 장군은 대위에게 코네호스를 지키며 북쪽으로 전초기지를 만들어 폭도의 수가 얼마나 되는지 파악하라고 했다. 동시에 마피미의 지휘관 아르구메도에게서도 북부 멕시코 전체가 그링고 군대와 함께 토레온으로 내려오는 중이라는 전신이 왔다!

코네호스는 물탱크가 없다는 점을 빼면 예르모와 다를 게 없는 곳이었다. 흰 수염을 날리는 노장군 로살리오 에르난데스가 이끄는 병사 천 명이 선두에 서고 철로수리기차가 뒤따라가며, 몇 달 전 연방군이 불태워버린 철교 두 곳을 향해 동시에 출발했다. 바깥에는 대부대의 마지막 숙영지가 아직 남았고 사막은 열기 속에 조용히 잠든 채였다. 바람 한 점 불지 않았다. 병사들과 여자들이 무개화차로 몰려들어 기타를 꺼내 들더니 밤새도록 수백 명이 노래를 불렀다.

다음 날 아침 나는 비야의 기차 칸으로 그를 만나러 갔다. 그 칸은 사라사 커튼을 친 빨간색 승무원실로 후아레스 함락 이후로 비야가 전용 칸으로 쓰고 있다. 반은 부엌이고 반은 비야의 침실로 나뉘어 있다. 60제곱미터밖에 안 되는 이 작은 방이 바로 헌정군의 심장인데, 작전 참모와 장군 열다섯 명이 모두 앉기에는 터무니없이 좁았다. 그 전략회의 자리에서 시급하고 중대한 사안을 논의하고 장군들이 무엇을 할지 결정하면 비야는 자기 마음대로 명령을 내렸다. 기차 칸은 칙칙한 회색 페인트칠을 했다. 벽에는 과장된 자세를 취한 화려한 여자들의 사진, 카란사의 대형 사진, 피에로와 비야 자신의 사진이 붙어 있었다. 나무로 된 이인용 침상 두 개는 벽 쪽으로 접혀 있었다. 비야와 앙헬레스 장군이 한 침상을 쓰고 호세 로드리게스와 비야의 주치의인 라슈바움 박사가 다른 침상을 썼다. 그게 다였다.

"친구, 뭐가 필요한가?" 푸른 천을 씌운 침상 끝에 앉아 있던 비야가 물었다. 주변에 늘어져 있던 병사들이 느릿느릿 내 쪽을 보았다.

"말 한 마리가 필요합니다. 장군님."

"저어어어런, 여기 우리 친구가 말이 필요하시다는군!"

다른 사람들이 폭소를 터트리는 가운데 비야는 씩 웃으며 비꼬았다. "왜? 기자 양반 나중에는 자동차를 내놓으라고 할 참인가? 이봐 기자 양반, 내 부대원 중에 말이 없는 사람이 천 명이나 된다는 거 아나? 기차에 타고 있는데 왜 말을 달라는 거지?"

"선발대를 따라가보려고요."

"안 돼. 거긴 총알이 수도 없이 날아다녀."

비야는 그렇게 말하며 급하게 옷을 걸치더니 지저분한 커피포트로 가서 벌컥벌컥 커피를 들이켰다. 누군가가 그에게 금손잡이를 단 그의 칼을 건네주었다.

"안 돼!" 비야는 한마디로 일축했다. "이번엔 전투가 벌어질 거야. 가두행진이 아니란 말야. 내 권총을 주게!"

그는 승무원 칸 문가에 잠시 서서 말 탄 병사들의 긴 대열을 골똘하게 바라보았다. 그들의 모습은 어깨에 멘 탄띠와 여러 가지 무기며 장비 때문에 그림 같았다. 그리고 비야는 몇 가지 간단한 명령을 더 내리고 자신의 종마에 올라탔다.

"모두 갑시다!"

비야가 외쳤다. 나팔 소리가 요란하게 울려 퍼지고 딸그랑거리는 종소리가 나면서 부대 전체가 먼지를 일으키며 남쪽으로 이동했다.

그렇게 부대는 사라졌다. 낮 동안에는 남서쪽에서 연속으로 포격 소리가 들렸다. 우르비나가 산에서 마피미를 치러 내려오는 중이라는 뜻이었다. 오후 늦게 베르메히요를 함락시켰다는 소식이 전해졌고, 베나비데스 장군이 보낸 전령은 틀라우알릴로가 떨어졌다고 알려왔다.

우리 모두는 전선에 가보고 싶어 안달이 났다. 저물녘에 칼사도가 한 시간 후에 철로수리기차가 출발한다고 알려주자, 나는 담요를 챙겨 들고 늘어선 기차를 따라 1.5킬로미터 넘게 걸어가서 철로수리기차에 탔다.

4장. 대포기차에서

철로수리기차의 첫 칸인 철제 무개화차 위에는 헌정군의 유명한 대포 '엘니뇨'*와 탄약통이 열린 채로 실려 있었다. 그 뒤로는 병사들이 가득 탄 장갑기차 한 칸, 철제 레일을 실은 칸, 침목을 가득 실은 기차 네 칸이 이어졌다. 기관차가 그다음 칸이고 기관사와 화부는 탄띠를 메고 소총을 손에 들었다. 그 뒤의 유개화차 두세 칸에는 병사들과 여자들이 가득 탔다. 철로 수리는 위험한 일이었다. 마피미에는 엄청난 규모의 연방군이 있다고 했고, 인근에는 연방군 전초기지가 우글우글했다. 코네호스에서 기차를 지키는 병사 500명 외에 헌정군은 이미 남쪽으로 멀어졌다. 적들이 철로수리기차

---

* '아기 예수'란 뜻의 스페인어.

를 납치하거나 파괴하면 헌정군 전체는 물, 식량, 무기도 없이 보급이 끊기게 된다. 우리는 어두울 때만 움직였다. 나는 '엘니뇨'의 약실 위에 앉아서 대포 관리자인 디아스 대위와 수다를 떨었다. 대위는 아끼는 대포의 약실 잠금쇠에 기름칠을 하고 뾰족하게 선 콧수염을 말았다. 대위가 자는 뒤쪽에서 조심스럽게 바스락거리는 소리가 들려오자 나는 호기심이 발동했다.

"저 소리는 뭐죠?"

"에?" 그는 불안하게 소리쳤다. "오, 아무것도 아녜요. 아무것도."

바로 그때 어린 인디오 여자가 손에 술병을 들고 나타났다. 아무리 나이가 많아봐야 열일곱 살일 아주 예쁘장한 아가씨였다. 대위는 나를 한 번 쳐다보더니 갑자기 몸을 돌렸다.

"너 여기서 뭐 하는 거야?" 대위는 화를 내며 여자에게 소리쳤다.

"여기 왜 나온 거야?"

"대위님이 술 마시고 싶다고 한 줄 알았어요." 여자가 입을 열었다.

내가 있을 데가 아닌 것 같아서 자리를 피했다. 두 사람은 나에겐 신경도 쓰지 않았다. 그러나 기차 뒤편으로 올라가다 보니 멈춰 서서 두 사람의 대화를 듣지 않을 수 없었다. 두 사람이 구석으로 돌아갔고 여자는 훌쩍였다.

"내가 다른 사람이 있을 때는 나오지 말라고 했잖아? 온 멕시코 남자가 너를 보게 하진 않을 거야……" 대위가 소리 쳤다.

기차가 천천히 달리는 동안 나는 흔들리는 객차 지붕 위에 서 있었다. 제일 앞쪽에서 두 남자가 엎드려서 전등을 들고 각각 양쪽 선로를 검사했다. 기차 아래에 폭탄이 설치되어 있을지도 모른다는 얘기였다. 내 발 아래의 군인과 여자들은 바닥에 불을 피우고 그 주위에서 저녁을 먹는 중이었다. 지붕에 난 구멍으로 연기와 웃음소리가 쏟아져 나왔다…… 내 뒤에 다른 모닥불도 있었다. 기차 지붕 위에 피운 모닥불 주변에는 넝마를 걸친 갈색 얼굴의 남자들이 쪼그려 앉아 있었다. 하늘엔 구름 한 점 없이 별이 빛났다. 추웠다. 한 시간쯤 더 달리자 망가진 철로가 나왔다. 기차는 삑 소리를 내며 멈춰 서고 기관차는 요란한 소리를 냈다. 수많은 횃불과 전등이 이리저리 움직이며 지나갔다. 남자들은 뛰었다. 감독들이 망가진 곳을 보는 사이 한데 모여든 불꽃이 너울거렸다. 덤불 속에 불 하나가 피어오르더니 또 하나가 더 피어올랐다. 기차 호위병들은 소총을 끌면서 뿔뿔이 흩어지더니 불 주변으로 뚫을 수 없는 인의 장벽을 만들었다. 쇠붙이 연장이 쨍그랑거리고 무개화차 아래 철로를 파는 일꾼들의 "와이-호이!" 하는 소리가 울려 퍼졌다. 용처럼 길게 늘어선 중국인 일꾼들이 어깨에 레일을 이고 지나가고, 다른 사람들은 침목을 날라 왔다. 사백 명이 망가진 지점에 모여들어 엄청난 에너지와 웃음 속에서 일을 했다. 침목과 레일을 놓으며 내는 기합 소리에 불꽃 튀는 망치 소리까지 더해져 요란했다. 이 철로는 헌정군이 메르카도의 연방군을 피해 북쪽으로 후퇴하면서 만든 일 년쯤 된 철로일 것이다. 철로 복구는 한 시간 만에 끝났다. 하지만 망가진 철로는 계속 나왔다.

가끔은 불타버린 철교가 나왔고 가끔은 쇠사슬과 기관차를 이용해 철로를 100미터쯤 포도 넝쿨처럼 휘어놓은 곳도 있었다. 우리는 천천히 앞으로 갔다. 어느 큰 철교에서는 수리 준비에만 두 시간이 걸려서 나는 몸을 녹이려고 작은 모닥불을 피웠다. 칼사도가 지나가다가 나를 불러 세웠다. "저 앞에 (철로수리용) 수동차가 있어. 내려가서 죽은 사람들을 보려고 하는데 같이 가겠나?"

"어떤 죽은 사람 말인가?"

"어떻게 된 거냐면, 오늘 아침에 루랄레스 팔십 명이 있던 전초기지 전원이 베르메히요로 수색을 나갔다네. 우리는 전신으로 이 정보를 입수하고 왼쪽의 베나비데스에게 알려주었지. 베나비데스가 부대가 뒤쪽에서 20킬로미터 넘게 놈들을 추격해서 북쪽으로 몰아넣었지. 그랬더니 놈들이 우리 본대를 박살 내서 한 명도 살아남질 못했다는군. 죽은 그 자리에 그냥 쓰러져 있대."

우리는 금세 수동차에 올라 남쪽으로 속력을 냈다. 우리 양옆으로는 말에 탄 조용하고 시꺼먼 두 형상 곧 소총을 든 기병 보초가 함께 달렸다. 곧 기차의 불꽃과 모닥불은 저 멀리 사라지고 우리는 사막의 거대한 적막에 휩싸였다.

"맞아." 칼사도가 말했다. "루랄레스는 용감해. 진짜 사나이들이지. 디아스와 우에르타의 부하 중에 최고의 전사들이야. 혁명군에게 져본 적이 없어. 루랄레스는 언제나 현 정권에 충성을 다하지. 경찰이니까."

정말 추웠다. 말을 많이 하는 사람은 아무도 없었다.

"우리는 밤이면 기차보다 먼저 가지." 내 왼편의 병사가 말했다. "그래서 만약에 다이너마이트가 있으면……"

"찾아내서 파내고 물을 부어버리지. 굉장하지 않나! 우와!" 다른 병사가 빈정대며 말했다. 다른 사람들은 웃어댔다. 사막의 죽음 같은 적막은 무언가를 기다리는 고요함 같았다. 철로에서 3미터 이상 멀어지면 아무것도 볼 수 없었다.

"이봐! 바로 여기 사람이 있어." 한 기병이 외쳤다. 우리는 가파른 둑 아래로 내려갔고 초롱불이 앞서가며 빛을 냈다. 전신주 근처에 옹송그린, 헌 옷 뭉치처럼 한없이 작고 초라한 무언가가 쓰러져 있었다. 등을 대고 누웠는데 엉덩이부터는 옆으로 몸이 비틀린 채였다. 알뜰한 적이 신발이며 모자는 물론, 속옷까지 쓸 만한 것은 모조리 벗겨가고 바랜 은색 술이 달린 웃옷과 바지만 남겨두었다. 웃옷은 일곱 군데나 총구멍이 났고 바지는 피로 물들어 있었다. 그는 살았을 때는 훨씬 컸을 것이 분명하지만 죽은 후에는 이렇게 쪼그라들었다. 참혹한 싸움과 고된 말타기로 인한 먼지와 땀을 보기 전엔, 제멋대로 자란 붉은 수염 때문에 창백한 얼굴이 무시무시하기만 했다. 입은 마치 잠든 것처럼 부드럽고 평화롭게 벌어져 있었다. 머리가 깨져 뇌가 튀어나와 있었다.

"저런! 더러운 염소 자식이 확인 사살을 했구먼. 머리를 완전히 관통했어!"

다른 사람들이 웃었다. "왜? 놈들이 전투 중에 머리통을 쏜 건 아닐 것 같아? 짜샤." 다른 병사가 외쳤다. "놈들은 언제나 다시 돌아보고 확인 사살을 한다고."

"빨리 와봐! 다른 사람을 찾았어." 어둠 속에서 누군가가 외쳤다.

우리는 망자의 최후를 재구성해볼 수 있었다. 바닥에 난 핏자국으로 보아 그는 총상을 입고 말에서 떨어져 메마른 소협곡으로 내려간 것이 분명했다. 우리는 심지어 그가 떨리는 손으로 모제르 소총에 총탄을 넣는 동안 그의 말이 어디에 서 있었는지도 짐작할 수 있었다. 처음에는 인디언 함성을 지르며 뒤쫓아오는 추격자들을 향해, 그다음에는 북쪽에서 쏟아져 내려오는, 그에겐 악마 같았을 판초 비야와 피에 굶주린 기병 수백 명을 향해 총구에 불을 뿜었던 정경도 그려볼 수 있었다. 빈 탄피가 수백 개나 널린 걸로 봐서 그는 적들의 불 뿜는 총구에 둘러싸일 때까지 오랫동안 싸운 게 확실했다. 그러다 총탄이 떨어지자 동쪽으로 치고 나가다 온몸에 총을 맞고 작은 철교 아래 잠시 숨었다가 사막으로 가서 쓰러졌을 것이다. 몸에 총구멍이 스무 개나 있었다.

적들은 속옷만 빼고 옷을 몽땅 벗겨갔다. 잔뜩 긴장한 근육으로 한 손은 주먹을 꼭 쥔 채 누군가를 내려치려는 듯 필사적인 자세였다. 얼굴에는 의기양양한 웃음기마저 남아 있어 강하고 사나워 보였다. 가까이 가서 온몸에서 드러나는, 죽음이 삶에 새긴 미묘한 나약함과 무모함의 흔적을 보기 전까지는 그랬다. 상대는 얼마나 악에 받쳤던지 머리통을 세 번이나 쏘았다! 다시 한번 차가운 밤을 지나 남쪽으로 천천히 내려갔다…… 몇 킬로미터 더 가자 폭파된 다리와 망가진 철로가 나왔다. 사막에서 타오르는 횃불과 커다란 모닥불이 피어오르더니 사백 명가량 되는 병사들이 요란하게 쏟아져 나와 자기 일에 열중했다…… 비야가 서두르라고 명령을 내린 것이다.

새벽 두 시쯤 화톳불 가에 앉은 두 여자와 마주쳤다. 토르티야와 커피가 있는지 물어보았다. 한 명은 늘 생글거리는 머리가 희끗희끗한 인디오 여자였고, 다른 한 명은 스무 살이 채 안 된 작은 체구의 여자로 네 달쯤 된 아기에게 젖을 먹이는 중이었다. 기차가 덜커덩거리고 기우뚱하는 가운데 두 여자는 무개화차의 맨 가장자리에 걸터앉아 있었고 화톳불은 모래 더미 위에서 타고 있었다. 여자들 주변과 뒤쪽으로는 코를 고는 인간의 거대한 무리가 발이 뒤엉켜 자고 있었다. 이 시간에 기차의 다른 곳은 전부 암흑이었고 불빛과 온기가 있는 곳은 여기뿐이었다. 내가 토르티야를 우적우적

먹는 사이 나이 든 쪽은 벌건 석탄을 들어 올려 옥수수잎 담배에 불을 붙이고, 젊은 여자는 아기를 어르며 노래를 불러주는데 귀에 걸린 파란 에나멜 귀걸이가 반짝거렸다. 우리는 이야기를 나눴다.

"아! 우리 같은 여자들의 삶이란 이런 거죠." 젊은 여자가 말했다. "젠장, 우리는 전장에 나간 남편을 따라나섰지만 시간이 가면 갈수록 남편이 살았는지 죽었는지도 몰라요. 어느 날 아침 필라델포가 날이 밝기도 전에 나를 불렀어요. 우리가 파추카에 살 때였어요. '우리는 싸우러 가. 위대한 판초 마데로가 살해당했거든.' 우리는 겨우 여덟 달을 같이 살았을 뿐이고 아직 아기도 태어나지 않았을 때였어요...... 이제 멕시코는 영원히 평화롭기만 할 줄 알았어요. 필라델포는 당나귀에 안장을 얹고 우리는 이제 막 밝아오는 길로 나섰어요. 아직 들에 농부들이 나오지도 않았을 때였어요. 난 물었죠. '왜 나도 가야 하는 거예요?' 그가 대답하길 '그럼 나는 굶어 죽으라고? 내 아내 말고 누가 나한테 토르티야를 만들어주겠어?' 북부로 오는 데 석 달이 걸렸는데 나는 병이 났어요. 꼭 여기 같은 사막에서 아기를 낳았는데 물을 구할 수 없어서 아기는 죽고 말았어요. 비야 장군이 토레온을 빼앗고 북부로 왔을 때였죠."

나이 든 여자도 입을 열었다. "맞아요. 다 맞는 얘기예요. 남편을 따라 정말 먼 길을 떠나 고생할 때 장군들의 멍청한 짐승들이 우리한테 모질게 굴었죠. 나는 산루이스포토시가

고향이고, 메르카도가 북부에 왔을 때 우리 남편은 페데라시온 포병대에 있었어요. 거기서 치와와까지 그 먼 길을 갔는데 메르카도는 여자들을 데려왔다고 툴툴거리더군요. 그리고 부대더러는 북쪽으로 가서 후아레스에 있는 비야를 공격하라고 하고 여자들은 못 가게 한 거예요. 이게 내가 가야할 길이란 말인가? 불쌍한 것. 혼자 그렇게 생각했다오. 메르카도가 치와와에서 도망칠 때 남편도 같이 오히나가로 가버렸어요. 나는 여기 치와와에 계속 있다가 마데로파 군대가 왔을 때 지금 남편을 만났죠. 성격 좋고 잘생기고 젊은 양반이에요. 전남편보다 훨씬 나아요. 나는 속으면서도 참기만 하는 여자는 아니거든요."

"토르티야랑 커피 얼마입니까?" 내가 물었다.

두 사람은 놀라서 서로 쳐다보기만 했다. 기차에 탄 다른 병사들처럼 나도 돈 한 푼 없을 거라 생각했던 모양이다.

"주고 싶은 만큼 주세요." 젊은 여자가 모기만 한 소리로 말했다. 나는 1페소를 냈다.

나이 든 여자가 기도하기 시작했다. "주님, 성모님, 아기 예수님, 과달루페의 성모님께서 오늘 밤 저희에게 이 이방인을 보내셨습니다! 커피와 밀가루 살 돈 1센타보*도 없었는데……"

갑자기 모닥불의 불빛이 희미해지는 걸 느끼고 고개를

---

* 멕시코의 소액 화폐 단위, 100센타보가 1페소다.

들어보니 놀랍게도 벌써 새벽이 밝아왔다. 그때 한 남자가 기차를 따라 달려오면서 뭔가 알아들을 수 없는 소리를 외쳤다. 그 말에 사람들은 환호성을 치며 웃어댔다. 자던 사람들은 머리를 들고 무슨 일이 벌어진 건지 알아보려 했다. 순식간에 쥐 죽은 듯한 기차에 생동감이 넘쳤다. 남자는 여전히 "아버지" 어쩌고 하면서 지나가는데 신이 나서 어쩔 줄 모르는 표정이었다.

"무슨 얘기예요?" 내가 물었다.

"오!" 나이 든 여자가 소리쳤다. "아내가 앞 칸에서 방금 아기를 낳았답니다!"

그새 눈앞에 베르메히요가 펼쳐졌다. 분홍, 파랑, 흰색으로 회칠한 벽돌집들이 도자기로 만든 마을처럼 섬세하고 아름다웠다. 잔잔하고 먼지 없는 사막이 펼쳐진 동쪽에서 말 탄 이들의 행렬이 적백녹색의 멕시코 깃발을 날리며 시내로 들어서고 있었다……

5장. 고메스팔라시오를 눈앞에 두고

베르메히요는 오후가 되기 전에 우리 손에 떨어졌다. 헌정군이 베르메히요 북쪽 5킬로미터 지점부터 전력 질주하며 쏟아져 내려가 허둥지둥하는 수비대를 남쪽으로 몰아냈다. 이어 산타클라라 아시엔다까지 8킬로미터 정도 추격전을 펴서 콜로라도 백육 명을 사살했다. 몇 시간 후 우르비나 장군이 마피미 근방에 나타나자 그곳의 콜로라도 팔백 명은 헌정군 전체가 몰려온다는 소식을 듣고 혼비백산해 마피미를 버리고 토레온으로 도망쳤다. 여기저기서 놀라자빠진 연방군이 토레온으로 퇴각했다.

오후 늦게 마피미 쪽에서 오는 협궤철로에서 작은 기차가 덜컹대며 도착했다. 기차에서는 10인조 현악단이 연주하는 〈두랑고의 추억〉이 요란하게 울려 퍼졌다. 기병대와 함께 지내던 시절 얼마나 자주 이 곡에 맞춰 춤췄던가. 지붕이며 출입문과 창문에는 노래하며 뒤꿈치로 박자를 맞추는 사람들이 빽빽했다. 베르메히요에 입성하는 것을 기념하려는 건지 소총을 쏘아대기도 했다. 이 기이한 기차가 역에 도착한 후 문이 열리고 나타난 사람은 다름 아닌 파트리시오였다. 얼마나 자주 우르비나의 마부인 그의 옆에 앉거나 함께 춤췄던가! 파트리시오는 나를 끌어안으며 소리쳤다. "후안! 여기 후안이 있어요, 장군님." 잠깐 사이에 우리는 수백 가지 질문을 주고받았다. 자기를 찍은 사진을 가지고 있는지? 토레온 전투에 가려는 길인지? 돈 페트로닐로가 어디 있는지 아는지? 파블로 세아녜스는? 라파엘리토는? 그리고 그 한복판에서 누군가가 외쳤다. "우르비나 만세!" 바로 그 늙은 우르비나 장군, 사자의 심장을 지닌 두랑고의 영웅이 계단 위에 서 있었다. 그는 절룩거리며 병사 두 명에게 기대섰다. 손에는 가늠쇠를 갈아낸 구닥다리 스프링필드 소총을 들고 허리에는 탄띠를 두 개나 찼다. 잠시 아무런 표정 없이 거기 서 있던 그의 작고 단단한 눈이 나를 보았다. 나를 알아보지 못한 줄 알았는데 갑자기 큰 소리로 외쳤다. "그 카메라는 원래 가지고 있던 것이 아니잖아? 원래 카메라는 어디 있지?"

내가 대답을 하려는 찰나 그가 말했다. "알아. 라카데나에서 버렸겠지? 아주 빨리 도망쳤나?"

"네, 장군."

"그런데 또 도망치고 싶어서 토레온에 왔나?"

"라카데나에서 제가 도망치려고 보니까, 돈 페트로닐로와 기병대는 이미 저 앞에 가고 있었습니다." 나는 좀 화가 나서 말했다.

장군은 대꾸하지 않았지만, 헌정군의 웃음소리가 요란한 가운데 절뚝거리며 기차 계단을 내려왔다. 우르비나는 나에게 다가와 어깨에 손을 얹고 등을 두들겼다. "다시 만나서 기쁘네, 동지."

사막 저쪽으로부터 틀라우알릴로 전투에서 다친 부상자들이 기차 행렬의 제일 앞쪽에 있는 병원기차를 향해 비틀거리며 오기 시작했다. 황량한 평원에 보이는 생물체라고는 피 묻은 천으로 머리를 감싸고 절룩거리는 사람, 비틀거리는 말 옆에서 비틀거리는 다른 사람, 훨씬 뒤에 붕대를 감은 두 사람을 태운 노새 한 마리뿐이었다. 그리고 아직도 뜨거운 밤공기 속에 기차가 내는 신음과 괴성이 들려왔다……

일요일 오전 느지막이 우리는 다시 철로수리기차 제일 앞 '엘니뇨' 위에 앉아 천천히 철로를 따라갔다. '엘차발리토'라는 다른 대포가 이어진 무개화차에 실렸고 그 뒤로는 장갑기차 두 량과 작업기차였다. 이 기차에는 여자가 한 명도 없었다. 큰 뱀 두 마리가 기차를 가운데 두고 가는 것처럼 이동하는 이 부대는 완전히 다른 분위기였다. 웃음소리나 고함 소리는 거의 들리지 않았다. 여기서 고메스팔라시오는 30킬로미터도 채 안 되는 곳이고 연방군이 무슨 짓을 할지는 아무도 모를 일이었다. 연방군이 속수무책으로 우리가 이렇게 가까이 접근하도록 내버려둔 것이 믿기지 않았다. 베르메히요 남쪽에 들어서자마자 새로운 대지가 펼쳐졌다. 사막은 짙푸른 포플러나무가 늘어선 관개수로를 따라 구획된 경지로 변하고, 우리가 막 지나온 메마른 황량함은 넘치는 푸른 생동감으로 바뀌었다. 면화밭에는 따지 못한 목화 송이가 줄기부터 썩어가고 옥수수밭에는 녹색 잎이 드문드문 나기 시작했다. 그늘진 깊은 도랑을 따라 물살이 빠르게 흘렀다. 새들은 노래하고 우리가 남쪽으로 가도 서쪽의 메마른 산맥도 꾸준히 가까이 따라왔다. 미국의 여름 같은 덥고 습한 날이었다. 왼편에는 버려진 조면기*와 수백 개나 되는 하얀 면화 뭉치가 햇빛 아래 널려 있고 눈부신 목화씨 더미는 몇 달 전 쌓아둔 그대로였다……

산타클라라에 이르자 한데 뒤섞인 대오는 행군을 멈추고 좌우로 길게 일렬로 늘어서기 시작했다. 변화무쌍한 태양과 큰 나무 그늘 아래 육천 명이 길게 한 줄로 펼쳐 선 기다란 대열이 되었다. 오른편으로는 들판을 넘고 수로를 지나 마지막 경작지와 사막을 건너 산기슭까지 이어졌고, 왼편으로는 길게 펼쳐진 들판이었다. 나팔 소리가 가깝지만 희미하게 울려 퍼지자 대오는 이 지역 전체를 일렬로 가로지르는 강력한 대열이 되어 앞으로 나아갔다. 그들 위로 8킬

---

* 면화에서 솜과 씨를 분리하는 기계.

로미터쯤 되는 금빛 먼지구름이 찬란하게 피어올랐다. 깃발이 펄럭거렸다. 중앙에는 대포가 가고 그 옆으로는 비야와 참모들이 말을 타고 갔다. 대오가 지나가는 주변의 작은 마을에서는 큰 솜브레로에 흰옷을 입은 파시피코들이 입을 꾹 다물고 이 이상한 행렬이 무엇인지 궁금한 표정으로 지켜보았다. 한 노인이 염소를 몰고 집으로 가던 중이었다. 노인과 맞닥뜨린 병사들이 순전히 장난으로 소리를 질러대자 염소가 사방으로 도망쳐버렸다. 웃음과 함성 소리가 2킬로미터 가까이 번져나갔다. 수천 개의 발굽이 요란한 먼지를 일으키면서 헌정군이 지나갔다. 행렬은 브리팅엄 마을에서 멈춰서고 비야와 참모들은 작은 언덕에서 구경하는 페온들 쪽으로 말을 몰았다.

"잠깐! 최근에 여길 지나간 군대가 있습니까?" 비야가 물었다.

"예, 세뇨르!" 여러 사람이 동시에 대답했다. "어제 돈 카를로 아르구메도의 병사들이 꽤 급히 지나갔습니다."

"흠." 비야는 생각에 잠겼다. "이 부근에서 산적 판초 비야를 본 적 있습니까?"

"없습니다, 세뇨르!" 페온들이 합창을 했다.

"내가 찾는 놈이 바로 그놈인데. 이번에 그 말썽꾼을 잡으면 아주 본때를 보여주려고 합니다."

"꼭 잡으시길 바랍니다." 파시피코들이 공손하게 말했다.

"비야를 본 적이 없다고 한 게 맞지요?"

"없습니다. 신께 맹세코!" 그들은 강력하게 부인했다.

"그래요!" 비야가 씩 웃었다. "나중에 누가 비야를 아느냐고 물어보면 말이에요. 부끄러운 사실을 인정해야 합니다. 왜냐하면 내가 바로 판초 비야거든요!" 비야가 박차를 가하며 앞으로 달려나가자 부대 전체가 그 뒤를 따랐다……

6장. 다시 만난 동지들

연방군은 허둥지둥 도망치느라 몇 킬로미터는 철로에 손도 대지 못했다. 그러나 오후가 가까워지자 아직도 연기가 나는 불탄 다리며 도끼로 대충 끊어놓은 전신선—너무 급하게 잘라서 쉽게 복구할 수 있는 상태긴 하지만—이 보이기 시작했다. 그러나 본대는 이미 한참 앞서가고 있고, 해거름에야 고메스팔라시오에서 12킬로미터쯤 떨어진 지점에 다다랐다. 남은 12킬로미터는 철로 전 구간이 완전히 망가져 있었다. 우리 기차에는 먹을 것이 없고 담요 한 장밖에 없는데 날은 매섭게 추웠다. 철로수리조는 횃불과 모닥불을 밝히고 철로 복구를 시작했다. 고함 소리와 쇠 두들기는 소리, 퍽하고 침목이 떨어지는 소리…… 희미한 별 몇 개밖에 없는 어두운 밤이었다. 모닥불 가에 자리를 잡고 얘기도 하고 졸기도 하는데, 처음 들어보는 소리가 공기를 갈랐다. 망치 소리보다는 둔탁하고 바람 소리보다는 깊은 소리였다. 그 소리는 모두를 놀라게 했다가 잠잠해졌다. 그러다가 멀리서 들리는 북소리처럼 둥둥거리더니 다시 꽝! 꽝! 망치 소리가 멎고 모두 입을 다물었다. 우리는 얼어붙었다. 저 멀리 눈에 보이지 않는 어둠 속에서 비야가 이끄는 대부대가 고메스팔라시오로 진격해 들어가 전투가 시작된 것이다. 소리는 서서히 조금씩 깊어지더니 대포 쏘는 소리가 울려 퍼지고 소총 쏘는 소리가 빗소리처럼 들려왔다.

"어서!" 대포를 실은 칸에서 쉰 목소리가 외쳤다. "뭐 하는 거야? 빨리 철로로 가! 판초 비야가 기차를 기다린다!"

고함 소리와 함께 잠깐 일손을 놓았던 장정 사백 명이 광적으로 철로 수리에 매달렸다⋯⋯

지휘관인 대령에게 전선으로 가게 해달라고 다른 기자들과 얼마나 빌었는지 모른다. 처음에 대령은 완고했다. 누구도 기차를 떠나지 말라는 명령은 엄중했다. 우리는 애원하며 돈까지 내밀고 무릎을 꿇다시피 하면서 빌고 또 빌었다. 마침내 대령이 좀 누그러졌다.

"새벽 세 시쯤 암호를 알려줄 테니 그때들 가시죠."

우리는 처량하게 모닥불 가로 돌아와 잠을 자거나 온기를 느끼려고 애써보았다. 우리 주변과 앞쪽에선 망가진 철로를 따라 불꽃과 일꾼들이 춤추듯 분주했다. 기차는 거의 매시간 슬금슬금 30미터쯤 앞으로 가다가 멈춰 섰다. 레일이 온전했기 때문에 철로를 복구하는 것은 어렵지 않았다. 적들은 레커차로 오른쪽 레일을 들어 올리고 침목을 비틀어 쪼개고 노반에서 떼어놓았다. 앞쪽에서는 암흑을 뚫고 단조롭지만 불안하게 만드는 맹렬한 전투 소리가 계속 들려왔다. 그 소리는 변함이 없었고 나는 너무 피곤했지만 잠은 오지 않았다……

자정 무렵 아군 전초기지에서 한 사람이 말을 타고 달려와, 마피미에서 온 우르비나의 부하라고 주장하는 말 탄 병력이 북쪽에서 수없이 내려오고 있다고 보고했다. 대령은 그 시간에 통과하는 부대에 대해 아는 바가 없었다. 곧 전투 준비로 모두 분주해졌다. 무장한 병사 스물다섯 명이 말을 타고 나는 듯이 후방으로 달려갔다. 대령은 그들이 헌정군이라면 십오 분만 대열을 중단시키고 아니라면 최대한 그들을 움직이지 못하게 막으라고 명령했다. 철로수리조는 기차로 돌아가 소총을 들었다. 모닥불은 다 덮어버리고 횃불 열 개만 남겨놓고 꺼버렸다. 아군 경비대 이백 명은 조용히 수풀 속으로 들어가 소총을 장전했다. 철로 양쪽으로 대령과 부하 다섯 명이 무기도 없이 횃불을 머리 높이 들고 자리를 잡았다. 그리고 칠흑 같은 어둠 속에서 행렬의 선두가 보이기 시작했다. 잘 입고 잘 먹고 제대로 무기를 갖춘 비야 부대의 병사들과는 다른 부류의 병사들이었다. 넝마 차림에 수척한 기병들은 빛바랜 세라피를 두르고 신발도 없이 시골에서나 쓰는 무겁고 화려한 솜브레로를 썼다. 그들이 탄 말은 두랑고 산골 출신의 반쯤은 야생인 여윈 망아지였다. 그들은 무덤덤하게 우리를 신경 쓰지 않으며 말을 달렸다. 암호도 모르고 암호를 알려고 하지도 않았다. 모두 북부 고산 지대의 페온이 밤에 가축을 지키며 만들어 부르는 즉흥적인 단조풍의 노래를 불렀다.

그리고 갑작스레, 횃불 대열의 제일 앞에 서 있던 내 앞으로 지나가던 말이 홱 멈춰 서더니 귀에 익은 목소리가 들려왔다. "이봐! 미스터!" 그는 몸을 꽁꽁 감쌌던 세라피를 던져버리고 말에서 뛰어내렸다. 잠시 후 나는 이시드로 아마요의 품에 안겼다. 그의 뒤편에서 요란한 고함이 터져 나왔다. "어떻게 지냈어? 오 후안, 이렇게 다시 만나다니! 어디에 있었나? 라카데나에서 죽었다고 하던데! 콜로라도 놈들에게서 달아난 거야? 엄청 놀랐겠구먼! 에?" 모두 말에서 내리더니 쉰 명이 한꺼번에 몰려들어 내 등을 쳤다. 그들은 나의 친애하는 멕시코 친구, 라카데나의 기병대 동지들이었다!

어둠 속에 길이 막힌 다른 병사들이 소리쳤다. "앞으로 가! 갑시다! 무슨 일이야? 빨리! 밤새도록 여기 있을 거야?" 그러자 동지들이 소리쳤다. "여기 미스터가 있어! 내가 얘기했던 라사르카에서 호타를 췄다는 그링고 있잖아. 그 그링고가 여기 있어. 라카데나에서도 함께 있었지!" 그러자 다른 병사들도 모여들었다.

그들은 모두 천이백 명이었다. 조용하게 뚱하게 그리고 열심히 최전방을 찾아가는 그들이 두 줄로 서 높이 쳐든 횃불 사이를 일렬로 지나갔다. 열 명 중 한 명은 내가 아는 얼굴이었다. 그들이 지나가자 대령이 외쳤다. "암호를 대라. 모자를 들어! 암호를 아나?" 대령은 쉰 목소리로 화를 내며 소리쳐댔다. 하지만 그들은 차분하고 오만불손한 태도로 대령의 말은 들은 척도 하지 않고 지나갈 뿐이었다. "암호 따위는 엿 먹으라지!" 그들은 콧방귀를 뀌며 대령을 비웃었다. "암호는 필요 없어! 싸우기 시작하면 우리가 누구 편인지 잘 알게 될 테니까!"

총소리가 나는 쪽으로 불안하게 머리를 돌리는 말과 앞쪽의 어둠에 상기된 눈동자를 고정한 기병이 모두 우리를 지나 어둠 속으로 사라지는 데는 몇 시간이 걸린 것 같았다. 그들은 지난 삼 년간 쓰던 낡은 스프링필드 소총과 실탄 열 발을 가지고 전장으로 달려갔다. 그들이 모두 지나간 후부터 전투가 새로운 양상으로 활기를 띠기 시작한 것 같았다……

7장. 피로 물든 새벽

밤새도록 전장의 소음이 그치지 않았다. 앞쪽에서는 횃불이 춤을 추고 철로는 철커덩거리고 쇠망치는 불꽃을 튀기며 쾅쾅 울려대고 철로수리조 일꾼들은 미친 듯이 일하며 소리를 질러댔다. 자정이 지났다. 기차가 훼손된 철로의 시작 부분에 다다랐기 때문에 우리는 겨우 800미터 전진했을 뿐이다. 때때로 본대에서 낙오한 병사가 기차 쪽으로 왔다가 무거운 모제르 소총을 어깨에 걸고 빛 속으로 느릿느릿 걸어들어갔다 다시 고메스팔라시오에서 들려오는 환락의 소리를 향해 어둠 속으로 사라지기도 했다. 아군 경비병들은 들판에 피운 작은 모닥불 가에 앉아 긴장을 푸는 중이었다. 그중 셋이 이렇게 시작하는 행진곡을 불렀다.

디아스파가 되긴 싫어

오로스코파도 되기 싫어

하지만 마데로파 군대에는 자원할 거야.

들뜨고 궁금한 게 많은 우리는 기차 여기저기 분주하게 돌아다니며 누가 무엇을 아는지 어떻게 생각하는지 묻고 다녔다. 나는 진짜 살상이 벌어지는 소리를 처음 들어봐서 호기심과 초조함 때문에 거의 미칠 지경이었다. 밖에서는 개싸움이 벌어지는데 마당 안에 갇힌 개꼴이었다. 하지만 결국 긴장이 풀리자 피로가 물밀듯이 몰려왔다. 나는 포신 아래 작은 선반에서 죽은 듯이 잠들었다. 기차가 30미터씩 앞으로 갈 때마다 일꾼들이 스패너며 쇠망치와 지렛대를 던져두거나 찧고 까불며 몸을 누이는 곳이다.

새벽이 오기 직전의 추위 속에 깨어보니 대령이 내 어깨에 손을 올리고 있었다.

"이제 가도 좋아요. 암호는 '사라고사'와 '게레로'입니다. 모자 앞에 핀을 꽂은 병사들이 우리 편이에요. 조심해서 가세요!"

뼛속까지 시리게 추웠다. 우리는 담요를 두르고 터덜터덜 걸어서 타오르는 횃불 아래서 망치질하는 철로수리조와 어둠의 가장자리에 피운 모닥불 가에 구부정하게 앉은 병사 다섯을 지나쳤다.

"전장으로 가는 거요, 동지들?" 한 사람이 물었다. "총알

조심하시오!" 그 말에 다들 웃어댔다. 보초들이 소리쳤다. "잘 가슈! 놈들을 다 죽이진 말고! 내 몫으로 몇 놈 남겨둬야 해요!"

뜯겨나간 철로가 노반에 던져진 곳에서 마지막 횃불을 지나자 시꺼먼 그림자가 우리를 기다리고 있었다.

"같이 갑시다." 그가 우리를 쳐다보며 말했다. "어두울 땐 세 명이 한 조예요." 우리는 휘청거리며 조용히 망가진 철로를 따라갔다. 간신히 그를 알아볼 수 있었다. 그는 소총과 반쯤 빈 탄띠를 가슴에 멘 약간 땅딸막한 병사였다. 방금 부상자를 전선에서 병원기차까지 데려다주고 돌아가는 길이라고 했다.

"이걸 봐요." 그는 팔을 내밀면서 말했다. 팔이 흠뻑 젖어 있었지만 아무것도 보이지 않았다.

"피." 그는 무심하게 이어갔다. "부상자의 피예요. 다친 사람은 곤살레스-오르테가 여단 소속이고 내 대부라오. 지난밤에 전선으로 갔었는데 거긴 정말 너무…… 대오의 한가운데를 공격당했어요."

우리가 부상자들에 대해 듣거나 생각해본 건 그때가 처음이었다. 갑자기 전장의 소리가 들려왔다. 밤새도록 꾸준히 듣던 소리지만 우리는 잊고 있었다. 그 소리는 참으로 무시무시하고 또 참으로 단조로웠다. 멀리서 소총 소리는 질긴 캔버스 천 찢는 소리처럼, 대포 소리는 항타기(말뚝 박는 기계) 소리처럼 들렸다. 우리가 있는 곳에서 10킬로미터도 안 된 곳이었다.

어둠 속에서 담요에 무언가 무겁고 늘어진 것을 들고 오는 사람 네 명이 나타났다. 우리 경비병이 소총을 겨누며 멈춰 세우자 그들은 대답 대신 담요 안의 신음 소리를 가리켰다.

"이보게나, 친구." 담요를 든 일행 중 한 명이 혀 짧은 소리로 물었다.

"성모님의 가호가 있길, 병원기차는 어디 있소?"

"5킬로미터쯤 더 가야……"

"이런 세상에! 어떻게……"

"물! 누구 물 있어요?"

그들이 여전히 담요를 붙든 채 멈춰 서자 담요에서 무언가가 뚝, 뚝, 뚝, 침목으로 떨어졌다.

담요 안에서 "물 줘!" 하는 비명 같은 끔찍한 소리가 나더니 몸서리치는 신음 소리로 이어졌다. 물통을 건네자 그들은 말 한마디 없이, 짐승처럼 헐떡이며 물통을 비웠다. 물을 달라던 부상자는 잊어버린 모양이다. 그들은 무심히 가던 길을 계속 갔다……

다른 이들이 혼자 혹은 두서넛씩 나타났다. 술 취한 사람처럼, 기진맥진한 사람처럼 밤거리를 휘청거리는 희미한 형상이었다. 어떤 이는 두 사람의 어깨에 팔을 걸치고 끌려가듯 힘들게 움직였다. 한 소년은 축 늘어진 아버지를 등에 업고 뒤뚱거리며 걸었다. 안장에 가로로 두 사람을 싣고 힘겨워 땅에 코를 박은 말과 뒤에서 따라가며 말 엉덩이에 채찍질을 하고 새된 소리로 욕을 하는 사람이 지나갔다. 그가 지나가고도 한참 동안 그의 귀에 거슬리는 목소리가 멀리서 들려왔다. 부상자들은 극도로 심한 고통에 시달리며 끔찍한 신음 소리를 냈다. 노새 안장에 축 늘어져 앉은 사람은 노새가 걸을 때마다 기계적으로 비명을 내질렀다. 키 큰 목화나무 두 그루 아래 관개수로 옆에 작은 화톳불이 타고 주위에는 세 사람이 빈 탄띠를 메고 고르지 않은 땅바닥 여기저기 널브러져 코를 골며 자고 있었다. 불 가에는 한 사람이 손을 맞잡고 다리를 불 가까이 내밀고 앉아 있었다. 다리는 발목까지는 완벽하게 멀쩡했지만 발목부터는 바지와 살점이 너덜너덜했다. 그는 그저 다친 데를 물끄러미 바라볼 뿐, 우리가 가까이 가도 미동도 하지 않고 차분하게 숨을 내쉬며 백일몽이라도 꾸는 듯 입을 살짝 벌리고만 있었다. 수로 주변에는 다른 사람이 무릎을 꿇고 있었는데, 연질납 총알이 두 손가락 사이에 박혀 생긴 구멍에서 피가 줄줄 흘러나왔다. 그는 짧은 막대에 감은 넝마를 물에 적셔 상처를 무심하게 틀어막았다.

금방 우리는 전장 가까이에 다다랐다. 동쪽에서 드넓은 평원을 가로질러 희미하게 여명이 보이기 시작했다. 서쪽으로 뻗은 관개수로를 따라 수없이 늘어선 웅장한 포플러나무는 새들의 노랫소리에 휩싸였다. 날이 점차 따뜻해지면서 흙냄새, 풀냄새, 옥수수가 자라는 고요한 냄새가 번졌다. 이 여름 새벽의 고요를 정신 나간 듯한 전장의 소음이 뒤흔들

4부. 무장한 민중

었다. 히스테릭한 소총 소리는, 막상 귀 기울여보면 이미 사라졌지만 저음의 비명 소리를 끝없이 실어오는 것 같았다. 기관총의 불안하고 치명적인 탭-탭-탭 소리는 거대한 딱따구리 소리 같았다. 대포가 큰 종소리를 내며 발사되면 포탄은 요란하게 날아갔다. 빵-피-이-이-이-우! 그중에서도 가장 끔찍한 전쟁의 소리는 유산탄이 터지는 소리다. 펑-휘-이-아-아!

기름진 땅에서 피어오르는 희미한 안개를 뚫고 동쪽에서 뜨거운 해가 솟아오르더니, 동편의 메마른 땅 위로 열기가 꿈틀대기 시작했다. 해는 우리 오른쪽의 철로와 나란히 늘어선 우뚝한 포플러나무의 푸르른 꼭대기에 걸렸다. 포플러나무 대열은 거기서 끝나고 그 너머 겹겹이 메마른 산으로 된 성벽이 장밋빛으로 발그레해졌다. 우리는 다시 먼지투성이 메스키트와 타오르는 사막에 있다. 그 벌판에 나무라고는 시가지 가까이 동서로 길게 삐뚤삐뚤 난 또 다른 포플러나무 대열과 오른쪽으로 아무렇게나 난 나무 두세 그루뿐이었다. 우리가 선 곳은 고메스팔라시오에서 3킬로미터 밖에 안 될 정도로 가까워서 시내로 들어가는 망가진 철로가 바로 내려다보였다. 둥글고 검은 물탱크와 뒤편의 기차 기지 그리고 철로 건너편 브리팅엄 목장의 나지막한 흙벽돌 담도 보였다. 왼쪽으론 작은 도시 같아 보이는 에스페란사 비누 공장의 굴뚝과 건물, 나무가 또렷이 보였다. 철로 바로 오른쪽으로 황량한 바위산인 필라 언덕의 정상이 깎아지른 듯 주변의 바위산 사이에 우뚝 서 있고, 서쪽으로 뾰족뾰족 작은 봉우리로 된 산등성이가 경사를 이루며 1.5킬로미터쯤 이어졌다. 그 산등성이 뒤쪽에 자리 잡고 있는 고메스팔라시오의 서쪽 경계와 레르도의 빌라와 정원이 사막 한가운데서 녹색 반점처럼 빛났다. 서편의 높은 갈색 산맥이 뒤편에서 두 도시[고메스팔라시오와 레르도]를 위압적으로 둘러싸다가 남쪽으로 내려가며 고적하게 낮아졌다. 그리고 고메스팔라시오의 바로 남쪽, 이 산줄기의 기슭을 따라 펼쳐진 곳이 멕시코 북부에서 가장 풍요로운 도시 토레온이다.

총성은 결코 멈추지 않았지만 어느덧 이 환상적이고 무질서한 세계의 일부로 잦아든 듯했다. 철로 위쪽으로는 따가운 아침 햇살 속에 만신창이로 피 흘리며, 썩고 피 묻은 붕대로 묶고, 말도 못하게 피폐한 부상자의 물결이 이어졌다. 우리를 지나쳐가던 부상자 한 명이 쓰러지더니 그 자리에서 흙먼지 속에 꼼짝도 하지 않고 누웠다. 하지만 우리도 그에게 신경 쓸 겨를이 없었다. 탄띠가 빈 병사들은 덤불 속에서 갈팡질팡하며 소총을 끌며 철로 반대편 수풀로 들어갔다. 화약 가루 때문에 시커메진 얼굴에 땀이 흘러 줄무늬가 생긴 채 텅 빈 눈으로 바닥만 바라보았다. 그들이 발을 내딛을 때마다 가늘고 미세한 먼지구름이 서서히 피어올라 목구멍과 눈이 말랐다. 말 탄 병사 몇 사람이 잡목 숲에서 나오더니 시가지를 바라보며 철로로 올라섰다. 한 사람이 말에서 내리더니 우리 옆에 앉았다.

"끔찍했어. 제기랄! 어젯밤에 걸어서 저기까지 갔었지. 놈들은 물탱크에 총구를 댈 구멍을 내놓고 거기 들어가 있었어. 우린 별수 없이 걸어가서 구멍에다 총을 쑤셔 넣고 놈들을 다 죽여버렸어. 죽음의 덫이었지! 그리고 울타리! 놈들이 무릎 꿇고 쏘는 용이랑 서서 쏘는 용으로 구멍을 두 개 내놨어. 거기엔 루랄레스가 삼천 명에 기관총도 다섯 정이나 있어서 길을 쓸어버렸지. 그다음엔 기차 기지였는데 밖에는 삼중으로 도랑이 있는 데다 지하통로도 있어서 놈들이 기어가면서 우리 등을 쏠 수 있었지…… 우리 대포는 제대로 터지지도 않았고 소총만 가지고 뭘 할 수 있겠나? 성모님! 그래도 우린 진짜 빨리 움직여서 놈들을 기습했지. 기차 기지랑 물탱크를 차지했어. 그런데 아침에 적 지원군 수천 명이 토레온에서 몰려왔어. 놈들의 포병대가 우리를 밀어냈지. 놈들은 물탱크로 걸어와서 총구를 밀어 넣고 우리 편을 다 죽여버렸어. 악마 같은 새끼들!"

그가 말하는 동안 어디서 나는 소린지도 모를 끔찍한 비명과 고함이 들려왔지만 아무도 꼼짝하지 않았다. 사격의 기미도 없었다. 유산탄이 1.5킬로미터쯤 떨어진 포플러나무 첫 줄에 날아들어 터지면서 토해낸 하얀 연기 말고는 연기조차 없었다. 소총 사격의 갈라지는 소리도, 스타카토로 발사되는 기관총 소리도, 망치로 내려치는 듯한 대포 소리도 전혀 없었다. 고메스팔라시오의 평탄하고 먼지 날리는 들판, 나무와 굴뚝, 바위 언덕은 열기 속에 고요하기만 했다.

오른편 포플러나무에서 조심성 없는 새들의 노랫소리가 들렸다. 보고 듣고 감각하는 모든 것이 거짓처럼 느껴졌다. 부상자들이 먼지 속에 유령처럼 지나가는 와중에 이 모든 광경이 믿기지 않는 꿈처럼 펼쳐졌다.

8장. 포병대가 오다

오른편으로 늘어선 나무 아래, 짙은 먼지가 피어오르고 아우성과 채찍 소리가 요란하더니 우르르하고 무너지는 소리와 쇠사슬이 철컹거리는 소리가 났다. 덤불 사이 꼬불꼬불한 오솔길로 떠밀려 가다 보니 수로 근처 수풀 속에 가린 작은 마을이 나타났다. 진흙과 잔가지로 지은 움막이 대여섯채 있어 기막힐 정도로 중국이나 중미의 시골 마을 같은 이곳은 산라몬 마을이라고 했다. 집마다 병사들이 몰려가 토르티야와 커피를 달라고 아우성치는 중이었다. 파시피코들은 손바닥만 한 마당에 앉아 터무니없이 비싼 값에 마쿠체를 팔았다. 여자들은 불 가에 앉아 땀을 뻘뻘 흘리며 토르티야를 굽고 진한 블랙커피를 따랐다. 사방에 시체처럼 잠든 이들과 다친 팔과 머리를 쳐들고 신음하는 이들이 널려 있었다. 갑자기 땀으로 뒤범벅된 장교 한 사람이 말을 타고 달려오더니 소리 질렀다. "일어나, 이 얼간이들! 아무짝에도 쓸모없는 놈들! 일어나서 자기 소대로 돌아가! 공격이 시작된단 말이다!" 몇몇이 움찔하더니 다리가 안 움직인다며 비틀거렸다. 나머지는 아직도 한밤중이다. "이 자식들이!"

장교는 버럭 화를 내더니 병사들 사이로 말을 몰아 잠든 이들을 밟고 걷어찼다. 병사들은 비명을 지르며 바닥에서 튀어 올랐다. 그제야 간신히 깨어난 병사들은 하품을 하며 기지개를 켜더니 반쯤 잠든 채로 느릿느릿 비척비척 전선 쪽으로 갔다. 부상자들은 수풀 속 그늘 안으로 힘없이 몸을 움직일 뿐이었다.

관개수로를 따라 난 마차길로 헌정군 포병대가 도착하는 중이었다. 혈통 좋은 노새의 잿빛 머리와 그 위에 탄 사람의 커다란 모자며 원을 그리며 내리치는 채찍은 보이지만 나머지는 먼지에 가려 보이지 않았다. 다른 부대보다 이동속도가 더딘 포병대가 밤을 새워 달려온 것이다. 포탄과 탄약차, 먼지가 노랗게 덮인 길고 무거운 대포가 요란한 소리를 내며 우리 앞을 지나갔다. 기수와 포병 모두 유쾌한 사람들이었다. 얼굴이 흙먼지에 땀범벅이라 남들과 구분이 안되는 미국인도 한 명 있었는데, 포병대가 늦기 전에 온 건지 아니면 벌써 고메스팔라시오를 함락했는지 물었다.

내가 스페인어로 아직 죽여야 할 콜로라도가 엄청나게 많다고 대답했더니 포병대에서 환호성이 울려 퍼졌다.

"이제 놈들에게 뭔가를 보여줍시다. 대포 없이 그 망할 놈의 고메스팔라시오를 함락할 수 있다면, 대포로 대체 뭘 하겠소?" 노새에 탄 등치 큰 인디오가 외쳤다.

포플러나무 대열은 산라몬 마을을 지나자 끊겼다. 마지막 나무 아래 수로 둑에 비야와 앙헬레스 장군을 비롯한 참모들이 말을 탄 채 서 있었다. 그 너머로는 헐벗은 수로가 헐벗은 들판을 가로질러, 그 강에서 물을 끌어 쓰는 도시까지 이어졌다. 비야는 칼라 없는 낡은 갈색 셔츠를 입고 오래된 펠트 모자를 썼다. 밤새 전선 여기저기 말을 달려 먼지를 뒤집어썼지만, 전혀 피곤해 보이지 않았다.

비야가 우리를 보더니 물었다. "이봐, 젊은이들! 여기가 좋나?"

"좋습니다, 장군님."

우리는 완전히 기진맥진한 데다 지저분하기 짝이 없었다. 비야는 그런 우리 꼴을 보더니 아주 기분이 좋아진 모양이었다. 종군 기자를 전혀 진지하게 받아들이지 않는 데다 무슨 이유건 간에 미국 언론사들이 보도기사에 돈을 써대는 것이 그로서는 우스꽝스럽기만 했던 것이다.

"좋아요." 그가 씩 웃으며 말했다. "여기가 좋다니 다행이군. 좀 있으면 그렇게 보고 싶던 걸 보게 될 거야."

처음 도착한 대포가 참모들 맞은편에 서더니, 포병들이 캔버스 천 덮개를 치우고 무거운 포탄을 장전했다. 포병대 대위는 대포의 망원 조준기와 높낮이 조절 장치를 조였다.

열 지어 놓인 묵직한 포탄의 황동 탄체가 반짝거렸다. 포병 둘이 포탄 무게에 휘청거리다가, 대위가 대포의 타이머를 조절하는 사이 바닥에 포탄을 내려놓았다. 노리쇠가 잠기자, 우리는 모두 뒤로 멀찍이 물러섰다. 우르릉 꽈꽝! 피-이-이-융! 하는 소리가 나며 포탄이 하늘 높이 날아오르더니, 필라 언덕 기슭에 하얀 연기가 조그맣게 피어올랐다. 잠시 후 저 멀리서 포탄이 터졌다. 90미터쯤 떨어져 대포 앞에 늘어서 꼼짝 않고 쌍안경을 들여다보던 알록달록한 누더기 병사들이 한꺼번에 외쳐댔다. "너무 낮아! 너무 오른쪽으로 갔어! 놈들의 대포는 전부 산등성이에 있다고! 시간은 십오 초쯤 걸렸어!" 앞쪽의 소총 사격은 어쩌다 털털대는 소리로 잦아들었고 기관총은 조용했다. 모두 포병대의 결투를 지켜보는 중이다. 새벽 다섯 시 반인데 벌써 후덥지근했다. 뒤쪽 들판에선 귀뚜라미가 울어대고, 높은 곳에서 부는 나른한 바람이 포플러나무 꼭대기에 난 싱그러운 잎사귀를 부드럽게 흔들었다. 새들은 다시 지저귀기 시작했다.

다른 대포를 굴려 오더니 포탄이 들어가고 노리쇠가 잠겼다. 발사 장치를 눌렀지만 아무 반응이 없었다. 포병들이 노리쇠를 열고 연기가 나는 황동색 포탄을 꺼내 풀밭에 던졌다. 불발탄이었다. 빛바랜 갈색 스웨터를 입은 앙헬레스 장군이 모자도 안 쓰고 망원 조준기를 들여다보며 거리를 조정하는 것이 보였다. 비야는 꾸물대는 말을 몰아 탄약차 쪽으로 갔다. 콰르릉 쾅쾅! 피-이-이-융! 이번엔 다른 대포였다. 이번 포탄은 바위산에서 아까보다 좀 더 높은 곳으로 떨어졌다. 그리고 우리 쪽 포탄 네 방이 더 날아가자 거의 동시에 아까 고메스팔라시오 근처 포플러나무 대열에서 띄엄띄엄 터지던 적의 대포가 들판 쪽으로 이동하더니, 우리 쪽으로 네 번 발포했다. 폭발은 요란했고 쏠 때마다 포탄이 점점 더 가까이 떨어졌다. 대포 몇 대가 더 와서 정렬하더니, 몇 대는 사선으로 늘어선 포플러나무 대열을 따라 늘어섰다. 그러자 후방으로 향하는 길은 묵직한 수레와 미친 듯 날뛰는 노새, 욕하며 아우성치는 사람의 긴 행렬로 가득 찼다. 고집쟁이 노새들이 짤랑거리며 물러서자 기진맥진한 노새 임자는 제일 가까운 덤불로 몸을 던졌다.

연방군 대포가 제때 제대로 발사돼 아군 전선에서 겨우 몇백 미터 떨어진 곳으로 날아와 쉴 새 없이 터졌다. 쿵! 콰르르! 우리 머리 위에서 나무들이 맹렬하게 떨어대며 납 파편 비를 맞았다. 아군 대포도 산발적으로 응수했다. 하지만 치와와에서 개조한 광업용 기계로 만든 사제 폭탄은 연방군의 상대가 되지 못했다. 이탈리아 출신의 통통한 용병 마리넬리 대위는 나폴레옹 같은 심각한 표정을 지으며 달려와 근처의 우리 기자들 쪽으로 최대한 가까이 왔다. 그가 우아하게 미소를 지으며 사진기자 쪽을 한두 차례 봤지만 사진기자는 시큰둥한 표정으로 딴청만 피웠다. 이어 마리넬리 대위는 과장된 몸짓으로 대포를 끌어오라고 명령하더니 손수 포를 조준하기 시작했다. 바로 그때 귀가 먹도록 요란한 소리와 함께 포탄이 날아와 바로 100미터 앞에 떨어졌다. 연방군은 제대로 자리를 잡았다. 마리넬리는 대포에서 떨어져 말 위에 올라타 준비운동을 하더니 요란법석을 떨며 전속력으로 달려 자기 대포를 뒤로 끌고 갔다. 다른 대포는 모두 아직 제자리에 있었다. 마리넬리는 사진기자 바로 앞에 대포를 고정하더니 바닥에 몸을 던져 자세를 잡고 말했다. "이제 내 사진을 찍어도 됩니다!"

"지옥으로 꺼져버려." 사진기자가 대꾸하자 포병대에서는 요란한 함성과 웃음소리가 터져 나왔다. 곧바로 포차의 앞차를 끄는 노새들과 소리치는 사람들이 나타났다. 탄약차가 찰칵하며 닫혔다.

"앞으로 더 내려가. 여기서는 맞히지 못해. 너무 멀어……" 세르빈 대령이 소리쳤다.

그러자 멈춰 섰던 긴 대열이 긴장 속에 포탄이 날아드는 열린 사막으로 전진했다.

9장. 전투

우리는 메스키트 사이로 난 구불구불한 길을 되돌아가 망가진 철로를 건너고 남동쪽으로 펼쳐진 먼지 날리는 들판을 지났다. 철로 쪽을 뒤돌아보니 1.5킬로미터쯤 뒤에 연기와 기관차의 동근 앞면이 보이고 그 앞으로 수많은 점이 꿈틀거려서 물결 모양의 휜 거울을 볼 때처럼 보이는 것을 왜곡시켰다. 옅은 먼지에 시야가 뿌연 가운데 우리는 발걸음을 재촉했다. 처음엔 높다랗던 메스키트가 점점 작아지더니 나중에는 무릎 높이가 됐다. 오른편으로는 언덕과 시내의 굴뚝들이 따가운 햇살을 받으며 조용히 서 있었다. 사격은 잠시 거의 멈추었고 가끔 아군이 쏜 대포가 흰 연기를 뿜으며 산등성이로 날아갔다. 아군의 칙칙한 대포들이 들판 아래로 내려가, 적의 포탄 파편이 계속 날아드는 포플러나무 대열의 제일 앞줄에 늘어서는 것이 보였다. 몇 안 되는 말 탄 이들이 사막 여기저기로 움직이고, 뒤처진 보병들은 소총을 질질 끌며 걸어갔다.

누더기를 걸친 허리 굽은 늙은 페온이, 낮은 관목 숲에서 몸을 숙이고 메스키트 가지를 모으고 있었다.

우리가 물었다. "노인장, 말씀 좀 묻겠습니다. 전투를 가까이서 보려면 어디로 가야 할까요?"

그는 일어서서 우리를 바라보았다.

"내가 산 만큼 자네들도 여기 살았다면 전투 구경은 신경도 안 썼을 걸세. 지난 삼 년 동안 토레온이 함락되는 걸 일곱 번이나 봤다네. 고메스팔라시오에서 오기도 하고 산에서 내려오기도 하지. 하지만 언제나 똑같은 전쟁이야. 젊은 사람들한테는 뭐 재미있는 게 있을지 모르지만 나 같은 늙은이는 전쟁이라면 진력이 난다네." 그는 잠시 말을 멈추고 평야 쪽을 바라보았다. "저기 마른 관개수로가 보이나? 저 아래로 내려가서 수로를 쭉 따라가면 시내까지 갈 수 있을 걸세." 그리고 노인은 잠시 생각에 빠지더니 무심하게 물었다. "자네들은 어느 편인가?"

"헌정군입니다."

"처음에는 마데로파, 그다음에는 오로스코파 이번엔 뭐? 이름이 뭐라고 했는가? 나는 늙어서 살날이 얼마 남지 않았네만 내가 보기엔 이 전쟁 때문에 우리 모두 굶어 죽게 생겼네. 신의 가호가 있길, 젊은이들."

노인은 다시 몸을 숙여 느릿느릿 가지를 모으고 우리는 그가 일러준 대로 수로로 내려갔다. 남서쪽으로 이어진 버려진 관개수로였다. 수로 바닥은 먼지 쌓인 잡초로 뒤덮였고, 오아시스처럼 보이는 일종의 신기루 때문에 끝이 잘 보이지 않았다. 바깥에서 보이지 않도록 몸을 수그리고 몇 시간이나 수로를 따라 걸었다. 수로의 갈라진 바닥과 먼지 쌓인 가장자리가 반사하는 뜨거운 열기에 거의 쓰러질 지경이었다. 한번은 말 탄 사람들이 철제 박차 소리를 요란하게 내며 우리 오른편으로 꽤나 가까이 지나갔다. 만전을 기하기 위해 우리는 그들이 모두 지나갈 때까지 몸을 웅크렸다. 수로 안에서는 대포 소리가 희미하고 멀게 들렸지만, 한번 조심스럽게 수로 밖으로 머리를 내밀어보니 우리는 대포가 늘어선 포플러나무 대열에 상당히 가까이 와 있었다. 대포가 발사될 때마다 대포 입구에서 나오는 맹렬한 연기도 보이고 요란한 발사음이 음파로 느껴졌다. 우리는 아군 포병대에서 400미터쯤 떨어진, 시가지 가장 가장자리에 있는 물탱크 쪽에 있었다. 다시 몸을 웅크리자 포탄이 날카롭게 끼익하는 소리를 내며 머리 위를 지나 하늘에서 호를 그리다 갑자기 울림도 없이 음침하게 퍽! 하는 소리와 함께 폭발했다. 소협곡 위로 철교가 지나가는 저 앞에 첫 공격에서 희생된 것이 분명한 시체가 한 무더기 쌓여 있다. 피를 흘리는 시체는 없고, 머리나 가슴에 모제르 철제 총알이 낸 작고 깔끔한 구멍이 나 있을 뿐이었다. 시체들은 섬뜩할 정도로 차분하고 여위 사자死者의 얼굴을 하고 축 늘어져 있었다. 누군가 아마도 알뜰하기 짝이 없는 동지들이 무기, 신발, 모자, 입을 만한 옷을 싹 벗겨갔다. 시체 더미 가장자리에서 잠든 병사는 소총을 무릎 위에 올려놓고 요란하게 코를 골았다. 잠든 그를 파리떼가 뒤덮고, 망자들은 파리떼와 함께 윙윙거렸다. 아직 시체가 햇빛에 상하지는 않았다. 다른 병사는 고메스팔라시오 방향으로 난 수로의 둑에 몸을 기대고 한쪽 다리는 시체 위에 올리고, 눈에 보이는 무언가를 꼼꼼하게 쏘아댔다. 철로 버팀 다리 밑 그늘에는 병사 네 명이 앉아서 카드놀이를 하고 있었다. 잠을 못 자 시뻘건 눈으로 별로 내키지 않는 듯 말없이 카드를 들고 있었다. 열기가 무시무시했다. 가끔 "웨얼-이즈-이이!" 하는 소리를 내며 유탄이 날아들었다. 이 이상한 중대는 우리를 보고도 별 반응이 없었다. 저격병은 사정거리 밖에서 몸을 웅크리더니 조심스럽게 소총에 삽탄자를 하나 더 끼워 넣었다.

"거기 식당에서 물 한 방울도 못 찾았지?" 저격병이 물었다. "휴유! 우리는 어제부터 물도 음식도 구경을 못 했다오." 그는 우리가 준 물을 벌컥벌컥 들이켜면서 마찬가지로 목이 마를, 카드놀이를 하는 이들을 흘끔흘끔 쳐다봤다. "포병대가 제 위치에 와서 우리를 지원하면 다시 물탱크와 목장을 공격한다더군. 치-와와! 이 사람아. 하지만 지난밤엔 너무 힘들었어! 놈들이 저 길에서 우리를 쓸어버렸지……" 그는 손등으로 입을 닦더니 다시 총을 쏘기 시작했다. 우리도 그 옆에 나란히 엎드려 상황을 살펴보았다. 사람 잡는 망할 놈의 물탱크는 우리가 있는 곳에서 200미터도 안 되는 곳에 있었다. 철로와 큰길 너머 브리팅엄 목장의 갈색 흙담은, 검은 점처럼 보이는 두 줄로 난 구멍 말고는 위험할 게 없어 보였다.

"저기 기관총이 있어. 구석에서 엿보고 있는 저 가느다란 총열 보이나?" 그 친구가 말해줘도 우리는 알아보지 못했다. 물탱크, 목장, 시내는 열기 속에 잠들어 있었다. 먼지가 대기 속에 가만히 맴돌며 옅은 연무를 만들어냈다. 50미터쯤 앞은 얕은 수로인데 우리 쪽으로 흙이 쌓인 걸 보면 한때 연방군 참호였던 게 분명했다. 지치고 먼지를 뒤집어쓴 이백 명이 시내를 바라보고 있다. 이 헌정군 보병들은 지칠 대로 지쳐 바닥에 엎드렸다. 몇몇은 뜨거운 태양을 마주보며 드러누워 자고, 몇몇은 녹초가 되어서도 손으로 흙을 파서 뒤에서 앞으로 옮겼다. 앞쪽에는 크고 작은 돌무더기를 쌓아놓았다. 헌정군 보병은 말이 없을 뿐 기병과 다를 게 없다. 비야 부대의 병사는 포병대와 말을 구하지 못한 이들만 빼고 모두 말을 타기 때문이다.

갑자기 우리 뒤편에 있던 포병대가 한꺼번에 대포를 발사하더니 대포 여남은 발이 우리 머리 위를 지나 필라 언덕 쪽으로 날아갔다.

"저게 신호야." 우리 옆에 있던 병사가 말했다. 그는 수로로 기어들어가 자는 사람을 찼다. "이봐, 일어나. 이제 연방군을 공격할 거야." 코를 골며 자던 병사는 신음 소리를 내며 천천히 눈을 떴다. 그는 하품을 하며 말없이 총을 집어 들었다. 카드놀이를 하던 병사들은 누가 이겼는지를 놓고 옥신각신했다. 그러다가 카드 패를 가진 사람에게 행패를 부리기 시작했다. 그들은 여전히 궁시렁궁시렁 갑론을박하면서도 비틀거리며 저격병을 따라 수로 가장자리로 갔다.

전선의 참호 가장자리를 따라 소총이 발사됐다. 자던 병사들이 작은 엄호물 뒤에 엎드리더니 팔꿈치를 힘차게 움직이며 총을 쏘아댔다. 텅 빈 철제 물탱크가 비처럼 쏟아지는 총알을 맞아 요란한 소리를 내고 목장의 흙담 파편이 이리저리 튀었다. 곧바로 흙담 위로 번쩍이는 총열이 솟아오르고 보이지는 않지만 발포 소리가 콩 볶듯 했다. 쇠북 소리를 내는 총알이 하늘을 덮고, 회오리치는 먼지의 누런 장막 때문에 집과 물탱크가 보이지 않았다. 우리 친구 저격병이 몸을 낮추고 달려가고 자던 병사는 여전히 눈을 비비며 똑바로 서서 그를 따라가는 것이 보였다. 카드놀이를 하던 병사들은 한 줄로 늘어서 아직도 옥신각신했다. 뒤편 어딘가에서 나팔 소리가 들려왔다. 앞서 달리던 저격병이 갑자기 단단한 벽과 마주친 것처럼 멈춰 섰다. 왼쪽 다리가 휘청하며 주저앉더니 한쪽 무릎에 의지해 미친 듯 소총을 겨누며 소리를 질렀다.

"이 더러운 원숭이 새끼들!" 저격병은 소리치며 먼지 회오리 쪽으로 재빨리 총을 쏘았다. "내 쓴맛을 보여주지! 빡

빡머리 죄수들아!" 그는 귀를 다친 개처럼 참을성 없이 머리를 흔들어댔다. 머리에서 핏방울이 흘러나왔다. 분노에 차 고함을 치며 남은 총알을 다 쏘더니 땅바닥에 쓰러져 잠시 앞뒤로 허우적거렸다. 다른 병사들은 그를 쳐다보지도 않고 지나쳐갔다. 이제 참호에는 통나무를 뒤집으면 깔려 있다가 꼬물거리는 애벌레처럼 허둥대는 이들이 끓어 넘쳤다. 소총 소리가 째지듯이 울려 퍼졌다. 우리 뒤쪽에서 샌들 바람에 어깨에 담요를 두른 이들이 몰려오다가 수로 아래로 떨어지고 미끄러졌다 반대편으로 기어나가려고 엎치락뒤치락했다. 대략 수백 명은 되어 보였다……

그들이 전선 쪽을 거의 가렸지만 먼지와 달리는 다리 사이로 참호 안 병사들이 방파제 같은 바리케이드로 뛰어오르는 것을 볼 수 있었다. 다음엔 짙은 먼지가 시야를 가로막고 기관총의 따따거리는 소리가 온갖 소리를 한데 드르륵 박아버렸다. 갑자기 불어온 뜨거운 돌풍에 먼지가 조금 걷히자 첫 줄의 갈색 피부 병사들이 술 취한 듯 비틀거리고 햇살 속에 붉은 흙담 위의 기관총이 날카로운 소리를 내는 것이 보였다. 그리고 거기서 한 병사가 얼굴에 땀을 흘리며 총도 없이 뛰어왔다. 그는 빠르게 뛰어가다, 반쯤은 미끄러지고 반쯤은 떨어지듯이 수로 안으로 들어가더니 반대편으로 올라갔다. 다른 희미한 형상이 앞쪽 먼지 속에서 불쑥 나타났다.

"왜 그래요? 무슨 일이죠?" 내가 소리 질렀다.

그는 대답하지 않고 그저 달렸다. 갑자기 앞쪽의 아수라

장에서 유산탄*이 끔찍한 소리를 내며 폭발했다. 적의 포병대였다! 나는 기계적으로 아군의 대포 소리에 귀를 기울였다. 어쩌다 한 번 발포한 것을 빼면 아군은 조용했다. 아군의 사제 포탄은 또 실패한 것이다. 유산탄이 두 번 더 날아왔다. 먼지구름 속에서 병사들이 홀로, 둘이서, 아니면 여럿이 후방으로 우르르 몰려왔다. 그들이 위로 혹은 곁으로 넘어지면서 우리는 피를 뒤집어썼다. "포플러나무로! 기차로! 연방군이 오고 있다!" 우리는 그들을 따라 철로를 향해 똑바로 달렸다…… 뒤로는 먼지 속에서 유산탄이 날아오고 소총부대의 총소리가 요란했다. 잠시 후 눈앞에 펼쳐진 대로에는 질주하는 기병으로 가득했다. 그들은 인디언 함성을 질러대며 소총을 흔들어 보였다. 주력군이다! 우리는 한편에 비켜섰고 오백 명쯤 되는 기병이 지나갔다. 그들이 말 위에서 몸을 낮추고 총을 쏘기 시작하는 것을 지켜봤다. 말발굽 소리가 천둥소리 같았다.

"가지 않는 게 좋아! 너무 뜨거워!" 한 보병이 웃으면서 외쳤다.

"글쎄, 내가 더 뜨거울걸." 한 기병이 대꾸하자 다들 웃었다. 우리가 철로를 따라 조용히 걷는 동안 뒤편에서 요란한 총소리가 끊이지 않았다. 높은 솜브레로를 쓰고 흰 면 블라우스에 담요를 두른 파시피코 페온들이 몰려나와 팔짱을 끼

---

* 탄체 안에 납으로 된 소형구가 여럿 들어 있는 포탄.

고 철로 아래 시가지를 내려다보았다.

"거기 조심하게, 친구. 거기 서 있지 말라고. 총알 맞을라." 한 병사가 그들을 놀렸다.

페온들이 서로 쳐다보면서 배시시 웃더니 한 페온이 대꾸했다.

"하지만 세뇨르, 저희는 전투가 벌어지면 늘 여기서 구경하는걸요."

좀 더 걸어가다가 고삐를 잡고 말을 끌고 가는 독일인 장교와 마주쳤다. 그는 솔직하게 털어놓았다. "더는 말을 탈 수가 없어요. 녀석이 너무 지쳤어요. 이렇게 못 자다가 말이 죽을까 걱정이에요." 그의 커다란 밤색 종마는 비틀비틀 휘청휘청 장교를 따라갔다. 반쯤 감긴 눈에서 눈물이 줄줄 흘러 코까지 적셨다……

나도 자지도 먹지도 못한 채 이글대는 태양의 열기 아래 휘청대느라 피곤해 죽을 지경이었다. 800미터쯤 더 가다가 뒤돌아보니 적의 유산탄이 더 자주 포플러나무 대열 근처에 와서 터지는 것이 보였다. 적은 사정거리 안에 제대로 자리를 잡은 듯했다. 곧이어 내 눈에는 대포 앞차를 노새에게 연결한 회색 대열이 뒤쪽의 네다섯 지점으로 이동하는 것이 보였다. 아군 포병대가 원래 있던 자리에서 밀려나는 중이었다…… 나는 잠깐 쉬려고 키 큰 메스키트 덤불 그늘로 들어갔다.

그와 거의 동시에 소총 소리에 변화가 생긴 듯했다. 오고 가던 총소리의 절반 정도가 사라졌다. 동시에 스무 개의 나팔 소리가 울려 퍼졌다. 일어나보니 기병 행렬이 뭐라고 외치며 철로로 도망치는 것이 보였다. 그들을 따라 더 많은 이들이 말을 달려 철로가 포플러나무 너머 시내로 접어드는 쪽으로 갔다. 기병대가 격퇴당했다. 순식간에 벌판 전체에 허둥대며 후방으로 도망치는 기병과 보병이 가득했다. 어떤 병사는 담요를 벗어던졌고 다른 병사는 소총을 버렸다. 도망자들은 먼지를 일으키며 뜨거운 사막 위로 몰려들었다. 내 오른쪽 앞에 말을 탄 병사가 덤불 속에서 튀어나오며 소리쳤다. "연방군이 온다! 기차로 가! 연방군이 바로 뒤에 있다!" 헌정군은 완전히 무너졌다! 나는 담요를 집어 들고 줄행랑을 쳤다. 좀 더 달리다 보니 사막에 버려진 대포, 끊긴 발자국, 혼자 달리는 노새와 마주쳤다. 발밑에는 총과 탄띠, 세라피 여남은 장이 널려 있었다. 궤멸이었다. 탁 트인 공간으로 나가자 총도 없이 도망치는 병사들이 잔뜩 있었다. 그런데 갑자기 말 탄 사람 셋이 도망치는 병사들 앞으로 나타나더니 팔을 흔들며 외쳤다. "돌아가! 연방군은 오지 않는다! 제발 돌아가!" 셋 중 둘은 누군지 모르겠지만 나머지 한 사람은 비야였다.

10장. 전투가 잠깐 멈춘 사이에

1.5킬로미터 넘게 이어지던 후퇴 행렬이 멈춰 섰다. 돌아온 병사들은 정체를 알 수 없는 공포에 시달리다 갑자기 그 위험이 사라지자 안도하는 표정들이었다. 언제나 그렇듯 이 또한 비야의 힘이었다. 그에게는 평범한 대중이 상황을 바로 이해할 수 있게 설명하는 특별한 능력이 있다. 연방군은 늘 그렇듯 우위를 확보할 기회를 놓쳐버렸다. 아마도 마풀라에서 그랬듯 매복이 있을까봐 겁낸 것 같다. 첫 치와와 공격 이후 연방군이 패주하는 비야 부대를 바짝 추격하다가 매복한 헌정군에게 크게 당한 적 있기 때문이다. 어쨌거나 연방군은 오지 않았다. 병사들은 뿔뿔이 흩어져 메스키트 숲에 숨겨두었던 소총과 담요를 찾기 시작했다. 사방에서 소리치며 농담하는 소리가 들렸다.

"이봐! 그 소총으로 뭐 하려는 건가? 그건 내 물통이야! 내 세라피를 분명히 여기에 놔뒀는데 없어졌어!"

"오, 후안." 한 병사가 다른 병사에게 외쳤다. "내가 달리기는 너보다 잘한다고 늘 얘기해왔지."

"하지만 그러지 못했지, 친구. 내가 대포알처럼 날아서 너보다 100미터는 먼저 왔어!"

어제 열두 시간 동안 말을 달려 이동한 후, 식량도 물도 없이 잠도 못 잔 상태에서 포병대와 기관총 부대 앞에서 무시무시한 압력을 받으며 밤새 싸우고 또 오전의 뜨거운 햇살 속에서 싸우느라 쌓인 긴장이 순식간에 사라져버렸다. 그러나 도망치다 돌아온 그 순간부터 최종 승패는 확실해졌다. 심리적 공황은 지나갔다……

이제 양측의 사격은 완전히 멈췄고 적의 대포 발사도 거의 없었다. 아군은 포플러나무 첫 줄 아래 수로에 매복했다. 포병대는 1.5킬로미터쯤 뒤의 두 번째 줄로 물러서고, 병사들은 큰 그늘에 드러누워 잤다. 긴장이 툭 풀어졌다. 정오가 가까워지며 해가 높이 떠오르자 사막과 언덕과 시가지가 맹렬한 열기 속에 아른거렸다. 가끔 멀리 좌측이나 우측에서 오고 가는 총성이 전초기지들이 어디서 서로를 치하하는지 일러주었다. 그러나 그마저도 곧 멈췄다. 북쪽으로 펼쳐진 목화밭과 옥수수밭의 녹색 작물 사이에서 벌레들이 울었다. 더위 때문에 새들은 더 이상 울지 않았다. 숨 쉬기도 힘들 정도로 더운 날이었다. 바람이 없는데도 나뭇잎은 살짝살짝 흔들렸다.

병사들은 여기저기 작은 화톳불을 지피더니, 안장주머니에 넣어온 얼마 안 되는 밀가루로 토르티야를 구웠다. 먹을게 없는 병사들은 그 주위로 몰려들어 한 입만 달라고 애걸했다. 모두 기꺼이 인심 좋게 음식을 나눠 먹었다. 열 군데도넘는 불 가에서 나를 불러 세웠다. "어이, 동지! 아침 먹었어요? 여기 토르티야가 좀 있으니 와서 먹어요!" 병사들은 일렬로 줄을 지어 관개수로에 엎드리고 손바닥으로 더러운 물을 퍼마셨다. 5~6킬로미터 멀리 뒤쪽 엘베르헬 대목장 맞은편에 대포 실은 기차와 선두에 선 기차 두 량과 이 더운 날씨에도 지칠 줄 모르는 철로수리조가 보였다. 보급기차는 아직 오지 않았다……

키 작은 세르빈 대령이 큰 적다마를 타고 지나가는데, 그 끔찍한 밤을 보내고도 말쑥하고 쌩쌩하기만 했다.

"이제 우리가 뭘 할지 정말 모르겠네. 비야 장군만 아는데 절대 알려주지 않겠지. 어쨌거나 사라고사 여단이 돌아올 때까지는 절대 우리가 공격해선 안 돼. 베나비데스 장군은 사크라멘토에서 아주 힘든 전투를 치렀다네. 아군 이백오십 명이 죽었다고 그래. 그리고 비야 장군이 남쪽에서 공격하고 있던 로블레스 장군과 콘트레라스 장군을 불러서 이쪽으로 와서 자기를 도와달라고 했다네…… 들리는 얘기가 야간 공격을 할 거라는 거야. 그러면 적의 포병대가 제대로 대처를 못 할 테니까……" 세르빈 대령은 이렇게 말하더니 말을 달려 갔다.

정오쯤 되자 시내 곳곳에서 가늘고 시커먼 연기가 느릿느릿 피어오르기 시작하더니, 오후가 되자 뜨겁고 느린 바람이 석유와 살이 타는 역한 냄새를 싣고 왔다. 연방군이 시체 더미를 태우는 중이었다……

우리는 걸어서 기차로 되돌아가 사라고사 여단의 베나비데스 장군 전용 칸으로 몰려갔다. 당번 소령이 장군의 주방에서 일하는 사람들을 시켜 먹을 것을 가져다주었다. 우리는 그 음식을 게걸스럽게 먹어치우고 나무 아래로 가서 몇 시간이나 잤다. 오후 늦게 우리는 다시 전선으로 향했다. 형편없이 굶주린 병사와 이웃의 페온 수백 명이 행여 버리는 음식이나 음식 찌꺼기 뭐라도 얻어보려고 기차 주변을 배회했다. 하지만 그들은 부끄러웠던지 우리가 가까이 가자 슬금슬금 걷기 시작했다. 우리가 잠시 무개화차에 앉아 병사들과 얘기하는데, 양쪽에 탄띠를 메고 소총을 질질 끌던 소년이 아래쪽으로 지나가며 열심히 바닥을 훑던 것이 기억난다. 지나가는 사람들의 발에 밟혀 먼지투성이가 된 쉰내 나는 토르티야가 소년의 눈에 들어왔다. 소년은 토르티야를 낚아채 한 입 베어 물고 위를 올려보다가 우리와 눈이 마주쳤다. "이거 뭐 굶어 죽게 된 것 같잖아!" 소년은 거만하게 토르티야를 휙 던져버렸다……

산라몬 마을에서 시작되는 관개수로를 가로질러 포플러

나무 그늘에 캐나다인 트레스톤 대위와 그의 기관총 부대가 진을 쳤다. 부대는 노새에 실었던 기관총과 무거운 삼각대를 내렸다. 야전포가 여기저기 널려 있었다. 노새들은 잘 자란 풀밭에서 풀을 뜯고 병사들은 불 가에 앉거나 수로 둑 위에 누웠다. 트레스톤은 우적우적 씹던 재 묻은 토르티야를 흔들며 소리쳤다. "어이, 리드! 이리 와서 통역 좀 해주게! 통역관을 찾을 수가 없어. 작전 개시하면 완전 지옥일 거야! 내가 망할 스페인어를 하나도 모르는 거 잘 알잖나. 그래서 여기 오니까 비야가 나를 늘 따라다니라고 통역관 두 명을 붙여줬는데, 그자들을 도대체 찾을 수가 없네. 맨날 사라져서 나를 골탕 먹이지 뭐야!"

나는 트레스톤의 부탁을 들어주기로 하고, 작전이 있을 것 같은지 물어보았다.

"내 생각엔 오늘 밤 어두워지자마자 움직일 것 같은데." 그가 대답했다. "기관총 부대랑 같이 가서 통역 좀 해주지 않겠나?" 나는 그러겠다고 했다.

불 가에 있던 처음 보는 넝마 차림의 병사가 일어서더니 웃으면서 다가왔다.

"당신 담배 맛을 한참 못 본 것 같은데. 내 담배 반 줄 테니 피우겠소?" 사양할 새도 없이 그는 찌그러진 갈색 담배를 반으로 잘라 내밀었다……

찬란한 태양이 우리 앞에 선 뾰족뾰족한 보라색 산맥 뒤편으로 넘어가자 잠시 부채꼴 형태로 진동하는 빛이 청명한 하늘 위로 높게 솟구쳤다. 새들은 나무 위에 깨어 있고 나뭇잎은 흔들렸다. 기름진 땅이 진줏빛 안개를 뿜어냈다. 넝마 차림의 병사 여남은 명이 나란히 누워 토레온 전투의 분위기를 담은 노래를 즉석에서 만들어 불렀다. 새로운 노래가 탄생하는 순간이었다. 선선하고 잔잔한 황혼 사이로 또 다른 이들이 노래하는 소리가 들려왔다. 나는 이 순수한 이들을 향한 벅차오르는 감정을 느꼈다. 사랑할 수밖에 없는 사람들이 아닌가.

수로에 물을 마시러 갔다 오니 트레스톤이 무심하게 말했다. "좀 전에 우리 부하가 물 위에 이런 게 떠다니는 걸 발견했는데 말이야. 스페인어를 모르니 무슨 소린지 알 수가 있어야지. 이 수로가 시내에 있는 강에서 시작되니까 연방군 서류일 것 같네." 그가 내민 것은 소포 앞면 귀퉁이처럼 생긴 종잇조각이었다. 거기에는 큰 글씨로 "비소" 그 아래에 다시 작은 글씨로 "주의! 독극물!"이라고 적혀 있었다.

"잠깐! 최근에 아픈 사람 없었나요?" 나는 급히 자세를 고쳐 앉으며 물어보았다.

"자네가 그런 얘길 하다니 이상하군. 꽤 여러 사람이 심한 배앓이를 했고 실은 나도 속이 좀 안 좋아. 자네가 오기 직전에 노새 한 마리가 갑자기 주저앉더니 죽어버렸고 말 한 마리도 수로를 건너다가 죽었지. 과로나 일사병 때문이겠지."

다행히 수로를 흐르는 물은 유량도 많고 유속도 빨라서

위험이 크진 않았다. 나는 트레스톤에게 연방군이 수로에 독극물을 풀었다고 말해주었다.

"이런 세상에! 그래서 그 사람들이 나한테 그 말을 하려고 했던 것 같아. 스무 명쯤 되는 사람들이 와서 '엔베네나도' 어쩌고 하더라고. 그게 무슨 뜻인가?"

"그게 바로 독을 탔단 소리에요. 어디서 진한 커피 1쿼트쯤 구할 수 있을까요?" 제일 가까운 화톳불에서 큰 커피통을 찾아서 커피를 마시고 나니 속이 훨씬 편해졌다.

다른 사람들이 말했다. "아! 맞아요. 알고 있었어요. 그래서 제 말은 다른 수로로 데려가서 물을 먹였죠. 그 얘기 들은 지 꽤 됐어요. 전선 쪽에선 말 열 마리가 죽고 배가 아파 바닥을 구른 사람도 여럿이래요."

한 장교가 말을 타고 돌아다니며 오늘 밤은 모두 엘베르헬로 돌아가 기차 옆에서 야영을 할 것이며, 비야 장군이 최전방부대를 제외하고는 전원이 사격 구역 밖에서 푹 자야 한다고 명령했으며, 식당기차가 도착해서 병원기차 바로 뒤에 있다고 알려주었다. 나팔이 울리자 병사들은 힘겹게 바닥에서 일어나 노새를 붙들고 고함 소리, 방울 소리, 노새 우는 소리가 뒤섞인 한복판에서 마구를 채우고 말에 안장을 올리고 대포를 앞차에 연결했다. 트레스톤은 자기 망아지에 타고 나는 그 옆을 나란히 걷다가 수로 건너편에서 북쪽으로 가는 중대의 그림자와 마주쳤다. 다들 담요를 두르고 큰 모자를 쓰고 박차 소리를 냈다. 그들이 나를 불러 세웠다.

"이봐. 동지, 당신 말은 어디 있소?" 나는 말이 없다고 했다. "그럼 내 뒤에 타시오." 대여섯 명이 한꺼번에 말했다. 그중 한 명이 바로 내 오른편에 말을 세워줘서 나는 그 뒤에 탔다. 우리는 메스키트 숲을 거쳐 어둑어둑한 아름다운 들판을 가로질러 달렸다. 한 사람이 노래를 부르기 시작하자 둘이 따라 불렀다. 둥그런 보름달이 맑은 밤하늘에 빛나고 있었다.

"이봐요, 영어로는 노새를 뭐라고 부르나요?" 내가 탄 말을 모는 사람이 물었다.

"고집쟁이 멍텅구리 노새." 나는 장난삼아 이렇게 대답했다. 그 후로 며칠 동안 모르는 병사들이 찾아와서 낄낄거리며 미국에선 노새를 어떻게 부르냐고 물어보았다……

중대는 엘베르헬 목장 근처에 진을 쳤다. 우리는 여기저기 모닥불이 타오르는 들판으로 달려갔다. 병사들이 어둠 속을 목적 없이 어슬렁거리며 곤살레스 오르테가 여단 혹은 호세 로드리게스의 부하들이나 기관총 부대가 어디 있는지 아느냐고 큰 소리로 물었다. 시가지 쪽으로는 포병대가 널찍한 반원형의 경계 태세로 대포의 앞차를 떼고 포를 남쪽으로 향하게 세워놓았다. 동쪽에는 베나비데스 장군의 사라고사 연대가 조금 전에 사크라멘토에서 도착해 진을 치면서 커다란 모닥불을 피어올렸다. 보급기차 쪽으로는 밀가루 부대, 커피 자루, 담배 뭉치를 든 병사들 행렬이 개미 떼처럼 이어졌다…… 서로 다른 백 가지 노랫소리가 밤을 뒤덮었다……

그날 밤에 관해서는 몇 가지 기억이 생생하다. 비소에 중독된 불쌍한 말이 갑자기 몸을 비틀며 쓰러졌고, 한 병사는 깜깜한 데서 바닥에 몸을 처박고 요란하게 토했다. 나도 바닥에 담요를 깔고 누웠는데 갑자기 끔찍한 위경련이 왔다. 간신히 덤불 속으로 기어갔지만 힘이 빠져 도저히 다시 기어나올 수가 없었다. 결국 희뿌옇게 새벽이 밝아올 때까지 나는 끙끙 앓으며 바닥을 데굴데굴 굴렀다.

11장. 작전 중인 전초기지

화요일 아침 일찍 군대는 다시 철길과 벌판을 지나 전선을 향해 움직였다. 귀신같은 철도수리공 사백 명이 망가진 철도에 달라붙어 땀 흘리며 맹렬하게 망치질을 해댔다. 제일 앞 칸이 밤사이에 800미터쯤 이동했다. 그날 아침에는 어째 말이 많아서 나는 말 한 마리와 마구 일체를 75페소 그러니까 금화로는 15달러에 살 수 있었다. 그 말을 타고 산라몬 마을을 끼고 달리다가 거친 외모의 남자 둘과 마주쳤다. 둘 다 작은 과달루페 성모상이 달린 높은 솜브레로를 썼고, 소속 중대가 레르도 인근 가장 서쪽의 전초기지로 배치받아 가는 길이라고 했다. 그들을 따라가보고 싶을 수밖에 없지 않은가? 그나저나 나는 누구인가? 나는 신분을 증명하려고 프란시스코 비야가 서명한 통행증을 보여주었다. 하지만 그들은 여전히 시큰둥했다. "프란시스코 비야는 우리랑 아무 상관이 없소." 그들은 그렇게 말했다. "거기다 이 서명이 진짜 비야가 한 것인지 어떻게 알겠소? 우리는 후아레스 연대의 칼릭스토 콘트레라스의 부하들이오." 그러나 내가 계속 애걸복걸하자 키 큰 쪽이 툴툴대며 말했다. "따라오시오."

우리는 나무가 해를 가려주던 구역을 벗어나 목화밭을 비스듬히 가로질러 벌써 열기 때문에 아지랑이가 아른거리는 서편의 가파르고 높은 산 쪽으로 갔다. 우리와 고메스팔라시오의 외곽 지대 사이에는 키 작은 메스키트로 덮이고 마른 관개수로가 지나가는 황량하고 평탄한 평야가 펼쳐져 있다. 필라 언덕은 한쪽만 빼면 완벽하게 고요했다. 날씨가 너무 맑아서인지 멀리서는 매듭 같아 보이는 대포들이 맨눈으로도 보였다. 가까운 집 바깥에 말 탄 사람 여럿이 있는 것을 보자마자, 우리는 북쪽으로 방향을 바꿔 멀리 돌아갔다. 이 중간 지대에는 보초와 정찰병이 들끓기 때문에 조심스럽게 주변을 살폈다. 1.6킬로미터쯤 말을 달려 산기슭 가까이 다다르자 레르도 북부로 이어지는 큰길이 나왔다. 우리는 수풀 속에서 이 길을 샅샅이 정찰했다. 한 농부가 휘파람을 불며 염소떼를 몰고 갔다. 길 한쪽 끝 수풀 아래에는 우유가 가득 담긴 항아리가 있었다. 함께 있던 병사는 주저 없이 총을 들어 항아리를 쏘았다. 항아리가 산산조각 나고 우유가 사방으로 튀었다.

"독을 탄 우유요." 그가 별거 아니라는 듯 말했다. "여기 배치됐던 중대원들 중에 저걸 먹은 사람들이 있었지. 네 명이 죽었소." 우리는 계속 달렸다.

산마루에 시꺼먼 사람 몇 명이 소총을 무릎에 기대 놓고 앉아 있었다. 나와 함께 온 병사들이 그들에게 손을 흔들고 우리는 북쪽으로 방향을 돌려 황량한 가운데 난 초록색 풀이 펼쳐진 작은 강둑을 따라갔다. 전초기지는 물가의 목초지에서 야영 중이었다. 대령이 어디에 있는지 물어물어 결국 수풀 위에 세라피를 걸어 만든 텐트 그늘 아래 뻗어 있는 그를 찾았다.

"말에서 내리시게, 친구." 대령이 말했다. "여기 온 것을 환영하오. 우리 집(짓궂게 수풀에 얹은 세라피를 가리키며)이 자네 집이기도 하오. 담배는 여기 있고, 고기는 불 위에서 익는 중이지."

강가 목초지에는 쉰 마리쯤 되는 안장 올린 말이 풀을 뜯고 있었다. 병사들은 메스키트 그늘의 풀밭에 앉아 잡담을 하거나 카드놀이 중이다. 완전무장하고 비교적 군기가 바짝 든 비야 부대와는 다른 부류의 헌정군이었다. 이들은 무기를 든 페온일 따름이었다. 내 친구 우르비나 기병대─거칠지만 느긋한 성격의 고산족이나 카우보이들로 상당수는 산적 출신인─와 비슷한 족속이다. 급료도 없고 행색은 누더기인데다 장교란 그저 남들보다 용감한 자일 뿐이다. 오래된 스프링필드 소총과 탄창으로 겨우 무장한 이들은 거의 삼 년째 싸워왔다. 이들과 우르비나와 로블레스 같은 게릴라 지도자의 비정규군은, 정규군이 [후방인] 치와와와 후아레스에서 머물러 있던 지난 넉 달 동안 거의 매일같이 연방군 전초기지와 겨루며 토레온 인근을 지켜왔다. 이 넝마 부대야말로 비야 부대에서 가장 용감한 병사들이다.

나는 한 십오 분쯤 거기 앉아서 소고기가 지글지글 익어가는 모습을 바라보며, 내가 뭐 하는 사람인지 궁금해하는 다른 병사들의 궁금증을 풀어주었다. 그런데 어디선가 말발굽 소리가 들리더니 누군가가 소리쳤다. "레르도에서 놈들이 오고 있어! 모두 말에 타!"

쉰 명쯤 되는 병사들은 마지못해 느릿느릿 말 쪽으로 갔다. 대령도 하품을 하며 일어서더니 기지개를 켰다.

"짐승 같은 놈들!" 대령은 이를 갈았다. "언제나 성가시게 군단 말이야. 뭔가 기분 좋은 걸 생각할 시간을 주지 않아. 밥 좀 제대로 먹으려는데 그걸 방해하다니!"

우리는 곧 말에 올라 강둑을 따라 내려갔다. 앞쪽 멀리서 핀으로 찌르는 것 같은 소총 소리가 났다. 명령은 없지만 본능이 시키는 대로 전속력으로 말을 몰아 작은 마을로 난 길을 지났다. 마을의 파시피코들은 우리의 형세가 불리하다 싶으면 금방 도망칠 수 있도록 짐을 싸들고 지붕 위에 올라서서 남쪽을 내려다보았다. 연방군은 적을 숨겨준 마을 전체를 쑥대밭으로 만들어버리기 때문이다. 마을을 지나자 작은 돌산이 나왔다. 우리는 말에서 내려 말고삐를 말목에 걸어두고 걸어서 산으로 올라갔다. 여남은 명은 벌써 거기에 자리를 잡고 레드도를 뒤에 낀 푸른 나무가 난 둑 쪽으로 총을 쏘고 있었다. 사이에 있는 검은 사막에서 보이지 않는 총알이 산발적으로 소리를 냈다. 800미터쯤 떨어진 데서 작은 갈색 형상들이 재빨리 수풀 속에 몸을 숨기는 것이 보였다. 그들 뒤편에 옅은 먼지구름이 나는 것을 보니 다른 무리가 천천히 북쪽으로 오는 중이다..

"한 놈은 벌써 처치했고 다른 놈은 다리에 맞았어." 한 병사가 침을 뱉으며 말했다.

"몇 명이나 되는 것 같은가?" 대령이 물었다.

"이백 명쯤요."

대령은 개의치 않고 꼿꼿이 서서 햇살에 빛나는 평원을 살펴보았다. 곧바로 적들의 선두에서 총알이 날아들었다. 총알은 머리 위로 날아갔다. 명령도 없는데 병사들은 벌써 작전에 들어갔다. 병사들은 각각 엎드리기 편한 자리를 골라잡더니 앞쪽에 엄호물 역할을 해줄 돌을 쌓아 올렸다. 툴툴대면서도 몸이 편하게 벨트를 풀고 코트를 벗고 엎드렸다. 그리고 천천히 솜씨 좋게 총을 쏘기 시작했다.

"저기 또 다른 놈이 있다." 대령이 외쳤다. "네가 처리해. 페드로."

"페드로가 아니라" 다른 병사가 보채듯이 말했다. "내가 맞혔다!"

"이 나쁜 놈. 네가 맞혀버리다니." 페드로가 받아치더니 두 사람은 말다툼을 시작했다……

이제 사막에서 날아오는 총성이 꽤 일정해졌고 연방군이 덤불과 소협곡을 엄호 삼아 점점 우리 쪽으로 오고 있는 것도 보였다. 아군은 천천히 오랫동안 신중하게 조준한 후에 방아쇠를 당겼다. 토레온 부근에서 여러 달째 부족한 탄약으로 지내다 보니 다들 알뜰해졌다. 그러나 이제 아군 대열의 언덕과 덤불마다 저격수가 있고, 뒤를 돌아보니 수많은 기병들이 덤불을 지나 달려오는 중이었다. 십 분 내로 아군 오백 명이 더 올 것이다.

적의 소총 사격은 1.6킬로미터 정도로 가까워질 때까지 더 요란해졌다. 연방군은 총격을 중단했다. 이제 먼지구름은 레르도 쪽으로 물러갔다. 사막에서 날아오던 총성도 잦아들었다. 그리고 우리는 갑자기 어디선가 나타난 큰 독수리떼가 소리도 움직임도 없이 푸른 하늘을 항해하는 것을 바라보았다……

대령과 부하들 그리고 나는 모두 똑같이 마을 집 그늘에 앉아 점심을 먹었다. 굽던 고기는 당연히 숯덩이가 돼버린지라, 말린 소고기와 계피와 겨를 곱게 갈아 섞은 맛의 피놀레를 먹는 수밖에 없었다. 하지만 그렇게 맛있게 음식을 먹어본 적이 없었다. 다 먹고 일어서자 누가 담뱃잎을 두 줌이나 넣고 만 담배를 선물로 주었다.

대령이 말했다. "친구, 함께 얘기할 시간을 갖지 못해 유감이오. 나는 미국에 대해 당신한테 물어보고 싶은 게 많소.

예를 들면 미국 도시에서는 사람들이 길에서 두 발로 걸어 다닐 필요도 없고 말도 타지 않고 자동차만 탄다는 게 사실이오? 한때 캔자스시티 근처 철도 공사장에서 일한 형이 있었는데 미국에 관한 멋진 이야기를 많이 해줬소. 그런데 어떤 놈이 하루는 형을 '멕시코 새끼'라고 부르면서 총으로 쏴버렸다지 뭐요. 우리 형은 아무 짓도 하지 않았는데 말이지. 왜 미국 사람들은 우리 멕시코 사람들을 싫어하는가? 나는 좋아하는 미국인이 많소. 당신도 좋아하지. 여기 당신에게 주는 선물이 있다오." 그는 은상감 철제 박차 한쪽을 끄르더니 내게 주었다. "그런데 이야기할 시간을 갖지 못했단 말이야. 이거 원. 정말 성가셔. 가만히 좀 있으려고 해도 꼭 몇 놈을 죽여줘야 한단 말이지."

느티나무 아래서 사진기자와 촬영기사를 만났다. 두 사람은 모닥불 가에서 등을 대고 누워 있었다. 주변에는 병사들이 스무 명쯤 앉아서 게걸스럽게 밀가루 토르티야와 고기를 먹고 커피를 마시는 중이었다. 한 병사가 자랑스럽게 은제 손목시계를 내보였다.

"저건 원래 내 시계였죠." 사진기자가 상황을 설명했다. "우리는 이틀 동안 아무것도 못 먹었거든요. 그런데 여기를 지나는데 이 사람들이 우리를 부르더니 태어나서 처음 먹어보는 환상적인 음식을 내줬어요. 먹고 나니 선물을 하지 않을 도리가 없더군요."

그래서 병사들은 다 함께 그 선물을 받기로 했다. 그리고 그날부터 죽는 날까지 한 사람이 두 시간씩 돌아가며 시계를 차기로 한 것이다……

12장. 콘트레라스 부대의 공격

수요일에 내 친애하는 벗 사진기자와 들판을 어슬렁거리는데 말을 탄 비야가 나타났다. 얼굴은 지저분하고 지친 기색이 역력했지만 즐거워 보였다. 그는 늑대처럼 우아하게 우리 바로 앞에서 말을 세우더니 씩 웃으며 물었다. "어이, 자네들. 잘되어가나?"

우리는 아주 잘 지내고 있다고 대답했다.

"자네들을 걱정할 시간이 없었다네. 위험한 데는 가지 않도록 조심하게. 부상자들 상태가 아주 안 좋아. 수백 명이야. 용감한 젊은이들이지. 세상에서 제일 용감한 녀석들이야. 그런데" 그는 신이 나서 말을 이어갔다. "자네들은 병원기차에 가보면 좋을 거야. 거기 신문 기사로 쓸 만한 게 있을 거 같은데……"

정말 굉장한 볼거리였다. 지금 병원기차는 철로수리기차 바로 뒤에 있다. 안쪽에는 에나멜을 칠하고 바깥에는 스텐실로 크게 파란 십자가와 '병원기차'라고 새긴 전설적인 유개화차 40량이 전선에서 온 부상자들을 돌보고 있었다. 기차 안에는 최신 수술 도구와 미국과 멕시코 출신의 유능한 의사 육십 명이 대기 중이다. 또한 매일 밤 순회기차가 와서 중상자를 치와와와 파랄에 있는 기지 병원으로 옮겼다.

우리는 산라몬 마을을 지나 포플러나무 대열의 끝을 넘어 사막을 가로질렀다. 벌써 후끈하게 더웠다. 앞에는 뱀처럼 구불구불한 소총 대열이 불을 뿜고 그 뒤에는 팡! 팡! 팡! 하는 기관총이 있었다. 우리가 탁 트인 공간으로 들어서자 모제르 소총 하나가 오른쪽 어딘가를 향해 소리를 내기 시작했다. 처음에는 신경 쓰지 않았지만 곧 우리 주변 바닥에 무언가가 탁탁 떨어지는 소리가 들렸다. 몇 분에 한 번씩 먼지가 일어났다.

"하느님 맙소사! 어떤 멍청이가 우리한테 총을 쏘고 있어." 사진기자가 외쳤다.

우리는 본능적으로 온 힘을 다해 달렸다. 하지만 총알이 더 빨랐다. 들판을 가로지르는 꽤 먼 거리였다. 잠시 후 우리는 슬슬 뛰는 정도로 속력을 낮췄다. 결국은 뛰어봐야 좋을 것 없다는 생각에 다시 아까처럼 먼지를 날리면서 걸었다. 그리고 날아오는 총알은 잊어버렸다……

삼십 분쯤 후 고메스팔라시오 외곽에서 400미터쯤 떨어진 덤불을 살금살금 지나 흙벽돌 오두막 일고여덟 채가 있는 작은 목장에 다다랐다. 한 집 그늘에서 콘트레라스 부대의 누더기 전사 예순 명이 흩어져 쉬며 카드놀이를 하거나 느긋하게 얘기 중이었다. 바로 모퉁이만 돌면 나오는, 연방군 진지와 직통인 길에는 총알이 먼지를 뚫고 계속 날아다녔다. 암호가 "모자 안 씀"이라 다들 이 이글거리는 태양 아래서 모자도 쓰지 않았다. 이들은 자지도 먹지도 못했고, 지나온 몇백 미터는 물 한 방울 없었다.

"저 앞에 총을 쏴대는 저기가 연방군 진지예요." 열두 살쯤 된 남자아이가 일러주었다. "포병대가 오면 공격하라는 명령을 받았어요."

벽에 기대앉은 노인이 나에게 어디서 왔느냐고 물었다. 나는 뉴욕에서 왔다고 했다.

"으흠. 내가 뉴욕에 관해서 아는 거라곤 아무것도 없지만 말이야. 자네가 히메네스 거리에 나다니는 가축만큼 훌륭한 가축들을 본 적 없는 건 분명해."

"뉴욕 거리에는 가축이 없는걸요." 내가 말했다.

그는 말도 안 된다는 듯이 나를 쳐다보았다. "뭐라고? 가축이 없어? 그럼 뉴욕 사람들은 말이나 소를 타고 거리를 돌아다니지 않는단 말인가? 하다못해 양이라도?"

나는 뉴욕 사람들은 가축을 타지 않는다고 대답했다. 그는 대단한 거짓말쟁이를 만났다는 듯 나를 보다가 눈을 내리깔고 깊은 생각에 잠겼다.

"그렇다면 난 뉴욕엔 가지 않겠어."

남자아이 둘이 법석을 떨며 잡기 놀이를 시작했다. 곧 남자 어른 스무 명도 깔깔대며 서로 쫓고 쫓는 데 동참했다. 다 찢어진 카드 한 벌을 가지고 적어도 여덟 사람이 카드놀이를 해보려고 소리 높여가며 게임 규칙을 의논하는데 아마도 카드가 짝이 제대로 맞지 않는 모양이었다. 병사 네다섯 명은 집의 그늘로 기어가 빈정대는 사랑 노래를 불렀다. 그 와중에도 앞쪽에서 꾸준히 들려오는 지옥에서나 날 법한 끔찍한 소음은 사그라들지 않고, 자욱한 먼지 속에 비 내리듯 총알이 후두둑 떨어졌다. 가끔 병사 한 명이 몸을 돌려 모퉁이에서 소총을 조준하고 발사했다.

우리는 그곳에 삼십 분쯤 머물렀다. 그리고 뒤편 수풀에서 회색 대포 두 대가 돌진해오더니 왼쪽으로 70미터쯤 떨어진 마른 수로에서 발포 준비를 했다.

"이제 곧 출발할 거 같네요." 아까 그 남자아이가 말했다.

그때 후방에서 장교 행색인 남자 셋이 말을 타고 달려왔다. 그들은 오두막 지붕 위로 날아드는 총격에 완전히 노출된 상태지만 전혀 개의치 않고 요란하게 소리를 지르며 말고삐를 잡아당겼다. 제일 먼저 입을 연 것은 피에로였다. 벤턴을 죽인 노련한 야수 같은 바로 그자였다.

피에로는 말 위에서 누더기 차림의 병사들을 내려다보며 비웃었다. "흠, 함께 고메스팔라시오를 점령하기에 아주 그럴듯한 패거리군. 하지만 여기선 선택의 여지가 없지. 나팔 소리가 나면 들어가도록 해." 그는 거칠게 고삐를 바짝 잡아당겨 말이 뒷다리로 서게 만들었다가 후방으로 질주하며 말했다. "저 단순한 콘트레라스 멍청이들은 아무짝에도 쓸모없어."

"망할 백정 놈!" 한 병사가 화가 나서 외쳤다. "저놈이 두랑고에서 아무 죄 없는 내 대부를 죽였다네. 대부는 완전히 취해서 극장 앞을 걷고 있었어. 거기 있던 피에로한테 몇 시냐고 물었더니 놈이 그러더래. 내가 말도 걸기 전에 어떻게 감히 나한테 말을 거는 거냐."

그러나 나팔 소리가 들려오자 다들 총을 집어 들었다. 잡기 놀이를 그만하려고 해보았지만 잘되지 않았다. 카드놀이를 하던 사람들은 성을 내며 서로 상대에게 카드를 훔쳐갔다고 우겨댔다.

"이봐, 피덴시오!" 한 병사가 외쳤다. "나는 돌아오고 자네는 못 돌아온다는 데 내 안장을 걸겠다! 나는 오늘 아침엔 후안이랑 내기해서 멋진 굴레를 땄지."

"좋아! 좋아! 나는 새 얼룩무늬 말을 걸지."

그들은 웃고, 농담하고, 까불어대면서 집 안의 은신처에서 나와 총알이 비 오듯 쏟아지는 전장으로 뛰어들었다. 아직 달리기에 서투른 작은 갈색 동물마냥 허둥지둥 거리로 나섰다. 자욱하게 피어오른 먼지가 그들을 가려버리자 지옥 같은 굉음이……

13장. 야간 기습

우리 중 두셋은 포플러나무를 따라 난 수로 옆에 일종의 캠프를 차렸다. 식량과 의복과 담요를 실은 기차는 아직도 30킬로미터도 넘게 멀리 떨어진 후방에 있다. 식당기차에서 정어리 통조림 몇 개나 밀가루라도 얻을 수 있는 날이면 운수대통이었다. 수요일에 한 사람이 연어 통조림, 커피, 크래커, 담배가 든 큰 봉투를 얻어왔다. 힘들게 구한 식료품으로 음식을 하자 전선으로 가던 멕시코인이 차례로 말에서 내리더니 우리 쪽으로 왔다. 거창하게 예의를 갖춰 인사를 주고받고 나면 예법에 따라 우리는 애써 구한 음식을 마음껏 들라고 '손님'에게 권해야 하고 '손님'은 예법에 따라 권하는 음식을 먹어야 한다. '손님'들은 화기애애하긴 하나 고마운 마음은 눈꼽만치도 보이지 않고 말을 타고 가버렸다.

우리는 금빛 황혼 속에서 담배를 피우며 둑 위에 늘어졌다. 첫 기차가 선두 무개화차에 '엘니뇨' 대포를 싣고 시내에서 1.5킬로미터쯤 떨어진 포플러나무 두 번째 줄 끝의 반대편에 도착했다. 기차 앞쪽을 보니 철로수리조가 철로를 손보는 중이다. 갑자기 요란한 폭발이 있더니 기차 앞쪽에서 연기가 조금씩 올라왔다. 나무와 벌판 곳곳에서 환호하는 소리가 들렸다. 헌정군의 사랑 '엘니뇨'가 마침내 사정거리 안에 도착했다. 이제 연방군은 자세를 고쳐 앉고 긴장해야 할 것이다. '엘니뇨'는 아군의 대포 중 가장 큰 8센티미터짜리 포탄용이다…… 예비 기관차가 고메스팔라시오 차량기지를 기습해 '엘니뇨'의 포탄이 기지 마당의 보일러 한가운데를 날려버린 것은 나중에야 알았다.

그날 밤 공격이 있을 것이라고들 해서 어두워진 지 한참 지나 내 말 부케팔로스*를 타고 전선으로 달려갔다. 암호는 "에레라"와 "치와와 숫자 사"였다. 또 '우리 편'을 서로 알아볼 수 있도록 핀을 꽂아 모자 뒤쪽을 올리라고도 했다. 사격 구역 안에서는 절대 불을 피우면 안 되고 전투가 시작되기 전까지는 성냥불만 켜도 초병에게 죽음을 당할 것이라는 엄한 명령이 내려졌다.

나는 부케팔로스를 타고 달도 없이 정적만 흐르는 밤길을 달렸다. 멀찍이 들리는 철로수리조의 지칠 줄 모르는 망

---

* 알렉산드로스 대왕의 유명한 애마 이름.

치 소리를 제외하면 고메스팔라시오로 가는 넓은 들판에는 불빛도 미동도 없었다. 시내는 전깃불로 밝고 레르도행 전차는 필라 언덕 뒤에서 길을 잃고 서 있었다.

그때 앞쪽 수로 근처의 어둠 속에서 중얼거리는 사람 목소리가 들려왔다. 초소가 있는 게 분명했다.

"누구냐?" 그쪽에서 소리쳤다. 내가 미처 대답도 하기 전에 빵! 하고 총소리가 들렸다. 총알이 비켜갔다. 피웅!

"이런 바보 같으니라고!" 엄청나게 화난 목소리가 들렸다.

"사람이 나타났다고 무작정 쏘면 안 돼! 상대가 틀린 암호를 댈 때까지 기다려야지! 내가 하는 걸 잘 봐." 이번에는 서로 순조롭게 암호를 주고받은 후 장교가 말했다. "통과!" 그러나 처음에 총을 쏜 보초가 툴툴대는 소리를 들어버렸다. "이게 뭐가 다른지 잘 모르겠는데요. 어차피 제가 총을 쏴서 뭘 제대로 맞혀본 적이 없거든요."

어둠 속을 조심조심 가다가 산라몬 목장에 들어서게 됐다. 파시피코는 모두 도망친 줄 알았는데 놀랍게도 문틈에서 빛이 새어나오는 집이 있었다. 목이 마른데 무턱대고 수로에서 물을 마실 수 없는 형편이라 문을 두들겨보았다. 여자가 나오자 네 아이도 따라나와 치마 끝에 매달렸다. 여자는 물을 가져오더니 갑자기 말을 꺼냈다. "아! 세뇨르, 혹시 사라고사 연대의 포병대가 어디 있는지 아시나요? 남편이 거기 소속인데 벌써 일주일째 못 봤어요."

"그럼 파시피코가 아니군요."

"물론 아니에요." 여자는 분개하며 아이들을 가리켰다. "저희는 포병대 소속이에요."

전선에서 부대는 포플러나무 대열 첫 줄 근처 수로를 따라 늘어섰다. 칠흑 같은 어둠 속에서 비야가 400미터 앞에 선 선발대에게 총격을 개시하라고 명령하기를 기다리면서 병사들은 서로 속닥거리고 있었다.

"총은 어디다 뒀어요?" 내가 물었다.

"우리 연대는 오늘 밤에 총을 안 씁니다." 누군가가 대답했다. "왼편에 있는 사람들이 참호를 공격할 건데 소총은 거기 있어요. 오늘 밤에는 반드시 브리팅엄 목장을 차지해야 하는데 총은 별 쓸모가 없거든요. 우리는 후아레스 연대 콘트레라스의 부하들입니다. 봐요. 우리는 담 쪽으로 기어가서 안에다 폭탄을 던지라는 명령을 받았어요!" 그는 폭탄을 꺼내 보였다. 소가죽 끈에 짧은 다이너마이트를 꿰매 달고 끝에 도화선을 단 것이었다. "오른편에는 로블레스 장군의 부하들이 있어요. 그 친구들은 폭탄도 있지만 소총도 있죠. 그 친구들이 필라 언덕을 공격할 거예요."

그리고 갑자기 레르도 쪽에서 요란한 총소리가 나면서 후끈한 밤의 고요가 박살 났다. 마클로비오 에레라 장군이 연대를 이끌고 그쪽으로 향하는 것이다. 거의 동시에 앞쪽의 소총부대가 평평 총을 쏴댔다. 허공의 개똥벌레 같아 뵈는 불붙은 담배를 손에 든 사람이 대열로 다가왔다.

"이걸로 담배에 불붙이고, 담장 바로 아래까지 가기 전엔 도화선에 불붙이지 마."

"젠장! 그런데 대위님, 이거 점점 힘들어요. 대체 언제 불을 붙여야 할지 어떻게 압니까?"

그때 어둠 속에서 거칠고 굵은 목소리가 들려왔다.

"내가 알려줄 거다. 나를 따라와."

병사들 사이에서 조심스럽게 속삭이는 소리로 "비야 만세!"라는 함성이 터져 나왔다. 담배는 피우지 않지만 한 손에는 불붙인 담배를, 다른 한 손에는 폭탄을 든 비야가 수로 둑을 기어올라 덤불 속으로 들어가자 다른 이들도 따라갔다.

이제 전 대열에서 소총을 쏘는 소리가 요란했다. 하지만 아래쪽 나무 뒤쪽에서는 공격의 낌새가 전혀 보이지 않았다. 포병대는 잠잠했다. 양측 모두 포탄을 쓰기에는 부대가 어둠 속에 너무 촘촘하게 붙은 상태였다. 나는 뒤편으로 가서 오른쪽으로 말머리를 돌려 경사진 수로 둑으로 올라갔다. 거기서 내려다보니 레르도 쪽 전선 전체에 걸쳐 소총에서 작은 불꽃들이 춤추고 여기저기서 뿜어나오는 불꽃이 마치 보석을 실에 꿴 듯 반짝거렸다. 제일 왼쪽에서는 베나비데스 부대가 토레온을 향해 속사포를 쏘아대며 모습을 드러냈다. 나는 긴장을 졸이며 공격을 기다렸다.

폭발과 함께 공격이 시작되었다. 내 쪽에서 보이지 않는 브리팅엄 목장 쪽에서 기관총 네 대가 연달아 발사되고 쉴 새 없는 소총 소리가 좀 전에 난 소리와는 상대도 안 되는 굉음을 만들었다. 순간적으로 환한 빛이 번지며 하늘이 붉어지더니 다이너마이트가 굉음을 내며 폭발했다. 사그라지고 흔들리고 멈추고 다시 피어오르는 불길 속에 온 거리에 요란한 비명이 울려 퍼지는 광경과 바로 그 앞에서 언제나 그렇듯 고개를 돌려 말하는 비야의 모습을 그려볼 수 있었다. 이제 오른편에서 더 요란한 총격이 들리는 것으로 보아 필라 언덕을 공격하는 부대가 언덕 기슭에 닿은 듯했다. 레르도로 향하는 고지의 끝에서 섬광이 비쳤다. 마클로비오 에레라가 레르도를 함락한 것이 분명하다! 히야! 갑자기 마법 같은 장면이 눈앞에 펼쳐졌다. 필라 언덕의 삼면에서 가파른 경사면까지 환한 불빛으로 된 띠가 천천히 올라갔다. 공격하는 쪽이 계속해서 발포하면서 생긴 불빛이었다. 언덕 꼭대기에도 요란한 불꽃이 났고 아래서 올라가는 불꽃 띠가 정상에 가까워지자 불꽃은 더 거세졌다. 꼭대기에서 환한 불빛이 번쩍하더니 다시 번쩍했다. 잠시 후 무시무시한 대포의 포성이 들렸다. 적군이 언덕을 오르는 아군에게 대포를 쏜 것이다. 그래도 아군은 계속해서 검은 언덕으로 올라갔다. 이제 불꽃 띠는 여기저기 끊겼지만 절대 머뭇거리지 않았다. 불꽃 띠와 꼭대기에서 내뿜는 원한에 찬 불빛이 하나로 합쳐지는 것처럼 보일 때까지 그랬다. 그리고 갑자기 불꽃이 모두 사라진 것 같더니 작은 개똥벌레 같은 불빛이 산등성이 아래로 떨어지다 그대로 남았다. 모두 밀려났

나보다 생각할 즈음 코앞에 대포를 두고도 다시 정상으로 기어올라가는 이 폐온들의 무모한 용기에 놀라버렸다. 불꽃 떼가 다시 천천히 언덕을 올라갔다…… 그날 밤 아군은 필라 언덕을 일곱 번이나 공격했고 공격할 때마다 일고여덟 명씩 죽었다…… 그사이 목장을 둘러싼 지옥 같은 굉음과 붉은 빛도 멈추지 않았다. 가끔 잠잠해지기도 했지만 다시 시작할 때면 전투는 더 끔찍해질 뿐이었다. 아군은 목장을 여덟 번이나 공격했다. 고메스팔라시오에 입성한 아침, 지난 사흘 내내 연방군이 시체를 태웠는데도 브리팅엄 목장 앞 공터에는 시체가 너무 많아서 말을 타고 다니기가 힘들 정도였고 필라 언덕 주변에는 시체를 쌓은 언덕이 일곱 개나 있었다……

부상자들은 짙은 어둠 속에 평지를 지나 조심스럽게 움직이기 시작했다. 전장의 굉음이 모든 소리를 덮어버렸지만 부상자들의 고함과 신음 소리는 분명하게 구분됐다. 부상자들이 덤불을 지날 때 나는 바스락거리는 소리와 모래 위로 발을 끄는 소리도 들릴 정도였다. 내가 있던 아래쪽 길을 따라가던 기병은 팔이 부러져서 전장을 떠나야 한다고 욕을 하다가 울다가 다시 욕을 했다. 그가 지나가고 나타난 보병은 내가 있던 둑 아래쪽에 앉아 신경쇠약에 걸리지 않으려고 쉴 새 없이 온갖 것에 대해 말했다. 그는 우스갯소리처럼 이렇게 말했다.

"이렇게 서로 죽고 죽이다니 우리 멕시코인들은 얼마나

용감하단 말인가!"

지루해진 나는 숙영지로 돌아갔다. 시간이 얼마나 걸리건 상관없이 전투란 세상에서 가장 지루한 것이다. 모든 전투는 다 똑같다…… 아침에 본부로 가서 간밤의 소식을 물었다. 아군은 레르도를 차지했지만 필라 언덕과 목장은 여전히 적들의 손에 있었다. 그 엄청난 희생을 치렀는데 아무것도 얻지 못한 것이다!

4부. 무장한 민중

14장. 고메스팔라시오를 함락하다

'엘니뇨'는 이제 시내에서 몇백 미터밖에 떨어지지 않은 곳에 있고, 철로수리조 노동자들은 자욱한 화약 연기 속에서 막바지 수리에 열을 올렸다. 기차 첫 칸에 실린 대포 두 문은 연방군 포병대의 집중 공격을 받으면서도 용감하게 포를 날렸다. 사실 연방군 포탄이 날아와 노동자 열 명이 죽자 엘니뇨의 대위가 포탄 두 방을 날려 필라 언덕 쪽을 꼼짝도 못하게 만들어버릴 정도로 잘해냈다. 그제야 연방군은 기차를 포기하고 방향을 바꿔 레르도의 에레라 부대 쪽으로 포를 쏘았다.

헌정군은 만신창이였다. 나흘간의 전투로 전사자가 천 명, 부상자가 이천 명에 달했다. 그 훌륭한 병원기차도 부상자를 감당할 수 없었다. 우리가 있는 넓은 들판까지 희미한 시체 냄새가 진동했다. 고메스팔라시오의 상황은 더 끔찍할 게 분명했다. 목요일에는 시체를 태우는 불길 스무 개에서 피어오른 연기가 하늘을 뒤덮었다. 그러나 비야는 어느 때보다 더 강경했다. 반드시 고메스팔라시오를 빨리 빼앗아야 한다. 비야는 포위 작전을 펼치기에 충분한 무기도 보급품도 확보하지 못했다. 그러나 적군에게 비야의 이름은 이미 전설이 되었다. 어디건 비야가 전장에 나타나면 적군은 이미 졌다고 여기기 시작했고, 그런 심리가 비야 부대에 미치는 영향 또한 중요했다. 그래서 비야는 다시 야간 공격을 계획했다.

"철로가 모두 복구됐습니다." 철도 담당관 칼사도가 보고했다.

"좋아. 후방에 있는 기차를 모두 집결시키도록 해. 아침에 고메스팔라시오에 들어갈 테니." 비야가 말했다.

밤이 되었다. 숨소리조차 들리지 않을 만큼 고요한 밤, 수로에서 우는 개구리 소리밖에 들리지 않았다. 전선을 따라 엎드린 병사들은 공격 명령을 기다리는 중이다. 다치고 지치고 초조한 상태로 전선에 모여든 이들은 마지막 안간힘을 다하고 있었다. 오늘 밤 이들은 물러서지 않을 것이다. 고메스팔라시오를 함락하거나 있던 자리에서 죽을 것이다. 공격 예정 시간인 아홉 시가 가까워지자 긴장감이 터지기 직전이었다. 아홉 시가 지나도 아무 소리도 움직임도 없었다. 무슨 이유에선가 공격 명령이 늦춰졌다. 열 시. 갑자기 고메스팔라시오 쪽에서 오른편으로 집중 사격이 시작됐다. 우리 편 전체가 맞대응을 했지만 연방군은 몇 번 더 집중 사격을 하더니 공격을 멈춰버렸다. 고메스팔라시오 시내에서 이상한 소리가 났다. 전깃불이 나가더니 어둠 속에서 무엇인지 알 수 없는 미묘한 동요와 움직임이 감지됐다. 전진하라는 명령이 내려지고 아군이 어둠 속에서 살금살금 앞으로 나아가더니 선봉대가 갑자기 소리를 질렀다. 그리고 함성 속에 진상이 대오를 따라 저 멀리 들판까지 퍼져나갔다. 연방군이 고메스팔라시오에서 철수했다! 왁자지껄하는 소리와 함께 병사들은 시내로 몰려갔다. 아직 약탈 중인 연방군을 쏘는 총소리가 간간이 들려왔다. 연방군이 고메스팔라시오를 버리면서 시내 전체를 파괴해버린 것이다. 이제 우리 쪽의 약탈이 시작됐다. 병사들의 외침, 술 취한 노랫소리, 문을 부수는 소리가 벌판에 있는 우리한테도 들렸다. 병사들이 연방군 요새였던 집 몇 채를 불태우자 불길이 치솟아 올랐다. 그러나 언제나 그렇듯 '폭도'들의 약탈은 제한적이었다. 음식과 술, 입을 옷을 차지할 뿐 민가를 건드리진 않았다.

　지휘관들은 이 약탈을 눈감아주었다. 병사가 차지한 물건은 무엇이건 그의 것으로 장교가 빼앗을 수 없다는 비야의 특별 명령이 내려졌다. 적어도 내가 아는 한에서는 지금까지 부대 안에서는 도난 사건이 많지 않았다. 그러나 고메스팔라시오에 입성하면서부터 병사들의 심리에 기묘한 변화가 생겼다. 수로 옆 우리 야영지에서 자고 일어나보니 내 말이 없어졌다. 밤사이에 내 말 부케팔로스를 도둑맞은 것이다. 그 뒤로 부케팔로스를 다시는 보지 못했다. 아침을 먹는 동안 병사 여럿이 와서 함께 밥을 먹었는데, 그들이 가고 나면 칼이나 총이 사라졌다. 그러니까 서로가 서로의 물건을 훔치고 있었던 것이다. 그래서 이번엔 나도 필요한 걸 훔쳤다. 근처 들판에서 목에 밧줄을 맨 근사한 회색 노새 한 마리가 풀을 뜯고 있었다. 나는 그 노새의 등에 안장을 올리고 전선 쪽으로 달려갔다. 녀석이 부케팔로스보다 적어도 네 배는 쓸모 있는 훌륭한 동물이란 걸 금방 알아차렸다. 보는 사람마다 노새를 탐냈다. 소총 두 자루를 들고 걸어오던 한 병사가 내 쪽으로 왔다.

"이봐 동지, 그 노새 어디서 난 거요?"

나는 바보같이 이렇게 대답했다. "들판에서 찾았어요."

"내 그럴 줄 알았지. 그건 내 노새요! 얼른 내려서 노새를 내놔요!" 그가 소리쳤다.

"그럼 이 안장도 당신 거요?" 내가 물었다.

"성모님께 맹세컨대 내 거요!"

"그렇다면 당신은 거짓말을 한 거요. 왜냐면 안장은 내 것이니까."

나는 혼자서 소리를 지르는 병사를 버려두고 노새를 몰고 달렸다. 얼마 가지 못했는데 이번엔 걸어오던 늙은 페온이 갑자기 달려오더니 노새 목을 얼싸안았다.

"아, 드디어! 잃어버린 내 아름다운 노새! 나의 후아니토!"

페온은 노새 값으로 50페소를 내놓으라고 했지만 나는 그를 따돌리고 달렸다. 고메스팔라시오에 들어서자 이번엔 기병 하나가 내 앞으로 오더니 다짜고짜 노새를 내놓으라고 했다. 그는 험악한 데다 총도 가지고 있었다. 나는 내가 포병 대 대위이며 이 노새는 우리 포대 소속이라고 우긴 뒤 그에게서 벗어났다. 가는 곳마다 몇 발자국 못 가 노새 임자가 나타나 어떻게 자신의 판치토나 페드리토, 아니면 토마시토를 내가 감히 타고 있는 거냐고 물었다! 막판에는 창문으로 노새를 본 대령의 명령을 문서로 가지고 나온 사람도 있었다. 나는 프란시스코 비야가 서명한 내 통행증을 내밀었고 그것으로 충분했다……

헌정군이 그토록 오래 싸웠던 넓은 사막을 가로질러 사방에서 뱀처럼 구불구불한 대열로 행진하자 먼지구름이 일었다. 보이지 않는 데까지 이어진 기차가 철길을 따라서 환호하는 병사들과 여자들을 가득 싣고 승리의 기적 소리를 내며 들어왔다. 도시는 완벽하게 고요하고 질서 있게 새벽을 맞았다. 비야와 참모들이 고메스팔라시오에 들어서자 약탈은 일시에 중단되고 병사들은 다른 이의 물건에 손대지 않았다. 병사 천 명은 불을 피워둔 도시 외곽으로 시체를 옮기는 고된 일을 하는 중이었다. 다른 오백 명은 도시를 지켰다. 비야가 내린 첫 명령은 술을 마시다 잡히면 총살에 처한다는 것이었다.

기차의 셋째 칸이 기자, 사진사, 촬영기사들에게 배정된 유개화차였다. 드디어 침상과 담요, 친애하는 중국인 요리사 퐁과 함께하게 됐다. 기차역 가까이에서 칸을 바꿔서 제일 앞쪽 칸으로 옮기게 됐다. 우리가 후덥지근한 데다 낡고 칙칙한 찻간에 모여드는데 토레온의 연방군이 날린 유산탄이 바로 옆에 떨어졌다. 바로 그때 나는 문가에 서 있다가 포탄 굉음을 들었지만 별로 신경 쓰진 않았다. 갑자기 공기 중에 커다란 딱정벌레같이 생긴 작은 물체가 검은 연기 소용돌이를 그리며 날아다니는 것이 보였다. 그 물체는 징징거리는 소리를 내며 문을 지나 10미터쯤 날아가더니 기병대와 여자들이 야영하는 공원의 나무들 가운데서 피이이이아! 하는 요란한 소리를 내며 폭발했다. 백 명이 넘는 병사들은 겁에 질려 거꾸러진 말들을 붙잡아 타고 미친 듯이 후방으로 달려가고 그 뒤를 여자들이 따랐다. 여자 둘과 말 한 마리가 죽은 모양이다. 사람들은 담요며 음식, 소총 할 것 없이 죄다 내던지고 가버렸다. 펑! 기차의 다른 쪽으로 한 방이 더 날아왔다. 무척이나 가까웠다. 우리 뒤쪽에서 째지는 비명을 질러대는 여자들이 가득한 기차 스무 칸이 갑자기 히스테릭한 기적 소리를 내며 벌판에서 벗어나려고 했다. 포탄 두세 개가 더 날아오고 아군의 '엘니뇨'가 맞대응하기 시작했다.

그러나 이 일은 특파원과 기자들에게 희한한 영향을 끼쳤다. 첫 번째 포탄이 터지자마자 한 사람이 순전히 충동적으로 위스키 병을 내놓았고 우리는 그 병을 돌려가며 마셨다. 아무도 입을 열지는 않았지만 술병이 돌아오면 한 명도 빠짐없이 그 독한 술을 벌컥벌컥 들이켰다. 포탄이 가까이 와서 터질 때마다 움찔하고 놀라며 이리저리 뛰었지만 나중에는 신경도 쓰지 않게 되었다. 그리고 포탄이 터지는 바로 옆에 있는 기차에 있을 정도로 우리가 용감하지 않느냐며 서로 추켜세우기 시작했다. 대포 발사 소리가 점점 멀어지다가 양쪽 다 잠잠해지고 위스키 병이 비어갈수록 우리는 점점 더 용기백배했다. 다들 저녁을 먹는 것도 잊어버렸다.

어둠 속에서 심술 맞은 백인 둘이 기차 문가에 서서 지나가는 병사들을 붙잡고 무례한 말을 써가며 놀려대던 것이 기억난다. 우리까지 얽혀서 티격태격하다가 누군가가 영화 촬영 장비를 가진 늙은 멍청이의 목을 조를 뻔하기도 했다. 한밤중에는 암호도 모르면서 나가서 토레온의 연방군을 정찰하겠다는 자들을 말리느라 애를 먹었다.

"안 될 이유가 뭐란 말이야?" 그들은 소리쳤다. "멕시코 놈들은 배짱이라곤 없어! 미국인 한 명이 멕시코 놈 쉰 명은 상대할 수 있어! 왜냐고? 아까 오후에 포탄이 나무로 날아오니까 멕시코 놈들이 도망치던 거 못 봤나? 그리고 우리는 딸꾹, 기차 옆에 남아 있었잖아?"

5부. 카간사—인상

1장. 카란사를 만나다

후아레스에서 평화조약이 체결되고 1910년 혁명이 끝나자 프란시스코 마데로는 멕시코시티를 향해 남쪽으로 행진했다. 그는 어디에 가건 승리에 들뜬 페온들을 상대로 연설을 했고 페온들은 마데로를 해방자라고 불렀다.

치와와에 도착한 마데로는 주지사궁 발코니에서 연설했다. 함께 디아스 독재정권을 종식시킨 동지들이 겪은 고난과 희생에 대해 이야기하던 그는 감정이 격해졌다. 방 안으로 들어가더니 키 크고 수염 난 남자를 데리고 나와 어깨를 얼싸안고 울먹이며 말했다.

"이 동지는 훌륭한 사람입니다! 이 동지를 언제나 아끼고 존경하십시오."

그가 바로 베누스티아노 카란사였다. 강직한 삶과 높은

이상을 가진 남자, 스페인 명문가의 후손인 귀족 출신 대농장주였다. 프랑스혁명 때 라파예트가* 같은 소수의 귀족처럼 혁명에 심장과 영혼을 바친 멕시코 귀족 중 하나였다. 마데로가 혁명을 시작하자 카란사는 아주 중세적인 방식으로 전장에 나섰다. 봉건 영주처럼 자신의 농장에서 일하는 페온들을 무장시켜 이끌고 나선 것이다. 혁명이 끝나자 마데로는 카란사를 코아우일라주 주지사로 임명했다.

멕시코시티에서 마데로를 암살하고 대통령이 된 우에르타는 각 주의 주지사들에게 서한을 보내 새 정권을 승인하라고 명령했다. 카란사는 그 서한에 답장하지 않고 대통령을 살해하고 정권을 찬탈한 자들과는 상대하지 않겠다고 했다. 카란사는 스스로를 혁명의 '최고지도자'로 임명하고, 멕시코 인민에게 무기를 들고 자신과 함께 해방을 위한 여정을 시작하자고 요청하는 선언문을 발표했다. 그리고 코아우일라주 수도에서 나와 토레온 인근에서 벌어진 초기 전투를 지원했다.

얼마 후 카란사는 많은 일이 벌어지고 있는 코아우일라주를 떠나 국토를 횡단해, 아무 일도 벌어지지 않는 소노라주로 부대를 움직였다. 비야는 두랑고에서, 블랑코와 다른 이들은 코아우일라에서, 곤살레스는 탐피코에서 격렬한 전투를 시작했다. 이런 식의 반란이 일어날 때는 공과를 둘러싼 초기의 불화가 있게 마련이다. 그러나 혁명군 지도자들 사이에 그런 불화는 없었다. 토레온 진격 직전에 열린 전체

게릴라 지도자들의 회합—멕시코 역사에서 잘 알려지지 않은 사건—에서 장군들은 만장일치로 비야를 헌정군 참모총장으로 선출했다. 그러나 소노라에서는 벌써 마이토레나와 페스키에라가 주지사 자리를 놓고 다투느라 혁명에 위협이 될 지경이었다. 카란사가 군대를 이끌고 서부 소노라로 간 명목상의 이유는 이 분쟁을 해결하기 위해서였다. 그러나 그가 간다고 해서 해결될 일 같지는 않았다.

카란사가 소노라로 간 이유가 헌정군의 서해안 항구를 확보하려던 것이란 설도, 야키족* 토지 문제를 해결하려고 한 것이란 설도, 새 공화국의 임시정부를 조직하는 데 비교적 평화로운 소노라주가 더 나았기 때문이란 설도 있다. 어쨌거나 카란사는 여섯 달 동안이나 소노라에 머물며 아무 일도 하지 않았다. 잘 훈련된 병력 육천을 하릴없이 놀리며, 카란사 자신은 파티나 투우장에 가고 수많은 기념일을 만들어 기념하고 선언문을 발표할 따름이었다. 과이마스와 마사틀란의 기죽은 주둔군보다 두세 배는 되는 카란사의 부대는 느긋하게 두 곳의 포위 작전을 폈다. 내 생각에 얼마 전 마사틀란도 과이마스도 함락된 것 같다. 겨우 몇 주 전 임시 주지사 마이토레나는 주지사의 안전을 보장하지 않는다는 이유로 소노라주 군 통수권자인 알바르도 장군에 맞선 반혁명을 일으키겠다고 협박했다. 에르모시요의 주지사궁이 불편하

---

* 소노라주 남부에 살던 아메리카 원주민.

다는 이유로 혁명을 뒤흔들어놓겠다고 한 것이다. 내가 아는 한 이 기간 내내 야키족 원주민의 토지 문제에 관한 이야기는 한마디도 나오지 않았다. 야키족의 땅을 빼앗은 일은 디아스 정권의 어두운 역사 중에서도 가장 끔찍한 사건이었다. 그들은 땅의 대가로 불확실한 약속 말고는 아무것도 받지 못했다. 부족 전체가 혁명에 동참했지만 몇 달이 지나지 않아 대부분 고향으로 돌아와 백인들을 상대로 희망 없는 토지 반환 운동을 다시 시작했다.

카란사는 지난봄 초 소노라 체류 목적이 다 이루어질 때까지 겨울잠을 잤다. 그리고 나서야 그는 진짜 혁명이 벌어지는 곳으로 눈을 돌렸다.

그 여섯 달 사이 혁명을 둘러싼 상황은 완전히 바뀌었다. 누에바레온주 북부와 코아우일라주 대부분을 제외하면 거의 동해안에서 서해안까지 멕시코 북부 전체가 헌정군의 손에 들어온 데다 이제 비야는 잘 훈련된 병력 만 명을 이끌고 토레온으로 진격할 참이었다. 이 모두가 거의 비야 혼자서 이뤄낸 것이다. 카란사가 한 일이라고는 축하한 것밖에 없었다. 물론 그전에 카란사는 정말로 임시정부를 구성했다. '최고지도자'의 주변에는, 대의명분을 내세울 때는 요란하고 멋대로 선언문을 내고 서로 질투하며 비야를 끔찍이도 시기하는 기회주의자 정치인 무리가 득시글거렸다. 점차 카란사의 성품도 각료들의 성품과 닮아가는 듯했다. 그러나 언제나처럼 카란사의 명성은 드높았다.

이상한 일이었다. 이 기간 동안 카란사와 함께 있었던 기자들은 혁명의 최고지도자임을 자처하는 카란사가 완전히 고립되어 있다고 했다. 그들은 카란사를 본 적이 거의 없었다. 대화를 해본 적은 더더욱 없었다. 기자들과 카란사 사이에 있는 여러 비서와 장교, 각료들—예의 바르고 외교적인 신사들이 기자들의 질문을 서면으로 받아 카란사에게 전달하면 서면으로 된 답변을 되돌려줘 실수가 없도록 했다.

그러나 카란사는 비야가 무엇을 하건 철저하게 혼자 내버려두었다. 패배를 겪건 실수를 저지르건 비야는 혼자였다. 마치 정부의 수장이라도 된 것처럼 외국 세력과 상대해야 하기도 했다.

에르모시요의 정치인들이 갖가지 방법을 동원해 카란사가 북부에서 세를 키우고 있는 비야를 질투하도록 만든 것은 확실하다. 2월 최고지도자 카란사는 병력 삼천을 이끌고 북쪽으로 한가로운 여행을 떠났다. 그가 내세운 이유는 비야에게 병력을 지원하고 비야가 토레온으로 떠나면 시우다드후아레스를 임시 수도로 만들겠다는 것이었다. 그러나 소노라에 있던 기자 둘이 말하길 카란사 호위 부대의 장교들은 비야를 훼방 놓으러 가는 것으로 알고 있더라고 했다.

에르모시요의 카란사는 세계의 새로운 중심에서 멀리 떨어져 있었다. 아무도 그가 무엇을 하는지 몰랐다. 하지만 혁명의 최고지도자가 미국 국경 쪽으로 움직이기 시작하자 다시 세계의 관심은 그에게 집중됐다. 그러나 아무리 관심을 집중해도 카란사에 대한 정보가 거의 드러나지 않자 카란사가 유명무실하다는 소문이 빠르게 퍼졌다. 예를 들어 한 신문은 카란사가 미쳤다고 보도했고 다른 신문은 그가 사라졌다고 주장했다.

그 시절 나는 치와와에 있었다. 내가 일하던 신문사가 이런 소문을 전보로 알려주며 카란사를 찾아보라고 했다. 벤턴 살해사건 때문에 소란스럽던 시절이었다. 각종 주장과 영국과 미국 정부의 은근한 협박이 비야를 압박했다. 하지만 그 시점에 국경에 도착한 카란사와 각료들이 6개월 만에 놀라운 방식으로 침묵을 깨뜨렸다는 소식을 전해 들었다. 최고지도자는 다음과 같은 내용을 주정부에 통보했다.

"주정부는 벤턴 사건을 비야 장군에게 보고하는 실수를 저질렀다. 그 사건은 혁명의 최고지도자이자 헌정 정부의 임시 수장인 나에게 보고됐어야 한다. 또한 미국은 영국 국민인 벤턴을 대변할 어떠한 권한도 없다. 나는 영국 정부의 사절을 받은 적이 없다. 영국 사절이 올 때까지 나는 어느 정부 대사에게도 답변하지 않을 것이다. 한편 벤턴의 죽음을 둘러싼 정황에 대해서는 철저한 조사가 이루어질 것이며 책임자들은 법에 따라 엄중하게 처벌받을 것이다."

동시에 비야는 자신이 외교 문제에서 배제되었다는 상당히 노골적인 암시를 받고 기꺼이 입을 다물었다.

여기까지가 내가 노갈레스로 갈 때의 상황이었다. 노갈레스는 [미국] 애리조나주의 노갈레스와 멕시코 소노라주의 노갈레스가 국경을 사이에 두고 길게 이어진 제법 큰 소도시다. 길 한가운데로 국경이 지나가고, 작은 세관 사무소 휴게실에는 넝마를 걸친 멕시코 보초들이 미국 쪽으로 가는 모든 것에 수출세를 받는 것 말고는 방해받는 일 없이 진종일 담배를 피워댔다. 미국 쪽 주민들은 음식, 도박, 춤, 자유를 느낄 것을 찾아 멕시코 쪽 노갈레스로 가지만 멕시코인들은 누가 자기를 쫓아오면 미국 쪽으로 도망쳤다.

나는 한밤중에 도착해서, 카란사와 장관들을 따라다니는 정치꾼들이 머무는 멕시코 쪽 노갈레스의 호텔로 갔다. 한 방에 네 명씩 자는 것도 모자라 복도의 유아용 침대와 바닥, 심지어 계단에서도 자고 있었다. 나는 약속을 해둔 상태였다. 괴팍한 헌정 정부 영사에게 취재 계획을 얘기했더니, 그는 멕시코혁명의 전체 운명이 리드 씨가 도착하자마자 혁명의 최고지도자를 만나느냐에 달려 있다고 노갈레스로 전보를 쳤던 것이다. 그러나 모두 자러 가버렸고 뒷방에서 나온 호텔 주인은 신사분들의 이름이며 누가 어디에 묵고 있는지 하나도 아는 것이 없다고 했다. 맞습니다, 그는 카란사가 이 도시에 와 있다는 얘기를 들었다고 했다. 우리는 문을 열어보며 멕시코인들 사이를 누비다가, 새 정부 아래서 멕시코 전체 관세 징수관이라고 주장하는 면도는 안 했지만 예의는 바른 신사를 만났다. 그 신사가 해군 참모총장을 깨우고 참모총장은 재무장관을 깨웠다. 재무장관은 대농장 담당관을 찾아냈고 대농장 담당관이 마침내 우리를 외무장관인 세뇨르 이시드로 파벨라의 방으로 데려다주었다. 세뇨르 파벨라는 최고지도자는 이미 잠자리에 들었기 때문에 나를 만날 수 없다고 했다. 하지만 자기가 카란사가 벤턴 사건을 어떻게 생각하는지는 얘기해줄 수 있다고 했다.

그때까지 어느 신문도 세뇨르 파벨라에 대해 알지 못했다. 신문사들은 특파원들에게 파벨라가 어떤 사람인지 알아내라고 했다. 파벨라는 임시정부에서 아주 중요한 사람인 듯했지만 그의 전력은 알 길이 없었다. 그는 각기 다른 시기에 카란사 내각에서 거의 모든 직책을 섭렵했다. 중키에 눈에 띄는 외모, 세련되고 정중한 태도, 교육을 받은 티가 역력했고 의심할 나위 없는 유대인 얼굴이었다. 우리는 그의 침대에 걸터앉아 한참을 이야기했다. 파벨라는 최고지도자의 이상과 목표가 무엇인지 말해주었지만 거기서 최고지도자의 성품을 감지할 만한 내용을 발견할 수 없었다.

"그럼요. 물론 저는 아침에 최고지도자를 만날 수 있습니다. 최고지도자께서는 당연히 저와 만나실 겁니다."

하지만 면담에 대해 얘기하기 시작하자 세뇨르 파벨라는 최고지도자는 질문에 직접 대답하지 않는다고 했다. 질문은 모두 서면으로 작성해서 파벨라를 통해 제출해야 한다고 했다. 그러면 파벨라가 질문을 카란사에게 가져가서 답변을 받아 돌려준다고 했다. 시키는 대로 나는 질문을 스물다섯 가지쯤 적어서 파벨라에게 주었다. 그는 꼼꼼하게 질문지를 읽었다.

"아! 여기 있는 질문 중에 최고지도자께서 답하지 않을 것이 많아요. 그런 질문은 빼는 것이 좋겠는데요."

"음, 최고지도자가 답변하지 않는다면…… 하지만 저는 그분이 질문을 보시기라도 했으면 합니다. 보시고 답변하지 않으면 되잖아요."

"그렇지 않아요. 이 질문들은 빼는 편이 나아요. 저는 그분이 어느 질문에 답하고 어느 질문에 답하지 않을지 정확하게 압니다. 그 질문들 때문에 최고지도자께서 다른 질문에도 편견을 가지고 답할 수 있어요. 그런 일이 일어나기를 바라지는 않으실 겁니다. 안 그렇습니까?"

"세뇨르 파벨라, 돈 베누스티아노가 어떤 질문에 답하지 않을지 확실하게 아는 게 맞나요?"

"이 질문에는 답하지 않으실 겁니다." 파벨라는 헌정 정부의 강령에 대해 구체적으로 묻는 질문 네다섯 가지를 가리켰다. 토지 재분배, 직접선거, 페온의 참정권 문제 등이 담긴 질문이었다.

"이십사 시간 후에 답변을 가지고 오겠습니다. 이제 최고지도자께 같이 가실 겁니다. 하지만 약속해주셔야 합니다. 아무 질문도 하지 않고, 방에 들어가서 악수하고 안부만 물은 후 바로 나오겠다고요."

나는 약속했다. 그리고 다른 기자와 함께 그를 따라 광장을 가로질러 작지만 아름다운 노란색 관청 거물로 갔다. 우리는 파티오에 잠시 서 있었다. 거기서는 자기가 중요한 사람이라고 으스대는 멕시코인들이 서류 꾸러미를 들고 이 문 저 문으로 드나들며, 자신이 중요한 사람이라고 으스대는 다른 멕시코인을 붙잡고 얘기하고 있었다. 가끔 비서실 문이 열리면 요란한 타자 치는 소리가 귀를 울렸다. 제복을 입은 장교들은 명령을 기다리며 파티오에 서 있었다. 소노라주 군대 지휘관인 오브레곤* 장군이 큰 소리로 남쪽의 과달라하라로 행진할 계획을 설명하는 중이었다. 그는 삼 일 후 에르모시요로 떠나 석 달 동안 인심 좋은 시골을 가로질러 600킬로미터를 이동했다. 오브레곤이 별다른 통솔력을 보여주지 못했는데도 카란사는 그를 북서군 사령관으로 임명했다. 비야와 같은 계급에 해당하는 자리였다. 오브레곤과 대화 중인 빨간 머리 멕시코 여자는 흑옥黑玉이 수놓인 검정 새틴 드레스에 칼을 찼다. 테픽에서 활동하는 카라스코 장군의 참모장인 라모나 플로레스 대령이었다. 1차 혁명 때 장교였던 남편이 금광을 남기고 전사하자 라모나 대령은 연대를 훈련시켜 전장에 나섰다. 벽에는 자기 부대원의 무기와 군복을 사 입히려고 북쪽으로 가져온 금괴 두 자루를 세워 놓았다. 각종 이권을 따내려는 예의 바른 미국인들은 모자

---

* Álvaro Obregón(1880~1928). 멕시코의 군인, 정치인. 카란사의 혁명정부에서 북서군 사령관과 국방장관을 역임했다. 1920년에서 1924년까지 멕시코 대통령으로 재임했다.

를 손에 들고 초조해하며 서성거렸다. 어디를 가도 보이는 무기 외판원들이 들어줄 만한 사람이 눈에 들어오기만 하면 총과 총알 선전을 늘어놓기에 바빴다.

무장한 보초 네 명이 문을 지키고 다른 사람들은 파티오에 널브러져 있었다. 회랑 가운데 작은 문을 지키는 두 사람 말고는 더 보이는 사람은 없었다. 그 두 사람은 남들보다 똑똑해 보였다. 문을 지나는 사람은 누구나 꼼꼼하게 수색당했고, 제지당한 사람들은 양식에 따라 심문을 받았다. 두 시간마다 보초가 교대했다. 한 장군이 보초 교대 임무를 관장하고 근무를 교대하기 전에 보초들은 장군과 꽤 오랫동안 대화를 나눴다.

"저 방은 뭔가요?" 나는 세뇨르 파벨라에게 물었다.

"혁명 최고지도자의 집무실입니다." 그가 대답했다.

나는 거의 한 시간쯤 기다렸는데 그동안 세뇨르 파벨라가 데려가는 사람 말고는 아무도 그 방에 들어가지 않았다. 마침내 그가 왔다.

"좋습니다. 최고지도자께서 여러분을 만나시겠답니다."

우리는 그를 따라갔다. 문을 지키던 군인들이 소총으로 우리를 가로막았다.

"이 세뇨르들은 누구입니까?" 군인 중 한 명이 물었다.

"걱정 말아요. 친구들입니다." 파벨라가 대답하면서 문을 열었다.

방 안은 너무 어두워서 처음에는 아무것도 보이지 않았

다. 한편엔 아직 정리되지 않은 침대가 있고, 다른 편에 있
는 서류로 뒤덮인 작은 책상 위에는 먹다 남은 아침식사 쟁
반이 놓여 있었다. 한쪽 구석에는 얼음이 가득 담긴 양철통
과 와인 두세 병이 보였다. 점차 어둠에 익숙해지자 카키색
옷을 입은 거대한 체구의 베누스티아노 카란사가 큰 의자에
앉아 있는 것이 보였다. 팔걸이에 팔을 걸고 앉은 그의 품새
에는 무언가 이상한 데가 있었다. 그는 의자에 앉은 후 꼼짝
말라는 말을 들은 사람처럼 우두커니 앉아 있었다. 아무 생
각도 하지 않고 아무 일도 하지 않는 것 같아 보였다. 책상에
앉은 모습은 상상조차 안 됐다. 거대하고 무력한 육체―동
상 같은 느낌이었다.

　우리를 맞으려 일어선 카란사는 180센티미터가 넘어 보
이는 거구였다. 그가 그 어두운 방에서 색깔 안경을 낀 것을
알아차렸을 때 나는 살짝 충격받았다. 혈색도 좋고 뺨도 통
통했지만 건강이 좋지 않아 보여 결핵 환자 같은 느낌이 있
었다. 혁명의 최고지도자가 먹고 자고 일하며 처박혀 있는
그 어두운 방은 너무 작아서 감옥 같아 보였다.

　파벨라는 우리와 함께 방에 들어왔다. 그가 우리를 한 명
씩 소개하자 카란사는 텅 빈 무표정한 미소를 지어 보이며
고개를 까딱하더니 우리와 악수를 했다. 우리는 모두 자리
에 앉았다. 스페인어를 모르는 다른 기자들을 가리키며 파
벨라가 말했다.

　"이 신사분들은 각각 신문사를 대표해 최고지도자께 인

사를 드리러 왔습니다. 이 신사분은 최고지도자의 성공을 경하드리고 싶어 합니다."

카란사는 다시 살짝 고개를 까딱하더니 파벨라가 일어서자 면담은 이제 끝났다는 것을 알리려는 듯이 따라 일어섰다.

"여러분의 인사를 감사히 받겠다고 말씀드리고 싶군요."

우리는 모두 다시 악수를 했다. 그가 내 손을 잡자 나는 스페인어로 말했다.

"세뇨르 돈 베누스티아노, 저희 신문은 돈 베누스티아노와 헌정주의자의 편입니다."

카란사는 이전과 마찬가지로 무표정한 인간의 가면을 쓴 채로 서 있었다. 그러나 내가 계속 말하자 얼굴에서 미소가 사라졌다. 여전히 텅 빈 표정이지만 갑자기 입을 열었다.

"나는 벤턴 사건은 미국이 개입할 일이 아니라고 말했습니다. 벤턴은 영국인입니다. 영국 정부를 대표하는 사절이 나를 찾아오면 나는 답변을 할 것입니다. 왜 그들은 내게 오지 않습니까? 우에르타의 저녁 초대를 받고 모자를 벗어 그에게 건네고 악수까지 한 영국 대사가 멕시코시티에 있지 않습니까!"

"마데로가 암살당하자 외국 세력들은 시체에 몰려드는 독수리떼처럼 몰려가서 살인자에게 아첨을 떨었습니다. 멕시코에서 작고 지저분한 사업을 하는 자국의 무역업자들이 꽤 있으니까요."

최고지도자는 급작스럽게 입을 열었던 것처럼 급작스럽게 입을 닫았다. 표정은 그대로였지만 주먹을 쥐었다 폈다 하며 콧수염을 잡아당겼다. 파벨라는 황급히 문 쪽으로 움직였다.

"신사분들은 최고지도자께서 접견해주신 데 대해 감사드리고 있습니다." 그는 초조하게 말했다. 하지만 돈 베누스티아노는 파벨라에게 신경 쓰지 않았다. 그는 갑자기 다시 더 높은 목소리로 말을 이어갔다.

"그 겁쟁이 나라들은 강탈자의 정부 편에 서서 덕을 볼 거라고 생각한 겁니다. 하지만 헌정주의자들의 거침없는 행보가 그들이 틀렸다는 것을 보여주었어요. 이제 겁쟁이 나라들은 곤혹스러울 겁니다."

"토레온 진격은 언제쯤 시작됩니까?" 좌불안석이던 파벨라가 주제를 바꿔보려고 질문을 던졌다.

"벤턴이 죽은 것은 혁명의 적들이 악랄하게 비야를 공격했기 때문이오." 하지만 최고지도자의 목소리는 점점 더 커지고 말투도 더 빨라졌다.

"그리고 세계의 깡패인 영국은 헌정 정부에 사절을 보내는 모욕을 감수하지 않는 한, 이 사건에 관해 아무것도 할 수 없다는 걸 알았던 겁니다. 그래서 미국을 끄나풀로 이용하려고 한 것이오." 카란사는 주먹을 흔들면서 외쳤다. "미국은 이 악질적인 강대국에 동참했다는 걸 부끄러워해야 합니다."

초조해진 파벨라는 위험한 급류를 막으려고 다른 이야

기를 꺼냈다. 그러나 카란사는 한발 더 나아가 두 팔을 번쩍 들어 올리며 소리쳤다.

"이 작은 사건을 두고 미국이 멕시코에 개입하려고 든다면 미국과 라틴아메리카 전체 사이에 존재하는 심각한 적대감, 미국의 정치적 미래를 위태롭게 만들 바로 그 적대감이 더욱 심화될 것입니다!"

카란사는 내면의 무언가가 말을 중단시키기라도 한 듯 높은 음에서 갑자기 말을 멈췄다. 나는 여기서 노한 멕시코의 목소리가 멕시코의 적들에게 천둥을 내리친다고 생각하려고 애써보았다. 하지만 아무리 좋게 봐줘도 지치고 짜증 난 데다 살짝 노망든 노인으로밖에 보이지 않았다.

그리고 우리는 환한 밖으로 나왔고 세뇨르 파벨라는 수선스럽게 내가 들은 것을 절대로 기사로 쓰지 말라고, 아니면 적어도 기사를 보내기 전에 전문을 볼 수 있게 해달라고 했다.

나는 노갈레스에 하루 이틀쯤 더 머물렀다. 카란사를 면담한 다음 날 내 질문을 타자로 친 종이가 답변과 함께 돌아왔다. 답변은 다섯 가지 다른 필체로 적혀 있었다. 노갈레스에서 기자들은 융숭한 대접을 받았다. 임시정부 각료들은 기자들을 정중하게 대했다. 그러나 최고지도자를 만날 길은 없었다. 나는 장관들에게 혁명이 일어나게 만든 문제들을 어떻게 해결할 계획인지 들어보려고 노력했다. 하지만 그들은 새 정부 구성 말고는 다른 것에는 아무 관심도 없어 보였다. 그들의 이야기에서는 페온에 대한 동정이나 이해라고는 한 가닥도 발견할 수 없었다. 매번 새 정부에서 누가 요직을 차지할 것인지를 놓고 벌이는 말다툼에 놀랄 따름이었다. 여기서 비야의 이름을 거론하는 일은 거의 없었고 말한다고 해도 이런 식이었다.

"우리는 비야의 충성심과 복종을 의심하지 않습니다."

"비야는 전사로서 정말 잘 싸워왔어요. 하지만 정부 일에 나서려고 해서는 안 돼요. 잘 알듯이 그는 무식한 페온일 뿐이니까요."

"그 작자는 멍청한 소리도 많이 하고 실수도 많이 저질러서 우리가 뒷수습을 해야 하지요."

만 하루 정도가 지나고 카란사가 본부에서 내려보낸 성명은 이런 것이었다.

"나와 비야 장군과의 사이에는 그 어떠한 오해도 없다. 비야 장군은 다른 일반 병사와 마찬가지로 내 명령에 복종한다. 그가 다른 생각을 하는 것은 절대 있을 수 없는 일이다."

나는 관청 주변을 어슬렁거리며 꽤 많은 시간을 보냈지만, 그 후로 카란사는 딱 한 번밖에 보지 못했다. 어느 저물녘, 장군이며 외판원, 정치인은 대부분 저녁을 먹으러 간 후였다. 나는 파티오 복판에 있는 분수 가에서 병사들과 얘기하며 빈둥거리고 있었다. 갑자기 그 작은 방의 문이 열리더니 카란사가 나타났다. 그는 팔을 늘어뜨리고 머리는 뒤로 젖히고 우리 머리 위 벽을 지나 서편에 불타오르는 구름을 멍하니 쳐다보았다. 우리는 일어서서 절을 했지만 그는 우리를 보지 못했다. 천천히 주랑을 따라 걸어나온 그는 관청 입구 쪽으로 향했다. 경비병 두 명이 총을 겨눴다가 그가 지나가자 어깨총 자세를 하며 따라갔다. 그는 출입구에 멈춰 서서 오랫동안 거리를 내다보았다. 보초 네 명이 그가 나온 것을 알아차리고 주시했다. 카란사를 뒤따르던 경비병 둘은 무기를 내리고 멈춰 섰다. 혁명의 최고지도자는 요란하게 손가락을 움직이며 등 뒤에서 손을 뻗어 박수를 쳤다. 그러고는 몸을 돌려 두 경호원 사이에서 서성거리다가 다시 그 작고 어두운 방으로 돌아갔다.

6부. 멕시코의 밤

1장. 엘코스모폴리타

엘코스모폴리타는 치와와의 화려한 도박장이다. 이 도박장은 본래 춤추는 곰 한 마리만 끌고 치와와에 와서 백만장자가 된 터키인 제이콥의 것이었다. 볼리바르 거리에 그의 호화로운 저택이 있었는데, 사람들은 수많은 가정을 파탄 낸 도박장에서 번 돈으로 지은 그 저택을 '눈물의 성'이라고 불렀다. 그러나 그 사악한 늙은이는 후퇴하는 메르카도 장군의 연방군과 함께 도망쳐버렸다. 비야는 치와와에 입성하면서 '눈물의 성'을 오르테가 장군에게 크리스마스 선물로 주고 엘코스모폴리타는 몰수해버렸다.

우리는 내 취재비 계좌에서 놀고 있는 몇 페소를 들고 자주 엘코스모폴리타에 갔다. 조니 로버트와 나는 호텔로 가는 길에 백발의 중국인 치 리가 운영하는 술집에 들러 톰과

제리 게임을 몇 판 하곤 했다. 거기서 우리는 몬테카를로에 간 러시아 황태자라도 된 양 느긋한 기분으로 도박장으로 넘어갔다.

희뿌연 등 세 개가 걸린 길고 천장 낮은 어두침침한 방에 들어서면 먼저 룰렛 테이블이 보였다.

게임 테이블 위에는 이런 안내문이 있었다. "룰렛 테이블에 발을 올리지 마시오."

테이블에 내려놓은 수평 룰렛이 아니라 세워둔 수직 룰렛으로, 룰렛 주위에 튀어나온 수많은 가시가 철사를 잡아당겨 숫자 앞에 서게 하는 방식이었다. 꼬맹이, 페온, 병사 할 것 없이 모두 몰려들어 최소 다섯 줄 이상으로 사방 3미터씩 늘어놓은 탁자를 에워쌌다. 그들은 신이 나서 손가락질을 하며 색깔과 번호를 대며 푼돈을 걸었고 승패를 두고 요란하게 말다툼을 벌였다. 딜러가 돈을 빼앗아 서랍에 넣으면 돈을 잃은 사람들은 분노에 찬 괴성을 질러댔고, 그럴 때면 사십오 분가량 게임이 중단됐다. 그사이 10센타보를 잃은 사람들이 도박장 주인과 그의 조상, 자손 10대까지 들먹이며 주님과 성모님께 어떻게 저런 부정한 놈들이 벌을 받지 않느냐고 갖은 말을 쏟아냈다. 결국 돈을 잃은 이가 "두고 보자!"고 투덜대며 자리를 뜨면, 다른 사람들은 안됐다는 눈빛으로 길을 터주며 "아! 일진이 나빴구먼!" 하고 중얼거렸다.

딜러가 앉은 자리 근처에는 닳고 닳은 가운데가 천으로

싸인 작은 아이보리색 단추가 있었다. 누가 룰렛에서 돈을 많이 따면 딜러는 이 단추를 눌러서, 그 사람이 그만둘 때까지 자기 마음대로 룰렛을 멈춰버렸다. 이런 행동은 여기서는 아무 문제 없는 짓이었는데 왜냐하면 제기랄! 도박장을 운영하면서 손해를 보는 건 말이 안 되기 때문이었다!

엘코스모폴리타에서는 각양각색의 돈이 다 사용됐다. 어려운 혁명 시기를 거치면서 치와와에서는 은화와 동화 사용이 금지된 지 꽤 오래됐다. 그러나 도박장에는 여전히 멕시코 은행권이 꽤 나왔다. 거기에 헌정군이 종이에 찍어 발행한 화폐, 광산회사가 발행한 어음, 차용증서, 수기로 쓴 수표며, 철도, 플랜테이션, 공공기관에서 발행한 각종 상환증까지 다 사용되고 있었다.

그러나 룰렛은 우리의 흥미를 길게 끌지 못했다. 거기엔 돈을 걸 만한 충분한 움직임이랄 게 없었다. 그래서 우리는 어깨를 밀치며 파란 담배 연기가 자욱한 작은 방으로 들어갔다. 녹색 천이 깔린 부채 모양 탁자에서 포커 게임이 끝없이 벌어지고 있었다. 탁자에서 직선으로 된 쪽 구석에 딜러가 앉아 있고 부채의 둥근 쪽에 놓인 의자에 카드놀이를 하는 사람들이 앉아 있었다. 도박꾼들은 판돈을 걸고 딜러는 매번 판돈의 십 분의 일을 도박장 수수료로 서랍에 챙겨 넣었다. 누가 무너지기 시작하거나 돈뭉치를 잔뜩 내놓기라도 하면 딜러는 새된 소리로 휘파람을 불었다. 그러면 도박장에서 고용한 두 건장한 신사가 달려와 일을 처리했다. 칩이 있거나 칩 아래 지폐가 깔려 있다면 거는 액수에 제한은 없다. '패'를 가진 신사에게 닫힌 포커poker cerrado로 할지 열린 포커poker abierto로 할지 결정할 권한이 있다. 열린 포커가 제일 재미난데 멕시코 사람들은 새 카드가 좋지 않을 수도 있다는 사실을 절대 받아들이지 않고 카드를 낼 때마다 기대에 차 돈을 더 걸기 때문이다.*

여기에는 행동의 자유를 제약하는 미국 도박장의 엄격한 규칙 같은 것은 없다. 조니와 나는 카드를 받자마자 받은 패 한 귀퉁이를 들어 올려 서로에게 보여주었다. 그러고는 내 패가 잘 풀리는 것 같으면 조니는 충동적으로 나한테 자기 패를 모두 걸어버렸다. 다음 판에서 조니의 패가 내 것보다 나아 보이면 나도 조니에게 몽땅 걸어버렸다. 우리는 마지막 판까지 칩을 몽땅 둘 사이에 놓고 누구든 패가 좋은 사람에게 우리 공동의 판돈을 걸었다.

물론 아무도 이런 식으로 게임을 하는 것에 이의를 제기하지 않았지만, 딜러는 새된 휘파람으로 하우스플레이어 두 사람을 불러 몰래 패를 돌려서 여기서 잃은 것을 벌충했다.

그사이 중국 남자가 정신없이 카드 판과 길 건너편 간이

---

* '닫힌 포커와 '열린 포커'는 포커의 게임 방식이다. 닫힌 포커는 포커 패를 게임 상대에게 보여주지 않고, 열린 포커는 5장 혹은 7장 가운데 일부 패를 상대에게 보여주는 방식으로 진행된다. 상대의 패를 전혀 알 수 없는 닫힌 포커는 순전히 운에 돈을 걸게 되는 반면, 일부 패를 볼 수 있는 열린 포커는 상대의 패를 추측하는 두뇌 게임도 펼치게 된다. 영어로는 각각 'draw poker' 'stud poker'라고 한다.-감수자

식당을 오가며 칠리콘카르네* 샌드위치와 커피를 날라 오면, 도박꾼들은 그걸 요란하게 먹고 마시며 게임을 하다가 카드 위에 커피와 음식을 흘리곤 했다.

간혹 외국을 많이 다녀본 도박꾼은 일어나 의자 주변을 돌며 자신의 불운을 떨쳐보려고 했다. 아니면 다른 카드를 쓰자고 요청했다. 그러면 딜러는 정중하게 절을 하며 카드를 한데 모아 서랍에 넣고 다른 카드를 꺼냈다. 딜러가 도박장에 가지고 있는 카드는 딱 두 벌뿐이었다. 일 년쯤 사용한 카드 두 벌 모두 도박꾼들이 흘린 음식 자국으로 얼룩덜룩했다.

물론 가끔 미국식 카드놀이를 하기도 했다. 하지만 미국식 게임의 미묘한 재미를 잘 모르는 멕시코인이 카드 판에 끼기도 했다. 예를 들면 멕시코식에서는 7, 8, 9가 든 카드는 빼버린다. 어느 날 밤 내가 열린 포커를 하자고 하자마자 으스대는 거만한 멕시코인이 판에 들어왔다. 딜러가 휘파람을 불기도 전에 그는 엄청난 양의 돈—온갖 종류와 크기, 액면가인—을 내놓더니 칩 100페소어치와 바꾸었다. 게임이 시작됐다. 나는 재빨리 하트 3을 내서 조니의 칩을 지키고 플러시를 만들기 시작했다. 거만한 멕시코인은 새로 카드를 받을 때처럼 자기 패를 한참 동안 들여다보았다. 얼굴에 홍조가 돌며 흥분하더니 15페소를 걸었다. 새 카드를 집어 들

---

*　고추, 고기, 토마토, 콩 등을 넣고 끓인 스튜.

더니 낯빛이 하얗게 되면서 25페소를 걸었다. 마지막 카드를 보더니 다시 얼굴에 홍조가 돌았고 또 50페소를 걸었다.

그런데 무슨 기적인지 몰라도 내가 플러시를 갖게 됐다. 하지만 거만한 멕시코인의 무시무시한 베팅 때문에 겁이 났다. 열린 포커에서는 거의 모든 상황에서 플러시가 좋다고 알고 있었지만 그에게 맞서기가 꺼림칙해 그에게 베팅을 넘겼다. 그는 벌떡 일어나더니 양 주먹을 흔들며 소리쳤다.

"그게 무슨 소리요? 베팅을 넘긴다니?"

사람들이 설명해주자 그는 좀 누그러들었다.

"그럼 아주 좋소이다. 15페소가 내가 가진 전부인데 내가 칩을 더 사지 못하게 할 게 뻔하니 전부 걸겠소." 그는 남은 칩을 모두 탁자 가운데로 밀어놓았다.

나는 콜을 외쳤다.

"뭘 가진 거야?" 그는 덜덜 떨며 탁자에 기대 거의 비명을 질러댔다. 나는 내 플러시를 펼쳐 보였다. 그는 신이 나웃으며 요란하게 탁자를 쳤다.

"스트레이트!" 그가 소리치며 4, 5, 6, 10과 잭을 뒤집어 보였다.

그는 벌써 팔을 뻗어 돈을 가져가려고 했지만 나머지 도박꾼들이 요란하게 달려들었다.

"틀렸어!"

"저건 스트레이트가 아니야!"

"돈은 그링고 거야!"

그는 거의 엎드리다시피 하며 양팔을 뻗어 탁자를 감쌌다.

"어째서?" 그는 날카롭게 소리를 지르며 위를 올려다봤다. "왜 이게 스트레이트가 아니란 거야? 보라고, 4, 5, 6, 10, 잭!"

이제 딜러가 나섰다.

"이 게임에선 4, 5, 6, 7, 8, 9여야 합니다. 미국식에는 7, 8, 9도 있기 때문이죠."

"바보 같으니라고! 내 평생 카드놀이를 했지만 한 번도 7이나 8 아니면 9는 본 적이 없어!"

이쯤 되자 룰렛 테이블에 있던 사람들도 거의 문가에 모여들어서 한마디씩 거들었다.

"저건 당연히 스트레이트가 아니야!"

"그렇지 않아. 스트레이트야! 4, 5, 6, 10, 잭이 있잖나?"

"하지만 미국식은 다르단 말이야!"

"여긴 미국이 아니라 멕시코라고!"

"이봐! 판초!" 딜러가 소리쳤다. "빨리 가서 경찰 데려와!"

상황은 여전히 그대로였다. 거만한 멕시코인은 여전히 탁자에 엎어져서 칩을 끌어안고 있었다. 사방에서 옥신각신 대혼란이 벌어졌다. 몇몇은 사적인 싸움을 벌이기 시작하더니 손이 [총을 찬] 허리춤으로 갔다. 이내 경찰서장이 경찰관 네다섯 명을 대동하고 도착했다. 위로 말아올린 콧수염에 풍채 좋은 서장은 견장 달린 헐렁하고 지저분한 제복 차림이었다. 그가 들어서자 모두 몰려들어 상황을 설명하기 시작했다. 딜러는 손으로 확성기를 만들어 소리치며 말했다. 게임 테이블에 엎어져 있던 남자는 화가 잔뜩 난 얼굴로 열린 포커 같은 그링고식 규칙이 완벽한 멕시코식 카드놀이를 망쳐놓다니 참을 수 없는 일이라고 우겼다.

경찰서장은 콧수염을 잡아당기며 사람들의 말을 들었다. 그렇게 많은 돈이 걸린 일에 판단을 내려야 하는 사안의 중대성 때문에 서장의 가슴이 들썩거렸다. 서장이 나를 쳐다보았다. 나는 아무 말도 하지 않고 공손하게 고개를 숙였다. 그도 고개를 숙였다. 서장은 테이블에 있는 남자를 가리키며 경찰관에게 말했다.

"이 염소 자식을 체포해!"

이 상황에 걸맞은 클라이맥스였다. 그 불쌍한 멕시코인은 악을 쓰며 버텼지만 결국 구석으로 끌려가 테이블을 쳐다보고 섰다. 경찰서장이 말했다.

"이 돈은 여기 이 신사의 것이다. 그리고 자네는 이 게임의 규칙을 제대로 이해하지 못했어. 그러니까……"

조니가 나를 쿡 찌르더니 예의 바르게 나섰다. "서장님께서는 저 신사분께 게임하는 법을 시범으로 보여주고 싶으신……"

"그렇다면 제가 기꺼이 칩을 좀 빌려드리도록 하겠습니다, 서장님." 내가 칩을 긁어모으며 말했다.

"빌려준다고? 그렇게 해준다면 정말 좋겠네. 정말 고맙소, 세뇨르." 서장이 대답했다.

서장이 예의 바르게 의자에 앉자 그에게도 카드가 갔다.

"좋아! 열린 포커로 하겠어!" 서장은 고수 같은 분위기를 풍기며 말했다.

우리는 카드놀이를 시작했다. 경찰서장이 이겼다. 서장은 전문 도박꾼처럼 칩을 달그락거리며 옆 사람을 자기 패로 쳐댔다. 우리는 새로 게임을 시작했다.

"보라고. 규칙을 잘 지키면 어려울 게 없단 말일세." 경찰서장이 말했다. 그는 콧수염을 꼬면서 카드를 섞더니 25달러를 걸었다. 이번에도 서장이 이겼다.

시간이 좀 지나자 경찰관 한 명이 다가오더니 정중하게 물었다.

"서장님 실례합니다. 그런데 체포한 자는 어떻게 할까요?"

"오!" 서장은 깜짝 놀라더니 손을 흔들며 말했다. "풀어주고 자네들은 서로 돌아가 있게."

시간이 한참 흘러 마지막 룰렛이 돌고 남폿불이 꺼졌다. 정신 나간 도박꾼들마저 떠났는데도 우리는 아직 포커를 하고 있었다. 조니와 나는 각각 3페소 가까이 잃었다. 우리는 하품을 하고 꾸벅꾸벅 졸았지만 경찰서장은 코트까지 벗더니 호랑이처럼 맹렬하게 카드에 집중했다. 그때부터 서장은 조금씩 돈을 잃기 시작했다……

2장. 행복한 계곡

그날은 축일이라 바예알레그레*에서 일하는 사람은 물론 아무도 없었다. 닭싸움은 정오에 카타리노 카브레라 주점 뒷마당에서 열리기로 되어 있었다. 주점은 산길을 달려온 당나귀들이 쉬고 몰이꾼들은 테킬라를 마시며 이야기를 주고받는 디오니시오 아기레네 바로 앞이다. 오후 한 시, 사람들이 길이라고 부르는 마른 소협곡의 양지바른 쪽에는 페온들이 두 줄로 앉아 옥수수 껍질로 만 담배를 빨며 조용히 기다리는 중이다. 술고래들은 담배 연기의 구름과 아과르디엔테의 독한 냄새가 피어나는 카타리노 주점 안팎을 들락거렸다. 아이들은 크고 노란 씨앗을 가지고 등 짚고 뛰어넘기 놀

---

* Valle Alegre. 스페인어로 '행복한 계곡'이라는 뜻의 지명.

이 중이고, 협곡의 반대편에서는 한쪽 다리가 묶인 상대편 수탉이 요란하게 울어댔다. 샌들에 한쪽 발에만 선홍색 양말을 신은 닭 임자는 알랑거리는 게 아주 꾼이었다. 그는 지저분한 지폐 한 다발을 손에 들고 돌아다니면서 외쳐댔다.

"10페소입니다. 신사 여러분!"

이상한 일이었다. 거기엔 판돈 10페소가 없을 만큼 가난한 사람은 아무도 없어 보였다. 두 시가 다 되어갔지만 아무도 꼼짝하지 않았다. 태양의 움직임에 따라 그늘의 검은 가장자리가 동쪽으로 움직였을 뿐이다. 그늘은 무척 서늘하고 태양은 하얗게 타올랐다.

그늘 가에는 바이올린을 켜는 이그나시오가 다 떨어진 세라피로 몸을 감고 술에 취해 자고 있었다. 그는 술에 취하면 토스티의 〈이별의 노래〉를 연주했다. 더 엉망으로 취하면 멘델스존의 〈봄의 노래〉 몇 소절을 기억해내기도 했다. 사실 이그나시오는 두랑고주 유일의 클래식 음악가이자 유명인사다. 한때는 명석하고 부지런한 사람이었지만—셀 수 없이 많은 아들딸을 두었다—예술가적 기질을 주체하지 못했다.

길은 붉은색—짙은 황토 진흙—이고 당나귀들이 서 있는 마당은 칙칙한 올리브색이다. 부슬부슬 바스러져가는 어도비 벽돌담과 허물어져가는 집들이 보인다. 지붕에는 노란 옥수수자루나 빨간 고추줄기가 잔뜩 쌓여 있다. 닭발 같은 뿌리가 드러난 커다란 메스키트 가지마다 말리는 풀과 옥수수가 널려 있다. 아래쪽 경사진 소협곡에 마을이 있다. 기울어진 지붕 위로 꽃과 풀이 자라고, 굴뚝에서는 푸른 깃털 같은 연기가 뿜어 나오고, 야자수가 그 사이로 드문드문 나 있다. 마을은 경마 장소인 누런 들판까지 이어지고 그 너머로는 사자의 털색 같은 황갈색의 헐벗은 산이, 더 뒤편으로는 새파란 하늘을 가로질러 톱니처럼 삐죽삐죽한 보라색의 구깃구깃한 산맥이 늘어서 있다. 바로 아래로 소협곡을 따라 난 코끼리의 은신처라고 할 만한 거대한 계곡 안으로 뜨거운 열기가 껑충하고 뛰어올랐다.

수탉이 꼬끼오하는 소리, 돼지가 꿀꿀대는 소리, 당나귀들이 몸을 비틀며 히힝거리는 소리, 바스락거리는 말린 옥수수 줄기를 메스키트에 치는 소리, 돌절구에 옥수수를 가는 여인의 노랫소리, 아기들의 울음소리. 이 모든 사람 사는 곳에 나는 소리가 연기처럼 한데 모여 느릿느릿 피어올랐다.

햇살이 사정없이 내리쬤다. 내 친구 아타나시오는 멍하니 길가에 앉아 있었다. 샌들을 신은 맨발은 더럽기 짝이 없고, 그의 대단한 솜브레로는 빛바랜 금색 술이 수놓아진 칙칙한 벽돌색이고, 세라피는 중국산 깔개에서나 볼법한 청자색 바탕에 노란 해 무늬가 있는 것이다. 아타나시오는 나를 보자 일어섰다. 우리는 모자를 벗고 멕시코식으로 얼싸안고 한 손으로 악수를 하며 다른 한 손으로는 서로의 등을 두드렸다.

"부에나스 타르데스, 친구." 그가 중얼중얼했다. "어떻게 지내나?"

"아주 잘 지냅니다. 정말 감사합니다. 어떻게 지내십니까?"

"좋아. 아주 고맙지 뭔가. 자네를 다시 보고 싶었는데."

"가족들은 잘 지내시나요?"(멕시코에는 정식으로 결혼한 사람이 별로 없기 때문에 아내의 안부는 묻지 않는 편이 낫다.)

"다들 최고로 건강하다네. 걱정해줘서 정말 고맙네. 자네 가족은?"

"다들 잘 계십니다! 히메네스의 군부대에서 아드님을 만났습니다. 그 친구를 보니 어른 생각이 많이 났지요. 담배 한 대 피우시겠습니까?"

"고맙네. 한 대 주게. 불도. 바예알레그레에 여러 날 있었는가?"

"아니요. 축일에만 있는 겁니다, 세뇨르."

"여기 있는 동안 좋은 일만 있길 바라네. 우리 집이 자네 집일세."

"감사합니다. 그런데 어젯밤 무도회에서 못 뵌 것 같은데요. 언제나 춤판을 주도하셨잖아요!"

"그게 후아니타가 자기 엄마를 보러 엘오로에 가는 바람에 나는 짝이 없어서 말일세. 이젠 처녀들이랑 춤추기엔 너무 늙지 않았나."

"그렇지 않습니다, 세뇨르 나이의 신사야말로 인생의 황금기를 맞은 거죠. 그나저나 마데로파가 지금 마피미에 와 있다고 들었는데 정말인가요?"

"그렇다네, 세뇨르. 비야가 곧 토레온을 차지하고 나면 몇 달 안에 혁명이 완수될 거라고들 한다네."

"저도 그렇게 생각합니다. 그나저나 세뇨르의 고견을 듣고 싶습니다. 어느 닭에 거는 게 좋을까요?"

우리가 가까이 가서 닭싸움에 나온 닭들을 살펴보자 닭 주인들은 우리 귀에 대고 소리를 질러댔다. 닭 주인들은 연석 위에 앉아 느긋하게 닭들을 떼어놓고 있었다. 오후 세 시가 다 되어갔다.

"저기, 닭싸움을 하긴 하나요?" 내가 물었다.

"누가 알겠소?" 한 사람이 느긋하게 대답했다.

다른 사람이 내일 열릴지도 모르겠다고 했다. 엘오로에 철제 박차를 놓고 와서 사내아이를 노새에 태워 보내 찾아오게 했다고 했다. 엘오로까지는 산길로 10킬로미터다.

그러나 아무도 급해 보이지 않기에 우리도 자리를 잡고 앉았다. 술집 주인이자 바예알레그레의 헌정군파 면장 카타리노 카브레라가 팔짱을 끼고 나타났다. 디아스 정부 시절 면장이었던 돈 프리실리아노 사우세데스와 함께였다. 돈 프리실리아노는 잘생긴 백발의 스페인 사람으로 예전에는 페온들에게 20퍼센트씩 이자를 받고 돈을 빌려주었다. 돈 카타리노는 전직 학교 선생이자 열렬한 혁명 지지자이며, 돈 프리실리아노보다는 약간 낮은 이율로 페온들에게 사채를 빌려준다. 그는 칼라 없는 셔츠 차림이지만 권총을 차고 탄띠를 두 개나 둘렀다. 돈 프리실리아노는 1차 혁명 당시 이

고장의 마데로파에게 가진 재산을 거의 몰수당하고, 말 위에서 발가벗긴 채 칼등으로 등짝을 두들겨 맞았다.

"아! 혁명! 혁명의 대부분이 내 등에 올라타 있다고 할 수 있지!" 그는 이렇게 말했다.

두 사람은 우리를 지나 돈 프리실리아노의 집으로 갔다. 카타리노는 돈 프리실리아노의 아름다운 딸과 교제 중이다.

그리고 요란한 발굽 소리와 함께 용감하고 쾌활한 젊은 이 헤수스 트리아노가 나타났다. 그는 오로스코 휘하의 대위다. 그러나 철로에서 말을 타고 사흘을 달려야 닿는 바예알레그레에서 정치는 그렇게 첨예한 문제가 아니었다. 그래서 헤수스도 훔친 말을 타고 길거리를 활보했다. 이 빛나는 치아를 가진 덩치 큰 젊은이는 소총과 탄띠를 메고 큰 동전만 한 단추로 위와 옆을 채운 가죽 바지를 입었다. 박차는 단추보다 두 배 정도 컸다. 사람들 말로는 헤수스는 박력과 에메타리오 플로레스를 등 뒤에서 쏴버린 용기 덕분에 숯 판매상 마누엘 파레데스의 막내딸 돌로레스의 환심을 샀다고 했다. 그는 전속력으로 소협곡으로 내려갔고 말은 피거품을 물었다.

헌정군의 아돌포 멜렌데스 대위는 새 암록색 코듀로이 군복을 입고 모퉁이를 왔다 갔다 했다. 그는 한때 우애공제회 소속이었던 멋진 칼을 찼다. 아돌포는 2주 휴가를 받아서 바예알레그레에 왔다가 마을 유지의 열네 살 난 딸을 신부로 맞으려고 휴가를 연장했다. 소문에는 사제 두 명이 혼례를 집행한 그 결혼식은 아주 거창해서 쓸데없이 한 시간도 넘게 진행됐다고 한다. 하지만 아돌포로서는 그럴 수밖에 없는 것이 그는 이미 치와와, 파랄, 몬테레이에도 아내를 두고 있었기 때문에 신부 쪽 부모를 달래야 했다. 소속 연대에서 이탈한 지 벌써 석 달째인데 자기 말로는 아마 다들 자기에 대해서 완전히 까먹은 게 분명하다고 했다.

네 시 반쯤 되자 요란한 함성과 함께 철제 박차를 가지러 갔던 소년이 돌아왔다는 소리가 들렸다. 보아하니 녀석은 엘오로에서 카드놀이를 하다가 잠시 자기 할 일을 잊어버렸던 모양이다.

하지만 물론 아무도 뭐라고 하지 않았다. 소년이 돌아왔다는 것이 중요한 것이다. 우리는 노새들이 있는 마당에서 커다랗게 원을 만들어 둘러섰고 닭 주인들은 닭을 '던졌다'. 그러나 우리 모두 돈을 건 닭이 첫 공격에선 마음껏 실력 발휘를 하다가는 관중이 모두 놀라게 괴성을 지르며 메스키트 위로 날아오르더니 산 쪽으로 사라져버렸다. 십 분 후 두 닭 임자는 태연하게 우리 눈앞에서 수익금을 나누었고, 우리는 기분 좋게 집으로 돌아왔다.

나는 피덴시오와 찰리 치의 호텔에서 저녁을 먹었다. 멕시코 전역의 작은 소도시에서 호텔과 식당업을 독점한 것은 중국인이다. 호텔 주인 찰리와 동생인 푸는 둘 다 마을에서 괜찮은 집안의 딸과 결혼했다. 아무도 그걸 이상하게 여기지 않았다. 멕시코 사람들에게는 어떤 식으로건 인종에 대한 편견이 없어 보였다. 연노랑과 카키색 제복을 걸치고 아까와 다른 칼을 찬 아돌포 대위가 신부를 데리고 왔다. 신부는 가냘프고 예쁘장한 갈색 피부의 소녀로 앞머리를 내리고 샹들리에같이 생긴 귀걸이를 했다. 동생 푸가 저녁을 차리는 동안, 찰리는 우리 앞에 1쿼트짜리 아과르디엔테 병을 하나씩 내놓더니 식탁에 앉아 새신부 멜렌데스 부인에게 수작을 걸며 멕시코식 짬뽕 스페인어로 흥을 돋웠다.

그날 밤에는 돈 프리실리아노 댁에서 무도회가 있을 모양이었다. 찰리는 아돌포의 아내에게 정중하게 자기가 엘패소에서 새로 배워온 터키 트로트라는 새로운 스텝을 알려주겠다고 했다. 찰리가 계속 조르자 아돌포는 표정이 안 좋아지더니 어린 아내를 사람들 앞에 내놓는 것은 좋지 않다고 생각하기 때문에 돈 프리실리아노 댁에는 가지 않겠다고 선언했다. 찰리와 푸도 오늘 밤 파랄에서 오는 중국인 친구들과 신나는 밤을 보낼 계획이라 가지 못할 것 같다고 했다. 그래서 피덴시오와 나는 춤추러 갔다가 그 모임에 합류하겠다고 굳게 다짐하고서 호텔을 나섰다.

밖에는 새하얀 달빛이 온 마을에 넘쳐흘렀다. 뒤죽박죽 섞인 지붕들은 뒤집힌 은색 비행기 무리 같고 나무우듬지는 달빛을 받아 반짝거렸다. 소협곡은 얼어붙은 폭포처럼 흘러내리고 큰 계곡은 부드럽고 짙은 안개 속에 잠겨 있다. 어둠 속에서는 사람이 내는 소리가 더 빨리 울려 퍼졌다. 아가씨들의 신나는 웃음소리, 창문에서 숨을 고르는 여자, 바에 기대서 열변을 토하는 남자, 자기 짝을 만나러 서둘러 가는 어린 수사슴 소리, 맑게 울리는 박차 소리. 공기가 차가웠다. 카브레라 주점을 지나치자 후끈한 담배 연기와 술 냄새가 확 퍼졌다. 그리고 여자들이 빨래하는 개울의 징검다리를 건넜다. 반대편 둑을 올라가자 돈 프리실리아노 댁의 휘황찬란한 창문이 보이고 바예알레그레 악단의 선율이 들려왔다.

열린 창문과 문에는 사람들이 바글바글 솜브레로의 숲을 이뤘다. 키 크고 짙은 피부의 페온들이 담요로 눈 바로 아래까지 휘감은 채 눈에는 갈망을 담아 말없이 춤추는 모습을 바라보았다.

피덴시오는 아주 오랜만에 바예알레그레에 막 돌아온 참이었다. 우리가 페온들에게서 떨어져 서자 한 젊은이가 피덴시오를 알아보고는 세라피를 날개처럼 날리며 다가와 끌어안고 외쳤다.

"잘 돌아왔네, 피덴시오! 몇 달이나 자네를 찾았어!"

사람들이 웅성대더니 밀밭이 바람에 흔들리듯 담요들이 어둠 속에 펄럭거렸다. 그들은 달려와서 소리쳤다.

"피덴시오! 여기 피덴시오가 왔어! 자네 애인 카르멘시타는 안에 있어, 피덴시오. 애인부터 찾아보는 게 좋을걸. 카르멘시타를 놓치지 않으려면 멀리 가선 안 돼."

안에 있던 사람들도 그 소리를 들었고 방금 막 시작한 춤이 갑자기 멈췄다. 페온들은 우리가 들어갈 수 있게 길을 내주고 등을 두들기며 반가움과 애정을 표했다. 문가에는 친구들 열두어 명이 나와 기쁨에 차서 우리를 끌어안았다.

땅딸막한 인디오 처녀 카르멘시타는 몸에 맞지 않는 반지르르한 파란색 기성복 드레스를 입고 한쪽 구석에서 파트너 곁에 서 있었다. 파트너 파빌리토는 얼굴빛이 나빠 보이는 열여섯쯤 된 메스티소였다. 카르멘시타는 피덴시오의 귀환에는 아무 관심도 없는 듯 아무 말 없이, 멕시코 처녀에게 적절한 태도대로 바닥만 쳐다보며 서 있었다.

피덴시오는 몇 분 동안 친구들 사이에서 사내다운 몸짓으로 큰 소리로 떠들어대며 으스댔다. 그리고 위풍당당하게 방을 가로질러 카르멘시타에게 다가가더니 자기 오른팔에 여자의 왼손을 올리고 소리쳤다. "자, 이제 춤춥시다!" 땀 흘리던 악단원들이 씩 웃으며 고개를 끄덕이더니 연주를 시작했다.

악단은 바이올린 둘, 코넷, 플루트, 하프 하나씩 해서 모두 다섯 명이었다. 악단이 〈트레스 피에드라스〉를 연주하자 남녀가 엄숙하게 방을 돌며 줄을 섰다. 방을 두 바퀴 돌고 나서 박차를 쩔렁거리며 울퉁불퉁하고 단단한 흙바닥 위로 꼴사납게 뛰어오르며 춤추기 시작했다. 방을 돌며 춤을 추고, 다시 두세 번 걷고, 다시 춤추고 또 걷고 또 춤추는 식으로 한 곡에 한 시간쯤 걸렸다.

천장이 낮고 기다란 방이었다. 벽은 회칠을 하고 천장은 서까래와 격자를 댄 위에 진흙으로 마감했다. 한쪽 끝에는 어디에나 있는 재봉틀을 놓고 그 위를 제단으로 꾸며두었다. 벽에 걸린 번쩍거리는 성모상 앞에 수놓은 천을 깔고 그 위에는 골풀 불꽃이 타올랐다. 돈 프리실리아노와 아기를 품에 안은 아내는 반대편 의자에 앉아 활짝 웃고 있었다. 셀 수 없이 많은 촛불이 한쪽에서 빛을 내며 사방을 밝히자, 하얀 벽 위에 거무스름한 뱀 같은 형상이 생겼다. 남자들은 춤을 추면서 요란하게 발소리와 철컹대는 소리를 내고 떠들썩하게 서로 고함을 쳐댔다. 여자들은 바닥만 쳐다보며 아무 말도 하지 않았다.

한쪽 구석에 여드름이 난 청년이 팔짱을 끼고 피덴시오를 노려보고 있는 것이 눈에 들어왔다. 문 옆에 서 있는데 페온들이 하는 이야기가 토막토막 귀에 들려왔다.

"피덴시오가 그렇게 오래 떠나 있는 게 아니었어."

"빌어먹을! 파빌리토가 노려보는 걸 봐. 피덴시오가 죽은 줄 알고 카르멘시타는 자기 거라 생각한 모양이야!"

그리고 뭔가를 기대하는 듯했다.

"무슨 일이 나긴 할 것 같은데!"

마침내 춤이 끝나고 피덴시오는 약혼녀를 벽의 제자리로 데려가 앉혔다. 음악이 멈췄다. 남자들은 밖으로 쏟아져 나와 닭싸움에서 진 닭 임자가 횃불을 켜고 독주를 파는 데로 몰려들었다. 짙은 어둠 속에서 왁자지껄하게 잔을 부딪쳤다. 달빛 속에 주변의 산들이 눈부시게 빛났다. 춤과 춤 사이의 휴식 시간이 무척 짧기 때문에 곧 격렬하고 활기찬 왈츠 음악이 다시 울려 퍼지기 시작했다. 바깥 세상을 경험해본 스무 명 남짓한 궁금한 것이 많은 젊은이들 가운데 있다가 피덴시오는 거들먹거리며 방 안으로 돌아갔다. 곧바로 카르멘시타에게 가서 춤판으로 데리고 가려 하자, 파빌리토가 미끄러지듯이 따라와 커다란 구식 소총을 겨눴다. 여남은 명이 한꺼번에 외쳤다.

"조심해, 피덴시오! 뒤를 봐!"

피덴시오는 돌아서서 자기 배를 겨눈 소총을 바라보았다. 순간적으로 아무도 움직이지 않았다. 피덴시오와 그의 연적은 이글거리는 눈빛으로 서로를 쏘아보았다. 사방에서 신사들이 자기 무기를 꺼내 공이치기를 세우는 철컥 소리가 났다. 일부는 파빌리토의 친구들이었다. 낮은 음성으로 속삭이는 소리가 들렸다.

"포르피리오, 집에 가서 내 엽총 가져와!"

"빅토리아노! 내 새 총 가져다줘. 어머니 방 책상 아래 있어."

꼬맹이 한 무리가 날치떼처럼 달빛 속에서 흩어져 무기를 가지러 갔다. 한편 조금 전의 상황은 여전히 그대로였다. 페온들은 불빛이 닿지 않는 곳에 쪼그려 앉아 있어서 창문틀 위로 그들의 눈만 보였다. 페온들은 흥미롭게 상황을 지켜보았다. 악단 연주자들은 대부분 가까운 창문 쪽으로 몰려갔지만 하프 연주자는 악기 뒤로 넘어졌다. 돈 프리실리아노와 그때까지 아기에게 젖을 먹이던 아내는 일어서더니 안채로 사라졌다. 부부가 관여할 일이 아니기도 하지만 젊은 사람들의 흥을 깨고 싶지 않았던 것이다.

피덴시오는 한쪽 팔로 카르멘시타를 조심스럽게 밀어내고 다른 한 손을 집게처럼 만들었다. 정적이 흐르는 가운데 그가 입을 열었다.

"존만 한 염소 새끼! 총 쏠 자신도 없으면서 나한테 겨누고 거기 서 있지 말라고. 나는 맨손이니까 방아쇠를 당겨! 난 죽는 거 안 무서워. 총을 써야 할 때가 언제인지도 모르는 겁 많은 멍청이 손에 죽는다고 해도 말이야!"

일순 파빌리토의 얼굴이 일그러졌고 나는 그가 방아쇠를 당길 줄로만 알았다.

"아!" 페온들이 웅얼거렸다. "지금! 지금이야 바로!"

하지만 그는 쏘지 않았다. 잠시 후 손을 떨면서 외마디 욕설과 함께 총을 집어넣었다. 페온들은 다시 자리를 정돈하고 실망에 차 문과 창문 가로 모여들었다. 하프 연주자는 일어서서 악기를 조율하기 시작했다. 권총은 총집으로 돌아가고 사람들은 다시 활기 넘치게 이야기하기 시작했다. 그제야 아이들이 소총과 엽총을 가지고 돌아오자 다들 가져온 총은 모두 구석에 던져버렸다.

카르멘시타에게 관심이 여전한 데다 분쟁의 소지가 남았으므로 피덴시오는 그곳에 남았다. 그는 남자들 사이에서 으스대고 여자들 사이에서 시선을 받으며 그 누구보다 빠르고 자유분방하고 요란하게 춤을 췄다.

그러나 얼마 지나지 않아 지루해졌고 카르멘시타를 다시 만난 흥분도 가라앉았다. 그래서 우리는 달빛 속으로 나가 소협곡 위 찰리 치네 술자리로 갔다.

호텔에 가까워지자 음악 소리 비슷한 나지막한 신음이 들려왔다. 식당에 있던 식탁을 길에 내놓고 안에서는 푸와 다른 중국인이 춤을 추고 있었다. 한쪽 구석에는 아과르디엔테 통이 받침대 위에 놓여 있고 그 밑에선 찰리가 술통에 연결한 유리 빨대를 물고 널브러져 있었다. 다른 쪽에는 엄청나게 큰 멕시코 담배 상자가 박살 나서 안에 있던 담뱃갑들이 밖으로 쏟아져 나와 있었다. 다른 쪽에는 중국인 둘이 술에 곯아떨어져 담요를 덮고 잠들었다. 한편 춤을 추는 두 사람은 한때 인기 있던 래그타임 곡인 〈꿈꾸는 눈동자〉를 멋대로 불러댔다. 여기에 맞서 주방에 설치된 축음기에서는 탄호이저의 행진곡 〈순례자의 합창〉이 장엄하게 울려 퍼졌다. 찰리는 입에서 빨대를 빼더니 우리를 보고 엄지손가락을 치켜들며 이런 노래를 불렀다.

해안으로 노를 저-어라, 선원들
해안으로 노를 저-어라!
남은 경로는 개의치 말고
해안으로 노를 저-어라!

찰리는 게슴츠레한 눈으로 우리를 살펴보더니 말했다. "너희들, 조심해라. 오늘 밤 카를로스가 여기 함께 있거든."

그러더니 다시 술통에 꽂힌 빨대를 물었다.

우리는 자리를 잡았다. 피덴시오는 망할 '메뚜기'(멕시코 사람들은 스페인 사람을 이렇게 부른다)들 식으로 판당고*를 춰 보겠다고 했다. 그는 요란한 소리를 내며 발을 구르다가 춤추던 중국인들과 부딪히더니 노래 〈비둘기〉를 울부짖듯이 불러댔다. 마침내 숨이 가빠진 피덴시오는 옆에 있던 의자에 앉아 그날 처음 본 아돌포의 새 신부를 칭송하기 시작했다. 그토록 젊고 쾌활한 영혼이 중년 남성에게 얽매이는 것은 정말 안타까운 일이라며 젊음과 힘과 용맹을 대변하는 자신이 더 어울리는 짝이라고 우겨댔다. 거기다가 밤이 깊어가면 갈수록 신부가 더 보고 싶다고 덧붙였다. 입에 빨대를 물고 있던 찰리 치는 피덴시오가 하는 말마다 고개를 끄덕였다. 나는 재미있는 생각이 떠올랐다. 아돌포와 새 신부에게 사람을 보내 여기로 부르면 안 될 이유가 뭐람? 자고 있던 중국인들을 발로 차서 깨운 후 어떻게 생각하는지 물어보았다. 영어도 스페인어도 모르는 두 사람은 유창한 중국어로 대답했다. 피덴시오가 통역했다.

"저치들 말이 찰리가 직접 가서 데려와야 한다고 하네."

우리는 맞는 말이라고 동의했다. 찰리가 일어나자 동생

---

*   스페인식 춤의 일종.

푸가 빨대를 차지했다. 찰리는 절대 거절할 수 없는 방법으로 두 사람을 데려오겠다며 소총을 메고 사라졌다.

십 분 후 총성 다섯 발이 울렸다. 우리는 그 소리에 무도회에서 돌아오던 손님 둘이 자러 가기 전에 서로를 죽인 모양이라며 한참 설왕설래했다. 찰리는 꽤 오랫동안 돌아오지 않았다. 우리가 다른 사람을 보내야 하는 게 아닌가 하는 차에 찰리가 돌아왔다.

"찰리, 어떻게 된 거요? 두 사람은 오겠대요?" 내가 물었다.

"그렇게 될 것 같지 않은뎁쇼." 그는 문을 밀며 어렵다는 듯이 대답했다.

"총소리 들었어요?" 피덴시오가 물었다.

"그럼. 아주 가까이에서 들었지. 푸, 술통에서 좀 비켜주지 않을래?"

"무슨 총소리였어요?" 우리가 물었다.

"그러니까 내가 아돌포 방문을 두들기고 우리 파티에 와달라고 했어. 그랬더니 나한테 세 방을 쏘더라고. 그래서 두 방을 쏴주고 왔지."

그렇게 말하면서 찰리는 푸의 다리를 잡고 태연하게 다시 술통에 달린 빨대 아래에 드러누웠다.

그 후로도 우리는 그 자리에 몇 시간 더 있어야 했다. 아침이 다 되어서 이그나시오가 들어와 토스티의 〈이별의 노래〉를 연주하고 중국인들이 거기에 맞춰 엄숙하게 춤을 춘 기억이 난다.

새벽 네 시쯤 아타나시오가 나타났다. 그는 불쑥 문을 열더니 한 손에 총을 들고 허옇게 질린 채 서 있었다.

"친구들, 말도 안 되는 일이 벌어지고 말았다네. 우리 마누라 후아니타가 친정에 갔다가 자정이 다 돼서 돌아왔는데, 오는 길에 판초를 쓴 남자가 길을 막더니 편지를 주었다지 뭔가. 그런데 그 편지에는 내가 지난번에 후아레스에 놀러 가서 한 모든 일이 자세하게 적혀 있지 뭔가. 편지를 봤더니 놀랄 정도로 정확하더군! 마리아랑 저녁을 먹고 그 여자 집에 갔던 일이며, 아나랑 투우 구경 간 이야기도 있어. 내가 만난 여자들의 머리 모양, 피부색, 성격이며 내가 여자들한테 돈을 얼마나 썼는지까지 적혀 있어. 니미럴! 동전 한 푼까지 정확하게 말이지!"

"마누라가 집에 왔을 때 나는 마침 친구랑 카타리노 술집에서 한잔하고 있었는데 그 이상한 놈이 이번엔 부엌에 나타나서 다른 편지를 주더라는 거야. 거기에는 치와와에 내 아내가 셋이나 있다고 적혀 있었어. 하지만 그건 정말 사실이 아니라고. 주님은 아시겠지만 아내는 하나뿐이야!"

"나는 상관없지만 말이지, 친구들. 후아니타는 머리끝까지 화가 났어. 내가 사실이 아니라고 아무리 말해도 듣질 않아. 거참! 여자들이란 그렇잖아."

"디오니시오한테 우리 집을 봐달라고 했지만 춤추리 가

버렸어. 그래서 어린 아들을 깨워서 옷을 입히고 무슨 일이 벌어지면 알려달라고 했네. 이 난리에서 우리 가정을 지키려면 어떻게 해야겠나? 나를 좀 도와주게."

우리는 도울 수 있는 일이라면 무엇이든 하겠다고 맹세했다. 무엇이든 하겠다고 신이 나서 약속했다. 그런 일은 너무 끔찍하며 편지를 가져온 나쁜 놈은 없애버려야 마땅하다고도 말했다.

"그게 누구일까?"

아타나시오는 범인이 플로레스일지 모르겠다고 했다. 플로레스는 아내와 결혼하기 전에 아이를 낳았지만 아내는 여전히 그를 사랑하지 않기 때문이다. 우리는 아타나시오에게 아과르디엔테를 부어주었고 그는 침울한 표정으로 술을 마셨다. 찰리 치가 빨대에서 떨어지자 푸가 그 자리를 차지했다. 찰리는 총을 가지러 가더니 십 분 후 각기 다른 종류의 장전된 소총 일곱 자루를 가지고 돌아왔다.

거의 동시에 요란하게 문이 흔들리더니 아타나시오의 어린 아들이 나타났다.

"아빠!" 아이는 종이를 들고 소리 질렀다. "여기 또 편지가 왔어요! 그 사람이 뒷문을 두들겼어요. 엄마가 누군지 확인하려고 나갔지만 머리까지 뒤집어쓴 빨간 담요밖에 못 봤대요. 엄마한테 편지를 주고는 도망가버렸어요. 창문 가까이에 있던 빵 한 덩이를 가지고요."

아타나시오는 떨리는 손으로 종이를 펼치더니 큰 소리

로 읽기 시작했다.

코아우일라주에는 당신 남편의 자식이 45명이나
있습니다.
(서명) 남편을 잘 아는 사람이

"성모님!" 아타나시오가 슬픔과 분노에 차 펄쩍 뛰며 외쳤다. "그건 거짓말이야! 나는 분별력 있는 사람이라고! 가세, 친구들! 가정을 지켜야겠네!"

우리는 소총을 집어 들고 밤거리로 나섰다. 헐떡거리면서 아타나시오네 집이 있는 가파른 언덕을 비틀비틀 올라갔다. 남들이 편지를 준 사내로 오인하지 않게 바짝 붙어서 움직였다. 아타나시오의 아내는 침대에 누워 발작하듯이 울고 있었다. 우리는 수풀로 흩어져 들어가 집 주변의 골목을 샅샅이 뒤졌지만 아무도 없었다. 울타리 구석에서는 파수꾼 디오니시오가 총을 옆에 두고 잠들었다. 벌써 새벽이 오고 있었다. 수탉들이 연달아 울어대는 소리와 돈 프리실리아노 댁 춤판에서 나직하게 들려오는 음악 소리 말고는 쥐 죽은 듯했다. 춤은 종일 밤까지 계속될 것이다. 저 멀리 큰 계곡이 마치 거대한 지도처럼 조용하고 또렷하게 어마어마해 보였다. 담 모퉁이마다 지붕 위 나뭇가지와 풀잎들이 새벽이 오기 전 굉장한 여명을 따끔따끔 찔러댔다.

멀리서 붉은 산마루를 지나 빨간 세라피를 쓰고 가는 사람이 보였다.

"아하! 저기 그놈이 간다!" 아타나시오가 소리쳤다.

우리는 일시에 빨간 세라피를 향해 총을 쏘기 시작했다. 모두 다섯 명이었고 각각 총알이 여섯 발씩 있었다. 총소리가 집 사이에서 울리며 산 사이에서 메아리가 되어 백 번쯤 무시무시하게 되울렸다. 갑자기 옷을 입다 만 마을 사람들이 밖으로 뛰어나왔다. 새로운 혁명이 시작되는 줄 알았던 게 분명하다. 마을 가장자리에 있는 작은 갈색 집에서 꼬부랑 할머니가 눈을 비비며 걸어나왔다.

"이봐, 뭘 쏘는 겐가?" 노인이 소리쳤다.

"저기 빨간 담요 쓰고 가는 놈을 죽이려는 겁니다. 저놈이 우리 가정을 파괴하고 바예알레그레를 정숙한 여자들이 살 수 없는 곳으로 만들고 있어요!" 아타나시오가 큰 소리로 외쳤다.

노인은 게슴츠레한 눈으로 우리의 목표물을 바라보더니 말했다. "그런데 말일세. 저 사람은 나쁜 사람이 아니야. 내 아들인데 염소를 보러 가는 길이거든."

한편 빨간 담요를 쓴 사람은 한 번도 뒤돌아보지 않고 차분하게 산꼭대기 쪽으로 사라졌다.

3장. 목동들

북부 두랑고 산간 지역에는 오래된 향수에서 향내가 흘러 나오듯 황금에 대한 전설이 떠돈다. 아즈텍인과 그들의 선 조들이 적금赤金을 캐낸 신비의 오빌*이 어딘가에 있다는 풍문이 그것이다. 멕시코 역사가 시작되기도 전에 인디오들은 이 황량한 산지에서 무딘 구리 칼로 금을 캤고 지금까지도 그 흔적을 볼 수 있다. 그들 이후로는 번쩍이는 투구와 갑옷을 입은 스페인인들이 이 산에서 캐낸 금으로 거대한 보물선을 채워 돌아갔다. 발자국도 남지 않는 사막과 험한 돌산을 지나 수도에서 거의 1600킬로미터 떨어진 이 황량한 땅의 협곡과 산봉우리 사이에 유럽에서 가장 찬란한 문명

---

* Ophir. 솔로몬왕이 보물을 얻었다는 금의 산지.

의 화려한 흔적이 피어났다. 그리고 스페인의 멕시코 지배가 종말을 고하고 다시 오랜 세월이 지난 지금까지 그 흔적이 이곳에 남아 있다. 물론 스페인인들은 지역의 인디오를 노예로 삼았고 급류에 깎여나간 좁고 깊은 계곡에는 여전히 불길한 전설이 떠돌았다. 산타마리아델오로 근처에 사는 사람이라면 누구나 인디오가 금광에서 매 맞아 죽고 스페인인은 왕족처럼 살던 시절에 대해 잘 안다.

그러나 이들 고산족은 강인한 종족이었다. 그들은 언제나 저항했다. 이런 전설이 전해져온다. 어느 날 밤 해안에서 600킬로미터나 떨어진 곳에서 적대적인 고산족 사이에서 완전히 고립된 것을 알아차린 스페인인들이 산간 지역에서 벗어나려 애썼다. 산봉우리마다 횃불이 피어오르고 산속 마을에서는 북소리가 요란하게 울렸다. 그리고 산골짜기 어디에선가 스페인인들은 영원히 사라지고 말았다. 그 후로 한 외국인이 채굴권을 따낼 때까지 그 지역은 악명이 자자했다. 멕시코 정부 관리조차 거기까지 오려고 하지 않았다.

이 부근에는 그 시절 황금을 찾아 나선 스페인인들이 모여들어 아직도 스페인 전통이 특히 강하게 남아 있는 마을이 두 곳 있다. 인데와 산타마리아델오로가 그곳으로, 후자는 흔히 줄여서 엘오로라고 부른다. 인데는 이 신세계가 여전히 인도라고 믿었던 스페인인들이 변치 않은 꿈을 담아 지은 낭만적인 이름이다. 산타마리아델오로 역시 마찬가지 논리로 스페인인이 피에 물든 승리를 기념하기 위해 부른

테데움(찬송가)—금의 성모에게 적금赤金을 발견한 것을 감사 드리는—에서 유래한 이름이다.

엘오로에는 아직 옛 수도원의 폐허가 남아 있다. 어도비 벽돌로 된 수도승의 방들 위로 보이는 작은 아치형 지붕이 뜨거운 태양과 폭우에 빠른 속도로 애처롭게 바스러져가는 중이다. 수도원은 한때는 회랑으로 이어진 파티오였을 폐허와 버려진 낡은 묘비 위에 난 거대한 메스키트나무를 일부 둘러싸고 있다. 묘비에는 도냐 이사벨라 구스만이라는 귀족에게나 어울릴 법한 이름이 새겨져 있다. 물론 아무도 도냐 이사벨라가 누구인지 혹은 언제 죽었는지 기억하지 못한다. 광장에는 천장에 나무를 댄 스페인 교회가 아직 건재했다. 작은 관청 건물 입구 위에는 어떤 스페인 가문의 문장이 거의 다 지워진 채 흔적만 남아 있다.

이곳이 바로 전설의 장소다. 그러나 이 지역 사람들은 전통에 별로 신경 쓰지 않으며 이런 기념물들을 남긴 옛날 사람들에 대한 기억도 없다. 콩키스타도르의 온갖 흔적이 화려했던 인디오 문명을 완전히 지워버렸다.

엘오로는 고산 지대에서 가장 활기 넘치는 마을이라고 한다. 매일 밤 무도회가 벌어지며 두랑고주에서 가장 미녀가 많기로 유명하다. 엘오로 사람들은 다른 지역보다 한층 더 요란스럽게 축일을 치른다. 휴일이면 주변의 숯장수와 염소지기, 목동과 짐꾼 모두 수 킬로미터 떨어진 곳에서 엘오로로 몰려들었다. 따라서 축일이 하루면 이삼 일간 일을 쉬어야 했다. 하루는 놀아야 하고 적어도 하루는 오고 가는 데 써야 하기 때문이다.

그렇다면 엘오로에서는 어떤 축제가 열리는가! 일 년에 한 번 주현절*이면 이 지역 전체에서 〈목동들〉을 무대에 올린다. 〈목동들〉은 르네상스 시대 유럽 전역에서 공연되던 오래된 기적극으로, 엘리자베스조 연극**을 낳는 산파 역할을 하고 이제 세상에서 완전히 사라졌다. 그 연극이 오지 중의 오지인 이곳에서 어머니에게서 딸에게로 세대를 넘어 구전되어 전해온 것이다. 연극에서는 루시퍼가 스페인식 이름인 '루스벨'로 불린다. 연극은 영혼의 적대자이자 7대 죄악 중 하나[교만]를 저지른 루시퍼와 독생자 아기 예수를 통해 영원한 신의 자비를 보여준다.

대부분의 지역에서 〈목동들〉은 한 번만 열린다. 하지만 엘오로에서는 주현절 밤이면 〈목동들〉 공연이 서너 차례 열릴 뿐 아니라 다른 축일에도 무대에 오른다. 쿠라라고 불리는 마을 사제가 배우들을 지휘한다. 하지만 연극은 이제 더 이상 교회에서 열리지 않는다. 세대를 넘어 연극이 전해지면서 연극에 마을 사람을 비꼬는 풍자적인 내용이 더해지기도 했다. 그래서 이제는 교회에서 올리기엔 너무 불경하고

---

* 동방박사가 예수를 알현한 날.
** 영국 엘리자베스 1세 시대에 중세의 기적극, 도덕극, 고전극의 흐름이 한데 합쳐져 비약적인 발전을 이룬 연극사적 전성기를 말한다. 셰익스피어는 이 시기의 대표적인 극작가이다.

세속적인 것으로 변해버렸지만 여전히 중세 기독교의 고결한 윤리의식을 담고 있다.

주현절 밤 피덴시오와 나는 일찌감치 저녁을 먹었다. 식사 후 피덴시오는 나를 이끌고 밖으로 나와 흙벽돌담 사이의 좁은 골목길을 지나 붉은 고추를 걸어놓은 집 뒤편의 작은 울타리로 갔다. 멍하니 서 있는 노새 두 마리의 발치에는 개, 닭, 돼지와 벌거벗은 갈색 피부의 아이들이 후다닥거리며 돌아다녔다. 주름살이 가득한 인디오 할머니가 옥수수 껍질을 통째로 만 담배를 물고 나무상자 위에 앉아 있었다. 노인은 우리가 들어가자 자리에서 일어서더니 이빨 빠진 소리로 인사를 하고 상자 뚜껑을 열어 갓 만든 아과르디엔테 한 솥을 보여주었다. 그 집 부엌이 바로 양조장이었다. 우리는 은화 한 닢을 내고는 예절 바르게 건강과 행운을 기원해가며 술 단지를 돌려 마셨다. 머리 위로는 저물녘의 노란 하늘이 녹색으로 변하더니 큰 별 몇 개가 빛나기 시작했다. 마을 아래쪽에서 웃음소리와 기타 소리가 들려오고 부엌에선 석탄 화덕이 요란한 소리를 내며 힘차게 축일을 마무리하는 중이다. 노인은 술을 자기 몫보다 훨씬 더 많이 마셨다.

"어머님! 오늘 밤에 하는 〈목동들〉을 보려면 어디로 가야 할까요?" 피덴시오가 물었다.

"여러 곳에서 하는데. 젠장! 굉장한 〈목동들〉의 해로구먼! 학교에서 하고, 돈 페드로네 뒷마당에서도 하고, 돈 마리오네에서도 해. 도냐 페르디타네서도 한다지. 그 왜 작년에 광산에서 죽은 토마스 레돈도랑 결혼한 여자 있잖아! 주님께서 죽은 양반의 영혼을 가엽게 여기시길!"

"어디가 제일 볼 만할까요?" 부엌으로 들어오려는 염소를 발로 차면서 피덴시오가 물었다.

"누가 알겠나?" 노인은 어깨를 으쓱해 보였다. "이 늙은 몸이 허락한다면 나는 돈 페드로네로 갈 거요. 하지만 실망하겠지. 요새는 내가 처녀 때 올리던 것 같은 〈목동들〉은 없어."

그래서 우리는 가파르고 울퉁불퉁한 길을 내려가 돈 페드로네 집으로 향했다. 몇 발짝 옮길 때마다 어디 가면 술을 살 돈을 빌릴 수 있는지 물어보는 시끄러운 빈털터리들이 길을 막아섰다. 마을의 부자인 돈 페드로네 집은 꽤 근사했다. 건물에 둘러싸인 마당은 보통 가축을 모아두는 울타리 자리지만 돈 페드로는 파티오를 만들 만한 재력이 있었다. 파티오에는 향기로운 관목과 둥근 선인장이 가득하고 복판에는 낡은 쇠파이프로 만든 어설픈 분수가 물을 뿜었다. 기다랗고 검은 아치형 입구에는 마을 악단이 자리를 잡고 연주 중이었다. 외벽에 꽂힌 소나무 횃불 아래서 한 남자가 입장료 50센트를 받았다. 잠시 서서 상황이 어떻게 돌아가는지 살펴봤더니 아무도 입장료를 내는 것 같지 않았다. 입장료 받는 남자를 떠들썩하게 둘러싸고 자신은 입장료를 내지 않고 들어갈 만하다고 우겨댔다. 한 사람은 돈 페드로의 사촌이고, 다른 사람은 돈 페드로의 정원사이며, 또 다른 사람은 돈 페드로의 장모의 딸이 바로 자기 첫째 아내라고 했다.

또 어떤 여자는 공연하는 배우가 자기 딸이라고 했다. 지키는 사람이 없는 입구도 여럿 있어서 정문에 있는 신사를 꼬드길 수 없다는 걸 알자 사람들은 슬그머니 그쪽으로 옮겨갔다. 우리는 위세에 굴복해 조용히 돈을 내고 입장했다.

그곳에서는 하얀 달빛이 타오르는 듯 흘러넘쳤다. 파티오는 산기슭 쪽으로 기울어져 비취색 하늘과 만났다. 그쪽에는 빛나는 고산 지대 대평원의 경관을 가로막을 것이 아무것도 없었다. 집의 낮은 지붕 쪽으로는 베두인족 천막처럼 캔버스 천 덮개를 평평하게 친 후 장대로 비스듬히 받쳐놓았다. 천막 그림자가 달빛을 가려 보통 밤보다 더 깜깜했다. 천막 바깥쪽으로 바닥에 설치된 횃불 여섯 개가 시커먼 연기를 피어올렸다. 천막 아래는 희미하게 빛나는 셀 수 없이 많은 담뱃불 말고는 다른 조명은 없었다. 집의 벽을 따라서 검은 베일을 쓰고 검은 옷을 입은 여자들이 서 있고 남정네들은 쪼그려 앉았다. 빈틈이 조금이라도 있으면 아이들이 차지했다. 남자 여자 할 것 없이 모두 담배를 피우며 조용히 담배를 아래쪽에 건네 아이들이 한 모금씩 빨 수 있게 해주었다. 조용한 관객들이었다. 그들은 기다리는 데 아무 불평도 하지 않고 가끔 조용히 이야기를 하거나 파티오의 달빛을 바라보고 멀찍이 아치 쪽에서 나는 음악 소리를 들을 뿐이었다. 관목숲 어딘가에서 나이팅게일 한 마리가 노래하기 시작하자 모두 쥐 죽은 듯이 조용해지면서 그 소리에 귀를 기울였다. 남자아이들이 악단에게 새가 노래하는 동안만 음악을 멈춰달라고 말하러 달려갔다. 무척이나 신나는 일이었다.

그러나 이 모든 일이 벌어지는 동안에도 공연을 시작할 낌새는 전혀 없었다. 얼마나 오래 앉아 있었는지는 모르겠지만 아무도 불평하지 않았다. 관객들은 꼭 〈목동들〉을 봐야겠다는 생각으로 앉아 있는 것이 아니었다. 무엇이건 여기서 벌어지는 재미난 일을 보고 들으면 된다. 그러나 가만히 있질 못하는 '실용'적인 서구인인 나로서는 견딜 수 없는 노릇이었다! 나는 결국 침묵을 깨고 옆자리의 여자에게 연극이 언제 시작하는지 물었다.

"누가 알겠어요?" 여자는 조용히 대답했다.

내 질문과 대답을 들은 남자가 몸을 기울이며 말했다.

"어쩌면 내일 할지도 몰라요." 나는 악단이 연주를 멈춘 것을 알아챘다. "도냐 페르디타네서도 연극을 하잖아요. 사람들 말이 여기서 연기할 배우들이 그 집에서 하는 연극을 보러 갔대요. 악단 사람들도 다 갔다네요. 그래서 나도 한 삼십 분 동안 심각하게 거기에 가야 하나 생각했었죠."

우리는 그와 헤어져 어떻게 할지 심각하게 고민했다. 나머지 관객들은 〈목동들〉 따위는 까맣게 잊어버리고 자리를 잡고 수다를 떨며 즐거운 밤을 보낼 참이었다. 밖에서 우리 돈을 챙겨간 수표원은 술집에 친구들을 모아놓고 신나게 마시기 시작한 지 오래였다.

그래서 우리는 천천히 가난한 이들의 아무 장식도 없는

흙벽돌집 대신 부자들의 회칠한 하얀 벽이 모여 있는 마을 끄트머리 쪽으로 걸어 올라갔다. 길 같은 것은 사라져버려서 우리는 집주인 마음대로 여기저기 흩어진 오두막들 사이사이 당나귀가 다니는 길을 따라 다 허물어져가는 울타리를 지나 돈 토마스의 미망인 댁으로 갔다. 햇빛에 말린 진흙벽돌로 지은 그 목장은 일부가 산 쪽으로 튀어나왔는데 베들레헴의 마구간이 꼭 이렇게 생겼을 법했다. 이 비유를 증명이라도 하듯이 큰 소 한 마리가 달빛 속 창문 아래에 앉아 되새김질을 하고 있었다. 군중들의 머리 위 창문과 문으로 천장에서 촛불들이 춤추는 것이 보였고, 징징대는 여자애 같은 성가 소리와 종소리와 함께 박자에 맞춰 지팡이로 바닥을 두들기는 소리가 들렸다.

그곳은 흙바닥에 회칠을 한 천장이 낮은 방이었다. 서까래에 격자를 대고 사이사이에 진흙을 채워놓아 이탈리아나 팔레스타인 농민의 살림집과 다를 바 없었다. 문에서 제일 먼 곳에 놓인 탁자에는 길쭉한 교회 촛불과 종이꽃이 쌓여 있고, 그 위 벽에는 석판화 성모자상이 걸려 있었다. 종이꽃 무더기 한복판에는 나무로 만든 작은 모형 말구유에 아기 예수를 상징하는 납인형이 누워 있다. 무대 가운데 좁은 공간을 빼면 방 안은 사람들로 빽빽했다. 아이들 한 무리는 무대 주변에 양반다리를 하고 앉았고, 그들 뒤로는 들뜨고 궁금한 페온들이 담요를 두르고 모자는 벗고 문가까지 잔뜩 자리를 채웠다. 절묘하게도 제단 옆에 한 여자가 아기에게 젖을 먹이느라 가슴을 드러내고 성모상처럼 앉았다. 그 양옆으로 아기를 안은 다른 여자들이 벽을 따라 늘어섰고, 배우들의 깔깔대는 소리가 흘러나오는 다른 방으로 통하는 비좁은 입구만 커튼을 친 채로 비워두었다.

"시작했니?" 나는 옆에 있는 사내아이에게 물었다.

"아니요. 저 사람들은 금방 나왔어요. 지금 무대가 충분히 큰지 보려고 노래하는 중이에요."

다른 사람 머리 너머로 농담을 주고받고 수다를 떠는 흥겹고 시끌벅적한 관객들이었다. 남정네들은 대부분 아과르디엔테에 취해 서로 어깨동무를 하고 상스런 노래 한두 구절을 불러댔다. 그러다가 때때로 시비가 붙기도 했는데 모두 무기를 가지고 있기 때문에 무슨 일이 벌어질지 모르는 상황이었다. 이 모든 난장판의 한복판에서 누군가가 외쳤다. "쉿! 이제 시작해요!"

커튼이 올라가자, 못 말리는 교만 때문에 천국에서 쫓겨난 루시퍼가 우리 앞에 서 있다. 소녀였다. 소년 배우만 있던 엘리자베스 이전 시대 기적극과 달리 배우는 모두 소녀들이다. 소녀가 입은 의상의 각 부분은 헤아릴 수 없을 만큼 오래전부터 내려오는 것이다. 물론 옷의 색깔은 중세에 악마를 상징하는 빨간색—빨간 가죽—이었다. 그런데 흥미로운 점은 저 차림이 명백하게 로마 병사의 군복을 본뜬 것이라는 것이다. (중세에는 예수를 십자가에 못 박은 로마 병사들이 악마보다 약간 덜 사악한 존재로 여겨졌다.) 소녀는 치마가 달린 넓고 빨간 가죽 더블릿*과 거의 신발 위까지 내려오는 가리비 무늬 바지를 입고 있었다. 영국과 스페인에 있던 로마 병사들이 가죽 바지를 입었다는 사실을 기억해내기 전까지 복장에 별 관련성이 없어 보였다. 소녀가 쓴 투구는 깃털과 꽃이 잔뜩 달려 있어서 모양을 알아보기 힘들지만 자세히 보면 로마 투구와 닮았다. 쇠 대신 작은 거울 조각으로 만든 갑옷이 소녀의 가슴팍과 등을 감쌌고 옆에는 칼을 찼다. 소녀는 칼을 뽑아 들고 남자 목소리를 흉내 내며 독백을 시작했다.

내 이름에서 알 수 있듯이
나는 빛이다.
내가 내려오면서
그 빛이 깊은 지옥까지 밝힌다.

루시퍼의 아름다운 독백이 하늘에서 들려왔다. "내 이름에서 알 수 있듯이 나는 빛이다. 내가 내려오면서 그 빛이 깊은 지옥까지 밝힌다. 나는 나를 낮추지 않을 테니까. 대장군으로 널리 알려졌던 나는 이제 신에게 쫓겨났다…… 오, 그대 산이여, 그리고 오 그대 바다여, 내가 불평을 하겠다. 그래서 아아! 내 가슴을 누르는 짐을 덜어야겠다…… 잔인한 운명, 왜 너는 그토록 완고하게 가혹한 것이냐?…… 어제는 저

---

* 중세 남성들이 입던 상의.

기 보이는 별이 빛나는 창공에서 평화롭게 살던 내가 오늘은 폐적廢嫡되어 버려지다니. 내 정신 나간 질투심과 야망 때문에, 내 무분별한 건방짐 때문에 어제 내 궁전을 잃고 오늘 내 통탄스럽고 가련한 처지를 침묵으로 지켜보는 산속에 슬프게 있구나…… 오, 산이여! 너는 행복하지! 황량하고 헐벗거나 신록으로 화사하거나 너는 언제나 행복하다! 오 너 자유롭게 흘러가는 시냇물이여, 나를 보게!……"

"잘한다! 잘해!" 관객들이 소리쳤다.

"마데로파가 멕시코시티로 들이닥치면 우에르타가 할 소리로세!" 못 말리는 혁명 지지자가 깔깔대며 외쳤다.

"비탄과 죄책감에 빠진 나를 보라." 루시퍼는 독백을 이어갔다.

바로 그때 신바람 난 큰 개 한 마리가 꼬리를 흔들며 커튼 사이로 나타났다. 참을 수 없이 기분이 좋았던 이 개는 아이들에게 달려들어 킁킁거리며 냄새를 맡고 얼굴을 핥아댔다. 한 아이가 매섭게 내리치자 아프고 놀란 개는 한참 장황한 독백을 하던 루시퍼의 다리 사이로 돌진했다. 루시퍼는 두 번이나 넘어졌다가 온 방에 울려 퍼지는 깔깔대는 웃음 가운데 일어나 칼을 휘둘렀다. 최소 쉰 명쯤 되는 관객들이 달려들어 짖어대는 개를 쫓아내고서야 연극이 다시 진행됐다.

양치기 아르카디오의 아내 라우라가 노래를 부르며 오두막 문, 그러니까 커튼 사이로 나타났다.

"달빛과 별빛은 어쩌면 이토록 평화롭게 숨 막히게 아름다운 밤을 밝히는가! 자연이 놀라운 비밀을 폭로하려는가 봐. 온 누리가 평화롭고 만인의 가슴에 환희와 기쁨이 넘쳐 흐르는 것 같구나. 그런데 저 아름다운 존재, 매혹적인 형상은 누구란 말인가?"

루시퍼는 맵시를 뽐내며 라틴계의 뱃심을 걸고 라우라에게 사랑을 맹세했다. 라우라는 자신의 마음은 아르카디오의 것이라고 대답한다. 그러나 사탄 루시퍼는 아르카디오가 얼마나 가난한지 읊어대고 자기는 라우라를 궁전에서 살면서 산더미 같은 보석을 달고 노예를 부리며 살게 해주겠다고 한다.

"당신을 사랑하게 된 것 같아요." 라우라가 말한다. "의지와 상관없이. 나를 속일 수는 없어요."

여기서 관객들이 숨이 넘어가게 웃어댔다. "안토니아! 안토니아!" 모두 낄낄대며 서로 옆구리를 찔러댔다. "꼭 저렇게 안토니아가 엔리케를 버렸어! 사탄이 꼬인 게 분명하다고 내 늘 생각했었지!" 한 여자가 말했다.

그러나 라우라는 불쌍한 아르카디오를 버린 것에 양심의 가책을 느꼈다. 그러자 루시퍼는 아르카디오가 몰래 다른 여자를 만나고 있었다는 얘기를 흘려 라우라를 안심시킨다.

"그렇다면 당신은 걱정하실 것 없어요." 라우라가 차분하게 말했다. "그렇다면 나는 그에게서 자유로워요. 그뿐만 아니라 아르카디오를 죽일 기회를 찾을 겁니다."

이 말은 루시퍼에게도 충격적이었다. 그는 아르카디오가

질투심으로 괴로워하게 두는 편이 낫지 않겠냐고 설득한다. 그리고 신이 나서 어쩔 줄 모르고 만족스러워하며 "라우라의 발이 이미 지옥으로 향하고 있다"고 관객에게 방백했다.

여자들은 이 말이 꽤나 마음에 든 모양이다. 모두 서로 쳐다보며 고개를 끄덕거렸다. 그러나 친구에게 기대 있던 한 젊은 여자가 한숨을 쉬며 말했다. "아! 하지만 저렇게 사랑에 빠진다면 정말 근사할 거야!"

아르카디오가 돌아오자 라우라는 그가 가난하다며 불평을 늘어놓았다. 아르카디오는 바토와 함께 등장했다. 바토는 이아고와 아우톨리쿠스를 합쳐놓은 인물로 라우라와 아르카이도의 대화 중간에 비꼬는 방백을 하며 끼어든다. 루시퍼가 준 보석 반지를 낀 라우라를 보고 아르카디오는 아내를 의심하기 시작한다. 라우라가 건방지고 무례하게 떠나버리자 그는 분통을 터트린다.

"아내의 충실함에 행복했는데 이제 잔인한 책망이 내 가슴을 쓰리게 하네! 나는 이제 어떻게 해야 하나?"

"다른 짝을 찾아." 바토가 말했다.

아르카디오가 싫다고 하자 바토는 문제를 해결할 방책을 다음과 같이 일러준다.

"지체 없이 라우라를 죽이게. 그리고 살가죽을 벗겨 잘 접어둬. 다시 결혼하게 되면 그 살가죽을 새 신부의 침대보로 깔아서 다시 버림받는 일이 없도록 하는 거지. 신부가 정절을 지키도록 부드럽지만 단호하게 말해주게나. '부인, 이 침대보는 한때 내 아내였다네. 당신도 현명하게 처신하지 않는다면 똑같은 결말을 맞게 될 거야. 내가 하찮은 것에 개의치 않는 매정하고 성깔 있는 남자란 걸 기억해.'"

남자들은 이 대사가 시작될 때는 숨죽여 웃다가 대사가 끝나자 요란하게 웃어젖혔다. 하지만 한 늙은 페온은 그들에게 화를 냈다.

"올바른 처방이 있소! 내 말대로 한다면 부부 문제는 확 줄어들 거야."

그러나 아르카디오는 그 소리를 듣지 못한 것 같았고, 바토는 철학적 태도를 권했다.

"불평은 그만두고 라우라가 그놈을 따라가게 내버려두게. 그럼 자넨 책임에서 벗어나서 부자가 될 걸세. 좋은 음식을 먹고 좋은 옷을 입고 인생을 제대로 즐기는 거지. 나머지가 문제지만 별거 아니야. 그러니까 부자가 될 수 있는 이 좋은 기회를 놓치지 말게나. 그리고 부자가 되면 잊지 말고 내 주린 창자를 좀 채워주게나."

"말도 안 돼!" 여자들은 혀를 차며 목소리를 높였다. "거짓말!" "나쁜 놈 같으니라고!" 한 남자가 소리 높여 받아쳤다. "숙녀 여러분, 아주 틀린 얘기는 아니에요. 처자식만 없다면 우리는 모두 좋은 옷을 입고 말을 탈 수 있을 겁니다."

여기저기서 반박하는 소리가 터져 나왔다.

아르카디오는 바토의 말에 화를 내고, 바토는 애처롭게 말했다.

"자네가 불쌍한 바토 생각을 조금이라도 한다면 말이야. 저녁을 먹으러 가면 어떻겠나."

아르카디오는 마음이 진정될 때까지는 먹지 않겠다고 분명히 말했다.

"자네가 지칠 때까지 마음을 털어놓게. 나는 자네에게 앵무새처럼 수다를 늘어놓던 혓바닥을 꼭 묶어놓고 죽은 듯이 있겠네."

바토는 큰 바위에 자리를 잡고 자는 척했다. 아르카디오는 십오 분에 걸쳐 산과 별들에게 속을 털어놓았다.

"아, 라우라, 이 변덕스러운 배신자! 어째서 나에게 이런 고통을 안겨주는 거지? 당신은 내 믿음과 명예를 산산조각 내고 내 영혼을 고문했다. 왜 내 사랑을 조롱하는 거지? 오, 잔잔한 적막과 높은 산들이여, 내 고통을 열어 보이도록 도와주오! 그리고 그대 단호하게 꼼짝하지 않는 절벽이여 그리고 침묵의 숲이여, 내 심장의 고통을 덜어주오……"

관객들은 조용히 그러나 진심으로 아르카디오를 동정했다. 여자들은 펑펑 울기도 했다.

바토는 더 이상 보고만 있기 어려운 지경에 이르렀다.

"저녁 먹으러 가세. 한 번에 조금씩 고통받는 편이 나아."

말이 끝나기도 전에 요란한 웃음소리가 울려 퍼졌다.

아르카디오: "바토, 내 자네에게만 이 사실을 말한 걸세."

바토(방백): "내가 비밀을 지킬 수 있을 것 같지가 않아요! 벌써 말하고 싶어서 입이 근질근질한데. 저 바보는 비밀과 맹세란 걸 믿어서는 안 된다는 걸 배우게 되겠죠."

이윽고 양치기 한 무리와 아내들이 노래를 부르며 나타
났다. 그들은 주일에 입는 제일 좋은 옷을 입고 꽃을 단 여름
모자를 쓰고, 종이꽃과 종을 매단 열두 사도의 지팡이를 들
고 있었다.

오늘 밤은 비교할 데 없이 아름답구나.
어느 때보다 평화롭고 아름답네.
그것을 보는 인간들도 행복하다네.
만물이 일러주네.
하느님의 아들, 말씀으로 빚은 육신이
베들레헴에서 곧 태어나
인간의 죗값을 다 치르게 될 것을.

그 후 구순九旬의 구두쇠 파비오와 그의 새파랗게 젊은 아
내가 나와서 어떻게 선물을 나눌지와 여자의 큰 미덕과 남
자의 큰 결함이 무엇인지를 놓고 옥신각신했다.

관객은 남녀 두 편으로 완전히 갈려 연극 대사에 앞뒤로
끼어들며 열성적으로 그 토론에 동참했다. 여자들은 연극
대사에 찬성했지만 남자들은 라우라라는 확실한 예를 들며
반박했다. 그러더니 엘오로에 사는 어떤 부부의 장점과 단
점을 거론하는 데까지 나아갔다. 연극은 잠시 중단됐다.

양치기 브라스가 파비오가 자는 사이 그가 무릎에 끼고

있던 지갑을 훔쳐냈다. 그러자 뒷말이 이어졌다. 바토는 브라스를 다그쳐 지갑의 내용물을 나눠 갖자고 했지만 지갑 안에는 아무것도 없었다. 실망한 두 사람은 잘 먹을 수만 있다면 기꺼이 악마에게 영혼을 팔겠다고 한다. 우연히 이 말을 들은 루시퍼는 두 사람의 영혼을 사려고 한다. 그러나 루시퍼와 마을 사람들은 꾀를 다투게 되고—관객들이 루시퍼의 비열한 작전에 맞서는 남자를 돕는다—결국 주사위를 던져 결정하기로 하지만 루시퍼가 지고 만다. 루시퍼는 마을 사람들에게 먹을 것을 구할 수 있다면 그들은 무엇이든 할 것이라고 말해둔 바 있다. 루시퍼는 하찮은 양치기 둘을 위해 자신의 일을 그르친 신을 저주한다. 그는 "루시퍼의 손보다 강한 구원의 손길이 뻗쳐왔다"며 놀라워한다. 신은 어째서 하찮은 인간에게는 언제나 자비로우시면서, 자신에게는 그토록 가혹한 형벌을 내리시는지 묻는다. 갑자기 감미로운 음악이 들려오고—양치기들이 커튼 위에서 노래한다—루시퍼는 "신의 말씀이 살이 될 것"이라는 다니엘의 예언을 곱씹는다. 음악은 계속 이어지고 양치기들이 아기 예수가 태어났다고 알린다. 분노한 루시퍼는 온 힘을 다해 인간들이 언젠가는 "지옥을 맛보게" 할 것이라고 맹세하고 지옥에게 문을 열고 자신을 "지옥의 중심"에 맞으라고 명령한다.

아기 예수가 탄생하자 관객들은 성호를 긋고 여자들은 중얼중얼 기도를 드렸다. 루시퍼가 무력하게 신에 대해 악담을 늘어놓자 관객들은 소리쳤다. "신성모독이다! 신성모독! 주님을 모독한 악마를 죽여라!"

과식으로 복통에 시달리며 자기들이 죽어가는 줄로만 아는 브라스와 바토가 돌아와 도와달라고 소리쳤다. 양치기와 아내들이 와서 노래하며 갈고리로 바닥을 두드리면서 두 사람을 치료해주겠다고 약속한다.

2막이 시작하자 건강을 회복한 바토와 브라스는 또다시 마을 축제를 위해 준비한 음식을 훔쳐 먹을 계획을 세웠다. 두 사람이 밖으로 나가자 라우라가 나타나 루시퍼에 대한 애정을 노래했다. 천상의 음악이 들려오더니 "부정한 생각"을 꾸짖자 라우라는 죄 많은 사람에 대한 욕망을 포기하고 아카르디오에게 충실할 것을 다짐한다.

여자 관객들은 이 모범답안 같은 감정에 고개를 끄덕이며 미소를 지었다. 연극이 올바른 결말을 향해 간다는 안도의 한숨 소리가 여기저기서 들려왔다.

그러나 바로 그때 지붕이 무너지는 소리가 나더니 연극의 익살꾼 브라스와 바토가 음식 바구니와 술병을 들고 등장한다. 이 익살꾼들이 나타나자 객석의 분위기가 밝아지고 기대에 들뜬 웃음소리가 터져 나왔다. 바토는 브라스에게 망을 봐주면 자기가 음식을 반만 먹겠다고 해놓고 브라스의 몫까지 먹어버린다. 두 사람이 그 때문에 옥신각신하느라 훔친 음식의 흔적을 감추기도 전에 양치기들이 도둑을 찾으러 등장한다. 바토와 브라스는 왜 거기에 음식과 술이 있는지 설명하기 위해 갖은 이유를 갖다 대 결국 양치기들이 그

일은 악마의 소행이라고 믿게 만든다. 더 나아가 범죄의 증거를 없애버리려고 남은 것을 함께 먹어치우자고 한다.

연극 전체에서 가장 웃긴 이 장면은 대사마다 터져 나오는 요란한 웃음소리 때문에 거의 들리지가 않았다. 한 청년이 친구를 치면서 말했다.

"야, 우리가 돈 페드로네 소젖을 짜다가 걸렸을 때 어떻게 빠져나왔는지 기억나?"

루시퍼가 등장하자 사람들은 함께 음식을 먹자고 권한다. 그는 악의에 가득 차서 양치기들이 누가 음식을 훔쳤는지 계속 얘기하도록 부추겨서 결국 모두가 본 적 있다고 한 이방인을 지목하게 만든다. 물론 양치기들이 보았다는 그 이방인은 다름 아닌 루시퍼다. 하지만 그가 어떻게 생겼는지 말해보라고 하자 다들 실물보다 천 배쯤 역겨운 괴물의 형상을 묘사했다. 아무도 그들 가운데 앉아 있는 상냥한 얼굴의 이방인이 루시퍼라고 의심하지 않았다.

어떻게 바토와 브라스의 소행이 발각되고 벌을 받았는지, 어떻게 라우라와 아르카디오가 다시 결합했는지, 어떻게 파비오가 자신이 저지른 악행을 회개했는지, 어떻게 말구유에 누운 아기 예수와 개성 강한 동방박사들이 만났는지, 어떻게 루시퍼가 꾸민 음모가 밝혀지고 지옥으로 떨어지는지 다 쓰기에는 지면이 부족할 것 같다.

연극은 세 시간 동안 관객의 이목을 집중시켰다. 관객들은 라우라에게 공감했고, 아르카디오와 함께 고통스러워했으며, 삼등석 관객들이 멜로드라마의 악당을 증오하듯 루시퍼를 미워했다. 모자도 안 쓴 아이가 뛰어들어왔을 때 딱 한 번 연극이 중단되었다.

"어떤 군인이 왔는데요. 우르비나가 마피미를 빼앗았대요!"

바닥을 치며 지팡이를 쩔렁대던 배우들조차 노래를 멈추고, 아이에게 폭풍 같은 질문을 쏟아냈다. 그러나 곧 시들해졌고 양치기 역의 배우들은 멈췄던 데서부터 다시 노래를 부르기 시작했다.

도냐 페르디타의 집을 나서자 시간은 벌써 자정이 다 되었다. 달은 벌써 서산으로 넘어갔고 칠흑 같은 어둠 속에 개 짖는 소리만 들렸다. 피덴시오와 얼싸안고 집으로 돌아오는 길에 문득 연극의 황금기였던 르네상스 전성기의 유럽에서 꼭 이런 일이 벌어지지 않았을까 하는 생각이 들었다. 너무 늦지 않았다면 멕시코의 르네상스는 어땠을지 상상해보는 것 또한 재미있는 일이었다.

그러나 멕시코의 중세라는 좁은 해안은 이미 기계, 과학적 사고, 정치 이론의 현대적 삶이라는 거대한 바다에 둘러싸여 있다. 멕시코는 연극의 황금기를 건너뛰어야 할 것이다.

옮긴이 후기

우연히도 《반란의 멕시코》 초판이 세상에 나온 지 꼭 백 년 되는 해에 번역 작업을 하게 돼, 자연스럽게 백 년 전과 지금 사이의 간극에 대해 자주 생각했다. 특히 혁명의 열기로 들썩이던 20세기 초의 세계와 그 꿈이 사그라진 지금의 세계를 비교하지 않을 수 없었다. 존 리드를 따라 맨발의 게릴라들과 사막을 달리며 멕시코 북부를 종횡무진 누비다가, 문득 현실로 돌아오면 나는 삭막한 도시의 사방이 꽉 막힌 방 안에 홀로 앉아 있었다. "만약 투쟁하거나 / 꿈꾸거나 함께할 수 있다면 그 누가 / 앉아서 책에 밑줄이나 그으며 밤을 지새우겠는가?" E. P. 톰슨의 시 〈나의 공부My study〉 마지막 구절이 절로 떠올랐다. 번역하는 내내 존 리드가 부러웠다. 전 세계가 혁명의 열기로 들썩이던 1910년대에 청춘을 보낸 것도, 전 세계 혁명의 현장을 누비면서 그 현장을 생생하게 전하는 저널리스트로 성장한 것도 부러웠다. 이 책은 그 성장의 기록이기도 하다.

번역하며 가장 애먹은 부분은 풍경의 묘사다. 존 리드는 메스키트 덤불로 뒤덮인 사막과 나무 한 그루 없는 메마르고 황량한 바위산에서도 매일같이 아름다움을 찾아내고 세세하게 묘사한다. 매일 뜨고 지는 해와 달도 예사롭게 넘어가는 법이 없고 어느 동네에도 있을 법한 광경도 사진처럼 독자에게 전달하려 애쓴다. 그의 풍경 묘사를 읽으며 이미지 생산이 극도로 손쉬워진 지금 세상에서 지난 백 년 동안 인간이 가장 확실하게 잃어버린 능력은 풍경을 언어로 묘사하는 능력일지 모른다는 생각도 해보았다. 어쩌면 이런 풍경 묘사는 멕시코와 그곳 사람들을 사랑하기 시작할 때만 가능한 것일지도 모르겠다. 옥타비오 파스는 《멕시코의 세 얼굴》에서 멕시코혁명을 "우리 자신의 진정한 모습을 보여준 …… 사건"이라고 평했다. 그 말이 맞다면 존 리드는 멕시코가 진정한 얼굴을 보여준 바로 그 순간에 그곳에 있는 행운을 누렸기에 자연스럽게 사랑에 빠졌을 것이다. 멕시코에 가보지 못한 나는 "터키석 빛깔 하늘에 펼쳐진 구름이 주홍빛 가루를 머금"은 사막의 노을이나 동틀 때 "황동빛으로 눈부신 사막"을 열심히 상상하며 글로 옮겨보았지만 여전히 미진하게 느껴진다. 언젠가는 멕시코를 여행하는 특별한 방법으로 존 리드의 여정을 따라가다가, 멕시코 북부 사막의 노을을 보면서 그가 쓴 대로라고 감탄할 날이 오기를 바라본다.

한편 이 책이 백 년도 전에 쓰인 텍스트인데도 외국인인 나도 큰 어려움 없이 읽을 수 있다는 점은 현대 영어의 역사를 생각하게 해주었다. 한국인인 내가 백 년 전에 쓰인 한국어 문헌은 순한글이어도 읽기 어렵다는 점을 생각하면 더 그렇다. 이 언어의 간극은 20세기 초에 이미 제국의 언어들이 도달한 지점과 한국을 비롯한 신생국들이 새로 만들어내야 하는 공용어-국어 사이에서 분투한 지난 백 년의 시간을 언어적 차원에서 돌아보는 계기가 되어주기도 했다.

오래전에 번역하고 묵혀두었던 원고를 이제야 세상에 내보내려니 부끄러움이 앞서지만, 처음 이 기록을 읽었을 때의 설렘을 생각하면 이제라도 빛을 보게 돼 다행스럽지 않을 수 없다.

2023년 2월
박소현

반란의 멕시코

초판 1쇄 펴낸날   2023년 2월 20일
지은이   존 리드
옮긴이   박소현
펴낸이   박재영
편집   이정신·임세현·한의영
마케팅   신연경
디자인   조하늘
제작   제이오
펴낸곳   도서출판 오월의봄
주소   경기도 파주시 회동길 363-15 201호
등록   제406-2010-000111호
전화   070-7704-5240
팩스   0505-300-0518
이메일   maybook05@naver.com
트위터   @oohbom
블로그   blog.naver.com/maybook05
페이스북   facebook.com/maybook05
인스타그램   instagram.com/maybooks_05

ISBN   979-11-6873-049-6 03840

만든 사람들
편집   박재영
디자인   조하늘